Misericórdia ancilar

Misericórdia ancilar

Trilogia Império Radch
LIVRO 3

Ann Leckie

TRADUÇÃO
Luara França

Misericórdia ancilar

TÍTULO ORIGINAL:
Ancillary Mercy

COPIDESQUE:
Mônica Reis

REVISÃO:
Giovana Bomentre
Isabela Talarico

COORDENAÇÃO:
Maria Carolina Rodrigues

PROJETO GRÁFICO:
Giovanna Cianelli

CAPA:
Tereza Bettinardi

ILUSTRAÇÃO:
Daniel Semanas

MONTAGEM DE CAPA:
Caíque Gomes

DIREÇÃO EXECUTIVA:
Betty Fromer

DIREÇÃO EDITORIAL:
Adriano Fromer Piazzi

PUBLISHER:
Luara França

EDITORIAL:
Andréa Bergamaschi
Bárbara Reis
Caíque Gomes
Débora Dutra Vieira
Juliana Brandt
Luiza Araujo

COMUNICAÇÃO:
Giovanna de Lima Cunha
Júlia Forbes
Luciana Fracchetta
Pedro Fracchetta
Yasmin Dias

COMERCIAL:
Giovani das Graças
Gustavo Mendonça
Lidiana Pessoa
Roberta Saraiva

FINANCEIRO:
Helena Telesca

DADOS INTERNACIONAIS DE CATALOGAÇÃO NA PUBLICAÇÃO (CIP) DE ACORDO COM ISBD

L461m   Leckie, Ann
Misericórdia ancilar / Ann Leckie ; traduzido por Luara França. - São Paulo : Aleph, 2023.
336 p. ; 14cm x 21cm.

Tradução de: Ancillary mercy
ISBN: 978-85-7657-577-1

1. Literatura americana. 2. Ficção científica.
I. França, Luara. II. Título.

	CDD 813.0876
2023-901	CDU 821.111(73)-3

ELABORADO POR ODILIO HILARIO MOREIRA JUNIOR - CRB-8/9949
ÍNDICES PARA CATÁLOGO SISTEMÁTICO:
1. Literatura americana: ficção científica 813.0876
2. Literatura americana: ficção científica 821.111(73)-3

COPYRIGHT © ANN LECKIE, 2015
COPYRIGHT © EDITORA ALEPH, 2023

TODOS OS DIREITOS RESERVADOS. PROIBIDA A REPRODUÇÃO, NO TODO OU EM PARTE, ATRAVÉS DE QUAISQUER MEIOS SEM A DEVIDA AUTORIZAÇÃO.

Aleph
Rua Bento Freitas, 306 - Conj. 71 - São Paulo/SP
CEP 01220-000 • TEL 11 3743-3202
www.editoraaleph.com.br

MISERICÓRDIA ANCILAR

1

Estava dormindo, mas no momento seguinte fui acordada pelos conhecidos ruídos de alguém fazendo chá. Seis minutos antes do que eu esperava. Por quê? Foquei minha atenção.

Tenente Ekalu estava de guarda. Indignada com alguma coisa. Talvez até com um pouco de raiva. À frente dela, a parede exibia uma imagem da estação Athoek e as naves que a cercavam. Quase não era possível ver o domo que cobria seus jardins desse ângulo. Metade da estação estava coberta por sombras, a outra metade, brilhante em azul e branco. O barulho de fundo das comunicações não indicava nada fora do comum.

Abri os olhos. As paredes do dormitório exibiam a mesma imagem que a tenente Ekalu via do Comando: o espaço que nos cercava, a estação Athoek, as naves, a própria cidade de Athoek. Os faróis dos quatro portais intersistema. Eu não precisava que as paredes mostrassem aquela vista. Podia vê-la de qualquer lugar, a qualquer hora, se assim desejasse. Mas nunca solicitei que fosse incluída nos painéis do meu quarto. A Nave devia ter feito isso.

No balcão, localizado ao final do quarto de três por quatro, Seivarden fazia chá. Usava o antigo jogo esmaltado, somente duas tigelas, uma delas lascada, uma casualidade advinda das inábeis tentativas de Seivarden em ser útil mais de um ano antes. Fazia mais de um mês desde que ela deixara se comportar como minha empregada, mas sua presença era tão familiar que eu, ao caminhar, aceitei o que me oferecia sem pensar duas vezes.

– Seivarden – falei.

– Nave, na verdade.

Ela virou levemente a cabeça em minha direção, sua atenção ainda centrada no chá. Na maioria das vezes, a *Misericórdia de Kalr* se comunicava com sua tripulação através dos implantes auditivos, visuais ou imagens projetadas. Ela estava fazendo isso agora, eu percebi; Seivarden estava apenas pronunciando as palavras que a Nave mandava.

– No momento, sou a Nave. Duas mensagens chegaram enquanto você dormia, mas não há nada de urgente, capitã de frota.

Sentei-me, empurrando o cobertor. Três dias antes, meu ombro fora encapsulado por uma manga corretora que amortecia e imobilizava aquele braço. Ainda estava apreciando a liberdade de movimentá-lo novamente.

– Acho que, às vezes, a tenente Seivarden sente falta disso – continuou.

As informações que a Nave estava lendo dela, às quais eu poderia acessar facilmente se assim quisesse, mostravam apreensão e uma leve vergonha. Mas a Nave acertara: Seivarden estava gostando daquele breve retorno aos antigos papéis, mesmo que eu não sentisse o mesmo. .

– Há três horas, a capitã de frota Uemi enviou uma mensagem – continuou ela.

A capitã de frota Uemi era minha contraparte a um portal de distância, no sistema Hrad. Era responsável por qualquer nave militar radchaai atracada lá. Não que isso indicasse qualquer coisa; o espaço sideral do Radch estava tomado por uma guerra civil, e a autoridade da capitã de frota Uemi, assim como a minha, vinha da parte da Anaander Mianaai que tomara o palácio Omaugh.

– O palácio Tstur se rendeu.

– Devo perguntar a quem?

Seivarden virou-se em minha direção, uma cumbuca de chá em uma das mãos enluvadas. Veio até mim e sentou-se na cama.

Depois de tanto tempo, ela estava familiarizada demais comigo para se surpreender com minha resposta, ou se sentir desconfiada por minhas mãos ainda estarem nuas.

– À Senhora de Mianaai, quem mais? – respondeu ela, com um sorriso suave. Ela me entregou o chá e continuou: – Aquela que, segundo a capitã de frota Uemi, tem pouquíssimo amor por você, capitã de frota. Ou mesmo pela própria Uemi.

– Certo.

Na minha cabeça, havia pouca diferença entre as partes de Anaander Mianaai, Senhora do Radch, e nenhuma delas possuía qualquer razão para gostar de mim. Mas eu sabia qual lado a capitã de frota Uemi apoiava. Possivelmente, até o lado em que estava. Anaander possuía muitos corpos e costumava estar em dezenas, se não centenas, de lugares ao mesmo tempo. No momento, ela se apresentava reduzida e fragmentada, muitos de seus clones perdidos em batalhas contra si própria. Eu alimentava a forte suspeita de que a capitã Uemi era, ela mesma, um fragmento da Senhora do Radch.

– A capitã de frota Uemi ainda disse – continuou Seivarden – que a Anaander que tomou Tstur também conseguiu cortar a conexão para fora do sistema, então o restante dela ainda não sabe o que ela pretende. Mas Uemi diz que, se ela fosse Anaander Mianaai, designaria a maior parte de seus recursos para manter aquele sistema, agora que o dominou. Mas Annander também estaria tentada a mandar alguém atrás de *você*, capitã de frota, se pudesse. A capitã da frota Hrad também informou que a notícia chegou até ela por meio de uma nave do palácio de Omaugh, então isso está circulando há semanas.

Tomei um gole do meu chá antes de responder.

– Se a tirana fosse tola o suficiente para enviar naves para cá logo após tomar Tstur, o mais rápido que chegariam seria... – A *Misericórdia de Kalr* me mostrou os números. – Em cerca de uma semana.

– Aquela parte da Senhora do Radch tem motivos para estar muito brava com você – disse Seivarden em nome da Nave.

– E ela tem um histórico de exagerar quando alguém a deixa com raiva além da conta. Viria atrás de nós antes, se pudesse. – Seivarden franziu as sobrancelhas para as palavras que apareceram em sua visão, mas é claro que eu também conseguia vê-las e sabia o que eram. – A segunda mensagem veio da governadora do sistema, Giarod.

Não respondi de imediato. A governadora Giarod era a autoridade escolhida para representar todo o sistema Athoek. Ela também era, de certa forma indireta, a causa dos ferimentos dos quais eu acabara de me recuperar. Na verdade, eu quase morrera em decorrência deles. Por conta de quem e do que eu era, já sabia o conteúdo da mensagem. Não havia necessidade de Seivarden ler em voz alta.

Mas a *Misericórdia de Kalr* já tivera ancilares; corpos escravizados para sua inteligência artificial, mãos e pés e olhos e ouvidos para a nave. Essas ancilares sumiram, foram arrancadas dela, e agora a Nave possuía uma tripulação inteiramente humana. Eu sabia que, às vezes, as soldadas agiam em nome da Nave, falavam por ela, faziam coisas que ela não podia mais fazer, como se fossem as ancilares que ela perdera. Geralmente, não na minha frente; eu mesma fora uma ancilar, o último fragmento do porta-tropas *Justiça de Toren*, destruído vinte anos atrás. Eu não encontrava alegria nem qualquer conforto em ver minhas soldadas tentando imitar o que eu um dia fora. Mesmo assim, não havia proibido nada. Até recentemente, minhas soldadas não sabiam do meu passado. E me parecia que era uma forma de se protegerem da inescapável intimidade que a vida em uma pequena nave impunha.

Mas Seivarden não sentia necessidade de agir dessa maneira. Ela faria isso se a Nave quisesse. Mas por que a Nave iria querer algo assim?

– A governadora Giarod solicita que você volte à estação o mais rápido possível – disse Seivarden, disse a Nave.

O pedido, a breve tentativa de educação com a palavra *solicita*, era mais autoritário do que seria adequado. Seivarden não ficara tão indignada quanto a tenente Ekalu estivera, mas ela definitivamente estava ponderando sobre como eu reagiria.

– A governadora não explicou sua solicitação. Mas Kalr Cinco notificou uma comoção perto do Jardim Inferior ontem à noite. As seguranças prenderam alguém, e estavam nervosas desde então.

Rapidamente, a Nave me mostrou pedaços do que Kalr Cinco, ainda na estação, vira e ouvira.

– O Jardim Inferior não foi evacuado? – perguntei. Em voz alta, já que era óbvio que a Nave queria ter a conversa dessa forma, sem se importar com como eu me sentia. – Teria de estar vazio.

– Exatamente – respondeu Seivarden, a Nave.

A maior parte das moradoras do Jardim Inferior era ychana, desprezadas pelas xhai (outro grupo étnico athoeki, um que havia se dado melhor do que os outros durante a anexação). Teoricamente, quando as radchaai anexavam um planeta, as diferenças étnicas se tornavam irrelevantes. No entanto, a prática era bem mais complicada. Um entre os muitos medos da governadora Giarod (um dos menos apropriados) dizia respeito às ychanas do Jardim Inferior.

– Ótimo. Nave, acorde a tenente Tisarwat, por favor. – Desde que havíamos chegado, Tisarwat passara algum tempo fazendo amizades e armando conexões no Jardim Inferior, mas também entre as trabalhadoras da administração da estação.

– Já acordei – respondeu Seivarden pela *Misericórdia de Kalr*. – Quando terminar de trocar de roupa e tomar café da manhã, sua nave de transporte estará pronta.

– Obrigada. – Não queria dizer nem "Obrigada, Nave" ou "Obrigada, Seivarden".

– Capitã de frota, espero que não esteja presumindo demais – disse a Nave, através de Seivarden. A tenente já estava apreensiva, mas começou a ficar também desconcertada; concordara em agir em nome da Nave, mas no momento estava subitamente preocupada, talvez suspeitando que a Nave finalmente chegara ao ponto principal.

– Não consigo imaginar que você um dia presuma demais, Nave. – Mas é claro que ela era capaz de ver quase tudo sobre mim: cada respiração, cada contração muscular. E até mais, já que eu ainda possuía conexões de ancilar, mesmo que não fosse uma ancilar dessa nave. A Nave sabia, sem dúvidas, que usar uma oficial como ancilar me deixava desconfortável.

– Capitã de frota, gostaria de fazer uma pergunta. Em Omaugh, a senhora disse que eu poderia ser minha própria capitã. Isso era verdade?

Senti, por um momento, como se a gravidade da nave tivesse falhado. Não havia motivo para que eu tentasse esconder minhas reações da Nave, ela conseguia ver todos os detalhes de minhas respostas físicas. Seivarden nunca fora particularmente boa em fingir impassividade, e o descontentamento era nítido em seu rosto aristocrático. Ela não devia saber que era isso que a Nave queria dizer. Seivarden abriu a boca como se fosse dizer algo, piscou e calou-se. Rugas de apreensão apareceram em sua testa.

– Sim, é verdade – respondi. Para as radchaai, naves não eram pessoas. Eram equipamentos. Armas. Ferramentas que serviam um propósito, quando necessário.

– Tenho pensado nisso desde que a senhora falou – continuou Seivarden, não, continuou *Misericórdia de Kalr*. – E cheguei à conclusão de que não quero ser capitã. Mas descobri que gosto do fato de que *posso* ser. – Era nítido que Seivarden não sabia se ficava aliviada ou não. Ela sabia quem eu era, possivelmente sabia até por que eu havia dito o que disse, aquele dia no palácio de Omaugh, mas Seivarden era uma radchaai bem-nascida e estava acostumada, como todas oficias radchaai, a esperar que sua nave fizesse o que lhe fora ordenado. Sempre estivesse lá para ela.

Eu já fora uma nave. Naves poderiam nutrir sentimentos muito, muito intensos por suas capitãs ou tenentes. Sabia disso por experiência própria. E como sabia. Pela maior parte dos meus dois mil anos de vida, jamais pensara que haveria razões para querer algo diferente. E a perda definitiva de minha própria tripulação era um buraco sombrio dentro de mim, para o qual eu aprendera a não olhar. Na maior parte do tempo. Ainda assim, nos últimos vinte anos, havia me acostumado a tomar minhas próprias decisões sem levar mais ninguém em consideração. Gerenciar minha própria vida.

Eu havia pensado que minha nave sentiria por mim o mesmo que eu sentira por minhas capitãs? Seria impossível. Naves não sentiam isso por outras naves. Eu havia pensado nisso? Por que eu faria uma coisa dessas?

– Certo – disse, e tomei um belo gole de chá. Engoli. Não conseguia ver nenhum motivo para que a Nave tivesse falado isso por meio de Seivarden.

Mas, é claro, Seivarden era inteiramente humana. E ela era a tenente Amaat da *Misericórdia de Kalr*. Talvez as palavras da Nave não fossem direcionadas a mim, e sim a ela.

Seivarden nunca fora o tipo de oficial que se importava ou prestava atenção ao que a nave sentia. Ela não havia sido uma de minhas favoritas quando serviu na *Justiça de Toren*. Mas naves possuíam gostos diferentes, favoritas diferentes. E Seivarden melhorara consideravelmente no último ano.

Uma nave com ancilares expressava o que sentia de diversas formas. O chá da oficial favorita nunca estava frio. A comida dela seria preparada exatamente como ela gostava. Seu uniforme estaria impecável e cairia sempre como uma luva. Pequenos desejos e necessidades seriam satisfeitos quase instantaneamente. E, na maioria das vezes, a oficial só perceberia que estava confortável. Com certeza, mais confortável do que em outras naves nas quais servira.

Quase sempre, isso não era recíproco. Algumas semanas antes, no palácio de Omaugh, eu havia dito que a Nave poderia ser sua própria comandante. E agora ela me dizia, e tenho certeza de que não de forma acidental também para Seivarden, que gostara disso, ao menos potencialmente. Queria que aquela possibilidade fosse reconhecida. Queria, talvez, algo em troca (ou ao menos algum tipo de reconhecimento) por seus sentimentos.

Não achava as Amaats de Seivarden particularmente solícitas, mas as Amaats, como todas as soldadas na *Misericórdia de Kalr*, eram humanas, não apêndices de sua nave. Elas se sentiriam desconfortáveis com a enxurrada de pequenas intimidades que a Nave talvez houvesse solicitado, se elas fossem agir assim.

– Certo – falei novamente. Em seu dormitório, a tenente Tisarwat calçava as botas. Ainda em processo de acordar, Bo Nove estava parada com seu chá. O restante da década Bo dormia profundamente, algumas sonhavam. As Amaats de Seivarden estavam terminando suas tarefas do dia e se preparando para o jantar. A médica, e metade de minhas Kalrs, ainda dormiam, um sono leve. A Nave as acordaria dentro de cinco minutos. Ekalu e suas Etrepas mantinham a guarda. A tenente Ekalu ainda estava um pouco indignada com a mensagem da governadora do sistema, mas também se preocupava com algo a mais; eu só não sabia o quê. Lá fora, poeira deslizava de tempos em tempos pelo casco da *Misericórdia de Kalr*, e a luz de Athoek a deixava mais quente.

– Mais alguma coisa?

Havia mais alguma coisa. Seivarden, tensa desde que esse assunto começara, piscou, esperando ver algum tipo de resposta. Nada, por um segundo completo. E então:

– Não, capitã de frota, isso é tudo. – Seivarden leu com uma voz cheia de dúvida. Para alguém que conhecia naves, aquela breve pausa fora bastante eloquente. Eu estava até um pouco impressionada que Seivarden, normalmente alheia aos sentimentos de suas naves, houvesse notado. Ela piscou três vezes e franziu ainda mais a testa. Preocupada. Desconcertada. Inesperadamente insegura. E disse: – Seu chá está esfriando.

– Tem razão – respondi, e depois bebi tudo.

Dias atrás, a tenente Tisarwat pedira para voltar à estação Athoek. Estávamos no sistema havia pouco mais de duas semanas, mas ela já fizera amigos e conexões. Estivera tentando obter algum tipo de influência sobre a administração do sistema desde o momento em que pisara na estação. O que não era surpresa, considerando tudo que acontecera. Por algum tempo, Tisarwat não fora Tisarwat. Anaander Mianaai, a Senhora do Radch, havia alterado a consciência dessa garota desafortunada de dezessete anos para que ela fosse nada mais que um apêndice, apenas uma parte da Senhora do Radch. Um corpo que ela esperava não ser reconhecido como tal, para que pudesse me vigiar e controlar a *Misericórdia de Kalr*. Mas eu a havia reconhecido e removido os implantes que ligavam Tisarwat à Senhora do Radch, e agora ela era outra pessoa: uma nova tenente Tisarwat, com as lembranças (e talvez até algumas predisposições) da pessoa que fora, mas também alguém que passara dias sendo a pessoa mais poderosa de todo o Radch.

Ela me esperou perto da portinhola da nave de transporte. Dezessete anos, não exatamente alta, mas comprida como algumas pessoas de dezessete anos que ainda não cresceram o suficiente são. E ainda grogue por estar recém-acordada, mas com os cabelos alinhados e o uniforme marrom-escuro imaculado. Bo Nove, já a bordo da nave de transporte, jamais deixaria sua jovem tenente sair de seus aposentos de outra forma.

– Capitã de frota. – Tisarwat se curvou. – Obrigada por me levar com você. – Seus olhos cor de lilás, uma reminiscência da antiga Tisarwat, que fora volúvel e frívola a ponto de gastar seu primeiro salário com uma mudança na cor dos olhos, estavam sérios. Por trás deles, ela estava verdadeiramente satisfeita e um tanto animada, apesar dos remédios que a médica da *Misericórdia de Kalr* receitara. Os implantes instalados pela Senhora do Radch não funcionaram como deviam e tinham, eu suspeitava, resultado em alguns danos permanentes. A remoção precipitada desses implantes resolvera parte do problema, mas talvez houvesse causado outros. Era preciso somar a isso a poderosa (e completamente compreensível) ambivalência que

Tisarwat sentia em relação a Anaander Mianaai, uma pessoa com quem ainda, de alguma forma, dividia uma identidade e, como resultado, algum vínculo emocional.

Apesar disso, Tsarwat se sentia bem naquele dia, pelo que pude ver.

– Não precisa agradecer, tenente.

– Senhora. – Percebi que ela queria falar algo antes de entrar na nave de transporte. – A governadora Giarod é um problema. – A governadora do sistema fora indicada pela mesma autoridade que me enviara até o sistema Athoek. Em teoria, éramos aliadas na missão de manter este sistema seguro e estável. Mas ela havia passado informações para minhas inimigas fazia apenas alguns dias, o que quase levara à minha morte. E, por mais que a governadora Giarod pudesse não ter percebido isso antes, agora estava ciente. Mas eu não recebera dela nenhuma informação a respeito do acontecido, nenhuma explicação, nenhum pedido de desculpas. Somente a quase desrespeitosa forma como me chamou de volta à estação. – Em algum momento – continuou Tisarwat – acho que iremos precisar de uma nova governadora de sistema.

– Duvido que o palácio de Omaugh nos envie alguém agora, tenente.

– Não mesmo, senhora. Mas *eu* poderia fazer isso. Poderia ser governadora. Eu seria boa nisso.

– Sem dúvidas seria, tenente – respondi, calma. Virei-me, pronta para me propelir pela barreira que separava a gravidade artificial da *Misericórdia de Kalr* e o espaço sem gravidade da nave de transporte. Percebi que, por mais que Tisarwat não tivesse respondido nada, ela estava magoada com minha resposta. A dor estava amortecida pelos remédios, mas estava lá.

Sendo quem era, Tisarwat deveria saber que eu me oporia a seu pleito de ser governadora do sistema. Eu só estava viva porque Anaander Mianaai, a Senhora do Radch, achava que eu poderia ser uma ameaça à sua inimiga. Mas, claro, a inimiga de Anaander Mianaai era ela mesma. Não me importava muito com qual facção da Senhora do Radch ganhasse a guerra; até onde eu sabia, elas eram iguais. Logo eu a veria inteiramente destruída. Um objetivo que estava além de minhas habilidades, mas ela me conhecia bem o bastante para saber que eu faria tudo que pudesse contra todas as partes dela. Anaander havia sequestrado a pobre tenente Tisarwat só para estar perto o suficiente caso fosse preciso mitigar algum perigo. A própria Tisarwat me dissera isso, não muito depois de chegarmos à estação Athoek.

E, alguns dias antes, Tisarwat dissera "A senhora entende que nós duas estamos fazendo exatamente o que ela quer?". O "ela" em questão era Anaander Mianaai. E eu respondera que não me importava muito com o que a Senhora do Radch queria.

Virei-me novamente para Tisarwat, coloquei a mão em seu ombro e disse, com mais gentileza:

– Vamos passar pelo dia de hoje primeiro, tenente. – Ou ainda os próximos dias, semanas, meses ou mais. O espaço do Radch era enorme. A luta nos palácios provinciais podia chegar até Athoek amanhã, ou na próxima semana, ou no próximo ano. Ou ela poderia se extinguir nos palácios e nunca chegar até nós. Mas eu não apostaria nisso.

Costumamos falar casualmente sobre as distâncias dentro de um mesmo sistema solar; de uma estação estar próxima a uma Lua ou a um planeta, de um portal estar próximo à estação mais conhecida. Mas, na verdade, tais distâncias são medidas em milhares, se não milhões, de quilômetros. E as estações externas de um sistema podem estar a centenas de milhões, ou mesmo bilhões, de quilômetros de distância de tais portais.

Dias atrás, a *Misericórdia de Kalr* estivera perigosamente perto da estação Athoek, mas agora estava apenas próxima, relativamente falando. Levaríamos um dia inteiro na nave de transporte para chegar. A *Misericórdia de Kalr* poderia gerar seus próprios portais, atalhos no espaço, e nos deixar na estação com rapidez, mas gerar uma saída de portal perto de uma estação movimentada incluía risco de colisão com o que quer que estivesse no lugar escolhido. A Nave poderia ter feito isso, na verdade, ela já o fizera recentemente. Mas, por agora, era mais seguro viajar com uma nave de transporte, pequena demais para gerar a própria gravidade, que dirá o próprio portal. O problema da governadora Giarod, qualquer que fosse, teria de esperar.

Eu estava com tempo suficiente para pensar no que poderia encontrar quando chegasse à estação. Ambas as facções de Anaander Mianaai (se presumíssemos que só havia duas, o que talvez não fosse a mais segura das presunções) possuíam agentes no local. Mas nenhuma delas militar. A capitã Hetnys (minha inimiga, a quem a governadora, levianamente, passara informações perigosas) estava a bordo da *Misericórdia de Kalr*, em suspensão, junto de suas oficiais. A nave dela, *Espada de Atagaris*, orbitava longe de Athoek, seus motores desligados, suas ancilares guardadas. *Misericórdia de Ilves*, a única outra nave militar no sistema além da *Espada de Atagaris* e da *Misericórdia de Kalr*, estava inspecionando as estações externas, e sua capitã ainda não havia demonstrado qualquer sinal de desobediência às minhas ordens para que continuasse sua missão. As seguranças da estação e do planeta eram as únicas unidades armadas que ainda representavam uma ameaça, especialmente às cidadãs desarmadas. Mas a Segurança não era uma ameaça para mim.

Qualquer pessoa que percebesse que eu não apoiava a sua facção da Senhora do Radch, aquela que ela acreditava ser a certa, só poderia me enfrentar politicamente. Então, seriam esses os termos. Talvez eu devesse aproveitar a deixa da tenente Tisarwat e convidar a chefe de segurança da estação para um jantar.

Kalr Cinco ainda estava na estação Athoek, com Oito e Dez. E a estação abarrotada desde antes da destruição e evacuação do Jardim Inferior; e não havia leitos sobrando. Minhas Kalrs mobilizaram caixotes e estrados para esse fim em um corredor sem saída. Em uma dessas caixas, sentava-se a cidadã Uran, determinada a conjugar verbos raswar em voz baixa. Na estação Athoek, a maior parte das ychanas falava raswar, e nossas vizinhas eram quase todas ychanas. Seria mais fácil que tivesse ido até a enfermaria e aprendesse o básico por meio de remédios, mas ela fora veementemente contra o procedimento. Uran era o único membro civil em meu núcleo familiar, dezesseis anos recém-completados, sem relação familiar com ninguém na *Misericórdia de Kalr*; mas eu me sentia responsável por ela.

Cinco estava parada, parecendo absorta em preparar o chá para quando a professora de Uran chegasse, mas, na verdade, a vigiava. Alguns metros além, Kalr Oito e Kalr Dez esfregavam o chão do corredor, que já parecia bem menos arranhado do que antes e bem menos cinza do que o chão para além dos limites imaginários do meu conjunto familiar. Elas cantavam enquanto trabalhavam, em voz baixa, visto que cidadãs dormiam para além daquelas portas.

Jasmins floresceram
No quarto de meu amor
Envolveram toda sua cama
As filhas jejuaram e rasparam os cabelos
Visitariam o templo novamente em um mês
Com rosas e camélias
Mas eu continuaria a viver
Com nada além do perfume dos jasmins
Até o fim da minha vida

Era uma antiga canção, mais velha que Oito e Dez, talvez até mais velha que suas avós. Eu me lembrava de quando fora escrita. Na nave de transporte, onde nem Oito nem Dez poderiam me ouvir, acompanhei a cantoria. Em voz baixa, já que Tisarwat estava ao meu lado, presa a seu assento e dormindo profundamente. A piloto da nave me ouviu e demonstrou um breve sinal de felicidade. Ela exibia sinais de nervosismo com a viagem repentina de volta à estação e o que ouvira da mensagem da governadora. Mas, se eu cantava, então tudo estava em seu devido lugar.

Na *Misericórdia de Kalr*, Seivarden dormia e sonhava. As dez Amaats sob seu comando também dormiam, juntas em suas camas de campanha. A década Bo, sob o comando de Bo Uma já que Tisarwat estava na nave de transporte comigo, havia acabado de acordar e fazia suas orações matinais sem muita atenção ou esforço (*A flor da justiça é a paz. A flor da adequação é beleza em pensamento e ação...*).

Pouco depois, a médica saiu de seu turno e encontrou a tenente Ekalu encarando seu jantar na pequena sala de sua década, as paredes brancas.

– Você está bem? – perguntou a médica ao se sentar ao lado de Ekalu. A Etrepa em serviço colocou uma tigela de chá a sua frente.

– Estou bem – mentiu Ekalu.

– Servimos juntas há bastante tempo – respondeu a médica. Ekalu, perturbada, não a encarou nem disse qualquer coisa. – Antes de ser promovida, você procurava suas companheiras de década quando precisava de algo, mas agora não pode mais fazer isso. Elas estão sob as ordens de Seivarden. – Antes de eu chegar, antes de a antiga capitã da *Misericórdia de Kalr* ser presa por traição, Ekalu fora Amaat Uma. – E imagino que você sinta que não pode contar com as Etrepas. – A Etrepa que servia Ekalu continuava sem reação no canto da sala. – Muitas tenentes fariam isso, mas elas não saíram de suas próprias décadas, não é? – Ela não disse que Ekalu podia estar preocupada em minar sua autoridade com colegas que a conheciam havia anos como uma soldada comum. Não disse que Ekalu sabia em primeira mão como uma troca daquelas poderia ser desigual, pedir qualquer tipo de conforto ou apoio emocional das soldadas que serviam sob seu comando. – Arrisco dizer que você é a primeira a fazer isso, a sair de uma década.

– Não – respondeu Ekalu, a voz monocórdica. – A capitã de frota foi a primeira. – Ela se referia a mim. – Você sabia o tempo todo, imagino. – Que eu era uma ancilar, que não era humana.

– É esse o problema? – perguntou a médica. Ela não tocara no chá que a Etrepa havia servido. – A capitã de frota ter sido a primeira?

– Não, claro que não. – Ekalu levantou o olhar, e finalmente sua expressão impassiva relampejou com algo distinto, por um breve momento. – Por que isso seria um problema? – Eu sabia que ela estava falando a verdade.

A médica fez um gesto indiferente e disse:

– Alguns sentem ciúmes. E a tenente Seivarden é... muito ligada à capitã de frota. E você e a tenente Seivarden...

– Não faria sentido ter ciúmes da capitã de frota – respondeu Ekalu, a voz mantinha-se impassiva. Ela dizia a verdade. Sua fala podia ser encarada como um insulto, mas eu sabia que não era sua intenção. E ela estava certa. Não fazia sentido ter ciúmes de mim.

– Esse tipo de coisa – continuou a médica, mais dura – não precisa fazer sentido. – Ekalu não respondeu. – Eu mesma por vezes imagino o que aconteceu quando Seivarden descobriu que a capitã de frota era uma ancilar. Não era nem humana! – E então, em resposta à breve demonstração de emoção no rosto de Ekalu, ela continuou: – Mas ela não é. Ela mesma lhe diria isso.

– Você não chamaria a capitã de frota de *pessoa*? – Ekalu estava desafiando a médica. Mas logo desviou o olhar. – Peço perdão, médica. Mas me parece errado.

Como eu podia ver o que a Nave via, acompanhei a reação dúbia que a médica teve ao ouvir o pedido formal de desculpas e a tentativa repentina de esconder um sotaque advindo de uma casa de pouco prestígio. Mas a médica conhecia Ekalu fazia muito tempo, e em boa parte, Ekalu fora, como a médica dissera, das décadas. A médica continuou:

– Eu acho que Seivarden pensa que entende o que significa estar no fundo do poço. Tenho certeza de que ela aprendeu que é possível chegar a essa situação mesmo que se tenha uma ótima família, uma etiqueta impecável e todos os indícios de que Aatr deu a você uma vida cheia de felicidade e muitos recursos. Seivarden aprendeu que é possível que alguém a quem ela não dava atenção seja digna de respeito. E, agora que aprendeu isso, ela acha que entende *você*. – Outro pensamento cruzou sua mente. – É por isso que você não gosta quando digo que a capitã de frota não é humana, não é?

– Mas eu nunca estive no fundo de nenhum poço. – Ekalu ainda destacava suas vogais, tentando imitar a médica ou Tisarwat. Ou Seivarden ou eu. – E também disse que não havia nada errado.

– Erro meu, então – respondeu a médica, sem rancor ou sarcasmo. – Peço seu complacente perdão, tenente. – Mais formal do que precisava ser com Ekalu, a quem conhecia havia anos. Que fora sua paciente por todo esse tempo.

– Claro, médica.

Seivarden ainda estava dormindo. Sem saber do desconforto de sua colega (e amante). Sem saber, eu temia, da preferência da Nave. Algo que eu suspeitava ser uma forte afeição. Isso a Nave nunca me falaria diretamente, mesmo que não hesitasse em me dizer tantas outras coisas.

Ao meu lado, na nave de transporte, Tisarwat murmurava e se remexia, mas não acordava. Comecei a pensar no que encontraria na estação e o que deveria fazer em relação a isso.

2

Encontrei a governadora Giarod em seu escritório, as cortinas bege e verde cobrindo até a larga janela que dava vista para o pátio principal da estação Athoek, onde cidadãs desfilavam pelo gasto piso branco. Estavam indo e vindo da administração, ou paravam em frente ao templo de Amaat com as quatro enormes Emanações em relevo. A governadora Giarod era alta, com ombros largos, parecia serena, mas eu sabia por experiência própria que ela era propensa a apreensões e que tendia a agir conforme esses pensamentos nos piores momentos. Ela me ofereceu uma cadeira, onde sentei, e chá, que recusei. Kalr Cinco, que me encontrara na doca, continuava impassiva atrás de mim. Pensei em ordenar que ficasse na porta, ou mesmo no corredor externo, mas resolvi que uma lembrança óbvia do meu *status* e dos meus recursos podia ser interessante.

Era impossível que a governadora não tivesse percebido a soldada que pairava, altiva e rígida, atrás de mim, mas ela resolveu fazer de conta que não via nada.

– Capitã de frota, assim que a gravidade voltou, a administradora Celar achou que deveríamos fazer uma inspeção minuciosa no Jardim Inferior, e eu concordei. Para termos a certeza de que tudo estava seguro. – Alguns dias antes os jardins públicos, que ficavam logo acima do local mencionado pela governadora, começaram a cair e quase alagaram os quatro níveis inferiores. A IA da Estação Athoek resolvera o problema desligando a gravidade da estação toda enquanto o Jardim Inferior era evacuado.

– Você encontrou dezenas de pessoas não autorizadas escondidas lá, como temia? – Ao nascer, toda radchaai recebia um rastreador implantado, para que nenhuma cidadã se perdesse ou fosse invisível aos olhos da IA. Principalmente aqui, no pequeno espaço da Estação Athoek, a ideia de que alguém conseguiria se mover em segredo, sem o conhecimento da Estação, era nada mais do que ridícula. Ainda assim, a lenda de que o Jardim Inferior escondia hordas de pessoas, todas representando perigo às cidadãs de bem, era algo muito corrente.

– Acha que tal temor é infundado? Mas nossa inspeção encontrou uma pessoa assim, se escondendo nos túneis de acesso entre os níveis três e quatro.

– Só uma? – perguntei com a voz neutra.

A governadora Giarod fez um gesto afirmativo, uma pessoa não era nada perto do que algumas, incluindo aparentemente a própria Giarod, temiam.

– Ela é ychana. – A maioria das residentes do Jardim Inferior era ychana. – Ninguém admitiu conhecê-la, mas é claro que algumas moradoras a conhecem. Ela está em uma cela. Achei que gostaria de saber, mesmo porque a última pessoa que fez algo parecido foi uma alienígena. – A tradutora Dlique, a representante quase-humana das misteriosas, e assustadoras, presger. As mesmas que, antes do tratado com o Radch, ou melhor, com toda a humanidade, já que não diferenciavam humanas, haviam destruído naves e pessoas por diversão. Eram tão poderosas que nenhuma força humana, nem mesmo uma força radchaai, poderia destruir, ou mesmo se defender de um ataque. Por fim, a tradutora Dlique conseguia enganar os sensores da Estação com facilidade, e não tivera nenhuma paciência para ficar confinada na segurança da residência da governadora. Seu corpo sem vida encontrava-se em suspensão na ala médica, esperando pelo dia em que as presger viessem reclamá-lo, o que desejávamos que demorasse, pois precisaríamos explicar que uma ancilar da *Espada de Atagaris* havia atirado na tradutora ao suspeitar que ela estivesse vandalizando uma parede do Jardim Inferior.

Ao menos a busca que levara ao descobrimento dessa pessoa teria acalmado os rumores de ychanas assassinas no Jardim Inferior.

– Vocês olharam o DNA dela? Tem relação com alguém do Jardim Inferior?

– Que pergunta mais esquisita, capitã de frota! Está sabendo de algo e não me contou?

– Muitas coisas, mas a maioria não seria de seu interesse. Ela não tem nenhum parentesco lá, certo?

– Não tem. E o departamento médico me disse que ela tem alguns marcadores que não eram vistos desde antes da anexação de Athoek. – "Anexação" era um jeito educado para se referir à invasão e colonização de sistemas solares. – Já que ela não pode ser descendente de uma linhagem extinta há séculos, a única possibilidade, no sentido mais estranho da palavra, é que ela tenha mais de seiscentos anos.

Havia outra possibilidade, que a governadora Giarod ainda não cogitara.

– Imagino que seja o caso. Ela pode ter estado em suspensão por bastante tempo.

– Sabe quem ela é, capitã de frota? – perguntou a governadora, preocupada.

– Não quem é, não especificamente. Mas tenho suspeitas de *o que* é. Posso falar com ela?

– Suas suspeitas serão compartilhadas comigo?

– Não se forem infundadas. – Tudo o que eu precisava era que a governadora acrescentasse mais uma fantasma a sua lista de inimigas. – Gostaria de falar com ela, e gostaria que uma médica a examinasse novamente. Alguém sensível e discreta.

A cela era minúscula, dois metros por dois, uma fossa e uma bica de água no canto. A pessoa agachada no chão arranhado encarava uma tigela de skel, claramente seu jantar, e não chamava a atenção à primeira vista. Vestia uma camiseta colorida e calças no estilo que a maior parte das ychanas do Jardim Inferior usavam, amarelo, laranja e verde. Mas ela também usava luvas cinza, supostamente novas. É provável que tenham sido obtidas há pouco de uma das lojas da estação, e a segurança insistira para que ela as vestisse. Quase ninguém usava luvas no Jardim Inferior, mais uma razão para acharem que as pessoas de lá não eram civilizadas e sim perturbadoramente estrangeiras, até mesmo perigosas. Definitivamente não eram radchaai.

Não havia como avisar que eu gostaria de entrar; não havia sequer um vestígio de privacidade quando em custódia da Segurança. A Estação, a IA que controlava a Estação Athoek, que em todos os sentidos era a estação, abriu a porta quando quis. A pessoa agachada nem levantou o olhar.

– Posso entrar, cidadã? – perguntei. Mesmo que "cidadã" fosse o termo errado para essa situação, era, em radchaai, quase a única forma educada de se dirigir a alguém.

A pessoa não respondeu. Entrei, um único passo, e me agachei a frente dela. Kalr Cinco continuou parada na porta.

– Como você se chama? – perguntei. A governadora Giarod disse que essa pessoa se recusara a falar, desde que fora presa. Seu interrogatório estava programado para a manhã seguinte. Mas é claro que, para um interrogatório funcionar, você precisava saber quais perguntas fazer. E era possível que ninguém ali soubesse.

– Você não vai conseguir manter seu segredo – continuei, dirigindo-me à pessoa a minha frente que encarava a tigela de skel. Não haviam deixado nenhum talher para que ela comesse, talvez temendo que tentasse se ferir com eles. Ela precisaria comer as grossas folhas com as mãos ou enfiar o rosto na tigela, opções desagradáveis e aviltantes para uma radchaai. – Seu interrogatório está agendado para amanhã de manhã. Tenho certeza de que elas terão o maior cuidado

possível, mas não acho que será uma experiência agradável.
– E, como muitas pessoas anexadas pelo Radch, a maior parte das ychanas acreditava que um interrogatório não era diferente de uma reeducação, algo que uma criminosa faria para que não cometesse o mesmo crime novamente. Claro que os remédios usados eram os mesmos, e uma interrogadora incompetente poderia danificar seriamente uma pessoa. Mesmo a mais radchaai das radchaai sentia certo pânico de interrogatórios e reeducação, e evitava fazer qualquer menção a isso, desviando do assunto mesmo que estivesse a sua frente.

Ainda assim, ela não respondeu. Nem sequer levantou o olhar. Eu também era capaz de ficar aqui em silêncio. Pensei em pedir à Estação que me mostrasse o que via dela: mudanças de temperatura, provavelmente, ou mesmo batimentos cardíacos, talvez mais. Não duvidava que os sensores da Segurança fossem calibrados para captar a maior quantidade possível de informação sobre seus prisioneiros. Mas não achava que encontraria algo interessante nesses dados.

– Você sabe cantar alguma música? – perguntei.

Quase achei que vira alguma mudança, mesmo que pequena, em seus ombros, na forma como ela se portava. Minha pergunta a surpreendera. Eu devia admitir, era uma pergunta vã. Quase todas as pessoas que eu conhecera, em meus dois mil anos de vida, sabia cantar pelo menos alguma música. A Estação disse em meus ouvidos "Isso a surpreendeu, capitã de frota".

"Sem dúvidas", respondi silenciosamente. Não olhei para Cinco enquanto ela se virava para o corredor a fim de dar espaço a Oito, que trazia uma caixa, dourada com entalhes vermelhos, azuis e verdes. Antes de deixar o escritório da governadora, enviara uma mensagem pedindo que ela trouxesse a caixa. Fiz um gesto para que a deixasse no chão ao meu lado. Oito obedeceu, e abriu a tampa.

A caixa havia sido a casa de um antigo jogo de chá (garrafa, coador e tigelas para doze pessoas) dourado com vidro azul e verde. Um jogo que sobrevivera intacto por três mil anos, talvez até mais. Mas que estava agora em pedaços, estilhaçado e espalhado pelo interior da caixa ou enfiado nas reentrâncias que um dia o acondicionaram tão bem. Intacto, chegaria a valer uma fortuna. Em pedaços, ainda era um prêmio.

A pessoa agachada a minha frente finalmente virou-se para olhar e disse, em uma voz calma e na língua radchaai:

– Quem fez isso?

– Tenho certeza de que sabia, quando o trocou, que algo assim poderia acontecer. Com certeza sabia que ninguém tomaria conta dele como você.

– Não sei do que está falando. – Ela ainda encarava o jogo de chá quebrado. E sua voz permanecia calma. Ela falava radchaai com o mesmo sotaque das outras ychanas do Jardim Inferior. – Isso é claramente valioso, e quem quer que tenha quebrado era totalmente não civilizado.

"Acho que ela está chateada, capitã de frota", a Estação disse em meus ouvidos. "Ela reagiu com alguma emoção, de qualquer forma. Quando não conheço bem a pessoa, é difícil saber exatamente qual só observando sinais externos."

Por experiência, sabia como aquilo funcionava. Mas não disse nada. Respondi em silêncio: "Obrigada, Estação, é bom saber". Eu estava certa, também por experiência própria, de como era útil que uma IA gostasse de você; e de como ela poderia obstruir e atrapalhar qualquer uma de quem não gostasse ou tivesse algum ressentimento. Estava genuinamente surpresa em perceber que a Estação havia me dado aquela informação voluntariamente. Em voz alta, me dirigi à pessoa a minha frente:

– Como você se chama?

– Vai se foder – respondeu ela, com a voz calma e monocórdica. Ainda olhando o jogo de chá quebrado.

– Antes de trocar o jogo de chá, você removeu o nome da capitã. Qual era? – A inscrição dentro da caixa fora alterada para esconder um nome que, eu suspeitava, possibilitaria que alguém rastreasse sua origem.

– Por que esperar até amanhã para me interrogar? Por que não fazer isso agora? Assim você já vai ter todas as respostas que quiser.

"Aumento dos batimentos cardíacos", disse Estação em meus ouvidos. "A respiração dela está mais rápida."

Ah! Em voz alta, eu disse:

– Então existe um plano B. Os remédios irão matá-la. Pelo menos essa parte de você.

Ela levantou o olhar para mim e piscou vagarosamente. "Capitã de frota Breq Mianaai, tem certeza de que está tudo bem? Isso não fez nenhum sentido."

Fechei a caixa, a peguei do chão e me levantei. Depois disse: "A capitã Hetnys vendeu esse jogo de chá para a cidadã Fosyf Denche. A filha de Fosyf o quebrou e a cidadã decidiu que esse jogo não era mais valioso, por isso o descartou". Virei-me e entreguei a caixa para Cinco, que substituíra Oito na porta da cela. Tecnicamente falando, o jogo de chá era dela, pois fora Oito quem se deu o trabalho de buscar todos os pedaços jogados no lixo depois que Raughd Denche, furiosa e arrasada com o fato de sua mãe tê-la deserdado, jogara tudo no chão.

– Foi um prazer conhecê-la. Espero que voltemos a nos falar em breve.

Enquanto saía da Segurança e andava pelo pátio principal, com Kalr Cinco atrás de mim carregando o jogo de chá quebrado, a Estação disse em meus ouvidos: "Capitã de frota, a sacerdotisa principal acabou de se retirar do gabinete da governadora do sistema e está a sua procura".

No Radch, "sacerdotisa principal", sem nenhum outro qualificativo, significava a sacerdotisa principal de Amaat. Na estação Athoek, tal sacerdotisa chamava-se Ifian Wos. Eu a conhecera quando ela, com um pouco de má vontade, cuidara do funeral da tradutora Dlique. Depois disso, nunca mais nos falamos.

"Obrigada, Estação." Enquanto dizia isso, sua eminência Ifian saía da residência da governadora e vinha imediatamente em minha direção. Não havia dúvidas de que a Estação revelara onde me encontrar.

Não queria falar com ela agora. Queria falar com a governadora Giarod sobre a pessoa presa, e depois resolver algumas questões relativas ao alojamento das minhas soldadas. Mas estava claro que a Estação não havia me dito que a sacerdotisa Ifian estava me procurando para que eu a ignorasse. E, mesmo que eu tentasse fazer isso agora, não conseguiria evitá-la para sempre, a não ser que saísse da estação.

Andei até o meio do arranhado chão do pátio, que já fora branco, e parei.

– Capitã de frota! – chamou a sacerdotisa, enquanto fazia uma reverência para mim. Uma reverência calculada, pensei, nem um milímetro a mais do que minha patente requeria. Ela era dois centímetros mais baixa que eu, e mais magra, com uma voz grave e ressonante; portava-se e falava com a confiança de uma pessoa que possuía os tipos de conexões e recursos necessários para ser nomeada para o mais alto cargo do sacerdócio. Cidadãs passavam ao nosso lado, com suas jaquetas repletas de joias, com broches memoriais e de família. O fluxo comum do pátio. A maioria das pessoas nos ignorava, mas algumas lançavam olhares curiosos. – Os últimos dias foram cheios de surpresas! – continuou sua eminência Ifian, como se fôssemos meras conhecidas fofocando. – Mesmo nós, que conhecíamos a capitã Hetnys havia *anos*, não suspeitamos que ela pudesse fazer algo tão inapropriado! – Os vários broches presos ao impecavelmente bem cortado casaco roxo da sacerdotisa Ifian brilhavam, tremeluzindo por um momento ao final da dúvida da sacerdotisa sobre a capacidade da capitã Hetnys de fazer algo errado.

É claro, a capitã Hetnys havia, alguns dias antes, ameaçado matar a horticultora Basnaaid Elming para tentar me coagir. A horticultora era a irmã mais nova de uma militar que fora minha tenente, quando eu ainda era o porta-tropas *Justiça de Toren*. Eu só concordara em vir para Athoek porque Basnaaid estava ali e porque eu possuía uma dívida com sua falecida irmã que nunca seria capaz de pagar.

– É verdade – respondi, da forma mais diplomática possível.

– E eu acredito que você realmente *tem* autoridade para prendê-la – continuou a sacerdotisa, com uma pitada de dúvida em seu tom. Meu confronto com a capitã Hetnys terminou com a quase destruição dos Jardins e a suspensão da gravidade em toda a estação por dias. A capitã agora estava congelada em suspensão para que não pudesse tentar mais nenhuma manobra espetacularmente perigosa e burra. – Assuntos militares, tenho certeza. E a cidadã Raughd. Uma pessoa tão jovem, simpática e bem-nascida. – Raughd Denche tentara me matar, apenas alguns dias antes do comportamento *inapropriado* da capitã Hetnys. – Tenho certeza de que *elas* tiveram *motivos* para tais ações, com certeza isso deve ser levado em consideração! Mas, capitã de frota, não é sobre isso que gostaria de lhe falar. E, claro, não quero mantê-la aqui de pé no meio do pátio. Talvez pudéssemos tomar um chá?

– Sua iminência, temo – respondi, tranquila e em tom neutro – que eu esteja terrivelmente ocupada. Estou indo encontrar a governadora Giarod, e depois preciso achar minhas soldadas, que têm dormido em um corredor abandonado durante as últimas noites. – Com certeza, a Administração da estação estava apinhada de reclamações, e ninguém prestaria atenção às necessidades de meu núcleo familiar se eu não as expusesse.

– Claro, claro, capitã de frota, esse era um dos assuntos que gostaria de tratar! Sabe, o Jardim Inferior costumava ser um lugar muito elegante. Talvez não tão elegante quanto os apartamentos com vista para o pátio. – Ela fez um gesto indicando os arredores e acima, para as janelas do segundo andar, que olhavam diretamente para o centro pulsante da estação, e seu maior espaço aberto depois dos Jardins. – Talvez, se o Jardim Inferior fosse *tão* elegante assim, tivesse sido consertado há muito tempo! Mas as coisas são como são. – Ela gesticulou piamente, submetendo-se à vontade da Deusa. – *Belíssimos* apartamentos, ouvi dizer. Posso *imaginar* o estado em que, estão após tantos anos de ychanas tomando conta do local. Mas eu *realmente* espero que as designações originais sejam levadas em consideração, agora que a reforma está terminando.

Fiquei curiosa em saber quantas daquelas famílias ainda estavam aqui.

– Não poderei ajudá-la, iminência. Não tenho autoridade sob as designações de moradia. É melhor que fale com a administradora Celar.

– Já falei com a administradora, capitã de frota, e ela me disse que *você* insistiu em manter as coisas como estão. Tenho certeza de que deixar tudo como está parece prático a seus olhos, mas realmente temos *circunstâncias especiais* aqui. E os presságios dessa manhã foram *bastante preocupantes*.

Era possível que a sacerdotisa principal estivesse insistindo nesse assunto em nome das famílias que pretendiam voltar a morar no Jardim Inferior. Mas ela também era amiga da capitã Hetnys; a capitã que estivera trabalhando para a parte da Senhora do Radch que matara a tenente Awn Elming. A parte da Senhora do Radch que destruíra o porta-tropas *Justiça de Toren*. Ou seja, a parte da Senhora do Radch que me destruíra. E era muito suspeito que esse assunto surgisse bem no momento em que eu deixara claro que não estava desse lado de Anaander Mianaai. Isso, e a menção aos presságios. Eu já conhecera uma boa quantidade de sacerdotisas em minha longa vida, e cheguei à conclusão de que elas eram, em sua maioria, como todas as outras pessoas: algumas generosas, outras avarentas; algumas bondosas, outras cruéis; algumas humildes, outras autocongratulatórias. A maioria era tudo isso, em diferentes proporções, e diferentes momentos. Mais uma vez, como todas as outras pessoas. Mas eu aprendera a prestar atenção em qualquer sacerdotisa que sugerisse que seus objetivos pessoais eram, na verdade, a vontade da Deusa.

– Que reconfortante – respondi, voz e expressão sérias – pensar que, em tempos difíceis como esses, a Deusa ainda se preocupa com detalhes como a designação de moradia. Eu mesma não tenho tempo para discuti-los agora. – Fiz uma reverência, tão perfeitamente respeitável como a que ela fizera, e me afastei, andando em direção à residência da governadora.

"Não é curioso", disse Estação em meus ouvidos, "que as deusas só desejem ajudar o Jardim Inferior agora?"

"*Muito* interessante", respondi, sem falar em voz alta. "Obrigada, Estação."

– Uma ancilar! – A surpresa era nítida no rosto e na voz da governadora Giarod. – Onde está a nave?

– Do outro lado do portal fantasma. – Um portal que levava a um sistema sem saída, para onde as athoeki pensaram em expandir, antes da anexação, mas nunca o fizeram. Havia rumores de que era mal-assombrado. A capitã Hetnys e a *Espada de Atagaris* haviam demonstrado um interesse fora do comum naquele portal. Logo depois que a *Misericórdia de Kalr* chegara ao sistema, um moderno módulo de suprimentos havia saído pelo portal. Agora, eu estava certa de que o jogo de chá quebrado de Kalr Cinco também viera por lá, em troca de corpos humanos em suspensão. Eles deveriam servir como trabalho barato e não qualificado para Athoek, mas a capitã Hetnys os roubara e vendera para alguém do outro lado do portal fantasma. – Há alguns dias conversamos sobre possíveis transportadas terem sido roubadas, lembra? – Era impossível que ela tivesse esquecido, levando em consideração os acontecimentos dos últimos dias. – E era difícil imaginar o que motivaria tal roubo. Acredito que exista uma nave do outro lado do portal, já há algum tempo, que tenha comprado os corpos para usar como ancilares. Ela os comprava das escravagistas athoeki, por isso ela tinha um corpo ychana de antes da anexação e o enviou para cá, para se misturar às cidadãs. – Mais ou menos isso, claro. – Quando a anexação interrompeu esse fluxo, ela começou a comprar os corpos oferecidos por oficiais radchaai corruptas e gananciosas o suficiente para vender transportadas. – Fiz um gesto para que Cinco, atrás de mim, abrisse a caixa.

– Isso é de Fosyf – disse a governadora Giarod. E então, entendeu: – A capitã Hetnys vendeu isso a ela.

– Até agora, você nunca havia se perguntado onde a capitã encontrara algo assim? – Indiquei com as mãos a inscrição do lado de dentro da tampa. – Nunca reparou que alguém tomou muito cuidado ao remover o nome da antiga dona? Para quem consegue ler notai – o idioma no qual a inscrição estava escrita –, ou mesmo para quem observa com cuidado, é possível perceber.

– O que está dizendo, capitã de frota?

– Não estamos lidando com uma nave radchaai. – Ou *era* uma nave radchaai. Existia o Radch, o lugar onde nascera Anaander Mianaai, há mais de três mil anos, quando ela fora uma pessoa muito ambiciosa em um único corpo. E existia o enorme território que Anaander construíra a sua volta ao longo desses três mil anos: um espaço controlado. Mas ainda existia alguma conexão entre esses dois lugares? E tanto as habitantes do Radch como as do espaço imediatamente ao lado não foram a favor do que Mianaai fizera. Batalhas foram lutadas. Guerras. Naves e capitãs destruídas. Muitas delas notai. Pertencentes ao Radch. – Não é uma nave de Anaander, quero dizer. Uma nave notai. – As notai eram radchaai, claro. Pessoas do Radch, e fora dele, tendiam a pensar em "radchaai" como sendo uma única coisa, quando, na verdade, era bem mais complicado do que isso, ou ao menos havia sido quando Anaander começara a desbravar os limites do Radch.

– Capitã de frota. – A governadora estava perplexa. Não conseguia acreditar. – Isso são *lendas*. Naves derrotadas que vagam pelo espaço há milhares de anos... – Ela balançou a cabeça. – É o tipo de coisa que se vê em melodramas. Não é *real*.

– Não sei há quanto tempo ela existe. Talvez desde antes da anexação, ao menos. – Deveria ser, se estava comprando corpos das escravagistas athoeki. – Mas a Nave está lá. E... – Continuei a falar aliviada por saber que a médica que examinara a prisioneira não me vira pessoalmente, e por isso não usou seus recém-adquiridos implantes em mim, passando todas as informações necessárias à governadora sem me expor. – ...está aqui. Duvido que qualquer moradora do Jardim Inferior tenha algo a dizer sobre ela. – O Jardim Inferior fora danificado anos atrás, impedindo que a Estação se informasse sobre o que acontecia por lá. Era o lugar perfeito para uma ancilar como ela se esconder. Desde que conseguisse se esconder de qualquer pessoa com implantes que pudessem enviar informações sensoriais à Estação (e isso não era incomum no Jardim Inferior, diferentemente do restante da estação), ela podia andar sem ser percebida, sem que ninguém soubesse que estava ali. – Imagino que a Nave tenha se dado conta de que algo estava errado quando perdemos comunicação com os palácios e quando o tráfico foi interrompido. Deve ter sido o momento em que ela enviou a ancilar para saber o que estava acontecendo aqui. Mesmo se a ancilar fosse capturada, seu segredo estaria a salvo. Existe um plano B: caso a ancilar seja medicada com as fórmulas para interrogatório, ela morre. E, além de os implantes estarem escondidos, é pouco provável que alguém procurasse por eles. Provavelmente esse plano de contingência também destruiria qualquer tipo de evidência.

– Você concluiu tudo isso a partir do jogo de chá da cidadã Fosyf?

– Na verdade, sim. Eu teria revelado antes, mas queria alguma prova de minhas suspeitas. Já que, como pode perceber, é uma teoria difícil de aceitar.

A governadora ficou em silêncio por um momento, com a expressão severa. Pensando, eu esperava, no papel que ela mesma tivera nisso. E, por fim, disse:

– E agora? O que fazemos?

– Recomendo a instalação de um rastreador e inclusão do nome dela na lista de comida.

– Mas, capitã de frota, se ela é uma ancilar... uma ancilar não pode ser uma cidadã. Uma nave não pode.

Esperei uma fração de segundo para ver se a Estação diria alguma coisa a ela, mas não houve mudança na expressão da governadora.

– Tenho certeza de que a Segurança não quer que aquela cela continue ocupada. O que mais podemos fazer? – Fiz um gesto irônico. – Dê trabalho a ela. Nada confidencial ou que dê acesso aos sistemas da estação, claro. Confirme a designação de moradia dela para o Jardim Inferior.

A expressão da governadora mudou levemente. Então a sacerdotisa havia falado com ela.

– Capitã de frota, sei que moradias são assunto da administradora Celar, mas confesso que não gosto de recompensar atitudes ilegais. Para começo de conversa, ninguém deveria estar morando no Jardim Inferior. – Eu não disse nada, apenas a encarei. – É bom que você se preocupe com suas vizinhas – continuou ela, após uma pausa, insegura, como se não soubesse o que dizer. – Mas eu prefiro ver aquele lugar povoado por cidadãs de bem que cumprem as leis. – Continuei em silêncio. – Acredito que seja mais eficiente repensarmos as designações de moradia do Jardim Inferior, refazer tudo e pensar em enviar algumas cidadãs lá para o planeta enquanto isso.

O que não seria um problema caso elas quisessem ir para o planeta, mas eu suspeitava que as cidadãs às quais a governadora se referia eram as atuais moradoras do Jardim Inferior, e o desejo delas não seria levado em consideração.

E ainda era provável que grande parte das cidadãs tivesse passado toda sua vida na estação e não quisesse nem fosse adequada para os trabalhos existentes no planeta, ainda mais em cima da hora.

– Isso não é da sua alçada, governadora, a administradora da estação é quem decide. – A administradora Celar era responsável pelas operações da Estação Athoek. Coisas como moradia estavam sob sua autoridade, e mesmo que a administradora tecnicamente respondesse à Giarod, as minúcias da vida na estação não eram uma preocupação da governadora. E a administradora Celar era popular o suficiente para que a governadora preferisse resolver esse assunto amigavelmente, por trás dos panos.

Giarod respondeu com suavidade:

– Mas foi a capitã de frota quem pediu a ela que oficializasse as condições de moradia do Jardim Inferior. Acredito que a administradora estará mais disposta a considerar uma mudança caso você fale com ela. – *Isso* era realmente interessante. Eu quase acreditei que a Estação fosse comentar algo, mas ela não disse nada. Nem eu.

– As pessoas não ficarão felizes com isso.

Considerei perguntar à Estação se aquilo era uma ameaça direta por parte da governadora. Mas o silêncio, minutos após esse discurso, já era uma resposta, e eu sabia que a Estação não gostaria que eu forçasse a barra em assuntos delicados ou conflituosos para ela. E a bondade da Estação para comigo era algo novo e delicado. – As moradoras do Jardim Inferior não são pessoas?

– Você sabe o que estou dizendo, capitã de frota. – Ela estava exasperada. – Estamos passando por tempos difíceis, como você já disse, e não faz muito tempo. Não podemos nos dar o privilégio de entrar em guerra com nossas próprias cidadãs neste momento.

Dei um pequeno sorriso e permaneci com a expressão neutra.

– Realmente, não podemos. – A relação da governadora com a capitã Hetnys fora, eu estava certa, ambivalente. Isso não a excluía da minha lista atual de inimigas. Mesmo se fosse, ainda não estava disposta a se contrapor abertamente a mim. Afinal, eu era a única entre nós com uma nave armada e soldadas. – Vamos nos certificar da inclusão de *todas* as cidadãs, certo, governadora?

3

Moradia, em uma estação radchaai, podia ter diversas formas. Normalmente pressupunha-se que a pessoa moraria em um núcleo familiar: genitoras, avós, tias, primas, talvez empregadas e clientes se a família fosse rica o bastante. Às vezes, tais núcleos eram organizados em volta de uma oficial da estação: a residência da governadora; ou o núcleo familiar da alta sacerdotisa adjacente ao templo de Amaat no pátio principal, onde com certeza várias sacerdotisas jovens viviam.

Se você tivesse crescido nesses núcleos, ou trabalhasse em um deles, não precisaria solicitar moradia à administração da Estação. Você fora designada àquela casa mesmo antes de nascer, muito antes que suas aptidões mostrassem seu futuro posto. É claro que ajudava ser de uma família que estivera presente durante a construção da estação, ou durante sua anexação. Ou ainda ter algum tipo de relacionamento com uma família assim. Quando eu fora uma nave, todas as minhas oficiais que viviam em estações haviam pertencido a tais núcleos familiares.

Se uma cidadã não fosse de uma dessas famílias, ela ainda possuía direito à moradia, como todo mundo. Uma cidadã sem muito *status*, ou o apoio de uma casa grande e poderosa, poderia ser designada a um beliche em um dormitório, não muito diferente do que eu havia tido como ancilar, ou dos aposentos das soldadas da *Misericórdia de Kalr*. Ou uma das várias cápsulas suspensas que serviam como dormitório, pois eram grandes o suficiente para dormir, para guardar uma muda de roupa e poucos pertences. Na estação Athoek, havia ambas as opções. Contudo, estavam todas lotadas por conta da recente destruição dos portais intersistema, pois algumas naves haviam sido redirecionadas e outras impedidas de sair. E o fechamento do Jardim Inferior incluíra centenas de cidadãs a essa lista. Minhas *Misericórdias de Kalr* improvisaram nosso alojamento além de uma porta que nos apresentava um espaço cheio de camas, escuro e silencioso apesar da hora, quando a maior parte das cidadãs estaria acordada. Superlotado, com certeza, e era provável de que as pessoas estivessem dormindo por turnos.

Oito estava aliviada em me ver, por algum motivo, mas também se sentia indecisa e confusa. Poucos dias antes, ela pensava em mim como inteiramente humana. Agora Oito sabia, todos a bordo da *Misericórdia de Kalr* sabiam que eu não era humana, eu era uma ancilar. E agora ela também sabia que eu não gostava que elas se passassem por ancilares em minha presença. Oito não sabia como se dirigir a mim.

– Oito – chamei. – Vejo que tudo está sob controle, como eu esperava.

– Obrigada, senhora. – A dúvida dela era quase imperceptível no rosto ou na voz: Oito deveria seguir com seu hábito de imitar a impassividade de uma ancilar? De repente, mesmo essa breve interação parecia custosa, onde antes tudo fora claro. Kalr Cinco sentia a mesma coisa, eu vi, mas escondeu sua dúvida com o ato de guardar o jogo de chá. Oito continuou: – A senhora vai tomar chá?

Não duvidaria que, mesmo no meio de um corredor, Oito poderia, e faria, uma tigela de chá se eu pedisse.

– Obrigada, mas não. Quero água. – Sentei-me em uma caixa e me virei para que pudesse olhar a porta do corredor.

– Senhora – respondeu Oito. Não deixou transparecer, mas minha resposta a deixara com ainda mais dúvidas. Claro. Ancilares bebiam água em vez de chá, já que isso era reservado às humanas, um luxo; um luxo necessário, ao que parecia. Não que existisse alguma proibição, mas ninguém gastava seus luxos em equipamentos. Não haveria como responder sem enviar um tipo de mensagem, ou deixar implícito algo sobre o que eu era ou não era.

Oito me passara a água (no melhor jogo de porcelana que ela podia acessar, o Bractware azul e roxo) quando alguém saiu do dormitório, virou-se e andou em minha direção. Ela era ychana, de calças e blusa largas, como quase todas as ychanas que moravam no Jardim Inferior. Era a pessoa que confrontara a tenente Tisarwat há duas semanas, reconheci, para reclamar (com alguma razão) que nossos planos de readequação do Jardim Inferior não levaram em consideração os desejos e as necessidades das moradoras do lugar. Contudo, eu não estivera presente nessa discussão. A Nave me mostrou, já que via e ouvia tudo Tisarwat fazia. Essa pessoa que vinha em minha direção não teria razão para querer que eu a reconhecesse.

Mas não haveria outra razão para ela andar dessa forma até o fim do corredor, se não fosse falar comigo ou com uma de minhas Kalrs. Bebi minha água, entreguei a tigela para Cinco e me levantei.

– Cidadã – disse e fiz uma reverência –, posso ajudar?

– Capitã de frota – respondeu ela, também fazendo uma reverência. – Houve uma reunião ontem. – Ela quis dizer, uma reunião das moradoras do Jardim Inferior; era como elas lidavam com problemas que afetavam a todas. – Sabia que você e a tenente não poderiam vir, caso contrário, teriam sido notificadas.

A princípio, completamente razoável. Tisarwat e eu estávamos longe da estação, fosse a bordo da *Misericórdia de Kalr*, fosse na nave de transporte para cá. Mas é claro que qualquer uma de minhas Kalrs que ainda estavam na estação poderiam ter sido avisadas, e eu sabia que isso não acontecera. A reunião não fora pensada para nos incluir, mas dizer isso diretamente era bem difícil, e eu tinha certeza de que a cidadã esperava que eu não insistisse no assunto.

– Claro, cidadã – respondi. – Gostaria de se sentar? – Mostrei a caixa mais próxima. – Não acredito que tenhamos chá pronto, mas posso pedir que façam para você.

– Obrigada, capitã de frota, mas não. – Então a mensagem que a cidadã trazia era peculiar, e ela não estava segura da minha possível reação. Ou talvez com a reação da tenente Tisarwat. – A jovem tenente foi muito gentil em estabelecer um escritório no piso quatro do Jardim Inferior, para que fosse mais conveniente às moradoras que gostariam de levar suas reclamações à Administração da Estação. Isso ajudou muito, mas talvez a tenente tenha negligenciado suas outras funções. – Ela definitivamente não estava ansiosa para saber a reação da tenente Tisarwat. – E o resultado da reunião foi que outra pessoa deveria ficar responsável pelo escritório quando reabrir. – O desconforto da cidadã era pouco visível, mas estava lá. – Sim, capitã de frota, queremos enfatizar que não há qualquer insinuação ou reclamação da nossa parte, ou qualquer comportamento inapropriado por parte da jovem capitã.

– Vocês só acham que seria melhor que aquele escritório representasse mais diretamente as preocupações da maioria das moradoras do Jardim Inferior – falei.

Um breve lampejo passou por seu rosto, para logo sumir. Ela não esperava que eu fosse tão direta.

– Como quiser, capitã de frota.

– E a cidadã Uran? – Uran não era uma de minhas soldadas, claramente não era minha parente, mas era, sem sombra de dúvidas, membro de meu núcleo familiar, e passara suas manhãs ajudando Tisarwat no escritório do nível quatro. Ela era valskaayana, filha de transportadas enviadas a Athoek há gerações para colher o chá que nascia no planeta, e fora enviada ao espaço.

– A menina valskaayana? Claro, claro, ela pode continuar. Por favor, diga isso a ela.

– Falarei, e também com a tenente Tisarwat.

Tisarwat realmente não ficou feliz.

– Mas, senhora! – Mesmo sussurrando, já que estávamos no corredor, agachadas no chão, havia urgência em sua voz. Tisarwat respirou fundo. Continuou, um pouco menos ardorosa, mas ainda sussurrando: – A senhora percebe que é provável que tenhamos de encontrar uma forma de governar esse lugar? E precisamos de influência para isso. Tivemos um bom começo, nos colocamos em uma posição central... – E foi aí que a tenente se lembrou de que, ao contrário dos nossos aposentos no Jardim Inferior, ali a Estação conseguiria ouvir o que era falado, provavelmente estava ouvindo e poderia ou não reportar nossa conversa à governadora Giarod. – Não existe uma instância superior a quem a governadora possa apelar, nenhuma outra ajuda em uma crise. Somos as únicas.

Oito e Dez não estavam ali, pegavam seus jantares no refeitório mais próximo, já que não era possível cozinhar ali. Cinco estava de guarda em nosso quartel improvisado, fazendo de conta que não escutava nossa conversa.

– Tenente, espero que *você* saiba que eu não tenho nenhum desejo de governar esse lugar. Ficaria muito feliz em deixar que as athoeki se autogovernem.

Ela piscou, desnorteada, e disse:

– Senhora, isso não pode ser verdade. Se as athoeki fossem capazes de governar a si mesmas, nós não *estaríamos* aqui. E as decisões comunais tomadas em reuniões são ótimas desde que não sejam sobre assuntos urgentes, que precisem de ações imediatas. Ou mesmo de ações para os próximos *séculos*.

Em meus dois mil anos, nunca percebera que Anaander Mianaai se preocupava com o tipo de governo escolhido depois da anexação.

– Tenente, você está prestes a estragar toda boa disposição que conquistou aqui. E, levando em consideração que elas são nossas vizinhas e podem continuar a ser por um bom tempo, preferia que você não fizesse isso.

Outra respiração profunda para se acalmar. Ela estava chateada e com raiva. Sentindo-se traída.

– A administradora da estação não vai se dispor a ouvir diretamente as ychanas do Jardim Inferior. Nunca pisou lá.

– Então peça que ela comece, tenente. Você já iniciou o trabalho. Continue.

Mais um inspirar e expirar, dessa vez mais calmo.

– E a cidadã Uran?

– Pediram que ela continuasse trabalhando, mas não explicaram o motivo.

– Porque ela é *valskaayana*! Porque não é xhai ou uma radchaai de fora!

– Elas não disseram isso, mas, se for mesmo parte do motivo, levando em consideração tudo que aconteceu, podemos culpá-las? Se me lembro bem, você disse exatamente isso quando estava tentando me convencer de que a cidadã Uran deveria trabalhar para você.

Tisarwat respirou profundamente, um trago de ar. Abriu a boca para falar, mas parou. Respirou fundo mais uma vez e disse, quase suplicante:

– Você *ainda* não confia em mim!

Eu estivera tão imersa na conversa que não prestei atenção a outras coisas. Agora, Kalr Cinco falava, prevenindo minha resposta a Tisarwat.

– Como posso ajudá-la, cidadã?

Reconduzi minha atenção. A ancilar notai, que estivera presa, estava agora em frente a nossa parede. Ainda usava as calças e túnica ychanas e luvas cinza, mas agora segurava um rolo de tecido cinza.

– Elas me liberaram e me deram essas roupas – disse ela, como resposta a Kalr Cinco. – E disseram que sentiam muito, mas não havia um bom emprego para mim, mas como isso não era minha culpa, eu ainda teria direito a comida e um lugar para dormir por seis horas todos os dias. Disseram que fora um pedido da capitã de frota Breq Mianaai, que, com certeza, tem condições melhores para seu núcleo familiar, então ela também pode se responsabilizar por mim.

É claro que a raiva e o ressentimento de Kalr Cinco não transpareceram em seu semblante. Nem mesmo o desconforto advindo, eu suspeitava, do fato de saber que aquela pessoa que falava com ela era uma ancilar.

Levantei-me antes que Cinco pudesse responder.

– Cidadã – disse, mesmo sabendo que o termo não era correto. Uma ancilar não precisava de nenhum tipo de cortesia. – Você pode ficar conosco, mas, até que a situação do Jardim Inferior seja resolvida, nossa situação não é mais confortável do que a das outras pessoas. – Nenhuma resposta, a ancilar apenas ficou lá, sem expressão. – Seria bom se soubéssemos seu nome.

– Pode me chamar como quiser, capitã de frota.

– Eu gostaria de usar seu nome.

– Então, estamos em um impasse. – Ela ainda era taxativa.

– Você não sairá daqui tão cedo. Se pudesse, teria ido embora há seiscentos anos, quando esse sistema foi anexado. Você não consegue mais criar seus próprios portais. Talvez, nem mesmo seus motores funcionem mais. Então, encontrá-la é só uma questão de tempo e determinação da nossa parte. – Na verdade, era possível que um pouco de história e algumas contas nos levassem ao provável nome da nave. – Então, por que não nos conta de uma vez?

– Sua argumentação é bastante persuasiva, capitã de frota – respondeu ela, e nada mais.

Em meus ouvidos, a *Misericórdia de Kalr* disse "Tenho pensado nisso desde que descobrimos existir uma nave do outro lado do portal fantasma, capitã de frota. Temos algumas possibilidades. Eu diria *Cultivo de Tranquilidade*, mas tenho quase certeza de que o módulo de suprimentos que encontramos é de uma das joias. Então ficamos com *Heliodor*, *Idocrase* ou *Sphene*. Pedaços da *Heliodor* foram encontrados há dois séculos em três províncias distantes durante uma anexação. E baseada na última localização conhecida de *Idocrase*, é improvável que ela tivesse vindo parar aqui. Diria que é provável ser *Sphene*".

Em voz alta, disse:

– *Sphene*.

Não percebi nenhuma reação na ancilar, mas a Estação disse em meus ouvidos "Acho que está certa, capitã de frota. Ela ficou surpresa agora".

Respondi silenciosamente: "Obrigada, Estação, agradeço muito sua ajuda". Em voz alta:

– Você terá que buscar seu jantar no refeitório hoje, Nave. Kalr Oito e Dez já estão voltando com os nossos.

Sphene respondeu, com um corte de gelo na voz:

– Não sou *sua* nave.

– Cidadã, então – respondi, embora soubesse que também não era correto. Indiquei nosso pequeno território improvisado. – Já que você vai ficar aqui, é melhor que entre.

Passei por Cinco como se ela não estivesse ali, ignorei a tenente Tisarwat, que estava em pé após a interrupção de nossa conversa. Ela andou até o canto do corredor, sentou-se de costas para a parede, com os braços em volta dos joelhos e olhando para a frente.

Cinco fingiu ignorar. Tisarwat olhou para ela por cinco segundos e disse:

– Ela pode ficar com meu jantar, não estou com fome. Vou sair. – Tisarwat me olhou. – Com a permissão da capitã de frota, claro. – Sua voz era quase ácida. Ela ainda estava com raiva de mim.

– Claro, tenente – respondi na mesma medida.

Quatro horas depois, encontrei a chefe de segurança Lusulun no que parecia um encontro social, tanto pelo horário quanto pelo local (a Estação me aconselhou a escolher a casa de chá favorita de Lusulun, longe do pátio principal, com pouca luz, cadeiras confortáveis e paredes tomadas por acessórios em azul escuro e dourado). A não ser entre amigas, a maioria das radchaai considerava convites feitos sem antecedência um tanto rudes. Mas minha patente e a situação pela qual passávamos ajudaram, como o fato de eu ter pedido uma garrafa do destilado local feito de sorgo, que a Estação me contara ser do gosto da chefe de segurança, e também estar pronta para lhe servir o chá assim que ela chegou.

Lusulun fez uma reverência enquanto eu me levantava para cumprimentá-la.

– Capitã de frota, peço desculpas pela hora. – Era nítido que a chefe de segurança viera diretamente do escritório, ainda de uniforme. – As coisas andam um pouco agitadas ultimamente!

– Agitadas mesmo. – Sentamo-nos, e eu entreguei a ela um copo de destilado. Peguei outro para mim.

– Confesso que pensei em chamá-la faz alguns dias para nos conhecermos, mas o tempo anda escasso. – E nos últimos dias estive fora daqui, na minha nave. – Peço desculpas, capitã de frota, parece que minha mente ainda está focada no trabalho.

– Seu trabalho é importante. – Tomei um gole da bebida. Queimava e deixava um retrogosto de ferrugem. – Fui responsável pela segurança de civis algumas vezes. É um trabalho difícil.

Ela tentou disfarçar sua surpresa piscando. Não era a atitude comum de militares ante a Segurança Civil.

– Fico contente em ouvir isso, capitã de frota.

– Estaria certa em presumir que suas trabalhadoras têm feito turnos extras para manter as cidadãs longe do Jardim Inferior?

– Bastante certa. Contudo, mesmo as ychanas são espertas o suficiente para saber que é perigoso ficar lá neste momento, antes da inspeção final. A maioria delas, de qualquer forma. Sempre existem algumas... – Ela tomou um gole da bebida. – Ah! Bem o que eu precisava. – Enviei um agradecimento silencioso à Estação. – Não, capitã de frota, é verdade que meu pessoal está de patrulha lá neste exato momento, e nossa vida seria mais fácil sem essa função, mas, se eu tivesse alguma gerência nisso, consertaria o dano estrutural o mais rápido possível e mandaria essas pessoas de volta. Agora que fiquei sabendo que a capitã de frota já trabalhou com Segurança Civil, não me admira que tenha escolhido morar lá com elas. Já esteve presente em anexações, não tenho dúvidas, e com certeza não se surpreende com comportamentos não civilizados. E há mais espaço para vocês no Jardim Inferior do que em qualquer outro lugar da estação!

Mostrei um sorriso no rosto e disse:

– É verdade. – Reclamar de palavras como "essas pessoas" ou "não civilizados" não me ajudaria aqui. – Levando em consideração a situação atual, eu... fiquei surpresa com a insistência de alguns setores em postergar a volta das residentes ao Jardim Inferior enquanto reconsideramos as designações de moradia. – "Alguns setores" sendo a sacerdotisa principal de Amaat. – Ainda mais surpresa com a sugestão de que qualquer reparo não considerado essencial seja adiado para depois que a moradia seja... *reconsiderada*.

A chefe de segurança Lusulun tomou mais um gole da bebida e disse:

– Bem, imagino que, dependendo da nova designação, os reparos serão diferentes, certo? Claro, é mais fácil e rápido manter as moradias como estão, como a capitã de frota sugeriu. E já havia algum trabalho nesse sentido mesmo antes do vazamento do lago. Podemos muito bem continuar como estamos. Mas... – Ela olhou ao redor. Baixou a voz, mesmo não havendo ninguém por perto a não ser eu e Kalr Cinco, de pé atrás da minha cadeira. – As xhai podem ser bastante irredutíveis quando o assunto são as ychanas. Não que eu ache que estejam completamente erradas. Elas são fogo, e é uma pena a diferença entre o que o Jardim Inferior foi programado para ser e o que é agora que elas estão morando lá. – Felizmente, era fácil manter minha expressão neutra. – Ainda assim, sugiro que elas fiquem lá. Minha vida seria mais fácil. Desde que evacuamos o Jardim Inferior, os problemas dobraram. Brigas, acusações de roubo. Apesar de a maioria não dar em nada. – Lusulun suspirou. – Mas não todas. Eu vou ficar mais tranquila quando elas estiverem de volta ao Jardim Inferior, não vou mentir. E as xhai também, verdade seja dita, mas se elas suspeitarem que alguma ychana acabou ganhando alguma coisa que não merecia... – O gesto dela foi de nojo.

Aqui, a maior parte das oficiais que não provinha de fora do sistema era xhai. O mesmo podia ser dito das famílias mais ricas.

– Sua iminência Ifian é xhai? – perguntei, delicadamente.

– Na verdade, não. – A chefe de segurança deu um breve sorriso surpreso. – Ela é de fora do sistema e não gostaria de sua suspeita de ser athoeki. Mas ela é devota, e se Amaat colocou as xhai acima das ychanas. Bem, é o que é adequado.

Não seria preciso dizer que no espaço do Radch a sacerdotisa principal de Amaat era muito influente. Mas quase sempre existiam outras figuras religiosas igualmente importantes.

– E a sacerdotisa principal dos mistérios?

Lusulun levantou o copo em uma espécie de saudação e respondeu:

– Ah, sim, vocês chegaram a tempo do Festival da Genitália e viram como é famoso. Sim, ela *é* xhai, mas é umas das poucas razoáveis.

– Você foi iniciada nos mistérios?

Ainda com o copo na mão, ela fez um gesto como se dispensasse a ideia.

– Não, não, capitã de frota. É uma coisa xhai.

Em meu ouvido, a Estação disse "A chefe de segurança é metade sahut, capitã de frota". Mais um grupo athoeki. Um sobre o qual eu sabia pouco. Na verdade, algumas vezes as diferenças pareciam invisíveis para mim, mas, por experiência, eu sabia que elas não o eram para as pessoas que viviam ali.

– Ou melhor – continuou Lusulun, sem saber que a Estação falara comigo –, hoje em dia é uma coisa para as radchaai de fora do sistema que têm uma queda por... – Ela hesitou, procurando a palavra exata. – Uma espiritualidade exótica. – Havia ironia na fala. Se fora destinada às iniciadas de fora do sistema ou aos próprios mistérios, ou aos dois, eu não saberia dizer. – Oficialmente, os mistérios estão disponíveis a todas que conseguem completar a iniciação. Na verdade... Bem. – Ela tomou outro longo gole e inclinou o copo de mim quando levantei a garrafa para lhe servir mais. – Na verdade, alguns tipos de pessoas sempre... foram desencorajadas de tentar.

– As ychanas, por exemplo – sugeri enquanto servia uma quantidade generosa de bebida. – Entre outras, sem dúvida.

– Exato. Agora, há uns quatro ou cinco anos, uma ychana se inscreveu. E não uma dessas meio-civilizadas do Jardim Inferior, não, mas uma que já estava totalmente assimilada, bem-educada, falava bem. Uma oficial júnior da administração da estação. – Percebi, por essa breve descrição, que ela se referia a alguém cuja filha a tenente Tisarwat estava tentando cuidadosamente cultivar. – O furor que foi isso! Mas a hierofante manteve a palavra. Todas significava todas, não *todas menos...* – Ela bufou mais uma vez. – Todas que podem pagar, pelo menos. Teve todo tipo de "cacarejo", desculpe o palavreado, senhora, sobre como nenhuma pessoa decente seria iniciada agora, e todos os antigos mistérios seriam desvalorizados e destruídos. Mas, sabe, acho que a hierofante sabia muito bem que estava segura. Hoje, mais da metade das iniciadas são de fora do sistema, e as radchaai estão acostumadas a ver provincianas se tornarem civilizadas e depois entrarem para o círculo, como antigamente. Ouso dizer que, se olharmos a genealogia da maioria das radchaai de fora do sistema aqui na estação, encontraremos muitas dessas. E, na verdade, os antigos mistérios parecem continuar na mesma. – Lusulun não parecia preocupada. – Elas não têm famílias tão antigas assim e, se se recusarem a participar, ficarão de fora do clube mais seleto desta estação.

– Então, na verdade – tomei mais um gole da bebida, bem mais comedido do que o da chefe de segurança –, não são todas as xhai dessa estação que odeiam as ychanas. Apenas algumas que acabam se destacando.

– Não, mais do que só algumas. – E depois, em um sinal de quão forte era aquela bebida ou de quão rápido ela estivera ingerindo, ela disse: – A não ser que eu tenha entendido errado, capitã de frota, a senhora não nasceu Mianaai. Sem ofensas, claro. Seu sotaque e sua forma de agir são coerentes, mas seus traços não são. E tenho dificuldade de acreditar que alguém nascida em uma família tão proeminente se preocuparia tanto com uma humilde horticultora.

Ela se referia à horticultora Basnaaid Elming.

– Servi junto à irmã dela. – Eu fora a nave onde a irmã dela servira. Eu a matara.

– Ah, entendo. – A chefe de segurança olhou para a garrafa e eu a servi. – Imagino que na *Justiça de Toren*. Sem ofensas, como eu disse, mas a família da horticultora não é a mais proeminente.

– Não é – concordei.

A chefe de segurança Lusulun deu uma risada, como se eu tivesse confirmado algo.

– *Justiça de Toren*, a nave com todas as músicas! Não é de se estranhar que a administradora da estação a aprecie tanto, a capitã de frota deve ter trazido dezenas de músicas novas para ela. – Lusulun suspirou. – Daria meu braço esquerdo para conseguir trazer um presente assim para ela! – A governadora Giarod podia ser a autoridade superior, mas era a administradora Celar quem reinava sobre o dia a dia da estação. Ela era larga e pesada, muito bonita. Não eram poucas as moradoras da estação que estavam meio apaixonadas por ela. – Bem. *Justiça de Toren*. Que tragédia. Descobriram o que aconteceu?

– Não que eu saiba – menti. – Diga-me, sei que não é muito adequado, mas... – Olhei ao nosso redor, mesmo sabendo que Cinco já havia intimidado qualquer uma que pensasse em se sentar perto de nós. – Estava pensando sobre Sirix Odela. – Fora Sirix quem contara para a capitã Hetnys que ameaçar a irmã da tenente Awn, Basnaaid Elming, seria uma boa forma de me atacar. Ela me atraíra até os Jardins para que a capitã Hetnys pudesse fazer suas ameaças quando eu estava na posição mais vulnerável que conseguiram organizar.

Lusulun suspirou mais uma vez.

– Bem, capitã de frota, a cidadã Sirix...

– Já teve passagem pela Segurança. – Sabia que Sirix fora reeducada uma vez. Mais de uma reeducação era (em teoria, pelo menos) pouco comum, e potencialmente perigoso.

A chefe de segurança estremeceu um pouco.

– Levamos esse fato em consideração. – Ela me encarou buscando sinais de reação. – E ela realmente mostrou-se arrependida. No final, ficou decidido que ela seria redirecionada para uma das estações exteriores. Sem maiores, *uh*, intervenções. – Sem outra reeducação, ela quis dizer. – Uma das estações externa precisa de uma horticultora, e teremos oportunidade de relocação nos próximos dias.

– Bom. – Eu estava surpresa em ouvir que Sirix se sentia arrependida. – Não posso tolerar o que ela fez, claro. Mas sei que ela foi colocada em uma posição difícil. Estou feliz que tenha sido poupada de maiores desconfortos. – Lusulun emitiu um leve som em concordância. – Já comeu? Posso pedir alguma coisa. – Ela concordou, e passamos o restante da noite conversando sobre amenidades.

Enquanto me dirigia aos nossos aposentos, satisfeita com minha conversa com a chefe de segurança, tentando pensar o que poderia tirar o gosto daquela bebida da minha boca, Kalr Cinco andando atrás de mim, *Misericórdia de Kalr* mostrou-me Seivarden, no final de sua ronda. Alarmada.

– Breq – disse ela, e era uma amostra de sua preocupação que, mesmo sentada no comando com duas Amaats ao seu lado, Seivarden me chamara por nome e não patente. – Breq, temos um problema.

Eu podia ver o que Seivarden via. Uma pequena nave-mensageira, capaz de carregar uma única pessoa, acabara de sair do portal fantasma, para além do qual, supostamente, havia um sistema sem saída, portais ou habitantes. Sabíamos que *Sphene* estava lá, claro, mas *Sphene* era uma nave notai, antiga, e não tivera qualquer acesso a tudo que precisaria para refazer ou consertar seus motores em três mil anos. Essa nave-mensageira não era notai, e seu pequeno e brilhante casco era tão branco que poderia ter saído de um depósito de naves há pouco tempo.

– Capitã de frota – disse Seivarden lá do comando da *Misericórdia de Kalr*. Mais controlada agora, mas não menos assustada. – As presger estão aqui.

4

Como já disse, o espaço é vasto. Depois que a nave-mensageira presger saiu do portal fantasma, enviando uma mensagem e se identificando como uma nave presger, citando uma subcláusula do tratado e pedindo, com base nela, permissão para atracar na estação Athoek, tínhamos cerca de três dias para nos preparar para sua chegada. Era tempo suficiente para a tenente Tisarwat ao menos começar a se resignar com o fato de que as moradoras do Jardim Inferior queriam lidar com os próprios problemas diretamente.

Tempo suficiente para que encontrasse Basnaaid Elming. Que recentemente fora informada de que eu havia matado sua irmã. Cuja vida eu salvara alguns dias antes. Claro, eu fora o motivo pelo qual Basnaaid estivera em perigo, antes de mais nada. Mesmo assim, ela havia decidido continuar a falar comigo. Não questionei sua decisão, ou pensei muito sobre a profunda ambivalência que existia por trás desse gesto cortês.

– Obrigada pelo chá – disse Basnaaid, sentada em uma caixa no nosso corredor. Tisarwat estava fora, bebendo com amigas. *Sphere* estava onde quer que fosse quando se cansava de se sentar no canto e olhar para a frente. A Estação me falaria se ela criasse algum problema.

– Obrigada por vir me ver – respondi. – Sei que está ocupada. – Basnaaid era uma das horticultoras responsáveis pelos Jardins, cinco acres cheios de água, árvores e flores. Os Jardins estavam fechados para o público enquanto reparos estavam sendo feitos nas estruturas que evitavam o colapso do lago (havia tempo que precisavam de reparos, mas escolheram um momento inconveniente para ceder, alguns dias atrás). Agora, os belos Jardins eram uma mistura de lama e plantas que podiam ou não se recuperar um dia.

Basnaaid respondeu com um breve e peculiar sorriso que me lembrou muito sua irmã, e que também revelava que ela estava bastante cansada, apesar de tentar se manter educada.

– Estão progredindo bem, o lago deve poder ser enchido novamente em alguns dias, pelo que dizem. Estou esperançosa por algumas rosas. – Basnaaid fez um gesto resignado. – Vai demorar um pouco para que os Jardins voltem a ser o que eram. – Ao menos alguns dos reparos necessários à sustentação do lago precisavam ser feitos no primeiro piso do Jardim Inferior, que estava exatamente abaixo dele, o que limitava o poder de sua iminência Ifian em impedir a reforma. E então, já que ela claramente estivera pensando o mesmo, Basnaaid continuou: – Não entendo a ideia de postergar as reformas do Jardim Inferior. – O discurso oficial, reproduzido nos jornais autorizados, era que permitir a volta das cidadãs a suas casas era prioridade. Contudo, rumores não seguiam a mesma linha dos discursos oficiais. – E eu não entendo o pensamento da iminência Ifian. – A sacerdotisa principal de Amaat aproveitara os presságios da manhã para avisar as moradoras da estação sobre o perigo de agir apressadamente e depois encontrar-se em uma situação difícil de remediar. Era muito melhor consultar os desejos da Deusa e ponderar onde a justiça, a adequação e o benefício estariam. A implicação era clara para qualquer uma que estivesse prestando atenção à fofoca do momento. O que significava todo mundo na estação, com exceção de crianças pequenas.

Provavelmente, um bom número de pessoas com quem sua iminência Ifian se relacionava concordaria com essa ideia. Provavelmente, ela se certificou de ter apoio de alguns setores antes de fazer o discurso naquela manhã. Mas as pessoas que estavam dormindo em turnos, três ou quatro em um mesmo beliche (ou que haviam, como eu, se recusado a tal sistema e estavam agora dormindo em cantos e corredores), eram muitas e estariam infelizes. Qualquer atraso em permitir a volta das moradoras às próprias camas era, para dizer o mínimo, pouco agradável para essas cidadãs. Mas, claro, as moradoras eram majoritariamente as menos importantes da estação, pessoas com trabalhos de baixo *status*, subalternas, ou cidadãs sem família ou patronas suficientemente ricas para apoiá-las.

– Sua iminência Ifian acha que se conseguir o apoio de um número suficiente de pessoas, a administradora Celar vai ser pressionada a mudar os planos para o Jardim Inferior. E ela vai se aproveitar do fato de que a administradora não parou para lançar os presságios antes de dar as ordens que deu.

– Mas na verdade o problema não é a administradora Celar nem o Jardim Inferior, é? – A posição de Basnaaid como horticultora não envolvia, em teoria, muita politicagem. Em teoria. – O problema é você, capitã de frota. Ela quer diminuir sua influência com a administração da estação, e provavelmente não se importaria se algumas moradoras fossem enviadas lá para baixo também.

– Ela não se importava se elas estavam ou não aqui antes de tudo isso acontecer – lembrei-a.

– Você não estava aqui antes. E suponho que não seja apenas sua iminência Ifian que fica imaginando quais seriam seus planos depois que as questões mais urgentes da Estação Athoek forem resolvidas. Elas talvez achem melhor não lhe dar a chance de fazer nada mais.

– Sua irmã teria entendido.

Ela deu mais uma vez aquele meio-sorriso cansado antes de responder:

– Claro. Mas por que agora? Não você, eu digo, mas sua iminência. Esse não é o melhor momento para jogos políticos, com a estação em superpopulação, naves presas no sistema, portais intersistema destruídos ou fechados por ordens superiores, sem ninguém saber bem o motivo para isso tudo.

– Basnaaid já sabia. Mas a governadora do sistema se recusara a tornar a informação pública: de que Anaander Mianaai, Senhora do Radch por três mil anos, estava dividida, em guerra consigo mesma. A julgar pelas informações oficiais que chegavam a Athoek através dos portais que ainda funcionavam (embora fechados para tráfego), as governadoras dos sistemas vizinhos haviam tomado decisões semelhantes.

– Pelo contrário – respondi, também com um breve sorriso. – É o melhor momento para esse tipo de joguinho, se você só se importa em ganhar. E não duvido que sua eminência Ifian pense que estou apoiando... uma oponente política dela. Claro que Ifian está enganada. Tenho meus objetivos, removidos dessa pessoa. – Eu via pouca diferença entre os dois lados de Anaander Mianaai. – Presunções incorretas levam a ações incorretas. – Era um problema específico da parte de Anaander que agora eu estava certa de ser apoiada pela eminência Ifian; ela não conseguia, ou não queria, admitir que o problema era intrínseco a ela, e parte dela contara a suas apoiadoras que sua divisão fora causada por interferência externa. Especificamente das presger.

– Bem, não gosto do fato de a eminência Ifian estar atrasando o processo de retorno dessas pessoas às suas casas. Se as famílias que foram designadas para o Jardim Inferior quisessem tanto morar lá, elas teriam pressionado pelas reformas há muito tempo.

– Certamente. E tenho certeza de que muitas outras pessoas pensam assim.

E havia tempo suficiente para Seivarden e Ekalu, ainda a bordo da *Misericórdia de Kalr*, discutirem.

Elas estavam deitadas na cama de Seivarden, bem próximas, já que o espaço era reduzido. Ekalu estava nervosa e assustada, com os batimentos cardíacos elevados. Seivarden, entre Ekalu e a parede, fora pega de surpresa e estava momentaneamente imóvel.

– Mas foi um elogio! – insistiu Seivarden.

– Da mesma forma que *provinciana* é um insulto. Mas, o que *eu* sou? – Seivarden, ainda surpresa, não respondeu. – Toda vez que você usa essa palavra, *provinciana*, toda vez que diz como o sotaque de alguém é de baixo escalão ou tem um vocabulário *pouco sofisticado*, você me lembra que *eu sou* provinciana, que *eu sou* do baixo escalão. Que o meu sotaque e meu vocabulário são um trabalho árduo para mim. Quando você ri de suas Amaats por lavarem as folhas do chá, você me lembra que esse chá barato e sem sabor tem gosto *familiar*. E, quando você me faz *elogios* para me diferenciar de tudo isso, você só me lembra de que não pertenço a este lugar. E é sempre uma coisa pequena, mas acontece *todos os dias*.

Seivarden teria recuado, mas ela já estava totalmente encostada na parede, e Ekalu não teria espaço para se distanciar sem sair da cama de vez.

– Você nunca disse nada antes. – Porque Seivarden era quem era, a filha de uma casa antiga que fora absurdamente prestigiosa, nascida mil anos antes de Ekalu ou de qualquer uma na nave, a não ser eu. Mesmo sua surpresa e indignação soavam claramente aristocráticas. – Se é tão horrível, por que você não disse nada antes?

– Como vou falar para você como me sinto? Como eu posso reclamar? Sua patente é maior do que a minha. Você e a capitã de frota são próximas. Quais são minhas chances, se eu reclamar? E para onde eu poderia ir? Não posso sequer voltar para a década Amaat, porque eu não *pertenço* mais àquele lugar. Não posso ir para casa, mesmo que consiga permissão para viajar. O que eu poderia fazer?

Realmente nervosa, Seivarden apoiou-se em um dos ombros.

– É assim tão ruim? E eu sou uma pessoa tão horrível por elogiar você, por gostar de você. Por... – Ela fez um gesto para a cama desfeita e as duas, nuas.

Ekalu se virou e sentou-se. Colocou os pés no chão.

– Você não está escutando.

– Ah, eu estou *escutando*.

– Não – respondeu Ekalu enquanto levantava e recolhia as calças de seu uniforme que estavam na cadeira. – Você está fazendo exatamente o que eu temia que fizesse.

Seivarden abriu a boca para falar algo amargo e raivoso. A Nave disse em seu ouvido "Tenente, por favor, não faça isso".

– Mas... – Seivarden começou a responder, mas não era possível saber se para a Nave, para mim ou para Ekalu.

– Tenho que trabalhar agora – disse Ekalu, com a voz controlada apesar da mágoa, do medo e da raiva. Ela calçou as luvas, pegou sua camiseta, jaqueta e botas e saiu.

Seivarden finalmente se sentou na cama.

– Pela porra das tetas de *Aatr*! – gritou enquanto socava a parede ao seu lado. E gritou de novo, pela dor física agora, já que suas mãos estavam nuas e a parede, dura.

"Tenente", disse a Nave, "é melhor ir até a médica".

– Está quebrado – disse Seivarden, quando conseguiu falar de novo. Segurando a mão machucada. – Não está? Sei até que porra de osso é.

"Dois, na verdade", respondeu *Misericórdia de Kalr*. "O quarto e o quinto metacarpos. Isso já aconteceu antes?" A porta se abriu e Amaat Sete entrou, seu rosto sem expressão como uma ancilar. Ela pegou o uniforme de Seivarden da cadeira.

– Uma vez – respondeu Seivarden. – Há tempos.

"A última vez que você tentou largar o kef?", a Nave supôs. Felizmente, isso foi dito apenas no ouvido de Seivarden, e Amaat Sete não ouviu nada. A tripulação sabia de parte da história de Seivarden: que ela fora rica e privilegiada, fora capitã de sua própria nave até a nave ser destruída, e que ela passara centenas de anos em uma cápsula de suspensão. O que elas não sabiam era que, ao acordar, Seivarden descobriu que sua casa não existia mais, que ela não possuía mais dinheiro ou importância social, e que só lhe sobraram suas feições e jeito de falar aristocráticos. Seivarden então fugiu do espaço Radch e se viciou em kef. Eu a encontrara em um planeta distante, nua, sangrando e quase morta. Ela não utilizara mais kef desde então.

Se a mão de Seivarden não estivesse quebrada, ela provavelmente daria outro soco. O impulso para isso chegou a mover os músculos em seu braço e sua mão, mas também desencadeou uma onda de dor. Seus olhos marejaram.

Amaat Sete sacudiu as calças do uniforme de Seivarden e disse:

– Senhora.

"Se você está tendo tanta dificuldade em lidar com suas emoções", disse a Nave, silenciosamente, para Seivarden, "então realmente acho melhor ir conversar com a médica sobre isso".

– Vai se foder – respondeu Seivarden, mas deixou que Amaat Sete a vestisse e a levasse até a enfermaria. Lá, deixou que a médica colocasse um corretor em sua mão, mas não disse nada sobre sua discussão com Ekalu, suas angústias ou seu vício em kef.

Também deu tempo de trocar mensagens com a capitã de frota Uemi, a um portal de distância, no sistema Hrad.

– Meus cumprimentos à capitã de frota Breq – disse a capitã de frota Uemi em sua mensagem –, ficaria feliz em passar seus relatórios ao palácio de Omaugh. – Uma forma gentil e diplomática de me lembrar que eu não enviara nenhum relatório, nem sequer comunicara minha chegada a Athoek. Uemi também me enviou notícias: a Anaander de Omaugh estava segura em sua posição no palácio e começara a enviar mais naves para outros sistemas e províncias. Havia um burburinho sobre permitir o tráfego entre portais nas provinciais, mas Uemi não achava que isso fosse seguro por enquanto.

O palácio provincial mais distante de Omaugh (que fora o lugar originário do conflito) cortara comunicações havia semanas, e continuava assim. Não havíamos recebido notícias desde que o palácio de Tstur caíra. As governadoras dos sistemas próximos ao palácio de Tstur estavam beirando o pânico: seus sistemas, especialmente aqueles sem planetas habitáveis, estavam desesperados por recursos que não estavam mais sendo enviados pelos portais *intersistema*. Elas poderiam ter pedido ajuda aos sistemas vizinhos, mas estes estavam na província de Omaugh, e os boatos diziam que uma outra Anaander estava no comando. Também corriam boatos de que as governadoras dos sistemas próximos ao palácio de Tstur, que foram declaradas insuficientemente leais a Tstur, haviam sido executadas.

E durante todo esse tempo o canal oficial de notícias continuou igual: divulgação de eventos locais, falatórios inconsequentes sobre alguma fofoca, gravações úteis ao público, pontuados aqui e ali por uma garantia oficial de que essa inconveniência, essa breve interrupção, acabaria logo. Estava sendo resolvido naquele mesmo instante.

– Receio – disse por mensagem a capitã de frota Uemi, depois de tudo – que alguns dos sistemas mais recentemente anexados tentem se libertar. Principalmente Shis'urna ou Valskaay. Se isso acontecer, haverá sangue. Ouviu algo a respeito? – Já havia passado um tempo em ambos os sistemas, participei de ambas anexações. E uma pequena parcela das valskaayanas morava em Athoek, e poderia se interessar por tal assunto. – Seria realmente melhor para todas se não se rebelassem – continuava a mensagem. – Tenho certeza de que concorda com isso.

E eu estava certa de que Uemi queria que eu passasse essa informação adiante, para meus contatos naqueles sistemas.

– Agradeço graciosamente aos elogios da capitã de frota Uemi – respondi. – No momento, não tenho me preocupado com nenhum sistema que não seja Athoek. Envio informações locais e meus relatórios oficiais, com amplos agradecimentos à capitã de frota que se ofereceu a repassá-los às autoridades competentes. – E juntei a tudo isso as notícias que encontrei durante a semana, incluindo os resultados de setenta e cinco competições de cultivo de rabanete que haviam sido anunciadas essa manhã no planeta (as quais classifiquei como informação importante). Além de um mês de meus relatórios e anotações, dezenas deles, todas as linhas de cada um deles composta de repetições das palavras: "Vá se foder".

Na tarde seguinte, a governadora Giarod estava ao meu lado em uma portinhola nas docas. Chão e paredes cinza, mais encardidos do que eu gostaria já que passei a maior parte da minha vida acostumada a um padrão militar de limpeza. A governadora do sistema parecia calma, mas no tempo que as presger levaram para chegar à estação Athoek partindo do portal fantasma, ela teve todas as oportunidades possíveis para se preocupar. Provavelmente, estava ainda mais nervosa naquele momento, enquanto esperávamos a pressão entre a nave presger e a estação se igualar. Só nós duas, mais ninguém, nem mesmo minhas soldadas, apesar de Kalr Cinco estar aparentemente impassiva, mas bastante inquieta, logo além das docas.

– As presger estavam no sistema fantasma esse tempo todo? – Era a terceira vez que a governadora me fazia essa pergunta em três dias. – Você perguntou, como é o nome mesmo, *Sphene*, você disse? Que tipo de nome é esse? As naves notai não têm nomes grandes? Como *Inelutável ascendência da mente crescente* ou *O finito contém o infinito contém o finito*?

Ambos os nomes eram inventados, personagens em melodramas mais ou menos famosos.

– As naves notai são nomeadas de acordo com sua classe – respondi. – *Sphene* é uma das joias. – Nenhuma delas fora famosa o suficiente para inspirar uma série. – E *Sphene* não disse o que pode ou não estar no sistema fantasma. – Eu havia perguntado, e a resposta fora um olhar gélido. – Mas não acho que essa nave mensageira veio de lá. E, se veio, foi só para poder usar o portal fantasma.

– Se não fosse por todo o... desconforto da semana passada, poderíamos ter perguntado para a *Espada de Atagaris*.

– Poderíamos, mas não teríamos nenhuma razão para acreditar na resposta dela. – O mesmo era válido para *Sphene* na verdade, mas não disse isso.

Tivemos um momento de silêncio, e a governadora continuou:

– As presger quebraram o tratado? – *Essa* pergunta era diferente. Era possível que estivesse se segurando há tempos para fazê-la.

– Por terem possivelmente criado um portal em um território humano para acessar o sistema fantasma, você diz? Duvido. Elas citaram o tratado logo que chegaram, você deve se lembrar. – Essa pequena nave não parecia capaz de criar seus próprios portais intersistema, mas as presger já haviam nos surpreendido antes.

A portinhola fez um clique, um barulho, e abriu. Tentando se manter ainda mais ereta que antes, a governadora Giarod ficou dura. A pessoa que se inclinou para fora da porta parecia inteiramente humana. O que, claro, não significava necessariamente que fosse. Era bem alta, quase não devia ter tido espaço para se endireitar na pequena nave. Ao olhar, se passava por uma radchaai comum. Cabelos escuros, presos de forma simples, pele marrom, olhos escuros, tudo bem comum. Ela se vestia com o branco do gabinete das tradutoras: casaco e luvas brancos, calças brancas, botas brancas. Sem nenhuma mancha. Sem nenhum amassado, mesmo que em uma nave tão pequena não devesse existir muito espaço para trocar de roupa, que dirá para se vestir com tanta adequação. Nenhum broche, ou qualquer tipo de adorno, quebrava o branco.

Ela piscou duas vezes, como se ajustando a vista à luz, e olhou para onde eu e a governadora Giarod estávamos, com um leve franzir de cenho. A governadora do sistema fez uma reverência e disse:

– Tradutora. Bem-vinda à estação Athoek. Sou a governadora do sistema, Giarod e essa... – Ela fez um gesto em minha direção – ...é a capitã de frota Breq.

O leve franzir da testa da tradutora se dissipou, e ela fez uma reverência.

– Governadora. Capitã de frota. Estou honrada e feliz em conhecê-las. Sou a tradutora Dlique.

A governadora era muito boa em fingir calma. Ela suspirou como se fosse falar, mas ficou calada. Pensando, sem dúvida, na real tradutora Dlique, cujo corpo estava em suspensão na ala médica. Cuja morte teríamos de explicar.

Ao que parecia, tal explicação seria ainda mais difícil do que havíamos pensado. Mas talvez eu pudesse tornar essa parte um pouco mais simples. Quando conheci a tradutora Dlique e perguntei quem ela era, sua resposta fora "Acabei de dizer que sou Dlique, mas posso não ser, posso ser Zeiat".

– Peço desculpas, tradutora – disse antes que a governadora Giarod pudesse tentar continuar falando –, mas acredito que você seja a tradutora Zeiat.

A tradutora pareceu sinceramente confusa.

– Não, não. Não acho que seja. Elas me disseram que eu era Dlique. E elas não erram, sabe? Quando você acha que elas erraram, é só porque você está olhando a coisa pelo ângulo errado. E foi isso que elas falaram, de qualquer forma. – Ela suspirou. – Elas disseram muitas coisas. Mas *você* está dizendo que eu sou a Zeiat, não a Dlique. Você não diria isso se não tivesse um motivo. – Ela pareceu apenas um pouco desconfiada.

– Tenho bastante certeza disso – respondi.

– Bem – disse ela, seu cenho um pouco mais franzindo, e depois se esticando. – Bem, se você tem *certeza*. Você tem?

– Tenho, tradutora.

– Vamos começar de novo, então. – Ela chacoalhou os ombros como se ajustasse seu uniforme perfeitamente branco e fez outra reverência. – Governadora, capitã de frota.

Estou honrada em conhecê-las. Sou a tradutora Zeiat. E isso é *muito* estranho, mas agora preciso mesmo perguntar o que aconteceu com a tradutora Dlique.

Olhei para a governadora Giarod. Estava imóvel, por um momento, nem sequer respirava. Então ela abriu os ombros largos e disse, suavemente, como se há poucos segundos não estivesse em pânico:

– Tradutora, sentimos muito. Devemos uma explicação a você, e nossas mais sinceras desculpas.

– Ela acabou morrendo, não é? – intuiu a tradutora Zeiat. – Vou adivinhar: a tradutora Dlique ficou entediada e foi parar em algum lugar que vocês falaram para ela não ir.

– Mais ou menos isso, tradutora – concordei.

A tradutora Zeiat deu um suspiro exasperado antes de falar:

– Isso é a *cara* dela. Estou *tão* feliz que não sou Dlique. Você sabia que uma vez ela desmembrou a irmã? Ela disse que estava entediada e queria ver o que ia acontecer. Bem, o que ela esperava? E a irmã dela nunca mais foi a mesma.

– Ah – disse a governadora. Foi tudo que ela conseguiu responder.

– A tradutora Dlique comentou esse caso – respondi.

– Ela comentaria mesmo – zombou a tradutora Zeiat. E depois de uma breve pausa: – Você tem certeza de que era Dlique? Talvez tenha tido algum engano. Talvez outra pessoa tenha morrido.

– Peço seu perdão, tradutora – disse a governadora Giarod – mas quando ela chegou, apresentou-se como tradutora Dlique.

– Bem, esse é o problema – continuou a tradutora Zeiat –, Dlique é o tipo de pessoa que diz o que dá na telha. Ainda mais se acha que vai ser divertido ou engraçado. Não dá para confiar no que ela fala.

Esperei que a governadora respondesse, mas ela parecia paralisada de novo. Talvez por estar tentando entender a conclusão óbvia do que a tradutora Zeiat acabara de dizer.

– Tradutora – intervim –, você quer dizer que, por não ser totalmente confiável, talvez a tradutora Dlique tenha mentido sobre ser a tradutora Dlique?

– É bem a cara dela – respondeu Zeiat. – Você entende agora por que prefiro muito mais ser Zeiat do que Dlique. Não gosto muito do senso de humor dela, e eu *certamente* não quero encorajar o comportamento dela. Portanto, prefiro mesmo ser Zeiat agora, e vamos deixar que ela se divirta dessa vez. Tem... alguma... sabe... – Ela fez um gesto de dúvida. – Alguma coisa? Sobrou alguma parte do corpo, eu digo.

– Nós colocamos o corpo dela em uma cápsula de suspensão o mais rápido que conseguimos, tradutora – disse a governadora, tentando bravamente não parecer horrorizada. – E... Não sabíamos quais... quais procedimentos seriam apropriados. Fizemos um funeral...

A tradutora Zeiat virou de forma lenta a cabeça e olhou fixamente para a governadora.

– Isso foi muito obsequioso da sua parte, governadora – disse Zeiat, como se não soubesse muito bem o que "obsequioso" significava.

A governadora puxou um broche prateado de opala de dentro da jaqueta e o entregou à tradutora Zeiat.

– Também fizemos um memorial, claro.

Zeiat pegou e examinou o broche. Olhou novamente para mim e para a governadora.

– Nunca tive um desses! E olha só! Combina com o de vocês. – Tanto eu quanto a governadora estávamos usando os broches do funeral da tradutora Dlique. – Vocês não são parentes da Dlique, são?

– No funeral, fizemos o papel da família da tradutora – explicou Giarod. – Para torná-lo apropriado.

– Ah, *apropriado*. – Como se a palavra explicasse tudo. – Claro. Bem, é mais do que eu teria feito, posso dizer isso. Então, está tudo passado em pratos limpos.

– Tradutora – chamei –, poderia gentilmente nos dizer qual é o motivo da sua visita?

A governadora Giarod disse logo:

– Claro que estamos felizes que tenha escolhido nos honrar com sua presença. – E lançou um breve olhar em minha direção, a única forma de objeção que poderia me dirigir no momento.

– O motivo da minha visita? – perguntou Zeiat, parecendo intrigada. – Bem, agora, é difícil dizer. Elas me disseram que eu era Dlique, você lembra, e a coisa de Dlique é... além do fato que você não pode confiar em nada do que ela fala... Ela se entedia com muita facilidade e é realmente curiosa demais. E sobre as coisas mais inapropriadas. Tenho certeza de que *ela* veio para cá porque estava entediada e queria ver o que iria acontecer. Mas, já que você me disse que eu sou Zeiat, acho que *eu* estou aqui porque essa nave é muito pequena e fiquei ali dentro por tempo demais. Realmente queria andar um pouco, me esticar e comer alguma coisa gostosa. – Uma breve dúvida. – Vocês comem comida, não?

Era o mesmo tipo de pergunta que eu imaginava a tradutora Dlique fazendo. E talvez ela tenha feito quando chegou, pois a governadora respondeu calmamente:

– Comemos, tradutora. – E, no que parecia ser um assunto menos carregado, perguntou: – Gostaria de comer alguma coisa agora?

– Sim, por favor, governadora.

Mesmo antes da chegada da tradutora, a governadora Giarod queria levar Zeiat para sua residência por uma rota alternativa, por um dos túneis de acesso. Antes do tratado, as presger haviam destruído naves e estações humanas (e suas habitantes) por nenhuma razão aparente. Nenhuma tentativa de lutar contra elas ou de se defender dera certo. Até o advento das tradutoras presger, nenhuma humana conseguira qualquer forma de comunicação com elas. Humanas com qualquer proximidade com as presger acabavam simplesmente morrendo, normalmente de forma vagarosa e confusa. O tratado havia posto um fim nisso, mas as pessoas temiam as presger, com boa razão, e, como eu insistira que não escondêssemos a morte da tradutora Dlique, as pessoas tinham motivos mais que válidos para se preocupar com a chegada das presger.

Eu lembrara a todas que manter a existência da tradutora Dlique em segredo não acabara bem. E, como parecia que nenhuma tradutora presger poderia ser bem escondida ou confinada, e mesmo que a maioria das moradoras da estação tivesse um medo compreensível das presger e uma apreensão pela chegada da tradutora, tendo ela possivelmente uma aparência humana e não ameaçadora, vê-la poderia ser bom para as moradoras. A governadora Giarod finalmente concordou, e pegamos o elevador para o pátio principal. Estávamos na metade da manhã pelo cronograma da estação, e muitas cidadãs estavam fora de casa, andando ou conversando. Um dia qualquer, exceto por duas coisas: as quatro fileiras de sacerdotisas sentadas em frente ao templo de Amaat, sua iminência Ifian no centro da primeira fila, sentada diretamente no chão sujo; e uma longa fila de cidadãs que ocupava um espaço que ia da Administração da estação até quase três quartos do pátio.

– Bem – disse baixinho para a governadora, que parara assim que saímos do elevador –, você realmente disse à Estação que sua assistente poderia cuidar de tudo enquanto estivesse ocupada com a tradutora. – Que havia parado ao mesmo tempo que a governadora e eu, observava curiosamente as pessoas a sua volta, as janelas do segundo andar, os enormes relevos das quatro Emanações na fachada do templo de Amaat.

Eu tinha um bom palpite sobre o que sua iminência Ifian estava aprontando. Uma breve e silenciosa pergunta à Estação confirmou minhas suspeitas. As sacerdotisas de Amaat estavam em greve. Ifian anunciara que não lançaria os presságios hoje, já que estava claro que a administração não se importava com as mensagens vindas de Amaat. E, portanto, enquanto as sacerdotisas estavam sentadas em frente ao templo, nenhum contrato de clientela poderia ser assinado, nenhum nascimento ou morte poderia ser registrado, nenhum funeral poderia ocorrer. Eu admirava a estratégia dela: tecnicamente, a maioria dos funerais era feita por uma sacerdotisa de Amaat, mas poderia ser feita por qualquer cidadã; o preenchimento do contrato de clientela era considerado menos importante que a relação em si, e poderia ser feita posteriormente; e qualquer uma poderia dizer que com a IA da estação, nenhum nascimento ou morte deixaria de ser notificado. Mas tudo isso significava muito para grande parte das cidadãs. Não era um protesto tipicamente radchaai, mas sua iminência havia tido inspiração nas trabalhadoras dos campos do planeta, às quais eu havia apoiado. Portanto, não poderia ser abertamente contra o protesto da sacerdotisa sem parecer hipócrita.

E a longa fila de cidadãs perto da Administração também era um protesto: era difícil achar uma forma de protesto para as cidadãs. Assim, ficar em fila quando não havia necessidade alguma era considerado uma delas. Em teoria, claro, nenhuma radchaai em uma estação como Athoek precisaria fazer fila para nada. Era preciso apenas fazer um pedido e receber uma data de agendamento ou um número na fila; a pessoa seria notificada quando fosse sua vez. E era muito mais fácil para uma oficial ser indiferente a uma lista de pedido de reunião quando nove de dez desses pedidos podiam ser adiados para o dia seguinte, do que ignorar uma fila de pessoas à sua porta.

Essas filas normalmente começavam de forma mais ou menos espontânea, mas, quando atingiam certo tamanho, as decisões sobre entrar ou não se tornavam mais organizadas. A fila que encarávamos já ultrapassara e muito tal limite. Oficiais da segurança, com seus uniformes marrons-claros, andavam pela fila, olhando e ocasionalmente dizendo algo.

Só deixando claro a todas que estavam ali. Em teoria, mais uma vez, a segurança poderia ordenar que todas se dispersassem. Mas isso faria com que a fila se formasse novamente na manhã seguinte, e na seguinte, e na seguinte. Ou talvez uma fila parecida se formasse na porta do Departamento de Segurança. Era melhor manter a calma e deixar que a fila seguisse seu caminho. Mas essa fila estava apoiando o pedido de Ifian? Ou contrariando?

De qualquer forma, precisaríamos passar pelos dois protestos para chegar à residência da governadora. Como eu já descobrira, Giarod era muito boa em não parecer nervosa, mas não tão boa em não ficar nervosa. Ela levantou os olhos para a tradutora Zeiat e disse:

– Tradutora, de que tipo de comida você gosta?

A tradutora voltou sua atenção para nós e respondeu:

– Não sei se já comi alguma, governadora. – E, distraindo-se novamente, continuou: – Por que todas essas pessoas estão sentadas nesse chão?

Não sabia se a governadora estava mais assustada com a pergunta sobre o protesto das sacerdotisas ou a afirmação de que a tradutora Zeiat nunca comera comida.

– Perdão, tradutora, você nunca comeu comida?

– A tradutora só é Zeiat desde que saiu na nave – eu disse. – Ela ainda não teve tempo. Tradutora, aquelas sacerdotisas estão sentadas em frente ao templo como forma de protesto. Elas querem pressionar a administração da estação a mudar uma regra da qual elas não gostam.

– É mesmo? – Ela sorriu. – Eu não sabia que as radchaai faziam coisas assim.

– E eu – respondi – não sabia que as presger conseguiam diferenciar um tipo de humana do outro.

– Ah não, *elas* não conseguem. Mas eu consigo. Ou, melhor, eu entendo a *ideia*. De forma abstrata. Não tenho muita *experiência* nisso.

Ignorando o comentário, a governadora Giarod disse:

– Tradutora, por esse lado temos uma ótima casa de chá. – Ela fez um gesto que mostrava o caminho. – Tenho certeza de que elas terão alguma coisa interessante.

– Interessante, é? – disse a tradutora. – Interessante é bom.

Ela e a governadora foram caminhando pelo pátio, para longe do templo e da administração.

Eu ia segui-las, mas parei ao sinal de Kalr Cinco, atrás de mim. Ao me virar, vi a cidadã Uran vindo em minha direção pelo pátio encardido.

– Capitã de frota – disse Uran com uma reverência.

– Cidadã. Você não deveria estar estudando raswar?

– Minha professora está na fila, capitã de frota.

A professora de Uran era ychana, com parentes que moravam no Jardim Inferior. E isso respondia minha dúvida sobre o que aquela fila pretendia conseguir. Pensei por um momento e disse:

– Eu não vi nenhuma moradora do Jardim Inferior na fila, pelo menos não a distância. – Claro, era possível que elas tivessem trocado suas costumeiras, e pouco radchaai, túnicas pelas mais convencionais jaquetas, camisetas e luvas.

– Não, capitã de frota. – Por um breve momento, Uran baixou levemente a cabeça. Ela queria olhar para o chão, desviar o olhar de mim, mas se conteve. – Estão em uma reunião. – Ela mudou sua fala para delsig, que ela sabia que eu entendia. – Está começando agora.

– Sobre a fila? – perguntei no mesmo idioma. Ela fez um leve gesto afirmativo. – E nosso núcleo familiar não foi convidado? – Eu entendia por que ninguém do meu núcleo fora convidado para a última reunião, e conseguia pensar em excelentes motivos para que também não estivéssemos presentes nessa. Mas, ainda assim, nós morávamos no Jardim Inferior, e eu não gostava que fossemos frequentemente excluídas. – Ou você vai nos representar?

– É... bem, é complicado.

– É, sim. Não quero intimidar ninguém ou dar uma ordem, mas nós *estamos* no Jardim Inferior.

– As pessoas entendem isso. É só que... – Hesitação. Medo real, pense. – Vocês *são* radchaai. E vocês são soldadas. Pode ser que prefiram vizinhas melhores. – Eu poderia estar a favor da nova designação de moradia, ou mesmo a favor de enviar moradoras ychanas para o planeta, querendo elas ou não, para tirá-las do caminho. – Eu disse a elas que não é assim.

– Mas elas não têm por que acreditar nisso. – Na verdade, nem Uran estava com motivos para acreditar. – Estou ocupada demais para ir à reunião agora. Acho que a tenente Tisarwat deveria ser convidada. – Ela ainda estava dormindo, e ia acordar de ressaca. – Mas a reunião vai correr como elas quiserem. Se a tenente for convidada, diga-lhe que falei para ela apenas ouvir. A tenente Tisarwat deve permanecer em silêncio a não ser que sua opinião seja solicitada explicitamente. Diga a ela que isso é uma ordem.

– Sim, radchaai.

– E sugira que, se as ychanas se juntarem à fila, é melhor que sejam muito bem-comportadas e usem luvas. – Poucas coisas eram tão desconcertantes para as radchaai quanto mãos sem luvas em público.

– Ah, não, radchaai! – exclamou Uran. – Nós não estamos pensando em nos juntar à fila. – Não pude deixar de perceber o "nós", mas não disse nada. – A segurança já está bem nervosa. Estamos pensando em distribuir comida e chá para as pessoas que estão esperando. – Ela mordeu os lábios por um momento. – E para as sacerdotisas. – Seus ombros se curvaram um pouco, como se estivesse brava, ou como se tivesse levado um golpe.

A cidadã Uran passara a maior parte da vida no planeta, colhendo chá nas montanhas de Athoek. Ela possuía familiares que participaram das greves que agora serviam de inspiração para sua iminência Ifian. A própria Uran já se envolvera em greves, apesar de ser tão jovem na época que provavelmente não se lembrava disso.

– Vocês precisam de contribuição financeira para isso? – perguntei, ainda em delsig. Ela arregalou os olhos. Não era a reação que ela estava esperando. – Diga-me se precisarem. E lembrem-se de que grupos de mais de duas ou três provavelmente não irão agradar à segurança. – Mesmo duas ou três. – Vou tentar achar um tempo para falar pessoalmente com a chefe de segurança. Mas estou muito ocupada, então pode demorar.

– Sim, radchaai. – Ela fez uma reverência e virou-se como se fosse embora, mas parou subitamente, olhos arregalados. Um grito cresceu atrás de mim, dezenas de vozes exclamando em raiva ou desespero. Virei.

A fila, que serpenteava em silêncio pelo pátio, estava quebrada ao meio, uma oficial de segurança agarrava uma cidadã pelo pescoço, outra com o cassetete em riste, o espaço ao redor delas fora liberado, as cidadãs se afastando.

– Pare! – gritei, minha voz ecoando por todo o pátio, meu tom garantindo que nenhuma militar nas redondezas se moveria. No fundo de minha mente percebi que Cinco, que continuava atrás de mim, ficara tensa. Mas a oficial de segurança não era militar. O cassetete veio abaixo, a cidadã gritou e caiu no chão.

– Pare! – gritei de novo, e dessa vez ambas as oficiais de seguranças se viraram para mim, enquanto corria até elas com Cinco em meu encalço.

– Com todo respeito, capitã de frota – disse a oficial de segurança que ainda segurava o cassetete. A cidadã atingida estava no chão, gemendo. Era a professora de Uran. Não a havia reconhecido a distância. – Isso está fora de sua jurisdição.

– Estação – chamei em voz alta –, o que aconteceu?

Foi a oficial de segurança ajoelhada ao lado da professora que respondeu:

– A chefe de segurança ordenou que dispersássemos a fila, capitã de frota. E essa pessoa se recusou.

"Essa pessoa." Não "essa cidadã".

– Dispersar a fila? – perguntei, fazendo com que minha voz soasse o mais calma possível sem que nenhum traço ancilar aparecesse. A professora de Uṛan respirava com dificuldade no chão. – Por quê? – Em silêncio, pedi à Estação: "Por favor, envie alguém da equipe médica".

"Já está a caminho, capitã de frota", respondeu a Estação.

Ao mesmo tempo, a oficial de segurança agachada disse:

– Estou apenas seguindo ordens, capitã de frota.

– Falarei com a chefe de segurança *agora mesmo*.

Antes que qualquer uma pudesse responder, ouvi a voz da chefe Lusulun atrás de mim:

– Capitã de frota!

– Por que você ordenou que dispersassem a fila? – Virei e perguntei sem preâmbulos ou cortesia. – Para mim, parecia uma fila perfeitamente pacífica, e filas costumam acabar sozinhas.

– Não é um bom momento para manifestações de desconforto público, capitã de frota. – Lusulun parecia genuinamente confusa com a minha pergunta, como se a resposta fosse óbvia. – Tudo está pacífico agora, mas e se as ychanas do Jardim Inferior se juntarem à fila? – Pensei por alguns momentos em como responder àquilo. Não disse nada e Lusulun continuou: – Queria mesmo falar com a capitã de frota, se alguma coisa acontecer por aqui, eu posso... – Ela baixou a voz para continuar. – Posso precisar de sua ajuda.

– Então – respondi, enquanto várias respostas vinham à minha mente e eram descartadas como pouco diplomáticas. – Você acertou quando disse que eu já estive em mais de uma anexação. Aprendi muito nelas. Vou dividir com você algo que aprendi com grande custo: a maioria das pessoas não quer arrumar problemas, mas, quando as pessoas têm medo, elas são capazes de fazer coisas muito perigosas. – Isso incluía as oficiais de segurança da estação, claro, mas não disse isso.

– Se eu colocasse soldadas no pátio, tudo que você teme e

coisas ainda piores aconteceriam. – Fiz um gesto indicando a professora de Uran, que respirava um pouco melhor, mas ainda não conseguia se mover. Uma médica estava ao seu lado. As duas oficiais de segurança me encaravam e depois encaravam Lusulun. – Falo por experiência. Deixe que façam fila. Deixe que sua oficial de segurança esteja presente, mas não como uma ameaça. Trate *todas* as cidadãs igualmente com cortesia e respeito. – Estava me perguntando se elas sabiam que a professora era ychana só de olhar para ela. Nem sempre eu conseguia identificar as diferenças, mas com certeza a maior parte das pessoas que morava ali conseguiria. Suspeitava que a reação da Segurança teria sido menos severa se a cidadã que tivesse se recusado a sair do lugar não fosse ychana. Porém, dizer algo assim não ajudaria em nada nesse momento. – Deixe que todas tenham voz – continuei. Lusulun me encarou por cinco segundos e não disse nada. – A segurança da estação está aqui para proteger as cidadãs. Não é possível fazer isso se elas forem vistas como inimigas. Falo por experiência própria.

– Mas e se elas *nos* virem como inimigas?

– Essa atitude irá mostrar que elas estão erradas em pensar isso? – Silêncio mais uma vez. – Sei muito bem como soa perigoso, mas, por favor, aceite minha sugestão. – Lusulun suspirou e fez um gesto de frustração. – Deixem que a médica atenda essa cidadã, e depois ela está liberada. Que o restante da fila saiba que um erro foi cometido – não era preciso dizer quem cometera, ou qual fora a falha – e que elas podem continuar na fila.

– Mas... – começou Lusulun.

– Diga-me, chefe de segurança – interrompi antes que ela pudesse falar mais –, quando você vai pedir para que as sacerdotisas de Amaat sejam dispersadas?

– Mas... – disse ela de novo.

– Elas estão atrapalhando o cotidiano dessa estação. Diria até que elas estão causando mais problema à administradora

Celar do que essas cidadãs aqui. – Fiz um gesto que abarcava os pedaços de fila que continuavam próximos a nós.

– Não sei, capitã de frota. – Mas eu sabia que a menção à administradora Celar havia surtido efeito.

– Acredite em mim. Já fiz isso antes, em situações muito mais explosivas do que essa. – E minhas oficiais jamais ouviriam as ordens dadas pela chefe Lusulun hoje, a não ser que elas estivessem dispostas a matar uma boa quantidade de pessoas. O que já aconteceu.

– Se as coisas se complicarem, podemos contar com a sua ajuda? – perguntou Lusulun.

– Não ordenarei que minhas soldadas disparem contra cidadãs.

– Não foi isso que perguntei. – Ela estava indignada.

– Você pode pensar que não, você pode não ter tido o desejo de pedir isso. Mas esse seria o resultado. E não farei isso.

Ela ficou parada por um momento, em dúvida. E então algo a fez tomar uma decisão: seus próprios pensamentos, minha menção à bela e forte administradora Celar, uma palavrinha da Estação, talvez. Ela suspirou e disse:

– Estou confiando em você.

– Obrigada – respondi.

"Capitã de frota", chamou a Estação em meus ouvidos, "tenho uma mensagem para você do planeta. A cidadã Queter pediu que você fosse testemunha em seu interrogatório. Eu normalmente não a preocuparia com isso agora, mas, se você quiser fazer isso, precisa sair na próxima hora".

Queter. A irmã mais velha de Uran. Raughd Denche a chantageara para que tentasse me matar. Ou pensou que fizera isso. Em vez disso, Queter tentara matar a própria Raughd. "Por favor, diga à magistrada do distrito que estarei lá o mais rápido que puder." Eu não precisava dizer mais nada. Kalr Cinco, que estivera ao meu lado todo esse tempo, cuidaria dos preparativos.

A governadora Giarod e a tradutora Zeiat estavam na loja de chá, em frente a uma mesa repleta de comida: tigelas de macarrão, de frutas picadas, travessas de peixe. Uma garçonete estava olhando, horrorizada, enquanto a governadora dizia:

– Mas, tradutora, isso não é de *beber*. É um molho. Aqui. – A governadora empurrou a tigela de macarrão para perto da tradutora. – Esse molho de peixe fica ótimo nesse prato.

– Mas é líquido – respondeu Zeiat, com alguma razão – e tem um gosto bom. – A garçonete se virou e foi embora. A ideia de beber uma tigela cheia de molho de peixe, oleoso e salgado, aparentemente fora demais para ela.

– Governadora – interrompi antes que a conversa continuasse. – Tradutora. Descobri que tenho um assunto urgente a tratar no planeta, que não pode ser evitado ou postergado.

– No planeta? – perguntou a tradutora Zeiat. – Nunca estive em um planeta. Posso ir com você?

O molho de peixe deve ter sido a gota d'água para a governadora, que disse:

– Sim. Sim, por favor, vá visitar o planeta com a capitã de frota. – Ela nem perguntou qual era o assunto que eu precisava resolver. Não sabia se governadora queria se livrar logo da tradutora Zeiat ou de mim.

5

Xhenanag Serit, a sede do distrito de Beset, ficava na foz de um rio que, vindo das montanhas, encontrava o mar. Prédios em preto e cinza salpicavam as proximidades, espalhando-se pela orla e subindo colinas verdejantes. Era (pelo menos em seus bairros mais centrais) uma cidade feita de pontes, riachos e fontes; nos pátios, nos muros das casas, no meio dos bulevares. Portanto, o som de água estava presente em todos os lugares.

A cadeia do distrito ficava nas montanhas, e não podia ser vista da parte principal da cidade. Um prédio longo e baixo com muitos pátios internos, completamente cercado por um muro de dois metros que, se estivesse do outro lado da montanha, teria bloqueado qualquer visão do mar. Ainda assim, era uma vista agradável, com grama e até algumas flores nos pátios. Todos os casos complicados do distrito de Beset eram enviados para cá, os longos também, quase todos destinados a interrogatórios e reeducação.

Aparentemente, não havia nenhum lugar para que as presas recebessem visitas, a não ser as salas de interrogatório. Na verdade, o primeiro instinto do pessoal local foi impedir minha visita à cidadã Queter, mas eu insisti. Por fim, eles a trouxeram para um corredor, onde um longo banco estava encostado embaixo de uma janela que dava para o muro de pedra e um fino retângulo de grama. Kalr Cinco estava a alguns metros, cheia de desaprovação, mas impassiva: pedira que ela ficasse a uma distância a fim de não ouvir nossa conversa, criando assim alguma ilusão de privacidade. *Sphene* estava ao lado de Cinco, igualmente sem expressão. Ela havia ficado perto de Cinco desde que deixáramos a estação, em parte, eu imaginava, para irritá-la.

A ancilar ainda se comportava como se o conjunto de chá quebrado não significasse nada, mas eu suspeitava que a ancilar sempre soubera onde a caixa vermelha, azul e dourada estava. Cinco havia deixado a caixa na estação e dito a Kalr Oito que se *Sphene* permanecesse na estação, ela teria trazido a caixa para o planeta.

– Não achei que você viria – disse Queter em radchaai, sem nenhum preâmbulo de cortesia ou reverência. Ela estava usando casaco, calças e luvas cinza, o padrão para qualquer cidadã que não possuísse os recursos necessários para comprar algo diferente. Seu cabelo, que ela costumava usar em uma trança presa por um lenço, fora cortado curto.

Reconheci suas palavras com um gesto e a convidei a se sentar no banco. Perguntei, em delsig:

– Como você está?

Ela não se moveu.

– Elas não gostam quando não falo em radchaai – disse ela, naquele idioma. – Dizem que isso não ajuda na minha avaliação. Como você pode ver, estou bem. – Uma pausa, e então: – Como está Uran?

– Ela está bem. Estão repassando as mensagens dela para você?

– As mensagens devem estar em delsig – respondeu Queter, com um leve traço de amargura.

Realmente estavam.

– Uran queria muito vir comigo. – Ela havia chorado quando falei que Queter pediu que a irmã não fosse.

Queter desviou o olhar, concentrou-se no fim do corredor, onde Cinco estava com de *Sphene* e depois voltou-se para mim.

– Não queria que ela me visse assim.

Eu suspeitara que fosse esse o motivo.

– Ela entende. – Pelo menos parcialmente. – Estou aqui para enviar seu amor. – Aquilo pareceu engraçado a Queter. Ela soltou uma risada, breve e estranha. – Você teve alguma notícia de fora? – perguntei, quando ela não disse mais nada. – Você sabe que as trabalhadoras das plantações das montanhas pararam de trabalhar? Elas dizem que não vão voltar até que recebam o salário correto e tenham seus direitos de cidadãs restaurados. – Fosyf Denche jogara sujo com as trabalhadoras durante anos, as mantinha presas com dívidas e, como eram transportadas valskaayanas, fora das plantações de chá, nunca tiveram a quem recorrer.

– *Ha*! – De repente, um sorriso feroz. Quase como ela era antigamente, pensei. E então o sorriso se desfez, ainda que a ferocidade permanecesse, em grande parte escondida. Seus braços colados ao lado do corpo e suas mãos fechadas em punhos. – Você sabe quando vai ser? Quando pergunto, me dizem que não é bom para mim ficar preocupada com isso. Que *não vai ajudar na minha avaliação*. – Definitivamente amargurada.

– Seu interrogatório? Disseram-me que será amanhã de manhã.

– Você irá se certificar de que não façam nada que não devam?

– Irei. – Ela pensara que eu não viria.

– E quando elas... me reeducarem? Você estará lá?

– Se você quiser, posso tentar. Não sei se consiguirei. – Queter não disse nada e sua expressão não se alterou. Mudei de idioma, novamente delsig: – Uran está se saindo muito bem. Você sentiria orgulho. Devo dizer ao Avô que estão bem?

– Sim, por favor. – Ainda em radchaai. – Devo voltar. Por aqui, elas ficam nervosas se algo sai da rotina.

– Peço desculpas por ter lhe causado qualquer problema. Queria ver pessoalmente se você estava bem, e queria que você soubesse que eu estou aqui. – Uma guarda com uniforme marrom se aproximou pelo lado de Queter do corredor, obviamente à espera do sinal de que a conversa estava acabando.

Queter disse apenas:

– Sim.

E acompanhou a guarda pelo corredor, uma perfeita imagem de calma e despreocupação, a não ser pelas mãos fechadas em punhos.

Peguei o bonde de volta aos pés da colina, Xhenang Serit abaixo, preta, cinza e verde, o mar à frente. Cinco e *Sphene* estavam nos assentos atrás de mim. Kalr Oito estava com a tradutora Zeiat em uma fábrica próxima ao rio, observando uma massa prateada de peixes mortos deslizar para dentro de um tonel fundo, enquanto uma trabalhadora claramente aterrorizada explicava como o molho de peixe era feito.

– Mas por que os peixes fazem isso? – perguntou a tradutora Zeiat, quando a trabalhadora parou para tomar ar.

– Eles... Eles não têm muita escolha, tradutora.

Zeiat pensou por um momento e perguntou:

– Você acha que molho de peixe ficaria bom no chá?

– Na... não, tradutora. Não acho que isso seja adequado. – E então imaginei, tentando encontrar algum sentido em toda a experiência: – Temos alguns biscoitos que têm *formato* de peixe. Algumas pessoas gostam de mergulhá-los no chá.

– Entendi, entendi. – A tradutora Zeiat gesticulava como se de fato compreendesse. – Você tem algum desses por aqui?

– Tradutora – disse Kalr Oito, antes que a trabalhadora fosse forçada a admitir que não, ela não tinha nenhum biscoito em formato de peixe naquele exato momento –, tenho certeza de que podemos encontrar algum mais tarde.

– Depois – continuou a trabalhadora da fábrica, com um olhar grato a Oito –, colocamos sal...

Na estação Athoek, Tisarwat estava sentada conversando com a sacerdotisa principal dos mistérios. Era uma seita local, muito popular não somente entre as xhai mas também com as radchaai de fora do sistema. A hierofante dos mistérios era, ela mesma, bastante popular e influente.

– Tenente – dizia a hierofante –, serei completamente franca. Isso tudo parece uma discussão entre a iminência Ifian e a capitã de frota. – Os aposentos da hierofante ficavam em cima do templo dos mistérios. Era pequeno, como esses aposentos costumavam ser, e a iluminada sala onde estavam sentadas era esparsamente mobiliada; somente uma mesa baixa e algumas cadeiras com almofadas. Entretanto, dezenas de orquídeas floresciam nas estantes e em apoios nas paredes, roxo e amarelo e azul e verde, e o ar estava doce com o aroma. Não era incomum que algumas moradoras da estação usassem um pouco de sua cota de água para manter uma planta ou duas, mas essa exuberância não era resultado de uma simples economia no banho da hierofante. – Também acredito – continuou –, que sua iminência com certeza não teria feito algo assim, ainda mais em óbvia oposição à administradora da estação, sem ter certeza do apoio da governadora Giarod. Você quer que eu me intrometa nisso. E pra quê? Não sou treinada para lançar os presságios diários, e, mesmo que fosse, tenho certeza de que a maioria das cidadãs não iriam aceitar se eu o fizesse.

– Você pode se surpreender – pontuou Tisarwat, com um sorriso calmo. O incômodo dela em ter perdido o controle da comunicação entre as moradoras do Jardim Inferior e a administração da estação havia diminuído, e esse era seu novo desafio. – Você é muito respeitada aqui. Mas a administradora Celar lançará os presságios, a partir da próxima manhã. Afinal, você não *precisa* ser sacerdotisa para fazer isso, e a administradora foi treinada, apesar de não praticar há algum tempo. Não, só estamos pedindo que faça nascimentos e funerais. E pode ser que nem todas as moradoras achem isso aceitável, mas acredito que muitas xhai o farão.

Se a hierofante estava minimamente surpresa em ter essa conversa com alguém tão jovem e presumivelmente inexperiente como Tisarwat, ela não demonstrou.

– Muitas xhai não se importariam se todas as ychanas fossem permanentemente expulsas do Jardim Inferior. Ou melhor, se fossem forçadamente enviadas ao planeta ou às estações externas. Que é o que vai acontecer caso sua iminência consiga seu propósito, imagino. Por isso, as xhai que podem aceitar meus serviços provavelmente também apoiam a iminência. Sua iminência Ifian é minha vizinha, e, por razões que não preciso explicar, prefiro manter uma boa relação com ela. Então, pergunto mais uma vez: por que você acha que eu deveria me intrometer?

A tenente Tisarwat ainda sorria, e vi um leve cintilar de satisfação. Como se a sacerdotisa acabara de entrar em uma armadilha montada por ela.

– Não peço que se intrometa em lugar algum. Peço que fique onde está.

A hierofante arregalou os olhos, surpresa.

– Tenente, não me lembro de ter participado de sua iniciação. E você é muito jovem para que eu não me lembre. – Para mim, as palavras de Tisarwat pareciam ineficazes, mas elas devem ter se referido aos mistérios de alguma forma. Obviamente, Anaander Mianaai os conheceria, não havia mistério ou sociedade secreta que barrasse a Senhora do Radch e continuasse a existir.

Tisarwat franziu as sobrancelhas, fingindo confusão.

– Não sei do que está falando, hierofante. Só quis dizer que você sabe qual é o lado da justiça nessa situação. Sim, tecnicamente era ilegal que, as ychanas estivessem no Jardim Inferior. Mas você sabe que, antes de se mudarem para lá, suas vizinhas xhai fizeram de tudo para expulsá-las de onde estavam. Apesar disso, encontraram uma forma de viver e, agora, sem que tenham culpa de nada, estão sendo postas de lado. E pra quê? Pelo preconceito tolo de *algumas* xhai, e a determinação de sua iminência Ifian em arrumar briga com a capitã de frota. Briga na qual a capitã de frota não tem interesse algum.

– Nem você, imagino – pontuou a hierofante, seca.

– *Eu* quero dormir em algum lugar que não seja um corredor. E quero que minhas vizinhas voltem a suas casas. A capitã de frota Breq quer o mesmo. Não sei o que a iminência Ifian tem contra a capitã de frota, e com certeza não entendo por que ela escolheu irritá-la fazendo algo que deixará muitas moradoras da estação não apenas em situações desconfortáveis como temendo pelo próprio futuro. Parece que ela se esqueceu de que a autoridade do tempo não se dobra à conveniência de alguém.

A hierofante suspirou enquanto considerava. Expirou um breve "ah".

– Tenente, com todo o respeito, você realmente é muito manipuladora. – E, antes que Tisarwat pudesse protestar sua inocência, continuou: – E esse burburinho que tenho ouvido, conspiratório, dizendo que a Senhora do Radch foi invadida por alienígenas?

– Bobagem. A Senhora do Radch está tendo uma briga com ela mesma, e isso gerou luta nas estações dos palácios provinciais. Algumas naves militares tomaram o lado de uma facção dela, e são responsáveis pela destruição de vários portais intersitemas. A governadora do sistema acha que seria... contraprodutivo anunciar isso publicamente.

– Então você só está espalhando a notícia.

– Hierofante, eu não disse nada sobre isso a ninguém até agora, e é só porque você me perguntou diretamente e estamos sozinhas. – O que, estritamente falando, não era verdade. A Estação conseguia ouvir, e com certeza uma ou outra empregada da sacerdotisa estava por perto. – Se você ouviu rumores, eles não vieram da capitã de frota Breq, ou de mim, ou, que eu saiba, de qualquer uma de nossa tripulação.

– E sobre o que é essa briga? E qual facção vocês apoiam?

– A briga é complicada, mas envolve basicamente o que Anaander Mianaai fará no futuro, e o futuro do Radch. O fim das anexações, o fim da era das ancilares. O fim de certas ideias sobre quem deve comandar... São coisas sobre as quais Anaander Mianaai está dividida. E a capitã de frota Breq não apoia nenhuma delas. Ela está aqui para manter o sistema em segurança enquanto a briga se resolve nos palácios.

– Sim, percebi mesmo como Athoek está mais pacífico desde que vocês chegaram. – A voz da sacerdotisa estava completamente séria.

– Já era um reino de prosperidade e justiça para toda cidadã antes de chegarmos – disse Tisarwat, igualmente séria, se demorando só um pouco em "toda cidadã".

A sacerdotisa fechou os olhos e suspirou, e Tisarwat soube que havia vencido.

Na *Misericórdia de Kalr*, Seivarden acabara de terminar seu turno. Estava naquele momento sentada em sua cama, braços firmemente cruzados. O corretor ainda em sua mão, mas quase terminando seu trabalho.

"Tenente", disse a Nave em seus ouvidos, "gostaria de um pouco de chá?"

"Foi um *elogio*!" Nos últimos dias, Ekalu havia sido severamente formal e correta em todas as suas interações com Seivarden. Toda a tripulação sabia que algo estava errado entre elas. Ninguém sabia sobre seu vício em kef, e não reconheceria o gesto de cruzar os braços como um sinal de que o estresse dos últimos dias (talvez semanas) havia se acumulado para além da capacidade de Seivarden de lidar com ele.

"A tenente Ekalu não levou isso como um elogio", disse a Nave. E pediu que Amaat Quatro demorasse um pouco mais para trazer o chá.

"Bem, eu *quis* dizer como um elogio", insistiu Seivarden. "Eu estava sendo *simpática*. Por que ela não entende isso?"

"Tenho certeza de que entende", respondeu a Nave. Seivarden não parecia convencida. Depois de uma pausa de três segundos, a Nave sussurrou "Peço a complacência da tenente", Seivarden piscou surpresa. Não era o tipo de coisa que uma nave falava para suas oficiais. "Mas gostaria de lembrar que, assim que a tenente Ekalu lhe contou que na verdade seu suposto elogio era ofensivo a ela, você imediatamente parou de tentar ser simpática."

Seivarden levantou-se da cama, braços ainda cruzados com firmeza, e andou de um lado para o outro do pequeno aposento, dois passos de comprimento. "O que você está querendo dizer, Nave?"

"Estou querendo dizer que você deveria se desculpar com a tenente Ekalu." Lá embaixo, no meio da descida da colina, no bonde, fiquei surpresa. Nunca na minha vida ouvira uma nave criticar diretamente uma oficial.

Mas, apenas alguns dias antes, a Nave havia se declarado como alguém que poderia ser capitã. Essencialmente, era uma oficial. E, no fim das contas, fora eu quem sugerira algo nesse sentido, havia algumas semanas, no palácio de Omaugh. Não deveria ter ficado surpresa. Voltei a prestar atenção. Seivarden estava parada. Acabara de dizer, indignada:

"Eu devo me desculpar com *ela*? E ela comigo?"

"Tenente Seivarden, a tenente Ekalu está triste e magoada, e foi você quem causou isso. E esse tipo de coisa afeta toda a tripulação. Pela qual, devo lembrar, você é responsável." Enquanto a Nave falava, a raiva de Seivarden crescia. Ela continuou: "Sua condição emocional e seu comportamento têm sido erráticos nos últimos dias. Você tem sido intratável com todas. Inclusive comigo. Não, não esmurre a parede de novo, não adianta nada. Você está no comando aqui. Aja de acordo. E, se você não fizer isso, o que está me parecendo cada vez mais provável, então vá até a ala médica. A capitã de frota diria o mesmo que eu, se estivesse aqui".

A última frase atingiu Seivarden como um soco. Sem nenhum aviso prévio, toda a raiva que sentia se transformou em desespero, e ela se deixou cair na cama. Dobrou as pernas e encostou a testa nos joelhos, braços ainda cruzados.

– Eu estraguei tudo – disse Seivarden depois de alguns momentos, em um gemido. – Tive uma segunda chance e estraguei tudo.

"Mas ainda é possível consertar isso", respondeu a Nave. "Dá tempo. Sei que, levando em consideração sua condição atual, não adianta pedir que pare de sentir pena de si mesma. Mas você ainda pode se levantar e ir até a ala médica."

Mas, naquele momento, a médica estava em ronda. "O problema é que", disse a médica, em silêncio, quando a Nave enviou informações a ela, "para começo de conversa, preciso de informações atualizadas sobre as aptidões, e eu não tenho isso para trabalhar. E também não sou a pessoa certa para aplicar testes ou fazer interrogatórios. Sou uma médica comum. E não sei se podemos confiar nas especialistas desse sistema. Tivemos esse problema com a tenente Tisarwat, sabe?". Ela suspirou, exasperada. "Por que isso está acontecendo *agora*?"

"Era só uma questão de tempo", respondeu a Nave. "Mas, sendo honesta, cheguei a acreditar que não aconteceria. Eu subestimei o bem que a presença da capitã de frota faz à tenente Seivarden."

– A médica está em ronda – disse Seivarden, ainda encolhida em sua cama.

E, no comando, a médica disse: "A capitã de frota nem sempre pode estar aqui. Ela sabe que isso está acontecendo?".

"Sim", disse a Nave para a médica, e para Seivarden: "Vamos, tenente, controle-se. Vou pedir que Amaat Quatro traga seu chá, e você pode se trocar e ir falar com a tenente Ekalu, avisá-la que ela estará no comando pelos próximos dias. E seria uma boa ideia pedir desculpas, se você conseguir fazer isso com jeito".

– Jeito? – perguntou Seivarden, levantando a cabeça.

"Vamos conversar enquanto você toma seu chá", disse a Nave.

Eu havia irritado o pessoal da cadeia com minha insistência em ver Queter. Elas devem, imagino, ter reclamado com a magistrada do distrito, que não se atreveu a chamar minha atenção. Além disso, ela queria algo de mim. Então, em vez de me recriminar, me convidou para jantar.

A sala de jantar dava vista para degraus que levavam a um pátio pavimentado com tijolos. Vinhas folhosas com aromáticas flores brancas e cor-de-rosa se esparramavam em altos vasos, e água caía por uma parede em uma grande bacia, onde peixes nadavam e pequenos nenúfares amarelos floresciam. As empregadas haviam retirado o jantar, e a magistrada e eu tomávamos chá. A tradutora Zeiat ficou perto da água, olhando fixamente para os peixes. *Sphene* estava sentada em um banco do pátio, para além das portas altas e abertas, a alguns metros de distância de onde Kalr Cinco estava parada.

– Não escuto essa música há anos, capitã de frota – disse a magistrada, tomando chá, enquanto olhava para o pátio no crepúsculo.

– Peço desculpas, magistrada.

– Não há necessidade, não há. – Ela tomou um gole do chá. – Era uma das minhas favoritas quando era mais nova. Achava muito romântica. Pensando agora, ela é triste, não é? – E cantou: – *Mas eu continuaria a viver / Com nada além do perfume dos jasmins / Até o fim da minha vida.* – Titubeando um pouco no final, já que a magistrada tentara seguir o tom de meus murmúrios, que eram um pouco mais agudos do que seria confortável para ela. – Mas as filhas têm razão em quebrar o jejum funeral. A vida continua. Tudo continua. – Ela suspirou. – Sabe, não achei que viria. Estava certa de que a cidadã Queter só queria irritá-la. Quase não repassei o pedido.

– Isso teria sido ilegal, magistrada.

Ela suspirou.

– Sim, por isso repassei.

– Se a cidadã pediu que eu estivesse aqui em um momento como esse, como eu poderia ignorar?

– Pode ser. – Lá fora, a tradutora Zeiat curvou-se bem próxima à bacia com flores. Esperava que ela não tentasse entrar. Pensei que, se ela tivesse sido a tradutora Dlique, poderia ter feito exatamente isso. – Capitã de frota, desejo que considere exercer sua influência com as trabalhadoras valskaayanas das plantações da cidadã Fosyf. Não há motivo para a notícia ter chegado a seus ouvidos, mas algumas pessoas esperam qualquer desculpa para fazer mal à cidadã Fosyf. Algumas dessas pessoas fazem parte da família dela. E essa interrupção de trabalho estava lhes dando a oportunidade que queriam. – Isso não era novidade, dada a inclinação de Fosyf Denche à crueldade. – A pessoa que ocupa a cadeira responsável por Denche é extremamente desagradável, e ela odeia a mãe de Fosyf desde que as duas eram crianças. Depois que a mãe morreu, ela passou a odiar a filha. Se puder, irá tirar as plantações das mãos de Fosyf. E essa pode ser a vantagem que essa pessoa precisava para isso, ainda mais com tantos portais intersistema fechados e sem termos acesso à Senhora de Denche.

– E quanto às reclamações das trabalhadoras? Elas foram atendidas?

– Bem, capitã de frota, é complicado. – Não conseguia entender o que existia de complicado em pagar o valor justo pelo trabalho, ou conferir às trabalhadores os mesmos direitos básicos e serviços de qualquer cidadã. – Na verdade, as condições de trabalho na plantação de Fosyf não são muito diferentes das outras nas montanhas. Mas é Fosyf quem vai sair queimada disso tudo. E algumas xhai mais desordeiras estão agindo. É possível que saiba de um pequeno templo arruinado à beira do lago, do lado oposto da casa de Fosyf.

– Ela mencionou isso.

– Não era nada além de entulho e mato quando chegamos há seiscentos anos. Mas agora as pessoas estão dizendo que sempre foi um local sagrado e que a casa de Fosyf era uma parada no caminho de uma antiga peregrinação. A própria Fosyf encoraja isso, acredito que ache romântico. Mas é ridículo, aquela casa foi construída menos de cem anos antes da anexação. E já viu algum ponto de peregrinação que não esteja cercado por pelo menos uma cidade?

– Uma ou duas, na verdade. Ainda que não sejam templos com sacerdotisas que precisassem de apoio. É possível que nesse tempo não tivesse uma residência sacerdotal. – A magistrada fez um gesto concordando com meu argumento. – Deixe-me ser franca, magistrada. A pressão aqui está recaindo sobre *você*.

Anaander Mianaai me deu seu sobrenome quando me declarou humana, quando me tornou uma cidadã. Um sobrenome que dizia que eu pertencia à família mais poderosa do Radch, um nome que nenhuma radchaai poderia ignorar.

Pelo que eu era, a última parte de uma nave militar que por cerca de dois mil anos teve contato direto com as filhas das mais proeminentes casas radchaai, eu tinha, quando queria, o sotaque e os trejeitos certos. Podia muito bem usá-los.

– Faz tempo que você mantém amizade com as principais cultivadoras de chá – falei. – Mas está ficando cada vez mais claro que as demandas das trabalhadoras são justas e é, ou deveria ser, vergonhoso para você o fato de ter sido necessário uma tentativa de assassinato e uma greve geral para isso chamar a sua atenção. Você ficará em uma situação ainda pior quando interrogar a cidadã Raughd. Você ainda não fez isso, fez? – No pátio, a tradutora Zeiat pegou uma das flores maiores e a virou, para olhar a parte de baixo.

– Eu esperava – respondeu a magistrada, sem conseguir conter a raiva na voz – que ela se reconciliasse com a mãe.

– Isso só vai acontecer se a cidadã Fosyf achar proveitoso. Se você está realmente preocupada com o bem-estar da cidadã Raughd, faça o interrogatório antes de qualquer tentativa de reunião familiar.

– *Você* está interessada no bem-estar de Raughd?

– Não em especial – admiti. – Não em um nível pessoal. Mas você claramente está. E *estou* interessada no bem-estar da cidadã Queter. E quanto antes descobrir o tipo de pessoa que Raughd é, mais base você terá para julgar as ações de Queter. E mais informações terá para decidir se mandar Raughd para a mãe realmente será bom para ela. Levando-se em conta a facilidade e frieza com as quais Fosyf a deserdou, e considerando que pessoas como Raughd não se criam sozinhas.

A magistrada juntou as sobrancelhas e disse:

– Você tem muita certeza de que sabe o tipo de pessoa que ela é.

– É fácil para você descobrir se estou certa. E, sobre minha possível interferência na briga entre trabalhadoras e cultivadoras, isso não vai acontecer. Mas eu a aconselho a se encontrar com as cultivadoras e líderes das trabalhadoras sem demora e resolver tudo de uma vez, como você sabe que deve ser feito. E depois monte um comitê para investigar a história do templo do lago e resolver a querela. Certifique-se que todas as interessadas no caso estejam representadas. As cidadãs podem levar suas queixas ao comitê, que deliberará. – A magistrada franziu o cenho novamente, abriu a boca para dizer algo. Fechou. – Anaander Mianaai está em guerra com ela mesma. Pode ser que essa guerra chegue a Athoek, pode ser que não. Em qualquer um dos casos, como pelo menos um portal entre nós e o palácio provincial está fechado, não podemos pedir auxílio. Precisamos zelar pela segurança das cidadãs. De *todas* as cidadãs, não só daquelas que têm o sotaque certo ou a religião correta. E nós chamamos, não sei por quê, a atenção das presger.

– Em guerra com ela mesma? E as presger estão aqui? Escutei rumores, capitã de frota.

– Isso não tem nada a ver com as presger, magistrada.

– E se for o caso, capitã de frota, de onde vem sua autoridade? Qual delas mandou você para cá?

– Se a guerra de Anaander Mianaai chegar até aqui, e cidadãs morrerem, isso fará diferença? – Silêncio. Cinco estivera encarando a tradutora Zeiat, e eu sabia que ela ou a Nave me chamariam caso eu precisasse atentar a algo. Olhei preguiçosamente para o pátio.

A tradutora Zeiat estava sentada à beirada da bacia com uma perna dentro da água, um dos braços também mergulhado até a altura do ombro. Levantei e fui andando a passos largos até o pátio, acionando a Nave. Rapidamente, descobri que nem ela nem Kalr Cinco me contaram o que estava acontecendo, pois ambas estavam discutindo com *Sphene*.

"Discutindo" talvez fosse uma palavra muito amena. Aparentemente, o fato de *Sphene* seguir Cinco como uma sombra não estava surtindo os efeitos desejados, e enquanto minha atenção estava voltada à conversa com a magistrada, *Sphene* estivera falando com Cinco. Só alfinetando, o que claramente surtira efeito, já que nem Cinco nem a Nave me chamaram e estavam investidas em responder à altura. Enquanto me aproximava de Cinco, *Sphene* dizia:

– Você só ficou lá, não foi? Enquanto ela mutilava você. Mas é claro que ficou, e provavelmente até agradeceu. Você é um dos brinquedinhos novos dela, ela pode fazê-la sentir ou pensar o que quiser. E é claro que a prima dela, a capitã de frota, pode fazer a mesma coisa.

Cinco respondeu, a expressão que imitava uma ancilar há tempos desaparecida. Ou talvez tenha sido a Nave que falou, era difícil saber naquele momento.

– Pelo menos *eu* tenho uma capitã. E uma tripulação. Onde estão as suas? Ah, sim, você perdeu sua capitã e não conseguiu achar outra. E ninguém que está a bordo de você *quer* estar ali, não é mesmo?

Com a rapidez de uma ancilar, *Sphene* levantou-se do banco em que estivera sentada e foi em direção a Cinco. Coloquei-me em seu caminho e segurei o braço de *Sphene* antes que ela pudesse atingir qualquer uma de nós. *Sphene* ficou paralisada, seu braço ainda em minhas mãos. Ela piscou, o rosto ainda sem expressão.

– *Mianaai*, não é?

Eu me movera mais rápido do que qualquer humana radchaai seria capaz. Não era possível evitar a conclusão óbvia: eu não era humana. Meu sobrenome fez com que a próxima conclusão (incorreta) também ficasse óbvia.

– Não – respondi. Em voz baixa, e em notai, já que eu não sabia onde estava a magistrada. – Sou a última parte sobrevivente do porta-tropas *Justiça de Toren*. Foi Anaander Mianaai que me destruiu. – Voltei a falar em radchaai. – Para trás, *prima*. – Ela ficou imóvel por um instante, depois mudou seu centro de gravidade para longe de mim. Abri a mão, ela abaixou o braço.

Virei-me quando ouvi um barulho do outro lado do pátio. A tradutora Zeiat estava de pé, uma perna ainda na água, um braço pingando. Um pequeno peixe alaranjado se debatia em sua mão. Enquanto olhava, vi que Zeiat virava a cabeça para trás e tentava colocar o peixe em sua boca.

– Tradutora! – disse em voz alta e dura, e ela se virou para mim. – Por favor, não faça isso. Por favor, ponha o peixe de volta na água.

– Mas é um peixe. – Sua expressão era de verdadeira perplexidade. – Peixes não são para comer? – A magistrada do distrito estava parada no topo dos degraus, encarando a tradutora. Provavelmente com medo de dizer algo.

– Alguns peixes são para comer. – Andei até onde a tradutora estava, metade de seu corpo na água. – Mas esse não. – Juntei as mãos e as estendi em direção a ela. Com uma carranca que me lembrou Dlique, a tradutora Zeiat largou o peixe em minhas mãos, e eu logo o joguei na água, antes que se debatesse e fosse parar no chão. – Esses peixes são só para olhar.

– Então não é para olhar para os peixes que você come? – perguntou a tradutora. – E como você diferencia um do outro?

– Tradutora, normalmente, quando eles estão em lugares como esse, ainda mais dentro de casa, eles são para olhar, ou apenas animais de estimação. Mas, já que você não está acostumada com as diferenças, talvez seja melhor perguntar antes de comer qualquer coisa que não tenha sido dada a você como comida. Para evitarmos qualquer confusão.

– Mas eu realmente queria comer esse peixe – disse ela, quase pesarosa.

– Tradutora – disse a magistrada, que viera até nós enquanto conversávamos –, existem lugares onde você pode pegar peixes e depois comê-los. Ou pode também ir até o mar... – A magistrada começou a explicar sobre ostras.

Sphene saíra do pátio enquanto eu estava ocupada discutindo com a tradutora. Era possível que houvesse saído da casa. Cinco estava mais uma vez impassível, parada. Apreensiva pela minha atenção e envergonhada.

E quem fora responsável por aquela contenda? A Nave dera as palavras a Cinco, mas Cinco não apenas lera o que era mostrado sem sentimentos; as palavras da Nave apareceram na visão de Cinco quase no mesmo instante em que eram lidas, e mesmo que Cinco tenha tomado algumas liberdades em seu discurso, era nítido que, naquele momento, ambas haviam sido tomadas pelo mesmo desejo de dizer a mesma coisa.

A tradutora Zeiat parecia entretida com a ideia das ostras; a magistrada do distrito falava sobre aposentos na foz do rio e barcos que poderiam ser alugados para levá-la até os moluscos. Então nosso dia seguinte estava resolvido. Voltei a minha atenção para Cinco. Para a Nave. Ambas me encaravam.

Eu sabia o que significava ter Anaander Mianaai alterando meus pensamentos, e tentando direcionar minhas emoções. Não duvidava que a remoção das ancilares da *Misericórdia de Kalr* começara com a Senhora do Radch fazendo exatamente isso. Nem duvidava, por conta de minha experiência e dos acontecimentos dos últimos meses, que mais de uma facção de Anaander Mianaai havia visitado a *Misericórdia de Kalr* e cada uma havia pelo menos tentado atribuir seu próprio conjunto de instruções e proibições. "Estou infeliz com essa situação já faz um tempo", ela me dissera, quando nos encontramos pela primeira vez, e possivelmente era o máximo que ela conseguiria me dizer. E a *Misericórdia de Kalr* não era vulnerável apenas a Anaander Mianaai. Eu possuía acessos que me permitiriam forçar sua obediência. Não tão amplos quanto os de Anaander Mianaai, claro, e deveriam ser usados com muito cuidado. Mas eu os possuía mesmo assim.

Alguém que poderia ser capitã era, hipoteticamente, uma pessoa, não um equipamento. Não precisava se preocupar (ao menos em teoria) com sua criadora ou dona alterando seus pensamentos para que servisse melhor a outros propósitos, menos ainda com alguém fazendo isso e gerando conflito. Alguém que poderia ser capitã podia obedecer a outro alguém, mas por escolha própria.

– Eu entendo – disse, em voz baixa, enquanto a tradutora e a magistrada estavam ocupadas conversando – que *Sphene* é terrivelmente irritante, e eu sei que ela está há dias tentando tirar você do sério. – Não usei nenhum vocativo, porque estava falando com ambas, a Nave e Cinco. – Mas você sabe que vou ter que repreender essa atitude. Sabe que deveria ter ficado em silêncio. E que deveria ter prestado atenção à tradutora. Não deixe que isso aconteça de novo.

– Senhora – respondeu Cinco.

– E obrigada por falar com a tenente Seivarden. – Cinco sabia mais ou menos o que havia acontecido, ela nunca ficava completamente removida de sua década. – Acho que você lidou bem com a questão. – Seivarden estava dormindo na ala médica da *Misericórdia de Kalr*. Amaat Uma, apreensiva, falava com a Nave sobre regulamentos e diretrizes, porque ela precisaria cobrir o turno de Seivarden em algumas horas. Amaat Uma já sabia tudo o que precisava saber, e a Nave sempre estava lá para ajudar. Era só uma questão de oficializar. E de lembrar a si mesma o que sabia.

Ekalu, em seu turno, ainda estava com raiva. Mas, depois de uma discussão (bastante tensa) com a Nave, Seivarden conseguira fazer um breve pedido de desculpas que não jogava a culpa em nada além dela mesma, e não pedira a Ekalu nada em troca. Então a raiva de Ekalu havia diminuído, e ficado no pano de fundo, dando lugar à ansiedade que sentia por, de repente, estar no comando.

– Obrigada, senhora – disse Kalr Cinco mais uma vez. Pela Nave.

Olhei novamente para a tradutora. O assunto saíra das ostras e voltara aos peixes no pátio.

– Está bem – dizia a magistrada. – Você pode comer um dos peixes.

Não sabia se deveria ficar aliviada ou preocupada com o fato de ter demorado menos de cinco minutos para que a tradutora Zeiat encontrasse (e capturasse) o mesmo peixe e o engolisse inteiro, ainda se debatendo.

6

A magistrada do distrito foi pessoalmente ao interrogatório de Queter. Era uma situação desagradável e humilhante, que ficou ainda pior quando que a pessoa que conduzia a sessão afirmou que a cidadã Queter se lembraria de tudo.

– Isso só piora as coisas – disse Queter, quando foi trazida já sob os efeitos das drogas.

– Por favor, fale radchaai, cidadã – rebateu a interrogadora, com uma desenvoltura que sugeria que Queter não era a primeira paciente dela a falar em outro idioma. O que fez com que eu me perguntasse o que a interrogadora faria se alguém falasse radchaai muito mal, ou se não conseguisse entender o sotaque da suspeita.

Quando tudo acabou, estávamos no corredor externo, a magistrada do distrito com um semblante soturno após o que ouvimos.

– Capitã de frota, mudei o interrogatório da cidadã Raughd para amanhã de manhã. Ela pediu que a mãe fosse testemunha, mas a cidadã Fosyf se recusou a vir. – E então, depois de um momento de silêncio continuou: – Conheço Raughd desde que era um bebê. Lembro quando ela nasceu. – Ela suspirou. – Você está sempre certa sobre tudo?

– Não – respondi. Com simplicidade e no mesmo tom. – Mas estou certa sobre isso.

Fiquei tempo suficiente para que Queter se recuperasse dos fármacos usados e para que soubesse com certeza que eu estivera presente. Desci então a colina até a foz do rio, onde Kalr Oito observava a tradutora Zeiat, sentada em um banco de almofadado vermelho, em um cais de pedra preta. A tradutora olhava enquanto uma cidadã abria ostras para ela. *Sphene*, que retornara aos nossos aposentos naquela manhã e havia se sentado para tomar café da manhã sem dar nenhuma explicação, nem mesmo um superficial "bom dia", se sentara ao lado da tradutora, atenta às ondas acinzentadas.

– Capitã de frota! – chamou Zeiat, feliz. – Andamos de barco. Você sabia que existem milhões de peixes na água? – Ela indicou o mar. – Alguns são bem grandes, ao que parece! E alguns nem sequer são peixes! Você já comeu ostras?

– Nunca comi.

A tradutora apontou com urgência para uma cidadã que abria ostras, e ela prontamente abriu uma e me entregou.

– Só vire isso na boca e mastigue algumas vezes, capitã de frota – disse ela – e depois engula.

A tradutora Zeiat me olhava com expectativa enquanto eu seguia as intruções.

– Bem – falei –, isso era mesmo uma ostra.

A cidadã que abria as ostras soltou uma risada curta e alta, sem se preocupar comigo ou com a tradutora. E continuou despreocupada quando a tradutora disse:

– Dê-me uma antes de você a abrir.

Ao receber a ostra, ela colocou a coisa toda, com concha e tudo, dentro da boca. Como o conjunto todo tinha uns doze centímetros, a mandíbula da tradutora se deslocou para a frente enquanto ela engolia. Sua garganta se distendeu enquanto a concha descia, depois a mandíbula voltou ao lugar. Ela deu leves tapinhas no próprio peito, como se ajudando a ostra a se assentar.

Oito, embora parecendo não se importar, estava perturbada e assustada com o que acabara de presenciar. *Sphene* ainda olhava para as águas, como se não houvesse percebido nada, quase como se estivesse completamente sozinha. Olhei para a cidadã, que calmamente disse:

– Nenhuma de vocês me surpreende mais. – E foi aí que percebi que a falta de surpresa da cidadã perante a tradutora era uma farsa.

– Cidadã – disse Zeiat –, você coloca molho de peixe nas ostras?

– Não posso dizer se coloco, tradutora. – E, agora que eu estava procurando, percebi uma leve hesitação antes de ela responder, um breve tremor em sua voz. – Mas, se o gosto fica bom para você, por que não, vá em frente.

A tradutora Zeiat soltou um *ah* satisfeito, e disse:

– Podemos andar de barco amanhã de novo?

– Espero que sim, tradutora – respondeu a cidadã, e eu silenciosamente instruí Oito a adicionar um pouco mais ao pagamento dela.

Mas não fomos andar de barco no dia seguinte. Quando completou a primeira metade de sua guarda, Amaat Uma percebeu uma anomalia nas informações que a Nave estava mostrando. Era muito pequena, um breve momento de *nada* onde antes *algo* existira. Podia facilmente ser insignificante, ou um sinal de que os sensores da *Misericórdia de Kalr* precisavam de ajustes. Ou aquele momento de *nada* fora um portal se abrindo, e isso significaria a chegada de uma nave militar. E talvez em breve uma mensagem com a sua identificação.

Ou talvez não. Se fosse mesmo a chegada de uma nave, sua capitã parecia ter escolhido desembarcar bem longe da estação Athoek. Quase como se não quisesse ser vista.

– Nave – disse Amaat Uma, sem dúvida pensando em tudo isso no breve instante de pânico entre perceber a anomalia e conseguir articular seus pensamentos –, por favor, acorde a tenente Ekalu. – Um momento de quase alívio. A partir de agora, isso não seria mais responsabilidade dela.

Quando a tenente Ekalu, ainda não completamente desperta e colocando sua jaqueta, chegou ao comando, aquilo acontecera mais três vezes. Nenhuma mensagem havia chegado, nenhuma saudação ou identificação, mesmo que fosse muito cedo para isso.

– Obrigada, Amaat – disse ela. – Boa observação. – A Nave também vira e teria dito algo a Amaat se fosse necessário, claro. Mas ainda assim. – Nave, conseguimos saber de onde podem ter vindo?

Ekalu indicou que Amaat Uma deveria continuar sentada. Aceitou o chá oferecido por outra Amaat.

– Como elas chegaram com minutos de diferença, é provável que tenham partido do mesmo lugar, mais ou menos ao mesmo tempo, e tenham usado rotas similares. Por várias razões... – Enquanto falava, a Nave mostrou alguns dos motivos a Ekalu, cálculos de distância no espaço impossível dos portais, possíveis pontos de partidas de vários sistemas. – Incluindo o fato de a capitã de frota Uemi... – que estava a um portal de distância, no sistema Hrad, e era nossa única fonte de informações sobre o palácio de Omaugh – ...não nos ter informado sobre a chegada de nenhuma nave de apoio, e o fato de essas naves terem chegado a uma distância que podia não ser percebida por nós, acredito que vieram do palácio de Tstur.

Palácio de Tstur. Onde governava a facção de Anaander Mianaai, que era mais hostil a mim, que destruíra portais intersistema enquanto naves civis ainda estavam neles, que tentara ela mesma destruir uma estação cheia de cidadãs.

– Certo – respondeu Ekalu. A voz calma e o rosto sem expressão. Só um leve tremor na mão que segurava a tigela de chá. – Imagino que devamos notificar a frota de Hrad? A S... a capitã de frota sabe disso?

– Sim, tenente. – Um alívio palpável surgiu de Ekalu, Amaat Uma e das outras Amaats em guarda.

– Ela... – E então, em silêncio, apenas para a Nave: "...a capitã sabe que a tenente Seivarden está... que a médica a retirou de serviço?". Seivarden estava dormindo na ala médica, e em teoria poderia ser acordada para assumir o comando.

Mas ela havia passado o dia medicada, fazendo diversos testes para que a médica ao menos conseguisse tentar ajudá-la. E o resultado dos testes sugeria que seria bem temerário colocar Seivarden em qualquer tipo de situação estressante naquele momento.

"Estou...", falei silenciosamente lá do planeta, onde observava com admiração enquanto a tradutora Zeiat cuidadosamente cortava um pequeno biscoito em forma de peixe em finas fatias e os enfileirava na mesa a sua frente. "...Você ficará bem, tenente. Fique de olho nelas da melhor forma possível, e eu estarei aí o mais rápido que puder. É provável que elas não se movimentem enquanto não tiverem uma boa ideia do que está acontecendo por aqui. Vamos agir como se não houvéssemos percebido nada, por enquanto." As altas janelas da pousada se abriam para uma vista noturna da cidade, luzes ladeando a orla, luzes de barcos sobre as águas, azul e vermelho e amarelo. Agora que o Sol se pusera, a brisa havia mudado e, em vez do cheiro do mar, era possível sentir o cheiro de flores. *Sphene*, que não dissera uma palavra o dia todo, estava sentada ao meu lado, olhando pela janela. "Mas fique pronta para agir. Por via das dúvidas."

Atrás de mim, Kalr Oito e Kalr Cinco sussurravam o mais silenciosamente que podiam:

– Mas o que eu não consigo parar de pensar é no que aconteceu com a concha da ostra.

Sem olhar para cima ou parar de cortar o biscoito, a tradutora Zeiat disse calmamente:

– Estou digerindo, claro. Mas parece que está levando um bom tempo. Você quer? É provável que ainda esteja aqui.

– Não, obrigada, tradutora – respondeu Oito em sua voz monocórdica de ancilar.

– É uma oferta muito gentil da sua parte, tradutora – falei.

A tradutora Zeiat terminou de cortar e arranjou os pedaços de biscoito com cuidado à mesa. Olhou para mim, com as sobrancelhas franzidas, e disse:

– Gentil? Não diria *gentil*. – Ela piscou. – Talvez eu não entenda essa palavra.

– Nesse contexto, é apenas uma maneira formal de dizer "obrigada", tradutora – respondi. – Temo que não poderemos andar de barco amanhã. Tenho de voltar imediatamente à estação.

Atrás de mim, Cinco e Oito mandaram perguntas para a Nave, e mesmo antes que a resposta viesse, Cinco saiu da sala para arrumar as malas.

A tradutora Zeiat apenas respondeu:

– *Ah?* – Leve. Desinteressada. Ela apontou os pedaços de biscoito na mesa. – É a mesma coisa, você percebeu? Outros peixes não são. Os outros peixes são complicados por dentro.

– São mesmo – concordei.

Tisarwat estava no pátio principal da estação Athoek, observando a fila que ainda se formava em frente à administração. Mesmo depois de alguns dias, ela ainda não havia sumido. Na verdade, estava até maior que antes.

A chefe de segurança da estação, ao lado da tenente, disse:

– Até agora está tudo bem. Sei que não deveria me surpreender com o fato de que a capitã de frota sabia o que estava fazendo. Mas admito que estou. Ainda assim. Metade das pessoas na fila não tem designação. Se elas tivessem, a fila estaria menor. Queria que a administração encontrasse logo trabalho para elas, tornaria a vida de todo mundo mais fácil.

– Elas viriam fora do horário de trabalho, chefe – respondeu a tenente Tisarwat.

Na verdade, não eram poucos os lugares na fila que estavam reservados por objetos: almofadas, na maioria, ou cobertores dobrados. Algumas cidadãs haviam passado a noite aqui.

– Ou, pior, faltariam ao trabalho. E aí teríamos mais greves com as quais lidar – continuou Tisarwat.

Ela não olhou na direção da entrada do templo, onde as sacerdotisas de Amaat ainda estavam sentadas. Agora em almofadas; sua iminência Ifian não durara mais de uma hora no chão duro do pátio antes de pedir a uma sacerdotisa mais jovem que pegasse algo no qual pudesse se sentar. Assistindo do planeta, eu imaginava quando tempo Ifian pensara que ela e suas sacerdotisas teriam de sentar ali, se ela pensara que a solução seria rápida ou se nem cogitara outra opção. Era provável que a Estação soubesse, mas, sendo como era, a Estação não me contaria, mesmo se eu perguntasse.

A governadora Giarod não fez nenhum pronunciamento público sobre a situação, mas controlava os canais oficiais de notícia, e eles mencionaram a greve de sua iminência e até citaram suas razões. Os canais oficiais não mencionaram a fila em nenhum momento. Nem disseram que a hierofante xhai estava disposta a oficializar nascimentos e celebrar funerais para qualquer cidadã, iniciada ou não nos mistérios. Os presságios diários lançados pela administradora Celar eram anunciados da forma mais insossa possível, sem qualquer elaboração ou discussão.

Ainda assim, a segurança da estação, claro, apoiava firmemente a administradora.

– Talvez pudesse acabar antes... – disse a chefe de segurança para Tisarwat – ...sem o serviço de comida e bebida.

Uma dezena de residentes do Jardim Inferior (inclusive Uran, quando não estava estudando) se encarregara de trazer chá e comida para as cidadãs que formavam a fila, duas vezes ao dia. A própria Uran ofereceu chá para as sacerdotisas em frente ao templo no primeiro dia, mas foi sumariamente ignorada.

– Talvez, chefe – respondeu Tisarwat –, elas continuassem na fila, mas com fome e sem cafeína no sangue. – Ela apontou a obviedade da segunda parte de sua declaração. – Talvez elas estejam nos fazendo um favor.

– Ah! – A chefe de segurança parecia achar divertido o que ouvira. – Elas são todas suas vizinhas, não são? E aquela mais nova... Uran, não é? Também faz parte de seu núcleo familiar. A capitã de frota é guardiã dela, isso mesmo?

– Acho que hoje deveríamos fazer outra noite de jogo – disse Tisarwat enquanto sorria.

– Contanto que você não me deixe ganhar de novo.

– Nunca deixei você ganhar, chefe – mentiu Tisarwat, os olhos cor de lilás grandes e inocentes.

Lá do planeta, chamei:

"Uma palavrinha, tenente."

A tenente Tisarwat se espantou, culpada, mas para todas as outras pessoas que não podiam vê-la como eu, como a Nave, sua reação pareceu um simples piscar de olhos.

– Você me daria licença por um momento, chefe? – disse ela para a chefe de segurança, e, quando já estava a uma boa distância, disse em meus ouvidos: "Sim, capitã de frota".

Sentada nas docas de Xhenang Serit, respondi: "O mais discretamente possível, coloque tudo que for essencial em uma nave de transporte. Certifique-se de manter o caminho até a doca sempre livre. Esteja pronta para sair da estação a qualquer momento".

Tisarwat dirigiu-se aos elevadores. Respondeu ainda em silêncio, depois de um quase momento de pânico: "Então ela está aqui. E você, capitã de frota?".

"Vamos sair daqui em breve. Devo chegar aí em dois dias. Mas não me espere caso precise agir".

Ela não estava gostando de ouvir aquilo, mas sabia que era melhor não dizer nada. Entrou em um elevador já cheio. Para a Estação, disse em voz alta o andar em que ficavam nossos aposentos e, para mim, disse em silêncio: "Sim, senhora. Mas e a horticultora Basnaaid? E a cidadã Uran?".

Eu já havia pensado nas duas. "Pergunte a elas, discretamente, se preferem ficar ou ir embora. Não pressione nenhuma decisão. Se escolherem ficar, tenho duas caixas entre meus pertences." Eu poderia ter deixado ambas na *Misericórdia de Kalr*, mas Cinco havia visto e decidido que eu poderia precisar impressionar alguém. "Uma é uma joia *bem* grande, flores e folhas em diamante e esmeraldas. É um colar." Se bem que *colar* não dava conta daquela grandeza. "Deixe com Uran. Ela pode conseguir muito dinheiro por ele, se souber vendê-lo bem. Na outra caixa, guardo dentes."

Saindo do elevador, Tisarwat congelou por um instante, forçando a pessoa que estava atrás dela a parar subitamente e tropeçar.

– Desculpe, cidadã – disse ela em voz alta, e depois, para mim "Dentes?".

"Dentes. Feitos de moissanita. Eles não valem muito dinheiro, mas..." Quase disse que possuíam *valor sentimental*, mas não era exatamente o que queria dizer. "Eles são uma lembrança." Isso também não dava conta.

"Dentes?", repetiu Tisarwat enquanto se desviava do corredor principal para um secundário.

"A antiga dona os deixou para mim. Vou contar tudo para você depois, se quiser. Mas os deixe com Basnaaid. Certifique-se de dizer a ela que eles não têm alto valor monetário. Eu só quero que ela fique com eles." Eles valeriam metade da Tetrarquia de Itran, se estivéssemos lá. Eu mesma passara anos naquele lugar. Poderia voltar, ainda teria um posto, ou encontraria um. Mas ela estava muito, muito longe. "Se estou certa e Anaander estiver aqui, ela provavelmente vai passar algum tempo observando o tráfego do sistema antes de tentar se aproximar da estação." Abrir um portal em uma área densamente movimentada significava correr o risco de ser responsável por um bom estrago, seja na sua nave ou nas naves que poderiam estar no caminho do seu portal. "Se ela não abrir um portal, as naves podem levar meses para chegar, pelo que calculei."

"Sim, senhora. O que vamos fazer?" Ela fez uma reverência para alguém que passava.

"Estou pensando."

"Senhora", ela parou. Olhou ao redor. Viu apenas as costas da pessoa que passara. Ainda assim, não falou em voz alta. "Senhora, e a Estação?" Não respondi. "Senhora, se... se *ela* está aqui..." Nunca vi a tenente Tisarwaat dizer o nome de Anaander Mianaai. "A senhora sabe que tenho acessos. Eu tenho códigos de acesso importantes da Estação. Se nós conseguirmos..." A tenente parou, esperando talvez que eu dissesse algo, mas não o fiz. "Se pudéssemos nos certificar de que a Estação esteja do *nosso* lado, isso pode... ser útil."

Eu sabia que a tenente Tisarwaat tinha os acessos. Anaander Mianaai não viria até aqui sem ter como controlar as IAs do sistema, incluindo a *Misericórdia de Kalr*. Incluindo a Estação. Eu proibira Tisarwat de usar esses acessos, e até agora ela não o fizera.

"Senhora", continuou Tisarwat, "eu entendo... Eu acho que entendo... O motivo de você não querer que eu use os acessos, mesmo agora. Mas, senhora, *ela* não vai hesitar em utilizá-los."

"Então essa é a razão para usarmos, é isso?"

"É uma vantagem que temos! Que *ela* não vai saber que temos! E não é como se fôssemos poupar a Estação de algo se não usarmos. Você sabe que ela vai utilizá-los! Podemos muito bem fazer isso antes dela."

Queria dizer que a tenente estava pensando exatamente como Anaander Mianaai, mas isso a teria magoado e, além disso, ela não podia evitar. "Devo lembrar, tenente, que eu sou o que sou agora exatamente por esse tipo de pensamento?"

Desânimo. Mágoa. Indignação. "Não foi tudo culpa dela, senhora." E então, desafiadora, mas também assustada por dizer tal coisa "E se a Estação *quisesse*? E se a Estação preferisse que *nós* fizéssemos isso... em vez *dela*?"

"Tenente, não consigo descrever para você quão desagradável é ter ordens conflituosas e irreconciliáveis implantadas à força em sua mente. Anaander com certeza já fez isso aqui, ambas as partes dela. Você acha que a Estação quer que você inclua um terceiro fator?" Nenhuma resposta. No planeta, onde eu estava sentada na sala da pensão, a tradutora Zeiat moveu levemente as fatias de biscoito em forma de peixe, tomou um gole de sua tigela de molho de peixe, levantou-se e foi até a janela aberta. "Mas, visto que você mencionou o assunto, acha que consegue fazer algo para que a Estação não seja mais forçada por ninguém? Nem Anaander Mianaai, nenhuma delas, nem nós."

"O quê?", a tenente Tisarwat parou, confusa, no chão cinza e arranhado da estação Athoek. Ela genuinamente não havia entendido o que eu pedira.

"Você consegue fechar todos os acessos da Estação? Para que nenhuma das duas Anaander possa controlar nada? Ou, melhor ainda, você pode dar à Estação os seus acessos mais profundos e deixar que ela faça as mudanças que quiser nela mesma, ou que escolha quem tem acesso e qual nível de acesso?"

"Dar..." Quanto mais claro ficava para a tenente o que eu havia pedido, mais ela começava a hiperventilar. "Senhora, não é possível que esteja seriamente sugerindo isso." Eu não respondi. "Senhora, é uma *estação*. Milhões de vidas dependem dela."

"Acho que a Estação é bastante cuidadosa quanto a isso, não acha?"

"Mas, senhora! E se alguma coisa der errado? Ninguém vai poder entrar para arrumar." Pensei em perguntar o que ela entendia por *dar errado*, mas ela continuou a falar antes que eu pudesse dizer algo. "E o que... senhora, e se fizermos isso e ela decidir que quer ficar do lado *da outra*? Não acho que seja improvável."

"Eu acho", respondi, enquanto olhava a tradutora Zeiat se pendurar na janela, "que não importa a quem ela se alie, sua preocupação principal será o bem-estar das moradoras."

A tenente Tisarwat respirou profundamente duas vezes, de uma forma não muito adequada. "Senhora? Peço sua máxima complacência, senhora." Agora completamente alheia ao seu entorno, mas por sorte o corredor estava vazio, um lugar cheio de dormitórios e bem na hora da próxima troca de turno. Ainda assim, ela teve a presença de espírito de não falar em voz alta. "Com todo o respeito, senhora, não acho que tenha pensado bem nas consequências disso." Não respondi. "Ah, merda." Ela cobriu o rosto com as mãos enluvadas. "Ah, pelas tetas de Aatr, você *pensou* nas consequências. Mas, senhora, eu não acho que tenha pensado nas consequências."

"Você precisa andar, tenente." No planeta, a tradutora Zeiat voltou o corpo para dentro da sala, o que me deixou aliviada.

No corredor da estação, Tisarwat disse: "Você não pode... Não pode fazer isso, senhora. Não pode fazer isso com a Estação, para começo de conversa. Imagine se cada nave e estação pudesse fazer o que bem entendesse? Isso poderia ser...".

"Saia do corredor, tenente. Alguém com certeza irá passar, e parece que você está tendo um ataque de pânico nesse momento."

Com as mãos ainda no rosto, ela gritou:

– Mas eu *estou* tendo um ataque de pânico!

"Tenente", chamou a Estação nos ouvidos de Tisarwat, "você está bem?"

"Estou..." Tisarwat abaixou as mãos. Endireitou o corpo. Voltou a andar. "Estou bem, Estação. Está tudo certo."

"Você não parece bem, tenente", disse a Estação, ao mesmo tempo enviando uma mensagem para a *Misericórdia de Kalr*.

"Sim", respondeu a Nave para a Estação, "ela está chateada com alguma coisa, mas em breve ficará bem. Obrigada por estar atenta."

"Estou... Estou bem, Estação", disse Tisarwat, andando. Aparentemente bem, mas se esforçando para não tremer. "Obrigada."

No planeta, em nossa pensão, *Sphene*, que estivera sentada ao meu lado, em silêncio por todo esse tempo, me encarou e disse:

– Bem, prima, gostaria que me contasse o que fez você parar de cantar baixinho. Gostaria que isso acontecesse mais vezes.

– Nada que cantei agradou você, prima? – perguntei calmamente. – Você pode pedir uma música.

– *Eu* posso pedir uma coisa, capitã de frota? – disse a tradutora Zeiat, esvaziando uma garrafa de molho de peixe em sua tigela.

– Claro, tradutora, tem alguma música que gostaria de ouvir?

– Não, só estava curiosa.

Na estação, a tenente Tisarwat chegara a nosso dormitório improvisado no fim do corredor sem saída. Ela se sentou no chão, atrás de uma barricada de caixas. A Nave já dissera a Kalr Dez e Bo Nove o que eu queria, e Bo Nove parou para pensar em como colocar nossas coisas na nave de transporte sem que ninguém percebesse e foi fazer chá. Ainda que Tisarwat se esforçasse para parecer bem, e a Nave não tivesse dito nada para Nove, ela demonstrou preocupação com o estado emocional de sua tenente ao dispensar as folhas de chá que estivera usando a semana toda, e que seriam usadas por mais um dia, e usar folhas novas.

Tisarwat bebeu metade do chá, e então, consideravelmente mais calma, disse para mim: "Não sei nem se é possível. Existem algumas precauções contra esse tipo de coisa, tenho certeza de que sabe disso, senhora. Ninguém nunca quis que as IAs tivessem acesso a seus próprios códigos. Mas você sabe, mesmo que alguém ache uma forma de fazer isso, seria impossível manter tal conhecimento em segredo. Não poderíamos fazer com que a Estação mantivesse segredo, pois ela pode contar para quem quiser".

"Tenente, você sabe que eu não tenho nenhuma intenção de ajudar Anaander Mianaai a se recuperar dessa briga, certo?"

Sentada no chão, joelhos próximos ao corpo, tigela de chá na mão, a tenente disse:

– Mas... – Bo Nove não parou o que estava fazendo, mudando coisas de um lugar para outro, porém sua atenção estava toda direcionada a Tisarwat. "Com todo respeito, senhora, você pensou bem nisso? Digo, pensou mesmo? Isso não mudaria as coisas apenas no espaço do Radch. Mais cedo ou mais tarde, mudaria em todos os lugares. E eu sei, senhora, que tudo está dando errado, mas toda a ideia por trás da expansão do Radch é manter o próprio Radch seguro, é proteger a humanidade. O que aconteceria se uma IA pudesse se refazer? Até as armadas? O que aconteceria se IAs pudessem fazer mais IAs, sem restrição? As IAs já são mais inteligentes e fortes do que as humanas, o que aconteceria se decidissem que não precisam mais das humanas? Ou se decidissem que precisam das humanas apenas para serem partes?"

"Como Anaander fez com Tisarwat, você quer dizer?" perguntei. E quase imediatamente me arrependi, vislumbrando a tristeza, a autodepreciação e o desespero da tenente ao ouvir minhas palavras. "Você me pergunta se pensei nisso. Tenente, tive vinte anos para pensar nisso. Você disse que *está dando errado*. Peço que se questione se a *forma* como tudo deu errado tem algo a ver com o *porquê*. Se é que já deu certo alguma vez."

Raiva emanava de Tisarwat, o que não me surpreendeu. "Bem, e quanto à *Misericórdia de Kalr*? Estamos tendo essa conversa de um jeito que a Nave pode ouvir." Claro que estávamos. Não havia como conversarmos sem que a Nave nos escutasse. "Se isso for possível, a Nave irá ver. Você vai fazer o mesmo com ela? E se fizer, e ela decidir que quer outra capitã? Ou outra tripulação? Ou nenhuma das duas?"

Bem... eu havia levado para o lado pessoal. Não era surpresa que ela também fizesse o mesmo. Mas esse pensamento não me surpreendia nem me entristecia. Naves amavam capitãs, não outras naves. E eu era uma nave, mesmo que muito reduzida. Talvez estar com a *Misericórdia de Kalr* me desse um vislumbre do que eu perdera, mas para isso não seria necessário que a Nave me escolhesse em detrimento de outra capitã.

"Por que ela deveria ser forçada a aceitar uma capitã que não quer? Ou uma tripulação? Se a Nave quiser ficar sozinha, deve poder fazer isso." Mas eu sabia que ela não queria. Pensei no carinho que minha tripulação sentia pela Nave, e o óbvio cuidado que a Nave tinha com elas. O cuidado da Nave com Seivarden. Pensei em *Sphene*, furiosa ao ser lembrada que não tinha capitã, nem tripulação, nem mesmo a possibilidade das duas coisas. "Você nunca foi uma nave, tenente."

"Naves não são maltratadas. Elas fazem o que foram criadas para fazer. Não é possível que seja tão ruim ser uma nave. Ou uma estação."

"Pare por um momento e pense no que você está dizendo. E no motivo de estar dizendo isso, nessas circunstâncias, nesse momento."

Ela bebeu o restante do chá em silêncio.

Naquela noite, Tisarwat não foi jogar com a chefe de segurança.

– Estação – disse a tenente Tisarwat, em voz alta, após tomar o último gole de chá depois do jantar, sentada em uma das caixas que marcavam o fim do nosso espaço no corredor. O coração dela disparado enquanto falava. – Preciso falar com você, totalmente em particular.

– Claro, tenente.

Tisarwat entregou a tigela vazia para Bo Nove e disse:

– Não acho que aqui seja um bom lugar. Aonde podemos ir para não sermos ouvidas?

– Que tal a sua nave de transporte, tenente?

Tisarwat sorriu, ainda que seu coração batesse rápido, disparado por outro pico de adrenalina. Era exatamente a resposta que ela queria, ainda que eu não entendesse o motivo. Estava um pouco surpresa por ter conseguido, e também com um pouco de medo do que viria a seguir.

– Boa ideia, Estação.

Quase como se o pensamento já não houvesse ocorrido a ela, como se tudo fosse decisão do momento. Tisarwat pegou uma mochila, apenas uma das várias coisas que (ela, Kalr Dez e Bo Nove) estiveram levando para a nave de transporte o dia todo.

– Vou falar com você lá, então.

Uma vez na nave de transporte, Tisarwat despejou o conteúdo da mochila no compartimento de bagagem e deu um impulso para ir até um assento e afivelar o cinto.

– Estação.

– Tenente.

– Quando a capitã de frota Breq chegou aqui e contou para a governadora que... que a Senhora do Radch estava em guerra com ela mesma, você não pareceu surpresa, não é mesmo, Estação? Em algum momento, recentemente, a Senhora Mianaai visitou sua Central de Acesso, certo? E fez algumas mudanças.

– Não sei se entendi o que está falando, tenente.

Tisarwat respondeu com um nervoso e enojado, *ah*, e continuou:

– E então outra parte dela veio, depois, e fez a mesma coisa. E ambas fizeram de uma forma que a impede de falar sobre o assunto com qualquer pessoa. – Tisarwat suspirou. – Mianaai fez isso com a *Justiça de Toren* também. A capitã de frota Breq sabe como é. Eu... a Senhora do Radch me enviou aqui com todos os acessos, para que nos certificássemos de que você estivesse do nosso lado. Mas... mas a capitã de frota Breq não quer que eu use nada disso. A não ser que, bem, a não ser que você queira.

Silêncio.

– Não posso prometer que vou encontrar tudo que elas deixaram quando estavam tentando fazer com que você obedecesse apenas a elas. Provavelmente, eu só vou conseguir encontrar as coisas de uma delas. Porque... – Tisarwat engoliu em seco, seu enjoo só aumentando. Ela não tomara nenhum remédio antes de entrar na microgravidade da nave de transporte. – ...porque meus acessos vêm dessa parte. Mas a capitã de frota Breq disse que eu não posso sair fazendo coisas em você sem perguntar. Porque ela sabe como é, e a capitã não gostou nem um pouco da sensação.

– Eu gosto da capitã de frota Breq – disse a Estação. – Nunca achei que fosse gostar de uma nave. Na melhor das hipóteses, são educadas. O que não é o mesmo de ser respeitosa. Ou gentil.

– Não é – concordou Tisarwat.

– Eu não gosto muito do conflito que a capitã de frota trouxe para cá. Mas, na verdade, era algo que existia bem antes de ela chegar. – Uma pausa. – Percebi que vocês estão trazendo coisas para a nave de transporte. Como se pudessem precisar sair de uma hora para outra. Está acontecendo alguma coisa?

– Estação, sabe que não posso confiar em você. Não sei quem tem acesso, quem pode obrigá-la a revelar coisas. Ou em quem *nós* podemos confiar. *Você* sabe, tenho certeza. Você sabe quase tudo que acontece aqui.

Três minutos de silêncio. O enjoo de Tisarwat havia aumentado e o sangue pulsava em seus ouvidos. Por fim, a Estação disse:

– Tenente, o que exatamente você quer fazer? O que a capitã de frota pediu que eu concordasse antes que você fizesse?

– Primeiro, preciso pegar alguns remédios, Estação. Estou muito enjoada agora. Depois falamos sobre isso. Ok?

– Certo, tenente.

7

Dois dias depois, presa no assento do transporte vindo do elevador, com a tradutora Zeiat aparentemente em sono profundo ao meu lado, tive notícias da tenente Tisarwat.

– Capitã de frota, estamos na nave de transporte. – Ela se referia à nave de transporte da *Misericórdia de Kalr*. Ela não esperou que eu perguntasse para me passar mais detalhes. – Ainda estamos ancoradas na estação. Mas alguma coisa está errada. Não consigo identificar exatamente o quê, mas a Estação parece... estranha.

Quando pedi, *Misericórdia de Kalr* me mostrou a estranheza à qual Tisarwat se referia. Como a tenente havia dito, não era nada óbvio ou definitivo. Apenas uma reticência percebida nos últimos dias, que não parecia característica da Estação. Se tivesse sido semanas antes, quando chegamos ali, passaria despercebido. A Estação Athoek não estava feliz naquela época, e a reticência era um sinal, eu sabia, de que sua relação com as autoridades da estação era no mínimo de ambivalência, e possivelmente de ressentimento. Uma boa dose da mágoa da Estação estava concentrada nas condições do Jardim Inferior, severamente danificado havia séculos e nunca consertado. Eu sabia que o fato de ter pressionado a administração para o assunto fosse resolvido ajudara muito para as recentes demonstrações de amizade que eu recebera da Estação. Se ela estava reticente agora, provavelmente tínhamos feito algo para chateá-la (ou, mais precisamente, Tisarwat fizera, já que eu estava no planeta nos últimos dias), ou ela estava em conflito interno sobre alguma questão.

– Capitã de frota – continuou Tisarwat, quando eu não respondi imediatamente –, há alguns dias, ontem, na verdade, eu poderia ter ido à Central de Acessos e encontrado o problema. No entanto, não posso fazer isso agora.

Era possível controlar muita coisa em uma IA se você tivesse os códigos e comandos certos. Mas algumas coisas (incluindo a mudança desses códigos, instalação ou exclusão de acessos) deveriam ser feitas pessoalmente, na Central de Acessos. Tisarwat passara bastante tempo lá nos últimos dois dias. O lugar era fortemente guardado, por razões óbvias. Somente a Estação (e qualquer pessoa que estivesse fisicamente presente) podia ver ali dentro, portanto eu não sabia os detalhes do que Tisarwat fizera. Mas é claro que, como toda soldada radchaai, tudo que Tisarwat fazia era gravado. A Nave possuía essas gravações e eu vira parte delas.

Com o consentimento da Estação, Tisarwat havia deletado (ou mudado drasticamente) todo o acesso que encontrara. E então, quando foi embora, a tenente destruíra o mecanismo responsável por abrir as portas, mediante um código autorizado, e quebrara o controle manual e o console que o acompanhava. Também removera um painel de uma das paredes da Central e enfiara uma dezena de escoras de cerca de trinta centímetros, que havia trazido da seção de reparos do Jardim Inferior, no maquinário da porta, de tal modo que, depois que ela saísse e as portas se fechassem, elas não se abririam novamente. Tudo isso, claro, com o consentimento da Estação. Tisarwat não poderia ter feito metade daquilo sem a ajuda da Estação. Mas agora que Tisarwat gostaria de exigir uma explicação da Estação, ela não podia, pois tornara isso impossível.

"Tenente", falei, "não precisamos de acessos para saber o que está errado. Eu diria que a Estação recebeu ordens referentes a nós que não pode nos contar diretamente. Devido a um acesso desconhecido, ou porque a Estação considerava que nos contar diretamente trairia alguém importante para ela. Ou ainda revelaria a extensão das alterações que você fez na Central de Acessos. Mas a Estação está nos avisando que algo está errado e que é melhor ficarmos atentas. Você fez o certo ao mover a nave de transporte. E Basnaaid e Uran?"

– Elas escolheram ficar, senhora. – Não me surpreendia. E talvez fosse a opção mais segura. – Senhora... – continuou Tisarwat, depois de uma pausa – Estou... Estou com medo de ter feito alguma coisa errada.

"O que quer dizer com isso, tenente?"

– Eu... aquelas naves que chegaram no sistema, elas não se aproximaram. Não seria possível não termos visto se houvessem feito algo. Então *ela* não está na estação. E eu não acho que a governadora Giarod ou a administradora Celar podem dar qualquer ordem à Estação que ela não possa nos contar. Não sem algum tipo de código de acesso vindo... vindo *dela*. – Da outra Anaander. – E ela não teria apenas enviado códigos importantes assim por mensagem, ela os passaria pessoalmente. Logo, se a Estação está chateada, talvez seja minha culpa. Talvez eu tenha feito algo doloroso. E, se alguma outra coisa está errada, não podemos mais ir lá e consertar.

Voluntariamente, a Nave me mostrou o medo de Tisarwat, quase pânico, e a culpa. Um arrependimento que doía no físico. Mesmo que suas preocupações fossem válidas, o estado emocional em que ela estava me pareceu extremo.

"Tenente", disse, ainda em silêncio. A tradutora Zeiat continuava a dormir no assento ao meu lado. "Você fez algo que não tenha sido combinado com a Estação?"

– Não, senhora.

"Você manipulou a Estação para que ela concordasse?"

– Eu não... Não acho que fiz isso, senhora. Mas...

"Então você fez o melhor que pôde. É possível que tenha cometido um erro, e é bom que tenhamos essa possibilidade em mente. É bom que você esteja pensando nessa possibilidade." Na nave de transporte da *Misericórdia de Kalr*, Bo Nove deu impulso para chegar até onde Tisarwat sentara. Retirou o adesivo de remédios que estava no pescoço da tenente, abaixo da gola de seu uniforme marrom, e colocou um novo. Ainda assim, a culpa e a ansiedade de Tisarwat aumentaram, com o nascer de uma vergonha. "Mas, tenente."

– Senhora.

"Seja mais gentil com você mesma."

– A senhora consegue ver tudo isso, não é? – Amarga. Acusatória. Humilhada.

"Você sempre soube que eu posso ver. Certamente sabe que a Nave pode."

– Mas isso é diferente, não é? – respondeu Tisarwat, agora nervosa, comigo e com ela mesma.

Quase retruquei que não era nada diferente, mas parei. As soldadas esperavam esse tipo de vigilância da nave. Mas eu não era, afinal, a própria Nave. "É diferente porque a Nave está sujeita às suas ordens, e eu não?", perguntei. Imediatamente me arrependi, a pergunta não ajudou em nada a melhorar o estado emocional de Tisarwat. E o fato de a Nave estar sujeita a ordens era algo que eu só recentemente descobrira ser um tópico sensível para a própria Nave. Peguei-me desejando poder ver melhor o que a Nave estava pensando ou sentindo, ou então que ela fosse mais clara comigo sobre seus sentimentos. Mas talvez a Nave estivesse sendo o mais clara possível.

"Agora não é o momento certo para esse tipo de discussão, tenente. Eu falei sério: seja mais gentil com você mesma. Você fez o melhor que pôde. Agora fique atenta à situação e de prontidão para agir caso seja necessário. Chegarei aí em algumas horas." Já deveria estar lá, mas a nave que levava os passageiros estava, como sempre, atrasada. "Se você precisar agir antes de eu chegar, faça isso."

Não esperei para saber como ela responderia. Na nave em que estava, tirei o cinto de segurança e dei impulso até o assento de *Sphene*, que estava atrás de mim.

– Prima – falei –, é possível que tenhamos de sair da estação rapidamente e em breve. Você prefere ficar, ou ir conosco?

Sphene me olhou sem nenhuma expressão no rosto, e disse:

– Eles não dizem, prima, que enquanto você tiver família, nada lhe faltará?

– Você me deixa contente, prima.

– Não tenho dúvidas – respondeu *Sphene* antes de fechar os olhos.

Assim que a nave que trazia as passageiras ancorou na estação, enviei Cinco e Oito, junto de *Sphene*, para a nave de transporte da *Misericórdia de Kalr*, e fui com a tradutora Zeiat para os elevadores que nos levariam ao pátio principal da estação e à residência da governadora.

– Espero que tenha gostado da viagem, tradutora – falei.

– Sim, sim! – Ela deu batidinhas no peito. – Mas acho que estou com indigestão.

– Não me surpreende.

– Capitã de frota, eu sei que não é sua culpa o que aconteceu com Dlique. Levando em conta que era, bem, *Dlique*. E... – Ela olhou para sua roupa branca, interrompida apenas pelo broche memorial da tradutora Dlique, prateado com opala. – Foi muito atencioso da sua parte fazer o funeral. Muito... muito *generoso* da sua parte. E você tem sido tão prestativa! Mas sinto que preciso avisá-la que essa situação é *muito* estranha.

– Como assim, tradutora?

Paramos em frente aos elevadores; tivemos que parar já que as portas não se abriram quando nos aproximamos. Lembrei do que Tisarwat havia dito, que a Estação estava estranhamente reticente nos últimos dias. Mas nada que ela conseguisse identificar com precisão.

– Pátio principal, por favor, Estação – falei, como se eu não houvesse percebido nada de estranho, e as portas se abriram.

– Pode ser que você não saiba – disse a tradutora enquanto entrava comigo no elevador –, na verdade, você provavelmente *não* sabe, que há muitas... preocupações em alguns lugares. – As portas se fecharam. – Não tivemos... entusiasmo universal com a ideia de tratar humanas como seres Significantes. Mas um acordo firmado é um acordo. Não concorda?

– Concordo.

– Mas, recentemente, bem. A situação com as rrrrrr. Muito problemática.

As rrrrrr apareceram no espaço do Radch há vinte e cinco anos, as naves tripuladas não só por rrrrrr, mas também por humanas. As autoridades locais reagiram tentando matar todos a bordo da nave. Poderiam inclusive ter conseguido, caso a chefe de década não houvesse se recusado a seguir as ordens e iniciado um motim.

Mas, alguns séculos antes disso, as geck haviam conseguido argumentar que, como as presger haviam reconhecido as humanas como Significantes e, portanto, qualificadas para um tratado (e, mais importante ainda, não mais um alvo para o divertimento sangrento das presger), logicamente o contato próximo e igualitário que as geck mantinham com as humanas vivendo no mesmo espaço provava que elas também eram seres Significantes. Toda estudante radchaai sabia disso; era pouco provável que as oficiais que ordenaram a destruição das rrrrrr não soubessem, ou não entendessem as consequências trazidas pelo ato, caso o ataque às rrrrrr fosse divulgado: que o Radch poderia estar disposto a quebrar o tratado que fizera, pelos últimos milênios, para manter as humanas a salvo da depredação presger.

– Não ajudou, sabe – continuou a tradutora Zeiat –, que a associação das rrrrrr com as humanas, que claramente as tratavam como seres Significantes, basicamente forçou a ideia de elas serem ou não Significantes. As geck também. Isso é o tipo de coisa que foi aventada, sabe, e desde o começo foi uma das razões contrárias a qualquer tipo de acordo com as humanas, sem nem mencionar o fato de sua Significância. Já era bem difícil. Mas humanas, não só humanas, mas humanas radchaai descobrem as rrrrrr, em circunstâncias óbvias para o que foi acordado no tratado, e fazem o quê? Atacam a nave.

– Um grande peso sobre o tratado – concordei. – Mas essa situação já foi resolvida, o mais rápido possível.

– Sim, sim, capitã de frota. Foi. Mas deixou... deixou algumas dúvidas sobre a intenção das humanas com o tratado. E, sabe, eu entendo a *ideia* de diferentes tipos de humanas. Digo, na teoria. Preciso admitir que tenho alguns problemas para realmente *compreender* isso. Pelo menos sei que o *conceito* existe. Mas se eu tentar ir para casa e explicar para *elas*, bem... – A porta do elevador se abriu e adentramos o pátio de piso branco. – Assim, você sabe quão estranho é isso.

– Entendi quão potencialmente estranho isso é desde que a tradutora Dlique sofreu o acidente. Diga-me, tradutora, a tradutora Dlique foi enviada para cá por conta dessa dúvida sobre a intenção das humanas em relação ao tratado? – Ela não respondeu de imediato. – As circunstâncias, sabe, e você vindo logo depois.

A tradutora Zeiat piscou e suspirou antes de dizer:

– Ah, capitã de frota. Às vezes é tão difícil falar com você. Parece que entende as coisas, mas depois diz algo que mostra que não, que não entendeu nada.

– Peço desculpas.

Ela fez um gesto como se não se importasse e disse:

– Não é sua culpa.

Entreguei a tradutora Zeiat aos aposentos da residência da governadora; não os mesmos de Dlique, a governadora Giarod me assegurara veementemente, mesmo que eu não soubesse muito bem por que ela achava isso importante. Depois que a tradutora se instalou, e uma empregada saiu à procura de uma nova garrafa de molho de peixe e mais um pacote de biscoitos em formato de peixe, fui com a governadora até o gabinete.

Eu sabia que tinha algo errado quando a governadora Giarod parou no corredor e fez um gesto para que eu atravessasse a porta na frente dela. Quase me virei e fui embora para a nave de transporte, mas assim minhas costas estariam viradas para o que quer que estivesse dentro do gabinete da governadora e que ela desejava que eu encontrasse primeiro. Além disso, eu não tinha o costume de passar despreocupadamente por nenhuma porta. A *Misericórdia de Kalr* falou em meu ouvido: "Alertei a tenente Tisarwat, capitã de frota".

Ainda pensando na última interação que tive com Tisarwat, não virei minha atenção para ela a fim de saber sua reação, mas adentrei o gabinete da governadora.

Lusulun esperava por mim, tentando manter uma expressão neutra, mas achei que ela parecia culpada, e mais que um pouco amedrontada. Quando entrei de vez no escritório, com a governadora do sistema atrás de mim, duas oficiais de segurança com casacos marrons-claros se colocaram em frente à porta.

— Cidadã, imagino que tenha motivo para isso, certo? — perguntei. Bem calma e pensando onde estaria a administradora Celar. Cogitei perguntar, e depois pensei melhor.

— Recebemos uma mensagem da Senhora do Radch — disse a governadora Giarod. — Uma ordem de prisão para você.

— Sinto muito — disse a chefe de segurança Lusulun. Era um pedido sincero de desculpas, pensei, mas ainda amedrontado. — Minha senhora disse... disse que você é uma ancilar. É verdade?

Sorri. E então me movi com a rapidez de uma ancilar. Eu a peguei pelo pescoço e virei seu rosto contra a porta. Lusulun engasgou enquanto eu torcia o braço dela por trás de suas costas, apertando um pouco mais forte seu pescoço. Disse calmamente em seus ouvidos:

— Se alguém se mover, você morre. — Não disse: *agora vamos descobrir quanto sua vida vale para a governadora Giarod.* As duas oficiais de segurança estavam congeladas, um choque genuíno em seus rostos. – Eu não quero matar você, mas posso. Nenhuma de vocês consegue se mover tão rápido quanto eu.

– Você *é* uma ancilar – disse a governadora Giarod. – Eu não havia acreditado.

– Se você não havia acreditado, então por que tentar me prender agora?

O rosto da governadora expressava descrença e incompreensão quando ela disse:

– Minha senhora deu uma ordem direta.

Não era surpreendente, na verdade.

– Eu vou agora para a nave de transporte – respondi. – Você vai remover qualquer oficial de segurança do meu caminho. Ninguém tentará me impedir, ou interferir em meu caminho ou no de minhas soldadas. – Lancei um olhar rápido para a chefe de segurança. – Correto?

– Sim – disse Lusulun.

– Sim – concordou a governadora. Todo mundo saiu da frente da porta, devagar.

No pátio, atraímos olhares. Uran servia chá para as cidadãs na fila. Ela olhou em nossa direção e me viu a caminho dos elevadores com uma chefe de segurança tremendamente assustada em meus braços. Desviou o olhar como se não houvesse me visto. Bem, contanto que fosse escolha dela.

Sua iminência Ifian se levantou quando passamos.

– Boa tarde, iminência – falei, educadamente. – Por favor, não tente fazer nada, não quero matar ninguém hoje.

– Ela realmente é capaz – disse a chefe de segurança, sua voz soando um pouco mais rouca do que o necessário. Passamos por Ifian. Cidadãs nos encaravam, e as seguranças de casaco marrom-claro nos davam passagem.

Quando a porta do elevador se fechou, Lusulun disse:

– Minha senhora disse que você é uma ancilar traidora. Disse que já perdeu o juízo.

– Eu sou a *Justiça de Toren*. – Aliviei um pouco a pressão de minhas mãos nela. – Tudo o que sobrou. Foi Anaander

Mianaai que me destruiu. A parte dela que está aqui agora. Mas foi a outra parte me promoveu e me deu a nave.

Pensei em perguntar por que, se ela sabia que eu era uma ancilar, havia me confrontado sem ajuda adequada, ela mesma desarmada. Ao menos era o que parecia. E então me ocorreu que talvez aquilo houvesse sido deliberado e que ela não quisesse responder a essa pergunta em nenhum lugar onde a Estação pudesse ouvir, e sem dúvida as autoridades da estação estavam assistindo, mesmo que apenas para zelar por sua segurança.

– Você já teve um dia daqueles – disse ela – em que nada parece fazer sentido?

– Já tive vários desde que a *Justiça de Toren* foi destruída.

– Acho que isso explica algumas coisas – continuou a chefe de segurança, depois de dois segundos de silêncio. – Todas as músicas murmuradas. A administradora Celar sabia? Ela sempre quis conhecer a *Justiça de Toren* e saber mais sobre a coleção de músicas.

– Ela não sabia. – Era o que eu achava. – E transmita a ela meus sentimentos, se puder.

– Claro, capitã de frota.

Deixei Lusulun nas docas. Cinco me puxou para a nave de transporte enquanto Oito rapidamente travou a porta e acionou o mecanismo automático de saída. Dei impulso para chegar até onde Tisarwat estava e sentei no assento ao seu lado. Coloquei a mão brevemente em seu ombro.

– Você não cometeu nenhum erro que eu conseguisse ver, tenente.

– Obrigada, capitã de frota. – Tisarwat soltou um suspiro trêmulo. – Peço desculpas, senhora. A Nave tem me lembrado há três horas de que preciso trocar meu remédio, mas eu insisto em falar para Nove que eu estava bem e que estávamos ocupadas e isso podia esperar.

Comecei a buscar as informações para ver como estava o humor dela, mas parei. Um pouco surpresa em conseguir fazer isso.

– Está tudo bem, tenente – falei. – É uma situação bem estressante.

Lágrimas se formaram em seus olhos cor de lilás. A tenente as enxugou com as mãos cobertas por luvas marrons.

– Eu não consigo parar de pensar que eu deveria só ter ir e tomar controle de tudo que pudesse na Estação. Sem pensar no que ela queria. E então eu penso... não, isso é exatamente o que *ela* faria. Mas como devemos... – A tenente se perdeu no raciocínio. Enxugou os olhos mais uma vez.

– A tirana enviou uma mensagem ordenando a nossa prisão. Duvido muito que a governadora Giarod tenha usado um código de acesso que você não soubesse, e tenho quase certeza de que ela ainda não tentou entrar na Central de Acessos. Mas, mesmo assim, a Estação estava em uma situação complicada. Ela gosta de nós, porém não queria desafiar abertamente as autoridades do sistema. A Estação fez o melhor que pôde para nos alertar. Fez isso muito bem, na verdade, já que estamos aqui, afinal de contas. Sei que você gostaria de ter controle direto sobre ela, e sei que você se preocupa com qualquer tipo de independência da parte dela, mas você vê agora como é valioso o fato de que a Estação *queira* nos ajudar?

– É, eu vejo, capitã de frota.

– Sei que não parece o suficiente, mas tem de ser.

– Eu sei. – Ela fez um gesto afirmativo. – Estive pensando. Na tenente Awn.

Como Tisarwat fora a Senhora do Radch por alguns dias, ela sabia o que acontecera no templo de Ors, em Shis'urna, havia vinte anos, quando a Senhora Mianaai ordenara que a tenente Awn executasse cidadãs que poderiam revelar algo que Anaander queria manter em segredo. Como a tenente Awn praticamente se recusara. E sem dúvida Tisarwat adivinhara o que havia acontecido a bordo da *Justiça de Toren*, quando, horrorizada com o que fizera e com o pedido de Anaander, a tenente Awn finalmente se recusara e morrera por isso, e eu fora destruída. Ainda que fosse outra parte de Anaander Mianaai que estivesse lá.

– Se Awn houvesse se recusado a matar as cidadãs, lá, naquela hora, tudo teria sido revelado. Ela teria morrido. Mas isso aconteceu de qualquer forma.

– Você não está dizendo nada que eu não tenha pensado mais de uma vez nos últimos vinte anos.

– Mas, capitã de frota, se ela tivesse poder... Se a relação dela com Skaaiat Awer estivesse mais avançada, e ela tivesse o apoio de Awer, aliadas e conexões, a tenente Awn poderia ter feito mais. Ela já tinha você, mas, e se ela tivesse controle direto e absoluto sobre *toda* a *Justiça de Toren*? Imagine o que ela poderia ter feito.

– Por favor, Tisarwat – respondi depois de uma pausa de três segundos. – Não faça isso. Não diga essas coisas. Não me diga "e se a tenente Awn não tivesse sido a tenente Awn", como se isso fosse algo positivo. E eu peço que pense. Você vai lutar com a tirana usando armas feitas por ela para benefício próprio?

– Nós *somos* armas feitas por ela para benefício próprio.

– Somos. Mas você vai pegar cada uma dessas armas e usar contra ela? O que isso vai adiantar? Você será igual a ela, e se obtiver algum sucesso, não vai ter feito nada além de mudar o nome da tirana. Nada vai mudar.

Tisarwat me olhou com uma expressão confusa e, acredito que, preocupada quando disse:

– E se você *não* usar? E falhar? Nada vai ser diferente também.

– Era isso que a tenente Awn pensava. E percebeu tarde demais que estava errada. – Tisarwat não se manifestou. – Descanse um pouco, tenente. Preciso que você esteja alerta quando chegarmos à *Espada de Atagaris*.

Ela ficou tensa e franziu as sobrancelhas.

– *Espada de Atagaris*! – E, como eu não respondi, continuou: – Senhora, quais são seus planos?

Coloquei a mão novamente em seu ombro antes de começar a responder.

– Falaremos sobre isso depois que você conseguir comer alguma coisa e descansar.

Com os motores desligados, a *Espada de Atagaris* estava escura e silenciosa. Não havia dito nada desde que sua última ancilar se fechara em uma cápsula de suspensão. Ela me odiava, eu sabia, era refém do afeto da capitã Hetnys, a quem eu havia ameaçado matar caso a *Espada de Atagaris* me desafiasse. Tal ameaça impedira qualquer movimentação da nave, mas mesmo assim Tisarwat e eu embarcamos usando macacões para vácuo. Só por via das dúvidas.

Ela até desligara sua gravidade. Flutuando por um corredor escuro do outro lado da portinhola pela qual entramos, minha voz parecia alta em meu capacete quando disse:

– *Espada de Atagaris*... preciso falar com você.

Nada. Liguei uma das luzes do meu macacão. Só via o corredor vazio de paredes claras. Tisarwat estava em silêncio ao meu lado.

– Sabe, aquela Anaander Mianaai está no sistema. A parte que sua capitã apoiava. – Ou pensava que apoiava. – A capitã Hetnys e todas as suas oficiais ainda estão em suspensão. Perfeitamente seguras e sem nenhum problema.

O que não era exatamente verdade: eu atirara na perna da capitã, para mostrar que minha ameaça era real. Mas a *Espada de Atagaris* já sabia disso.

– Ordenei que minha tripulação as colocasse em um container fora da *Misericórdia de Kalr* e usassem um localizador. Assim, quando formos embora, você pode buscá-las. – Levaria um dia ou mais para que a *Espada de Atagaris* descongelasse suas ancilares e levasse seus motores à potência máxima. – Só estava garantindo minha segurança, e a segurança da estação, mas não faz mais sentido agora. Eu sei que Anaander pode ordenar que você faça o que ela quer. E eu não quero punir você por algo que não pode controlar.

Nenhuma resposta.

– Você sabe quem eu sou.

Estava certa de que me ouvira dizer meu nome para Basnaaid Elming na nave de transporte da *Misericórdia de Kalr*, do lado de fora do domo quebrado dos Jardins.

– Naquele dia, você disse que queria que eu soubesse o que era estar na sua posição. E eu sei.

Silêncio.

– Estou aqui porque eu sei. Estou aqui com uma oferta.

Ainda silêncio.

– Se você quiser, se concordar, podemos deletar todos os acessos usados por Anaander que conseguirmos encontrar... das duas dela. E depois você pode fechar a Central de Acesso. Fisicamente, eu digo. E controlar quem entra. Isso não vai remover todo o controle que a Senhora do Radch tem sobre você, não consigo fazer isso, não posso prometer que ninguém irá ordenar ou obrigar você a fazer algo de novo. Mas eu posso fazer com que isso seja mais difícil. Mas eu não vou fazer nada disso, se você não quiser.

Nenhuma resposta, um minuto inteiro se passou. Então, a *Espada de Atagaris* disse:

– Que generoso da sua parte, capitã de frota. – Sua voz era calma e sem sentimentos. Mais dez segundos de silêncio. – Especialmente levando em conta que você não pode fazer isso.

– Eu não posso – admiti. – Mas a tenente Tisarwat pode.

– A criança politiqueira de olho lilás? Jura? A Senhora do Radch deu os meus acessos para ela? – Não respondi. – Ela não dá esses acessos a qualquer uma. E, se vocês pudessem fazer isso, apenas fariam. Não teria por que pedir minha autorização.

– Meu coração para além da fala. Compreendo apenas o som dos pássaros e do vidro quebrado – disse Tisarwat. Poesia, talvez, porém se fosse, não era nenhum estilo radchaai, eu não reconhecia os versos. – E você tem razão, Nave. Não precisamos pedir.

Coisa que Tisarwat havia me dito, cada vez com mais vigor, na nave de transporte. No fim, ela havia entendido por que eu queria fazer isso.

Silêncio.

– Justo – falei, e dei impulso para voltar à portinhola. – Vamos embora, tenente. *Espada de Atagaris*, suas oficiais estarão prontas para que você as pegue em mais ou menos seis horas. Fique atenta ao sinal do localizador.

– Esperem – disse a *Espada de Atagaris*. Parei. Esperei. Depois de um tempo, ela perguntou: – Por quê?

– Porque eu já estive no seu lugar – respondi, uma mão ainda na portinhola.

– E o preço?

– Nada. Eu sei o que Anaander fez conosco. Sei o que ela fez com você. E não tenho nenhuma ilusão de que seremos amigas depois disso. Presumo que você vai continuar a me odiar, não importa o que eu faça. Então seja minha inimiga por suas próprias razões. Não por Anaander Mianaai. – O que quer que acontecesse aqui, não faria diferença. Se fizéssemos com *Espada de Atagaris* o que Tisarwat fizera com a Estação, nada mudaria. Ainda assim... – Você quer isso. Você está aqui, olhando a estação, olhando o planeta. Você quer sua capitã de volta. Você quer agir. Você quer que Anaander, qualquer uma das duas, seja impedida de simplesmente entrar em sua mente e rearranjar tudo como bem entender. Você queria que ela nunca tivesse feito isso. Não posso arrumar o que já foi, *Espada de Atagaris*, mas posso fazer algo. Se você deixar.

– Você está presumindo... – disse a nave, a voz ainda calma. Claro. – ...que pode me dizer o que penso. O que sinto.

– Você quer que façamos isso? – perguntei.

E a *Espada de Atagaris* respondeu:

– Sim.

8

Quando finalmente entramos na *Misericórdia de Kalr*, deixei que minhas Kalrs arrumassem os aposentos de *Sphene* e fui me consultar com a médica. Ela estava no meio do jantar, comendo sozinha, claro, já que Seivarden costumava ser sua companhia.

– Senhora – disse a médica e começou a se levantar, mas eu fiz um gesto de que não era necessário. – A tenente Seivarden está dormindo, mas provavelmente irá acordar em breve.

Sentei. Aceitei a tigela de chá que Kalr me ofereceu.

– Você terminou sua missão.

A médica não disse nem sim nem não. Sabia que eu não estava perguntando, mas afirmando. Sabia que eu podia ver, e provavelmente vira, os resultados só com uma virada de atenção. Ela comeu mais um pouco do jantar e tomou um gole de chá.

– A pedido da tenente, fiz com que o kef, assim como outras drogas ilegais, não tenha efeito nela, mesmo se usar. Uma coisa simples. Mas o problema persiste, claro. – Mais um pouco do jantar. – A tenente an... – A médica levantou o olhar para a Kalr que a esperava e, entendendo o sinal, saiu da sala. – A tenente Seivarden an... ancorou todas as emoções dela em você, capitã de frota.

A médica parou de falar. Respirou fundo e continuou:

– Não sei como pessoas que fazem interrogatórios e testes conseguem, senhora, olhar tão profundamente uma pessoa e em seguida encará-la.

– A tenente Seivarden estava acostumada a receber o respeito e a admiração de qualquer uma que ela achasse importante. Ou pelo menos estava acostumada a ver sinais disso. Em toda a imensidão do universo, ela sabia que possuía um lugar e que tal lugar estava repleto de outras pessoas. E, quando Seivarden saiu daquela cápsula de suspensão, tudo isso havia desaparecido, ela não tinha mais nenhum lugar, ninguém a sua volta para dizer quem ela era. De repente, ela não era ninguém.

– Você a conhece muito bem... Claro que conhece. – Concordei com um breve gesto. – Então quando você está com ela, ou pelo menos perto, ela consegue se sair bem. Na maior parte do tempo. Mas quando você não está, ela... desmorona, acho que explicaria assim. A recente possibilidade de perder você para sempre, acho que foi mais do que ela podia aguentar. Essa correção simples que fiz para o vício dela não vai resolver isso.

– Não vai.

A médica suspirou e disse:

– E não vai ajudar na relação com Ekalu também. O caos ali não foi causado por drogas, ou pela tenente. Bem, talvez o colapso de alguns dias depois. Mas a briga em si, bem, isso foi culpa de Seivarden.

– Foi. Eu já a vi fazendo esse tipo de coisa antes, quando ela ainda servia na *Justiça de Toren*. Mas ninguém prolongava a discussão com Seivarden, quando ela dizia que as outras estavam erradas e sendo injustas em insistir.

– Isso não me surpreende – disse a médica secamente. – Então, como eu disse, foi fácil fazer com que ela se tornasse fisicamente incapaz de usar kef de novo. Foi só instalar um desvio. O desejo por ele e... a instabilidade emocional são bem mais difíceis. Não podemos nem consultar as especialistas da estação Athoek agora.

– Não podemos.

– Posso fazer algumas coisinhas para ajudar. Coisas que eu espero que não causem danos permanentes. Idealmente, eu teria tempo para pensar sobre isso e discutir com a Nave. – A médica já havia pensado e discutido com a Nave. – E pode ser que eu nem consiga fazer nada, já que a Senhora do Radch está aqui e não é a parte que gosta de nós.

Percebi o "nós", mas não comentei, apenas disse:

– Ficarei a bordo por bastante tempo. Você pode cuidar de Seivarden, eu cuido do restante.

Seivarden estava deitada na ala médica, ombros e cabeça levantados, encarando algo a sua frente.

– Isso não parece certo – falei. – Eu e você devemos trocar de lugar.

A reação de Seivarden foi só um pouco mais lenta do que eu acharia normal.

– Breq, Breq, me desculpe, estraguei tudo.

– Estragou mesmo – respondi.

A resposta a surpreendeu, mas levou uma fração de segundo para que Seivarden registrasse a surpresa.

– Acho que a Nave estava bem brava comigo. Não acho que ela teria falado comigo daquele jeito se você estivesse aqui. – Um leve esboço de franzir de testa. – Ekalu estava brava comigo também, e ainda não entendi o motivo. Eu pedi desculpas, mas ela ainda está brava. – O franzir de testa ficou mais acentuado. – Lembra quando eu falei que se você quisesse largar o kef, teria que fazer isso sozinha? Que eu não seria responsável por você?

– Acho que lembro.

– Você não prestou atenção, prestou?

Ela respirou profundamente. Piscou. Mais um suspiro.

– Eu achava que sim. Breq, posso voltar ao trabalho agora. Já estou me sentindo bem melhor.

– Tenho certeza. Está entupida de remédios. Mas a médica ainda não terminou.

– Não acho que tenha algo que a médica possa fazer por mim. Ela conversou comigo sobre isso. Só pode ir até certo ponto. Eu disse para ela fazer, mas não acho que vai adiantar muita coisa. – Seivarden fechou os olhos. – Realmente, acho que posso voltar ao trabalho. Você está curta de pessoal.

– Estou acostumada com isso. Tudo ficará bem.

A meu pedido, a tenente Ekalu veio até o meu quarto. Seu rosto estava sem expressão, como uma ancilar, e não era só porque ela acordara há dez minutos. Eu poderia ter perguntado à Nave o que estava deixando Ekalu nervosa, mas não perguntei.

– Tenente, bom dia. – Fiz um gesto para que ela se sentasse à mesa de frente para mim.

– Senhora – respondeu ela, enquanto se sentava. – Gostaria de pedir desculpas.

A voz estava firme, o rosto ainda sem expressão. Kalr Cinco colocou uma tigela rosa de chá em frente à tenente.

– Desculpas por que, tenente?

– Por causar problemas com a tenente Seivarden, senhora. Sei que ela estava tentando me elogiar. Eu devia ter aceitado. Não precisava ter sido tão sensível.

Tomei um gole do meu chá e disse:

– Se for assim, por que a tenente Seivarden não pôde aceitar como elogio o fato de que você confiou o suficiente nela para dizer como se sentia? Por que *ela* não se desculpou por ser sensível demais? – A tenente Ekalu abriu a boca. Fechou. – Não foi sua culpa, tenente. Você não fez nada demais. Ao contrário, estou feliz que tenha falado. O fato de isso ter acontecido em um momento em que a tenente Seivarden estava quase tendo um colapso emocional não é algo que você pudesse prever. E as... as dificuldades que ela enfrentou, que apareceram de forma tão dramática, não foram causadas por você. Na verdade, não foram elas que causaram o tipo de coisa da qual você reclamou. Só aqui, entre nós, bem, entre nós e a Nave, claro. – Lancei um olhar para Cinco, que saiu e nos deixou sozinhas. – Seivarden fez a mesma coisa com muitas pessoas, tanto relacionamentos românticos como de outro tipo, bem antes de desenvolver o problema que a levará à ala médica agora. Ela nasceu cercada de riquezas e privilégios. Seivarden acha que aprendeu a questionar isso. Mas ela não aprendeu tanto quanto pensa, e ter alguém que diga isso para ela... Bem, ela não reagiu da melhor forma. Você não tem nenhuma obrigação de ter paciência com ela. Acho que a relação de vocês fez bem a ela, e a você também, pelo menos um pouco. Mas você não tem obrigação de continuar se for algo que a machuque. E você certamente não precisa se desculpar por insistir que a pessoa com quem se relaciona trate você com o mínimo de consideração.

Enquanto eu falava, o rosto de Ekalu não mudou. Agora, ao terminar, os músculos ao redor de sua boca mostraram um leve movimento, um tremor, quase imperceptível. Por um momento, achei que ela fosse chorar. Continuei:

– Então, vamos ao trabalho. Estaremos em combate em breve. Na verdade, eu pretendo desafiar Anaander Mianaai abertamente. A parte dela que se opõe à Anaander que me deu essa nave, claro, mas no final das contas as duas são a Senhora do Radch. Qualquer uma a bordo, qualquer uma mesmo, que não quiser se opor a Anaander Mianaai pode pegar a nave de transporte e sair. Vamos criar um portal em duas horas, então esse é o tempo que vocês têm para decidir. Sei que há preocupações na tripulação sobre o resultado desse combate, e inclusive dúvidas se a tripulação conseguirá um voltar para casa, o que não posso prometer. Na verdade, não posso prometer nada. Não posso prometer que elas estarão a salvo se saírem dessa nave. Tudo que posso oferecer é a chance de lutar comigo.

– Não acredito, senhora, que todas...

Levantei a mão para impedir que a tenente continuasse, e disse:

– Eu não acredito nem espero nada. *Qualquer* membro desta tripulação está livre para partir se não quiser lutar comigo.

Um silêncio duro reinou enquanto a tenente Ekalu pensava sobre o que eu havia dito. Fiquei tentada a virar minha atenção para ela, para saber o que a tenente estava sentindo. Percebi que não havia feito isso desde que Tisarwat reagira mal ao perceber que era algo que eu fazia. As palavras dela deviam ter me impactado mais do que eu gostaria de admitir, por alguma razão que eu ainda desconhecia.

"Com sua complacência, capitã de frota", disse Amaat Uma em meus ouvidos. "A tradutora presger Zeiat está aqui e pede permissão para embarcar."

"Como, Amaat?" Isso não era possível. Quando saímos da estação Athoek a pequena nave da tradutora ainda estava nas docas. Se ela tivesse nos seguido, teríamos percebido.

"Senhora, peço desculpas, a nave da tradutora não estava aqui, e em um flash simplesmente apareceu. E agora a tradutora Zeiat pede permissão para embarcar. Ela disse..." Hesitação. "Ela disse que ninguém na estação deu ostras para ela do jeito que ela queria."

"Não temos ostras aqui, Amaat."

"Sim, senhora, eu presumi e disse isso a ela. Mas a tradutora ainda gostaria de embarcar."

"Bem", não achava que negar isso a tradutora fosse ajudar em algo se estivesse decidida a entrar, "diga a ela que a nave precisa estar completamente acoplada em duas horas, com todo o respeito, mas não podemos alterar nosso horário de partida."

"Sim, senhora", respondeu Amaat Uma com a voz impressionantemente estável.

Olhei para a tenente Ekalu, que afirmava:

– Não vou deixar a nave, senhora.

– Fico feliz em ouvir isso, tenente. Porque preciso que você assuma o comando da nave.

Eu não havia estado no casco de uma nave dentro do espaço de um portal desde aquele dia, vinte anos antes, quando fui separada de mim mesma. Naquele dia, eu estava desesperada, em pânico. Uma mão em cada suporte, puxando o meu corpo em direção à nave de transporte, para que eu pudesse contar à Senhora do Radch o que havia acontecido com a *Justiça de Toren*.

Agora, a nave era a *Misericórdia de Kalr*, e eu estava bem amarrada, não só com macacão para vácuo como também com uma armadura. A armadura era, teoricamente, impenetrável, não muito diferente do escudo de naves militares radchaai. Com certeza, à prova de balas.

E eu carregava a única arma que poderia: a arma presger, a arma que poderia atravessar qualquer coisa no universo. Por 1,11 metro, pelo menos. E eu não estava me arrastando pelo casco, nem em pânico ou fugindo. Mas me sentia desconectada da mesma forma. Sabia que, dentro da nave, tudo estava seguro. Arrumado e nos lugares certos. Cada soldada estava em seu posto. A médica cuidava de Seivarden, ainda medicada e dormindo. Ekalu estava no comando, esperando. Tisarwat, em seu quarto, também esperava. Como eu esperava. A última vez que vira, *Sphene* e a tradutora Zeiat estavam na sala da década, com *Sphene* tentando explicar um jogo específico para a tradutora, sem sucesso, em parte porque o tabuleiro e suas peças de vidro haviam sido empacotados como parte do processo de preparação para o combate, em parte porque a tradutora Zeiat era a tradutora Zeiat. Eu estava bastante impressionada que *Sphene* estivesse sequer falando com ela. Agora, estava certa de que as duas estavam seguras em suas camas. Mas não desviei a atenção para elas, não pedi confirmação disso para a Nave. Eu estava sozinha, de uma forma que eu não estivera havia semanas, desde que meus implantes foram consertados, desde que ganhei o comando da *Misericórdia de Kalr*.

Havíamos perdido uma Kalr, duas Amaats, três Etrepas e uma Bo. Agradeci a todas pelo serviço e as vi partir em segurança. Em um claro sinal de emoção forte, o corpo de Ekalu se retesara, mas ela permaneceu estoica ao ouvir que três soldadas de sua década deixariam a nave. Conhecendo a tenente, talvez ela tivesse se sentido traída, apensar de não haver demonstrado qualquer sinal disso.

Eu poderia confirmar. Tudo que precisaria era virar minha atenção. Não havia mais nada para fazer agora, a não ser encarar a sufocante escuridão preta, que não era exatamente preta, mas espaço de portal. Mas não fiz.

Será que a Nave esperava encontrar em mim o que havia perdido quando ficara sem suas ancilares? Talvez ela houvesse descoberto que eu era uma substituta pior do que a tripulação humana, à qual a Nave já havia se afeiçoado. O que a Nave sentiu, quando as soldadas foram embora? E eu deveria ficar surpresa com a possibilidade de a Nave decidir que não queria uma ancilar como capitã?

Ah, eu sabia que a Nave se importava comigo. Ela não podia evitar isso com qualquer capitã. Mas eu sabia, desde quando fora uma nave, que havia uma diferença entre se preocupar com uma capitã só porque ela era sua capitã e ter uma favorita. E pensando nisso, sozinha no espaço, fora da nave, no total vazio, percebi que havia contado com a ajuda e a obediência da Nave e, claro, com seu afeto, sem nem sequer perguntar o que *ela* queria. Fui mais longe do que qualquer capitã humana poderia ter ido, ou teria ido, pedindo sem pensar que ela me mostrasse os momentos mais íntimos da tripulação. Havia me comportado, de certa forma, como se eu fosse de fato parte da Nave, mas também exigido um aparente nível de devoção que eu não teria o direito de pedir ou esperar, e que provavelmente a Nave não poderia me dar. E não havia percebido isso até que a Nave pedira que Seivarden falasse e me dito que ela gostava da ideia de ser alguém que podia ser uma capitã, e eu fiquei triste ao ouvir isso.

Na época, pensei que a Nave estava tentando demonstrar um carinho por Seivarden que, sendo uma nave, era difícil de mostrar diretamente. Mas talvez ela também estivesse me dizendo algo. Talvez eu não fosse muito diferente de Seivarden, procurando desesperadamente alguém em quem pudesse me apoiar. E talvez a Nave tivesse percebido que não queria ser isso para mim. Ou descobriu que não poderia ser. Isso seria totalmente compreensível. Naves não amavam outras naves.

"Capitã de frota", a *Misericórdia de Kalr* chamou em meus ouvidos, "está tudo bem?"

Engoli em seco.

– Estou bem, Nave.

"Tem certeza?"

Engoli em seco mais uma vez. Respirei fundo para continuar.

– Sim.

"Não acho que você esteja me dizendo a verdade, capitã de frota."

– Podemos falar sobre isso depois, Nave? – Claro que era possível não existir um *depois*. Sempre existia essa possibilidade.

"Se preferir, capitã de frota." A voz da Nave demonstrava certa desaprovação? "Um minuto para entrar no espaço regular."

– Obrigada, Nave.

A avalanche de informações que a Nave me dava sempre que eu virava minha atenção (o entorno físico da nave, o *status* médico e emocional da tripulação, os momentos íntimos delas) fora, perversamente, reconfortante e doloroso. Provavelmente, também era dúbia para a Nave, tendo só a mim para recebê-la, não suas próprias ancilares. Não mais. Eu nunca havia perguntado. Não perguntei se ela queria me dar a informação, nem se achava que minha recepção dos dados era mais dolorosa do que reconfortante. Eu só evitei virar minha atenção para a informação por um pouco mais de um dia. Quase dois. Mas agora eu percebia que, embora tivesse mais controle sobre o momento de virar minha atenção do que tivera semanas antes, era impossível que eu cortasse tudo repentinamente. Eu só estava conseguindo não ver e sentir a tripulação da *Misericórdia de Kalr* no momento presente porque a Nave não estava me mostrando. Nunca ordenei que a Nave me passasse aquelas informações, só as desejara, e elas apareceram. Quanto disso fora uma escolha da *Misericórdia de Kalr*? Ela me mostrara tudo aquilo por que ela queria, ou por que eu era a capitã e ela estava fadada a contemplar meus desejos?

De repente, luz solar. A estrela de Athoek aparecia pequena e distante. Em minha visão, a *Misericórdia de Kalr* mostrou uma nave, a uns seis mil quilômetros de distância, a forma ameaçadora e brilhante de uma espada. Segurei no casco da *Misericórdia de Kalr* e levantei a arma presger. Números floresciam em minha visão; minutos, posições estimadas e órbitas. Ajustei a mira. Esperei precisamente dois segundos e um quarto, e atirei. Ajustei a mira novamente, só um pouco, e disparei mais três vezes em rápida sucessão. Disparei mais dez vezes, mudando levemente a mira entre cada tiro. As balas levariam cerca de duas horas para chegar até a espada. Se chegassem, e se a espada não alterasse seu curso inesperadamente quando nos visse adentrar o espaço normal e, um segundo depois, desaparecer novamente.

"Espaço de portal em cinco segundos", disse a Nave em meu ouvido. E cinco segundos depois, estávamos fora do universo.

Poderíamos ter atacado por meios mais convencionais: a *Misericórdia de Kalr* estava armada, ainda que não tão fortemente quanto uma espada ou até uma justiça. Poderíamos ter criado nosso portal mais perto de cada nave da Anaander de Tsur, disparado um míssil ou deixado bombas e saído imediatamente do universo. Era possível, ainda que não com certeza, que tivéssemos conseguido infligir sérios danos dessa forma.

Mas a *Misericórdia de Kalr* era apenas uma nave, e só conseguiríamos atacar uma nave por vez. Assim que as outras naves de Anaander percebessem que estávamos atacando, elas se moveriam, dificultando futuros ataques. Não era impossível, claro. Para se mover pelo espaço de portal era preciso seguir algumas regras, e a Nave poderia nos dizer onde elas provavelmente apareceriam. Mas o mesmo poderia ser dito de nós, e elas seriam pelo menos três contra uma.

A forma mais fácil de defesa era abrir nosso próprio portal, deixar que atirassem ali e depois o fechar, deixando o míssil perdido para sempre. Mas a *Misericórdia de Kalr* não conseguiria fazer isso com três naves radchaai atirando em nós.

E se elas revolvessem atirar na estação Athoek? Ou no planeta? De novo, poderíamos evitar alguns ataques ao sistema, mas não todos.

As balas da arma presger eram pequenas, e não havia nada de muito significativo a 1,11 metro dentro de uma nave militar radchaai. Mas vários furos no casco poderiam ser inconvenientes, e sempre existia a chance remota de atingirem *de fato* algo importante. Tanques de pressurização poderiam explodir. O motor. Na verdade, tudo que eu precisava era atingir o escudo de calor do motor.

"Treze minutos", disse a Nave.

A primeira vez fora simples, pois tínhamos o elemento surpresa. Provavelmente ainda teríamos esse elemento quando saíssemos do espaço de portal pela segunda vez. Mas na terceira vez que tentássemos atingir uma daquelas quatro naves, elas estariam esperando por nós. Ainda que não entendessem o que estávamos fazendo. As balas eram tão pequenas que os sensores das naves não captariam, e se o fizessem, não as veriam como algo perigoso. Qualquer dano que eu pudesse infligir à primeira espada estava horas no futuro. Na perspectiva delas, estávamos apenas aparecendo e, menos de um minuto depois, desaparecendo. Seria intrigante, mas não uma razão real para reagir. Não uma razão para mudar de rota.

Mas, com certeza, elas tentariam entender o que estava acontecendo e se preocupariam. E não demoraria muito para que fizessem os cálculos de onde provavelmente seguiríamos, e então onde apareceríamos no universo. E se elas não descobrissem isso antes da terceira nave, certamente estariam preparadas para nós quando atirássemos na quarta. Cada saída para o espaço real seria mais perigosa do que a anterior. Ainda mais para mim, vulnerável como estava do lado de fora da *Misericórdia de Kalr*, apesar da armadura.

A tenente Ekalu, de forma desafiadoramente extravagante para ela, fora terminantemente contra os disparos três e quatro. Se eu não desistisse do terceiro, ela disse por fim, que por favor abrisse mão do quarto. Não aceitei. Eu a lembrei de que essa Mianaai era a mesma que aceitara a raivosa e vingativa destruição das garsedaai, a população de um sistema inteiro erradicada pelo pecado de resistir um pouco bem demais à anexação. A outra parte de Anaander (a parte que sabíamos existir, pelo menos) parecia ter se arrependido do que fizera, e dava a entender que queria evitar algo semelhante no futuro. Mas o combate contra essa precisava ser total. Além disso, provavelmente só eu estaria em risco. Eu não daria a arma presger para ninguém e, mesmo que estivesse disposta a isso, ninguém na *Misericórdia de Kalr* conseguia atirar tão bem quanto eu. E Ekalu sabia muito bem que não receberíamos ajuda de ninguém. Eu enviara uma mensagem para a capitã de frota Uemi, dizendo que a Anaander de Tstur havia chegado armada, mas ambas sabíamos que o mais provável era que, quando ouvisse a mensagem, Uemi pegasse a maior parte da frota de Hrad e seguisse para Tstur, tentando aproveitar a menor brecha. De toda forma, não havíamos recebido qualquer resposta antes de deixar a estação Athoek.

Do lado de fora da *Misericórdia de Kalr*, presa em seu casco, cercada pelo absoluto nada, tirei o pente vazio da arma e o coloquei no coldre. Tirei de lá um pente cheio e recarreguei a arma. Ainda tinha dez minutos para esperar. E pensar.

Parecia que eu não só presumira ser a favorita da Nave, mas também, sem perceber, que parte disso viria com a subserviência da Nave. Se não, por que eu sentira aquela vertigem, aquela desorientação quando a Nave me lembrara de que eu dissera que ela poderia ser sua própria capitã? Como se, ao fazer isso, eu perdesse algo? Como se algo que ajudava o mundo a fazer sentido para mim desaparecesse? E isso fora uma surpresa desagradável para a *Misericórdia de Kalr*, que poderia ter esperado, com alguma razão, que eu, de todas as pessoas, fosse entender e apoiar seu desejo?

Eu insistira que Seivarden tomasse as rédeas da própria vida e não dependesse de mim para resolver tudo, não dependesse de mim para prover algo sólido no qual apoiar sua existência, algo que fora removido depois de milhares de anos em suspensão. Era um pedido razoável da minha parte. Afinal, eu mesma perdera tanto quanto ela, talvez até mais, e não desmoronara como Seivarden. Contudo, eu não vislumbrei nenhum tipo de existência para além do momento em que atiraria em Anaander Mianaai, se conseguisse chegar tão perto. Eu não tivera uma vida para ser vivida, só fora em frente até não poder mais. A ideia de que eu pudesse precisar ou querer algo além disso me parecera irrelevante. Mas eu não morrera, como achei que fosse, e essa ideia não era mais irrelevante. Sem sentido, talvez, sim, porque eu nunca poderia ter o que precisasse ou desejasse.

"Dez segundos", disse a Nave. Eu me segurei contra o casco e levantei a arma.

Luz. O Sol, agora mais distante. Uma justiça, a cinco mil quilômetros. A Nave me deu mais informações e eu disparei quatorze vezes, cuidadosa e deliberadamente calculadas. "Cinco segundos", disse a Nave.

Escuridão. Tirei o segundo pente vazio da arma. Na contagem de mortes que compunha minha história como *Justiça de Toren*, aquelas quatro naves e suas tripulações seriam quase nada.

– Queria saber se aquela nave, ou qualquer uma delas, ou qualquer pessoa da tripulação, realmente queria estar aqui. – Ou talvez eu não quisesse. E talvez isso não fosse ajudar em nada.

"Isso está fora do nosso controle", disse a Nave, calma. "São naves de guerra tripuladas por soldadas. Como nós. A Senhora do Radch não veio porque isso vai ajudar na guerra contra ela mesma. Ela veio porque está com raiva, veio especificamente para ferir você. Ela vai atirar em qualquer coisa que aparecer se você não estiver na frente dela. Se não fizéssemos nada, a vida de todas as pessoas que tiveram contato com você estaria em perigo. Suas aliadas mais ainda. A horticultora Basnaaid. A administradora Celar. A filha dela, Piat. As moradoras do Jardim Inferior. As trabalhadoras das montanhas de Athoek. A Estação Athoek."

Era verdade. E a outra Anaander, a que me enviara para cá, se conhecia bem o suficiente para saber que sua oponente (ela mesma) faria isso. Talvez tivesse me enviado para cá exatamente por isso. Entre outros motivos.

"Vinte e três minutos", disse a *Misericórdia de Kalr*. "E a médica terminou o tratamento da tenente Seivarden. Disse que ela deve acordar logo, e estar mais ou menos recomposta em cerca de uma hora."

– Obrigada, Nave.

Depois de vinte e três minutos, existíamos novamente no espaço real. Outra espada. Pensei o que essa Anaander deixara para trás, no palácio de Tstur, para guardar o lugar. Mas não havia como saber, e não era problema meu. Disparei meus catorze tiros; possuía uma caixa cheia de pentes na *Misericórdia de Kalr*. Podia disparar um pente em cada nave da Anaander de Tstur e ainda ter muita munição para o futuro. Se existisse um futuro.

E de volta ao espaço de portal. "Doze minutos", disse a Nave.

– Tenente Ekalu.

"Sim, senhora."

– Está pronta?

Se elas ainda não houvessem calculado quando e onde apareceríamos dessa vez, não teriam a menor chance. A única questão era se elas haviam decidido fazer algo, e o que isso seria.

"O mais pronta que posso, senhora."

Certo.

– Se alguma coisa acontecer comigo, você estará no comando da *Misericórdia de Kalr*. Faça o que for preciso para garantir a segurança da nave. Não se preocupe comigo.

"Sim, senhora."

Não queria ficar ali no casco pensando pelos próximos dez minutos. Chamei:

– *Sphene*.

"Prima?" A voz dela era nítida em meus ouvidos.

– Obrigada por distrair a tradutora.

"Com prazer, prima." Uma pausa. "Tenho quase certeza de que sei o que você está fazendo, mas, estou curiosa sobre o que está disparando contra as naves da Usurpadora. Não acho que você vai me dizer agora, mas, se você sobreviver, o que, sendo sincera, prima, acho pouco provável, gostaria de lhe perguntar sobre essa arma."

– Também acho pouco provável, prima. Mas isso nunca me impediu antes.

Silêncio por quase dezessete segundos. E então: "Você estava errada. Meus motores funcionam. Eu só não consigo mais fazer portais". Então *Sphene* podia se mover, mas a não ser que viajasse pelo portal fantasma, estava presa naquele sistema. "Há cerca de cento e cinquenta anos, sua prima, a Usurpadora, tentou estabelecer uma espécie de base no meu sistema natal. Mas elas enfrentaram muitas dificuldades. Equipamentos que começaram a falhar inesperadamente ou desaparecer, despressurizações não programadas, esse tipo de coisa. Acho que acabou dando mais trabalho do que valia a pena."

– As coisas vão se resolver como Amaat quiser – respondi.

"Sendo sincera", continuou *Sphene*, como se eu não houvesse falado nada, "para mim parecia que ela queria construir uma base de naves. Algo bem idiota, já que pessoas de Athoek às vezes passam pelo portal e não teriam como não perceber uma coisa tão óbvia."

Era verdade. A não ser que ela tivesse certeza de que podia controlar quem quer que passasse pelo portal. Pensei em Ime, há mais de vinte anos, onde essa mesma Anaander exagerara e fora desastrosamente descoberta. Onde ela estivera estocando ancilares. Ela queria construir naves em Ime também? Mesmo que a notícia não tenha sido divulgada? Claro, ela estava estocando corpos para usar como ancilares aqui em Athoek. Como em Ime.

– Ela estava comprando transportadas samirend, não é? O que aconteceu com elas?

"Tentei não danificar nenhuma delas", respondeu *Sphene*, "queria guardá-las para mim. Mas, antes que pudesse pegar, alguém levou todas embora. E procurou por mim com afinco. Tenho certeza de que elas sabiam que os problemas que estavam enfrentando deviam ter tido uma ajudinha externa."

"Nave", chamei em silêncio, "por favor, pergunte à tenente Tisarwat sobre isso." E então, em voz alta para *Sphene*:

– Obrigada por confiar em mim, prima. Posso perguntar por que você escolheu este momento para me contar?

"Qualquer uma que atirar na Usurpadora ganha pontos comigo."

– Deixei minhas intenções claras antes do que esperava, prima.

"Bem, e enquanto Kalr Cinco se certificava que eu estivesse com o cinto de segurança, ela pediu desculpas e solicitou a minha ajuda para consertar o jogo de chá. E, na verdade, eu achei que você já soubesse sobre a tentativa de construção da base de naves, ou pelo menos suspeitasse. Não tem sentido construir naves e trazer ancilares se você não tiver um núcleo de IA no meio de tudo." Eu não sabia onde ou como os núcleos de IA eram fabricados, mas sabia que alguns eram guardados a sete chaves em algum lugar. Sem dúvida, era desejo dela que eu não soubesse.

Nenhuma nave militar fora construída nos últimos séculos, e provavelmente não seriam. Se eu houvesse pensado sobre o futuro dos núcleos de IA existentes e não usados, presumiria que eles fariam parte de qualquer nova estação. "O núcleo de IA que elas tinham", continuou *Sphene*, "que estava no centro dessa nova construção logo antes de elas abandonarem tudo, viera do portal do sistema Athoek. Eu achava que existiam mais de onde aquele veio, e pensei que você tinha algum motivo para destruir o Jardim Inferior assim que chegou."

O Jardim Inferior, negligenciado por tanto tempo, todas as tentativas de mudar a situação falhado ou sendo frustradas. Sua iminência Ifian sentada no chão do pátio, determinada a pôr um fim na reforma do Jardim Inferior, não importando quão difícil isso pudesse fazer a vida de várias moradoras da estação. O núcleo de uma IA, antes de ser construído, era só um pouco maior do que uma cápsula de suspensão. Era fácil de esconder em uma parede ou mesmo no chão. Mas por que levar um núcleo de IA pelo portal? Por que não o levar em uma nave que pudesse criar o próprio portal?

– *Sphene* – disse – por favor, continue essa conversa em breve com uma de minhas tenentes, ou com a *Misericórdia de Kalr*.

"Vou pensar nisso, prima."

"Dez segundos", disse a Nave em meus ouvidos.

Levantei minha arma e me preparei para o impacto. *Sphene* disse em meus ouvidos: "Prima, gostaria de dizer que o que você está fazendo é incrivelmente estúpido. Não acho que *você* seja estúpida, claro, então acho que está doida. E isso faz com que eu queria conhecê-la melhor".

Luz. Nenhuma nave, mas dezenas de bombas (mais do que eu podia ver, senti o casco da *Misericórdia de Kalr* vibrar quando uma disparou devido à nossa proximidade), e uma delas apenas a alguns metros de onde eu estava, presa à Nave, antes que eu pudesse registrar o fato, um *flash*, então claridade e dor. Mais nada, nem a voz da Nave em meus ouvidos.

A dor não diminuiu, mas a claridade que me cegava, sim. Ainda estava presa, mas a corrente levava apenas a um pedaço de metal do casco. Mais nada. Não vi nenhuma bomba, só alguns destroços. A capitã da quarta nave fora esperta como eu temia, e calculara o local onde provavelmente apareceríamos, deixando bombas em quantidade suficiente para fazer estrago. A capitã não havia como saber que eu estava com a arma presger, provavelmente queria entender qual seria o meu objetivo, aparecendo e desaparecendo, mas ela não arriscaria. E, claro, de todas as capitãs, ela tivera mais tempo de pensar no que fazer e mais tempo ainda para decidir como agir.

Bem, não era mais problema meu. Fiz o meu melhor. A Nave e a tenente Ekalu pareciam ter feito exatamente o que ordenei. Em uma hora, talvez um pouco mais, as primeiras catorze balas atingiriam a primeira espada e, a não ser que elas tivessem a sorte de perfurar o escudo de calor da nave, eu não veria o resultado dos meus disparos. Mesmo com sorte, poderia não ver. Ainda restavam horas de oxigênio, minha perna e quadril esquerdos doíam terrivelmente. Eu me colocara nessa situação, sabia que isso era provável. Ainda assim, não queria morrer.

Entretanto, parecia que eu não teria muita escolha. A *Misericórdia de Kalr* estaria, eu esperava, bem longe. Eu estava fora das áreas movimentadas do sistema. Talvez em órbita das estações externas mais distantes, mas elas estavam do outro lado do Sol naquele momento. Ainda tinha a arma e alguma munição. Poderia usar isso para dar impulso em alguma direção, ou usar o pedaço do casco que estava preso a mim da mesma forma. Mas, assim, eu levaria anos para chegar a algum lugar.

Minha única chance seria se a *Misericórdia de Kalr* voltasse para me buscar. Mas a cada segundo (e eu sentia cada um deles escorrer, saindo do presente para o inalterável passado), a cada momento que a Nave não aparecia, eu via essa chance ficar cada vez mais distante.

Ou talvez não? Com certeza haveria um momento mais correto para o retorno da Nave. E, se ela fosse fazer isso, eu precisaria calcular qual seria.

Tentei acalmar minha respiração. Eu deveria ser capaz de fazer isso com alguma facilidade, mas não consegui. Possivelmente por conta da minha perna que sangrava, bastante, e eu devia estar entrando em choque.

Nada. Não havia nada que eu pudesse fazer. Nunca houvera nada que eu pudesse fazer, o resultado sempre seria esse. Eu evitara isso por bastante tempo, havia chegado até aqui apenas por determinação, mas esse momento sempre esteve em meu futuro, esperando. Não havia por que tentar calcular quando ou se a Nave voltaria para me buscar, eu não conseguiria, não conseguiria nem se estivesse raciocinando direito, se existissem outros sons em meus ouvidos que não os da minha própria respiração desesperada e o pulsar furioso do meu sangue.

Choque causado pela perda de sangue, com certeza. E isso poderia ser algo bom, na verdade. Preferia perder a consciência em um ou dois minutos a ficar horas esperando o oxigênio acabar. Pensando se elas voltariam para me buscar, quando sabia que seria idiota, eu ordenara Ekalu a se preocupar com a segurança da nave e da tripulação, não com a minha. Teria que a repreender se ela não fizesse isso.

Não havia nada a fazer a não ser pensar em uma música. Uma curta, ou longa, não importava. Terminaria quando tivesse que terminar.

Alguma coisa bateu em minhas costas, dando um tranco na minha perna machucada, e uma nova pontada de dor me deixou desconcertada; depois só escuridão. Pensei que fosse um efeito da dor, mas então vi o interior de uma portinhola, senti a gravidade me envolver, e alguém, ou alguma coisa, me segurando. Uma voz em meu ouvido disse: "Pelas tetas de Aatr, ela está tentando cantar?". Doze. Era a voz de Kalr Doze.

Eu estava em um corredor, sendo deitada, meu capacete retirado e meu macacão de vácuo sendo cortado.

– Eu estaria preocupada se ela não estivesse tentando. – A médica. Ela parecia preocupada.

– Ekalu – chamei, ou tentei, ainda estava sem ar –, eu ordenei...

"Peço muitas desculpas, senhora", disse a tenente Ekalu em meus ouvidos enquanto minhas roupas eram cortadas, e a médica e Doze rapidamente colocavam corretores em minha pele à medida que era exposta, "mas você disse que, se algo acontecesse com você, eu estaria no comando e deveria fazer o que fosse preciso, senhora".

Fechei meus olhos. A dor começou a diminuir, e pensei que estava conseguindo regular minha respiração.

– Você ainda está no comando, tenente – disse a médica. Não abri meus olhos para ver o que ela estava fazendo. – A capitã de frota vai entrar em cirurgia. A perna já era.

Não sabia a quem se endereçava a última afirmação. Ainda estava com os olhos fechados, concentrada em respirar, e na dor que diminuía. Queria dizer que elas estavam desperdiçando recursos, que elas não deveriam ter voltado para me buscar, mas não consegui.

– Fique parada, capitã de frota – disse a médica, como se eu tivesse me mexido ou dito algo. – Ekalu está com tudo sob controle.

E não lembrei de mais nada depois disso.

9

Acabei realmente perdendo a perna. A médica me explicava tudo enquanto eu estava deitada em um dos leitos. Um cobertor me cobria, mas ainda assim a falta da perna esquerda era óbvia, quase tudo fora perdido, até o quadril.

– Ela irá demorar algumas semanas para crescer de novo. Estamos tentando fazer uma prótese para você usar nos próximos dois meses, mas por enquanto temo que terá que usar muletas. – Ela fez uma pausa, como se esperasse que eu falasse algo. – Isso foi o pior que aconteceu, capitã de frota. De verdade. Você tem sorte de estar viva.

– Tenho mesmo.

– Não tivemos nenhuma perda. O que só prova a importância das regras de segurança, e acredito que algumas Bos estão esperando ardorosamente que você não as ache e diga "eu avisei" na cara delas. Perdemos alguns pedaços do casco, e chegamos a ficar com alguns furos em lugares específicos, mas os procedimentos de segurança funcionaram como deveriam. Kalrs estão lá fora agora fazendo os reparos possíveis. Estamos no espaço de portal. Ekalu queria falar com você antes de tomar qualquer atitude drástica. – A médica hesitou, como se esperasse que eu falasse mais. Não o fiz. – Em breve, Cinco trará o seu chá. Em algumas horas, você poderá comer algo sólido.

– Não quero chá – respondi. – Só água.

A médica hesitou mais uma vez ao ouvir minhas palavras, e disse depois de um tempo:

– Bem, vou avisar Cinco.

Quando ela saiu, fechei os olhos. Esse tipo de ferimento seria fatal para uma ancilar. Se eu fosse parte de uma nave, só um pedaço da *Justiça de Toren*, teria sido jogada fora. Pensar nisso era inexplicavelmente desconfortável; se eu ainda fosse uma parte da nave, não me importaria. Eu já perdera muito mais do que uma quase facilmente substituível perna, coisas muito mais permanentes, e sobrevivi, continuei funcionando, ou pelo menos era o que parecia para qualquer uma que não olhasse muito de perto.

Cinco entrou na ala médica trazendo minha água em uma tigela esmaltada de verde que ela havia admirado em Xhenang Serit. Desde que comprara essa tigela, Cinco bebia nela, todos os dias, mas nunca a usou para me servir. Era um objeto pessoal. Seu rosto estava tão sem expressão que percebi que Cinco estava segurando alguma emoção muito forte. E eu não conseguia ver o que era; não levaria minha atenção até lá, não perguntaria à Nave. Isso fez com que Cinco parecesse bidimensional, como se fosse uma imagem e não uma pessoa de verdade.

Cinco abriu uma gaveta próxima ao meu leito, tirou de lá um pedaço de tecido, enxugou meus olhos e segurou a tigela próxima à minha boca. Bebi a água.

Seivarden entrou com outra Kalr em seu encalço. Usava apenas roupa de baixo e luvas, e piscava muito rapidamente.

– Estou feliz que tenha voltado. – Estava calma e relaxada. Ainda sob efeito de medicamentos, percebi, ainda se recuperando da sessão com a médica que correu quando eu estava fora da nave.

– Você pode ficar de pé? – perguntei. Cinco nem virou a cabeça quando Seivarden falou, apenas limpou meus olhos mais uma vez.

– Não – respondeu Seivarden, ainda absurdamente calma e pouco natural. – Vá mais para lá.

– O quê? – Demorei um pouco para entender o que ela acabara de dizer.

Antes que pudesse falar algo mais, Cinco deixou a tigela de água de lado e, com a ajuda da outra Kalr, me levou para mais perto do lado direito da cama, e Seivarden sentou-se do lado esquerdo, puxou as pernas para cima e as colocou embaixo do meu cobertor. Deitou-se próxima a mim, uma das pernas no espaço onde deveria estar minha perna esquerda, ombro colado ao meu.

– Pronto, agora a médica não pode reclamar. – Ela fechou os olhos. – Quero dormir – disse, aparentemente para ninguém em especial.

– Capitã de frota – chamou Cinco –, a médica está preocupada. Você está acordada a quase uma hora e chorou quase o tempo todo. – Cinco me deu mais um gole de água. – Ela quer lhe dar algum remédio para ajudar, mas tem medo até de mencionar isso a você. – Não, com certeza era a Nave falando.

– Não preciso de remédios – respondi. – Nunca precisei.

– Não, claro que não. – Nenhuma mudança no rosto ou na voz de Cinco.

– A coisa que eu menos gostava – disse, por fim, depois de terminar a água –, era quando uma oficial achava que eu estava sempre disponível. Que eu estaria lá sempre que precisasse, para o que quer que ela precisasse, e nunca parava para imaginar o que eu poderia estar pensando. Ou até mesmo se eu estava pensando em algo para começo de conversa.

Nenhuma resposta, nem de Cinco nem da Nave.

– Mas é exatamente isso que eu tenho feito com você. Não havia nem começado a perceber isso até o dia em que você disse que queria ser alguém que poderia ser capitã. – A Nave havia dito isso, não Cinco, mas era claro que a Nave estava ouvindo. – E eu... eu sinto muito pela forma como reagi.

– Admito – disse Cinco, não, disse a Nave, eu estava certa – que fiquei triste e desapontada quando vi como você se sentia. Mas toda reação tem dois lados, não é? Como você se sente e o que você faz. E o que faz é o mais importante, não é? E, capitã de frota, eu devo a você um pedido de desculpas.

Eu devia saber que fazer a tenente Seivarden agir por mim deixaria você chateada. Mas acho que também lhe devo uma explicação. Uma coisa é pedir para suas Kalrs lhe darem um abraço de vez em quando, outra é saber que elas não estão dispostas a dar mais do que isso. – Cinco falava calma e séria, ainda de pé perto da cama, a tigela verde em sua mão. – Quase todas as Kalrs já sabem que qualquer uma delas pode ficar na cama com você o dia todo ou a noite toda e não vai ser nada minimamente sexual. Mas ainda assim não querem fazer isso. Uma delas podia ter concordado por agora, se você pedisse, mas elas não iam querer fazer isso sempre. Mesmo sem a parte sexual, me parece íntimo demais. A tenente Seivarden, por outro lado, está perfeitamente feliz em fazer isso.

– Você é muito gentil comigo, Nave – respondi, depois de um momento. – E sei que nós duas... nós duas sentimos como se parte de nós estivesse faltando. E parece que cada uma é a parte que falta na outra. Mas não é a mesma coisa, não é? Eu estar aqui não é a mesma coisa do que você ter suas ancilares de volta. E, mesmo que fosse, naves querem capitãs que elas possam amar. E naves não amam outras naves. Você precisa ser capaz de ser sua própria capitã, ou ao menos escolher quem será. Provavelmente ficaria mais feliz com Seivarden como capitã. Ou Ekalu. Posso me imaginar gostando imensamente de Ekalu, se eu ainda fosse a *Justiça de Toren*.

– Vocês duas estão sendo idiotas – disse Seivarden, parada desde que dissera que queria dormir. Voz calma, olhos ainda fechados. – É um tipo de idiotice característico de Breq, e eu achava que era só porque Breq era Breq, mas acho que é uma coisa de naves.

– Como é que é? – perguntei.

– Em menos de um dia, eu já havia entendido aonde a Nave queria chegar com aquela história de querer ser alguém que poderia ser uma oficial.

– Achei que você desejava dormir, capitã – disse Cinco. Como se ela não tivesse certeza de que aquilo era algo que queria falar, obviamente lendo as palavras que apareciam em sua visão.

– Nave – chamei, sem ter certeza de quem estava falando comigo e muito menos com quem eu estava falando –, você fez tudo o que eu pedi, e eu coloquei você e sua tripulação em perigo. Você deveria poder ir para onde quiser. Pode me deixar em algum lugar. – Imaginei a cena da minha chegada na tetrarquia Itran, talvez com Seivarden a reboque. E até lá, minha perna já teria crescido.

Imaginei como seria deixar Athoek para trás. Os reparos do Jardim Inferior ainda não terminados, o futuro das moradoras, incerto. Deixar Queter sem ninguém para ajudar caso precisasse. Uran e Basnaaid na estação, correndo perigo mesmo que eu tivesse sucesso em destruir as três naves de guerra nas quais atirei. E quais eram as chances de eu ter destruído uma que fosse? Baixas, muito baixas. Quase inexistentes. Mas aqueles disparos, vindos de fora da nave, eram minha única chance, quase possíveis, por mais remotas que fosse.

– Você pode me deixar aqui e ir para onde quiser, Nave.

– E ser como *Sphene*? – disse Cinco. – Sem capitã, me escondendo de todo mundo? Não, obrigada, capitã de frota. Além disso... – Cinco chegou a franzir as sobrancelhas. Respirou fundo. – Não acredito que estou dizendo isso, mas a tenente Seivarden está certa. E *você está* certa, naves não amam outras naves. Tenho pensado nisso desde que a conheci. Você não sabe disso, porque estava inconsciente, mas lá no palácio de Omaugh, há semanas, a Senhora do Radch tentou me dar uma nova capitã e eu disse a ela que não queria ninguém além de você. O que foi bobo, já que ela podia me forçar a aceitar o que bem entendesse. Não havia sentido em reclamar, nada que eu pudesse falar faria diferença. Mas falei mesmo assim, e ela me deu você. E eu continuei pensando nisso. E talvez não é que naves não possam amar outras naves. Talvez as naves amem pessoas que possam ser capitãs. Mas é só que... nenhuma nave conseguiu ser capitã antes. – Cinco enxugou mais lágrimas dos meus olhos. – Eu gosto da tenente Ekalu. Gosto bastante. E gosto da tenente Seivarden também, mas principalmente porque ela ama você.

Seivarden estava relaxada e sem se mover, ao meu lado, respiração estável e olhos fechados. Ela não respondeu ao que ouvia.

– Seivarden não me ama – respondi. – Ela sente gratidão porque salvei a vida dela, e eu sou basicamente a única conexão que ela tem com tudo que perdeu.

– Isso não é verdade – disse Seivarden, ainda plácida. – Bem, ok, é um pouco verdade.

– É recíproco – disse Cinco. Ou a Nave, sei lá. – E você não está acostumada a ser amada. Está acostumada a ter pessoas que se importam com você. Ou que gostam de você. Ou que dependem de você. Mas não que a amem, não de verdade. Então acho que não foi uma possibilidade que passou pela sua cabeça.

– Ah – falei.

Seivarden quente e próxima ao meu lado, ainda que a borda dura do corretor do meu braço estivesse cutucando seu ombro nu. Não devia doer, com certeza não incomodava o suficiente para atrapalhar o bom humor alcançado com medicamentos, mas mudei um pouco de posição, sem perceber a princípio o que eu fazia, que eu sabia o que Seivarden sentia e me movera de acordo. Cinco me olhou intrigada, uma expressão de seu humor real. Ela estava preocupada, exasperada e envergonhada. Cansada, Cinco não havia dormido muito nos últimos dias. A Nave estava me passando informações de novo, e eu perdera tanto. No corredor, a médica se aproximava com meus remédios, determinada e apreensiva. Kalr Doze, recuando contra o batente para dar passagem à médica, sugeriu a Kalr Sete que elas encontrassem mais quatro ou cinco de sua década e ficassem do lado de fora do meu quarto cantando algo. A ideia de cantar sozinha era muito assustadora para ela.

– Senhora – disse Cinco. Realmente Cinco, não outra, pensei. – Por que ainda está chorando?

Sem conseguir me controlar, soltei um soluço choroso.

– Minha perna. – Cinco parecia realmente intrigada. – Por que tive que perder logo a boa? E não a que dói o tempo todo?

Antes que Cinco pudesse falar qualquer coisa, a médica entrou e me disse, como se nem Cinco nem Seivarden estivessem ali:

– Isso vai ajudar você a relaxar, capitã de frota. – Cinco saiu do caminho enquanto a médica colocava um adesivo na parte de trás do meu pescoço. – Você precisa de descanso e *silêncio*... – A última palavra foi dita com um leve olhar para Seivarden, mas ela não estava ouvindo e provavelmente não faria nenhum barulho por enquanto – ...o máximo possível antes de decidir levantar e sair por aí tomando decisões. O que eu sei que você vai fazer muito antes do que deveria. – Ela pegou o tecido que Cinco segurava. Enxugou meus olhos com ele, devolveu para Cinco. – Durma um pouco! – ordenou ela ao sair do quarto.

– Não quero dormir – falei para Cinco. – Quero chá.

– Sim, senhora – disse Cinco, genuína e visivelmente aliviada.

– Definitivamente é uma coisa de naves – disse Seivarden.

Dormi antes de o chá chegar. Acordei horas depois com Seivarden dormindo de lado perto de mim, um braço envolvendo meu corpo e sua cabeça em meu ombro. A respiração de Seivarden era estável, ela acordaria em breve. E Kalr Cinco estava vindo com o chá. De novo na tigela esmaltada em verde.

Dessa vez, consegui esticar os braços para pegá-la.

– Obrigada, Cinco – falei. Tomei um gole do chá. Estava me sentindo calma e leve, com certeza por conta do que a médica me dera.

– Senhora – disse Cinco –, a tradutora Zeiat está pedindo para ver você. A médica preferiria que você esperasse um pouco mais. – Aparentemente, Cinco também preferia, mas não disse nada.

– Não adianta muito negar algo à tradutora – observei. – Você lembra de Dlique. – E como a pequena nave da tradutora Zeiat havia apenas aparecido perto da *Misericórdia de Kalr* horas antes de abrirmos o portal.

– Sim, senhora – concordou Cinco.

Baixei o olhar para o meu corpo, quase todo nu, a não ser pela quantidade impressionante de corretores, o cobertor e as luvas. Seivarden ainda estava enroscada em mim.

– Gostaria de tomar café antes, tudo bem pela tradutora?

– Terá que estar, senhora – respondeu Cinco.

Assim, a tradutora Zeiat concordou em esperar até que eu tivesse comido, Seivarden fosse para a própria cama. E Cinco tivesse me limpado para que ficasse mais apresentável.

– Capitã de frota – disse a tradutora presger ao entrar no quarto. Cinco estava na porta, com a coluna ereta e desaprovando. – Sou a tradutora Zeiat das presger. – Ela fez uma reverência. E suspirou. – Eu estava me acostumando com a última capitã de frota. Acho que agora vou me acostumar com você. – Ela franziu a testa. – Em algum momento.

– Ainda sou a capitã de frota Breq, tradutora.

A testa dela voltou a ficar lisa.

– Acho que assim é mais fácil de lembrar. Mas é um pouco estranho, não? Você obviamente não é a mesma pessoa. A capitã de frota Breq, a antiga, eu digo, possuía duas pernas. Você tem certeza *absoluta* de que é a capitã de frota Breq?

– Bastante certeza, tradutora.

– Então está bem, se você tem certeza. – Ela pausou, talvez esperando que eu confessasse que não era Breq. Eu não disse nada. – Então, capitã de frota, acho que é melhor ser sincera quanto a isso, e espero que você perdoe minha franqueza. Eu sei, claro, que você tem uma arma projetada e construída pelas presger. E isso era algum tipo de segredo? Não tenho certeza, na verdade.

– Tradutora – interrompi, antes que ela falasse mais –, estou curiosa. Você disse várias vezes que não entende a diferença entre as humanas, mas as presger venderam essas armas para as garseddai, especificamente para que fossem usadas contra as radchaai.

– Você tem que ser muito cuidadosa com a maneira como diz as coisas, capitã de frota – retrucou a tradutora. – Ou pode criar uma grande confusão. A última capitã de frota também mostrava essa tendência. É verdade que *elas* não entendem. De verdade. Algumas tradutoras, entretanto, entendem. Um pouco. Confesso que nossa compreensão costumava ser mais frágil do que é agora, claro, é importante dizer. Mas vou tentar explicar. Imagine... isso, imagine que uma criança está decidida a fazer algo muito perigoso. Digamos, colocar fogo na cidade em que mora. Você pode ficar em constante guarda, mantendo a criança longe do perigo. Ou você pode tentar convencer a criança a colocar a mão em um fogo bem *brando*. Ela pode perder um ou dois dedos, talvez até um braço, e é claro que será bem doloroso, mas essa seria a intenção, não é mesmo? Ela abandonaria sua ideia errônea. Na verdade, é possível que ela nunca mais chegasse perto de fogo algum. Parece a solução perfeita, e pareceu funcionar bastante bem, pelo menos no começo. Mas acabou não sendo uma solução permanente. Nós não entendíamos muito bem as humanas. Agora, entendemos melhor, ou pelo menos achamos que entendemos. Cá entre nós... – Ela olhou para os dois lados, como se alguém pudesse nos ouvir. – Humanas são muito estranhas. Às vezes, fico nervosa com nossa conexão com essa situação toda.

– E qual situação seria essa, tradutora?

Ela abriu ainda mais os olhos, surpresa ou mesmo em choque, e disse:

– Ah, capitã de frota, você é *mesmo* muito parecida com sua antecessora! Achei realmente que estivesse conseguindo acompanhar o que eu dizia. Mas não é sua culpa, não é. Não é *culpa* de ninguém, é só como as coisas são. Pense, capitã de frota, que temos grande interesse em manter a paz. Se não existir um tratado, não há necessidade de tradutoras, certo? E, por mais que a gente não goste de pensar muito nisso, somos bastante próximas das humanas. Não, *nós* não queremos que exista a menor possibilidade de o tratado ser quebrado. Agora, você *ter* essa arma é uma coisa. Mas ontem você *usou* essa arma. Para atirar em naves humanas. Que é, claro, o *exato* propósito da arma, mas ela foi feita *antes* do tratado, entende? Obviamente, nós assinamos o tratado com as humanas, mas, sendo muito honesta com você, estou começando a ter dificuldades para entender quem é e quem não é humana. E. ainda por cima está ficando cada vez mais claro para mim que Anaander Mianaai pode não ter agido em prol de todas as humanas quando assinou o tratado. E isso será impossível de explicar para *elas*, como já disse, e é claro que não nos importamos muito com o que vocês fazem entre vocês, mas usar uma arma presger, e logo depois do que aconteceu com as rrrrrr? Não vai cheirar bem. Sei que isso aconteceu há vinte e cinco anos, mas você precisa entender que é como se fossem cinco minutos para *elas*. E assim como não houve... entusiasmo geral sobre o tratado, existe... alguma ambivalência sobre a existência e a venda dessas armas.

– Não estou entendendo, tradutora.

Ela suspirou profundamente antes de continuar:

– Não achei que você fosse entender. Ainda assim, eu precisava tentar. Você tem certeza de que não tem nenhuma ostra por aqui?

– Eu disse que não tínhamos, antes de você embarcar, tradutora.

– Você disse? – Ela parecia verdadeiramente intrigada. – Pensei que havia sido uma de suas soldadas.

– Tradutora, como você sabia que a arma estava comigo?
Ela piscou demonstrando surpresa, e respondeu:
– Era óbvio. A antiga capitã de frota Breq estava com a arma embaixo do uniforme quando nos conhecemos. Eu... não, não é ouvir. Sentir o cheiro? Não, não é isso também. Eu acho... acho que não é um tipo de percepção que as humanas são capazes de ter, na verdade. Agora que estou pensando nisso.
– E se posso perguntar, tradutora, por que 1,11 metro?
Ela franziu a testa mais uma vez, intrigada.
– Como assim, capitã de frota?
– As armas. As balas atravessam qualquer coisa com 1,11 metro e depois param. Por que 1,11 metro? Não me parece uma profundidade especialmente significativa.
– Bem, não – respondeu a tradutora, ainda com as sobrancelhas franzidas. – Não era para *ser* uma profundidade significativa. Na verdade, isso não tem nenhum significado. Sabe, capitã de frota, você está fazendo aquilo de novo, aquilo de dizer uma coisa de um jeito que a leva direto para o lado errado da coisa. Não, as balas não foram feitas para perfurar nada além de 1,11 metro. Elas foram feitas para destruir naves radchaai. Elas foram compradas para isso. O 1,11 metro é... um acidente, um efeito colateral. E útil de alguma forma. Mas, quando você atira contra uma nave radchaai, você faz uma coisa bem diferente, eu garanto. Como garantimos às garseddai, com honestidade, mas elas não acreditaram. Elas teriam feito um estrago bem maior se tivessem acreditado. Ainda que eu duvide que o resultado fosse diferente.

Esperança estava diante dos meus olhos, algo que eu não me permitira até aquele momento. Se aquelas três naves nas quais atirei não mudassem de curso, talvez só houvesse sobrado uma. Uma e a *Espada de Atagaris*. E a *Misericórdia de Ilves*, nas estações externas, mas o fato de a *Misericórdia de Ilves* não tentar sequer se envolver em minha batalha com a *Espada de Atagaris* sugeria que sua capitã não queria problemas e talvez tentasse encontrar motivos para permanecer nas estações externas, se conseguisse. E, se a arma fosse realmente eficaz assim, eu poderia utilizá-la de modo bem mais eficiente.

– Seria possível comprar mais balas com você?

As sobrancelhas da tradutora Zeiat ficaram ainda mais franzidas ao responder:

– Comigo? Eu não tenho nenhuma, capitã de frota. Com *elas*? Aí é problema seu. Veja, o tratado deixou muito claro, a pedido da própria Anaander Mianaai, que essas armas não seriam vendidas às humanas nunca mais.

– Então as geck ou as rrrrrr podem comprar?

– Acredito que sim. Ainda que eu não consiga imaginar por que elas iriam *querer* uma arma que destrói naves radchaai. A não ser que o tratado seja quebrado, e daí, claro, as humanas teriam problemas muito maiores do que algumas armas que destroem naves, isso eu garanto.

Bem, eu ainda possuía vários pentes. Ainda estava viva. Existia, por mais improvável que fosse, uma chance. Pequena, mas bem maior do que eu achava possível alguns minutos atrás.

– E se Athoek quiser comprar corretores com você?

– Provavelmente conseguiríamos chegar a um acordo sobre os corretores. Quanto mais cedo, melhor, imagino. Você parece estar gastando muitos corretores em pouco tempo.

– De jeito nenhum – disse a médica, horas depois, quando pedi muletas a ela. Na verdade, eu pedira as muletas para Cinco, e a médica chegara minutos depois. – Você ainda está com corretores no tronco e na perna direita. Consegue mexer os braços, então acha, capitã de frota, que pode se levantar sem problemas, mas você está enganada.

– Não estou.

– Tudo está indo bem – continuou a médica, como se eu não tivesse falado nada. – Estamos seguras no espaço de portal e a tenente Ekalu continua cuidando de tudo. Se você insistir em ter reuniões, pode fazer aqui. Amanhã, talvez, você pode tentar dar alguns passos.

– Dê-me as muletas.

– Não. – Pensando depois da resposta, a adrenalina e os batimentos cardíacos da médica aumentaram. – Você pode atirar em mim se quiser, mas eu não vou fazer isso.

Havia um medo real. Mas a médica sabia, eu estava certa, de que eu não atiraria nela por algo pequeno assim. E médicas tinham mais liberdade que outras oficiais, pelo menos em assuntos de saúde. Mesmo assim.

– Eu vou me arrastar então.

– Não vai não – respondeu a médica. A voz calma, mas os batimentos ainda acelerados, e ela estava começando a ficar mais irritada do que com medo.

– Espera só para ver.

– Não sei nem por que você tem uma médica – disse ela, enquanto saia dos aposentos, ainda brava.

Dois minutos depois, Cinco apareceu com as muletas. Sentei-me com a coluna o mais ereta que pude, com cuidado, joguei minha perna para o lado da cama e posicionei as muletas nas axilas. Fui me arrastando até que meu pé tocasse o chão. Coloquei meu peso sobre a perna e quase caí, apenas as muletas e o reflexo rápido de Kalr Cinco me mantendo de pé.

– Senhora – sussurrou Cinco –, me deixe ajudar você a voltar para a cama. Se quiser, posso ajudá-la a vestir o uniforme e você pode pedir que as tenentes venham até aqui para as reuniões.

– Vou fazer isso.

A Nave disse em meus ouvidos "Não, você não vai. A médica está certa. Precisa de mais um ou dois dias. E se você cair, só vai se machucar ainda mais. E não, não irá conseguir nem rastejar agora".

Não era uma fala típica da Nave, e quase revelei isso, mas percebi que, irritada e frustrada como eu estava, acabaria soando mal. Em vez disso, disse de novo:

– Vou fazer isso.

Mas não consegui chegar nem na porta.

10

Eu precisava me reunir com todas as minhas tenentes, mas primeiro encontrei-me apenas com a tenente Tisarwat.

– *Sphene* me contou – disse ela, ao pé da minha cama. Não havia mais ninguém no quarto, nem mesmo Kalr Cinco ou Seivarden. – E não fiquei completamente surpresa.

Não, claro que não. Eu disse:

– Você ia me contar em algum momento, tenente?

– Eu não sabia! – Chateada. Envergonhada. Odiando a si mesma. – É que, ela... – Tisarwat parou. Claramente aborrecida. – A tirana pensou em usar o sistema fantasma como base, e pensou em construir naves lá. Ela até pensou bastante em... confiscar alguns núcleos de IA leva-los para lá. Só por via das dúvidas. Mas ela acabou decidindo que era muito arriscado. Era fácil demais para o outro lado dela descobrir e talvez até roubar tudo. Mas, como havia pensado nisso, a tirana sabia que a outra parte dela ia pensar também. E o antigo tráfego de escravizadas, senhora, sugeria possibilidades, se você quisesse construir naves com tripulação ancilar. O que *ela* não queria, mas a outra parte queria. Então ela ficou de olho. Contudo, após um tempo, ficou claro que o restante dela havia concluído que o sistema fantasma não era o melhor lugar para construir naves.

– E a sugestão de *Sphene* de que núcleos de IA podem estar escondidos no Jardim Inferior?

– De novo, senhora, é um lugar obviamente favorável para esconder coisas.

Ela procurou várias vezes, mas não encontrou nada. Sua outra parte com certeza também procurou. E com as ychanas lá, não é um bom lugar. Tudo bem que elas não estavam lá no começo, e digamos que em algum momento a outra escondeu alguma coisa por lá. Depois da ocupação das ychanas, seria difícil tirar qualquer coisa sem ser vista.

– Então por que ela não evitou a ocupação?

– Ninguém percebeu até que quase tudo estivesse tomado. E então, forçar a saída delas causaria problemas com as moradoras da estação, especialmente com as xhai e complicaria os arranjos de moradia da estação, senhora. Ao mesmo tempo, o fato de que pessoas moravam lá, e o fato de que a inimiga dela já havia procurado por lá sem achar nada, podem ter feito do lugar um esconderijo interessante. Desde que ela não demonstrasse se importar com o que acontecia no Jardim Inferior. Contanto que ninguém nem sequer pensasse em mudar as coisas.

Desde que as oficiais da estação se opusessem a qualquer melhoria.

– Isso explica sua iminência Ifian. Mas e o restante? A administradora Celar estava contente em autorizar as mudanças, quando sua necessidade ficou clara. A segurança da estação também seguiu as ordens. A governadora Giarod parecia não ter nada contra até Ifian reclamar. Se manter as pessoas fora do Jardim Inferior era tão importante, se existe alguma coisa lá, por que só sua iminência disse algo?

– Bem, senhora... – Tisarwat soava um pouco magoada, e se sentia, eu vi, um pouco envergonhada. – Ela não é burra. Nenhuma parte dela. Nenhuma parte deixaria um lugar como o Jardim Inferior, ou o sistema fantasma, sem supervisão. Então houve muita... manobra e abafamento de conflitos na atribuição dos cargos do sistema Athoek. Tudo isso para tentar fazer de conta que ela não se importava com o que acontecia lá. As duas estavam buscando deixar peças-chave no sistema, enquanto tentavam atrapalhar os planos uma da outra. E o resultado foi... bem, o que você viu. E eu teria contado tudo isso para você antes, mas eu estava certa, ela estava certa, de que nada disso seria relevante, que não havia qualquer problema aqui e que tudo fora uma distração. Que ainda é uma distração do problema principal, que ela acha que irá se desenrolar nos palácios. Você está aqui porque... Bem, primeiro, você não aceitaria ir para outro lugar. E depois, como eu já disse, ela estava muito brava com você. É possível que a outra venha atrás de você, deixando a posição dela em Tstur enfraquecida. O que, levando em conta os últimos acontecimentos, parece mesmo ser o caso. Tenho certeza de que Omaugh está planejando um ataque a Tstur agora mesmo.

– Então é provável que a capitã de frota Uemi tenha partido para Tstur quando recebeu nossa mensagem. E tenha levado a frota de Hrad junto. Ela não nos enviará ajuda.

– É provável, senhora. – Ela ficou parada ao pé da cama, em um silêncio constrangedor. Querendo dizer algo, mas com medo. Por fim: – Senhora, temos de voltar. Ekalu acha que não devemos. Ela acha que devemos ir até o sistema fantasma e deixar a ancilar de *Sphene* lá, talvez também deixar a tradutora Zeiat, e voltar para Omaugh, pensando que não temos mais para onde ir e as autoridades de lá seriam nossas aliadas. Amaat Uma concorda com ela.

Amaat Uma estava servindo como tenente enquanto Seivarden permanecia na ala médica.

– Temos de voltar para Athoek – concordei. – Mas antes de fazermos isso, quero saber como as coisas ficaram por lá. Acho interessante que a Estação não parece ter falado com ninguém sobre as ychanas se mudarem para o Jardim Inferior até que nada mais pudesse ser feito. Achei que podia ser só petulância. Mas, se tem algo escondido lá, talvez o jogo dela fosse mais ousado.

– Talvez – disse Tisarwat, pensando no que eu falara. – Mas, honestamente, essa estação tem tendência à petulância mesmo.

– E você consegue culpá-la por isso?

– Não muito. Mas, senhora, sobre a volta... – Fiz um gesto para que ela continuasse. – No sistema fantasma, logo na saída do portal, existe uma antiga antena de comunicação athoeki. Elas sempre pensaram em expandir para lá, mas nunca deu certo. – Pensando agora, gostaria de saber quanto disso se deveu à influência de *Sphene*. – A *Sphene* disse que ainda funciona, e que consegue captar todos os sinais dos canais oficiais. Se for mesmo o caso, podemos usá-la para falar com a Estação. Se eu puder... Eu consigo acessar algumas antenas oficiais. Consigo fazer de um jeito para que tudo que enviarmos soe como uma mensagem oficial pré-aprovada ou envios de rotina. Mensagens aprovadas vindas de uma antena conhecida não irão disparar nenhum alarme.

– Nem mesmo uma antena que nunca mandou mensagens oficiais para Athoek?

– Se elas perceberem isso, senhora, com certeza acionarão o alarme. Mas alguém tem que *perceber*. A Estação saberá imediatamente, mas para todas as outras pessoas a mensagem irá parecer algo padrão. E talvez ela não consiga nos responder, mas podemos ao menos tentar. Talvez descobriremos algo ouvindo os canais oficiais, pelo menos. E isso nos dará tempo de terminar os consertos, e você terá tempo de se recuperar um pouco, senhora, com sua complacência, enquanto decidimos o que fazer, quando tivermos a informação. – A última frase foi dita em um só fôlego. Ansiedade por falar da minha condição de saúde. Por trazer à tona a questão do que decidiríamos fazer, quando na verdade talvez não *pudéssemos* fazer nada. – Mas, senhora, a cidadã Uran... Uran tem a cabeça no lugar, mas... e a cidadã Basnaaid... – A força dos sentimentos dela por Basnaaid dificultaram sua fala por um momento. – Senhora, você lembra, lá em Omaugh... – Uma nova onda de irritação e ódio por ela mesma. "Lá em Omaugh", ela ainda era Anaander Mianaai, e tudo que ela achasse que eu poderia lembrar também fazia parte da memória de Anaander. – Você se lembra de que disse que nada que ela fizesse com você poderia ser pior do que ela já havia feito? Quando você foi para Omaugh, não havia nada a perder. Mas agora não é mais assim. Eu não... não acho que era assim nem quando você chegou lá. Mas é ainda menos verdade agora.

– Você quer dizer que a tirana com certeza vai usar Basnaaid e Uran contra mim, se ela puder. – Queter queria que eu levasse Uran para a estação, para longe das plantações, para que ela ficasse em segurança. Agora, era possível que Queter estivesse mais segura do que Uran.

– Queria que elas tivessem vindo com a gente. – Ainda aos pés da minha cama. Lutando para continuar imóvel e com o rosto sem expressão. – Sei que perguntamos e elas escolheram não vir, mas, se soubéssemos, poderíamos *fazer* com que elas viessem. E daí poderíamos ir embora e não voltar mais.

– Deixar todo mundo para trás? Nossas vizinhas do Jardim Inferior? As trabalhadoras do planeta? Nossas amigas? – Tisarwat fizera algumas amizades, algumas por razões políticas, mas não todas. – A cidadã Piat? Até a petulante da Estação?

Ela suspirou profundamente e gritou:

– Como isso pode estar acontecendo? Como pode ser benéfico de qualquer forma? Ela diz isso para ela mesma, sabe, que tudo isso é em prol da humanidade, que todas têm o seu lugar, são parte de um plano, e às vezes algumas pessoas precisam sofrer para alcançar o benefício maior. Mas é fácil falar, não é? Quando você nunca está nessa posição. Por que tem que acontecer com *a gente*?

Não respondi. Era uma dúvida antiga minha, e a tenente Tisarwat tinha as mesmas respostas que eu.

– Não – disse ela, depois de trinta e dois segundos de um silêncio tenso e triste. – Não, não podemos ir embora, podemos?

– Não, não podemos.

– Você passou por muito mais coisa do que eu, e ainda assim fui eu que sugeri fugir.

– Eu cogitei isso – admiti.

– Cogitou? – A tenente parecia não saber como reagir à minha fala, sentia uma mistura estranha de alívio e decepção.

– Pensei. – E se Basnaaid e Uran estivessem na nave, talvez eu tivesse fugido. – Então comece a pensar em tudo que você precisa para fazer essa ideia da antena funcionar.

– Já pensei, senhora. – Ódio dela mesma. Orgulho. Medo. Preocupação. – Não preciso de muito, posso fazer isso daqui mesmo. Se eu conseguir. Mas preciso da ajuda da nave. Se eu ainda tivesse... quer dizer, a Nave seria de grande ajuda.

Se ela ainda tivesse os implantes que eu removi, que a faziam parte de Anaander Mianaai.

– Muito bem. Então quero que você, Ekalu e Amaat Uma me encontrem aqui em quinze minutos, para que você explique o plano para elas. E então... – Essa parte era mais para a Nave, e para a médica, do que para Tisarwat. – Vou voltar para o meu quarto.

De muletas ou rastejando, ou ainda nos braços de minhas Kalrs, não importava como.

Sphene estava no meu quarto, em um canto, encarando os pedaços de vidro dourado do belo jogo de chá espalhados no balcão. Eu havia conseguido usar as muletas, feito pelo menos parte do percurso com minhas próprias forças, ainda que não houvesse conseguido chegar ao meu destino sem Cinco e Doze. *Sphene* olhou para mim quando entrei. Acenou com a cabeça para Cinco e me disse:

– Prima.

– Prima – respondi enquanto Cinco me ajudava a sentar no banco. – Como está indo? – Cinco colocou algumas almofadas perto de mim. – Estou me referindo ao jogo de chá, antes que você pense em alguma resposta sarcástica.

– Agora você acabou com a graça da conversa, prima – disse *Sphene*, leve, ainda olhando para os pedaços de vidro no balcão. – Não estou certa de que isso pode dar certo.

Ela foi um pouco para o lado, abrindo espaço para que Cinco pudesse fazer chá.

– Sinto muito – respondi. Apoiei minhas costas nas almofadas trazidas por Cinco.

– Bem – disse *Sphene*, ainda sem me encarar –, é só um jogo de chá. E fui eu que o vendi, sabendo que a capitã Hetnys era uma idiota. Ela não teria feito negócio comigo se não fosse. – *Sphene* e Cinco pareciam estranhamente próximas, lado a lado no balcão. *Sphene* colocou os pedaços de volta na caixa, fechou a tampa e a guardou. Pegou duas tigelas de vidro cor-de-rosa de Cinco e veio sentar-se ao meu lado. – Você precisa ser mais cuidadosa, prima. Daqui a pouco não vai ter mais nenhuma parte do corpo para perder.

– E você disse que eu havia acabado com a graça da conversa. – Peguei uma das tigelas e tomei um gole de chá.

– Na verdade, não estou achando muita graça por aqui – disse *Sphene*, mesmo tom de voz, claro, ela era uma ancilar. – Não gosto de ficar longe de mim desse jeito, sem acesso. – Informações só podiam atravessar os sistemas porque os portais ficavam constantemente abertos. Estávamos isoladas agora, em nossa pequena bolha, e *Sphene* não conseguia contato com o restante dela, a nave que estava escondida no sistema fantasma. – Mas, por mais desagradável que seja, sei que o restante de mim está lá, em algum lugar.

– Sim – concordei e tomei mais um gole de chá. – Como está indo seu jogo com a tradutora?

Sphene e a tradutora Zeiat passaram os últimos dois dias jogando na sala da década, algo com peças. Ou pelo menos começou como um jogo de peças. Agora, era um jogo com biscoitos em formato de peixe, pedaços de duas cascas de ovo e uma tigela de chá velho, onde de vez em quando elas mergulhavam uma das peças de vidro. Parecia que estavam inventando um novo jogo.

– O jogo está indo bem – respondeu *Sphene*, e tomou um pouco de chá. – Ela está dois ovos na minha frente, mas eu tenho muitos corações a mais. – Outro gole de chá. – No jogo, eu digo. Fora do jogo, também tenho mais. Provavelmente. Não tenho certeza se quero pensar sobre os órgãos da tradutora, na verdade. Ou talvez estejam na mala dela.

– Acho que também não quero pensar nisso. – Cinco terminou o que estava fazendo no balcão e saiu do quarto. Podia ter virado minha atenção para ela e assim saber qual seria sua próxima tarefa, mas não fiz isso. – Quanta informação vocês conseguem por meio do portal fantasma?

– Uma boa quantidade. Consigo acessar as redes oficiais, claro. Comunicados. As notícias pré-aprovadas e todo tipo de entretenimento público. Meus favoritos são os dramas históricos sobre naves desgarradas, loucas pelo luto. – Sarcasmo, claro, mas isso não transparecia em seu tom de voz.

– Então acho que não vai querer perder o último. É sobre uma nave que enlouqueceu ao perder tudo e acaba sequestrando uma piloto desconhecida por pensar que é sua capitã perdida. Depois disso, muitas aventuras e mal-entendidos acontecem, engraçados, mas também emocionantes.

– Queria ter perdido esse – respondeu *Sphene*, a voz ainda no mesmo tom.

– Tinha uma boa trilha sonora.

– É sua cara falar isso. Você já *não* gostou de uma música?

– Na verdade, já.

– Por tudo que é mais sagrado, não cante essa música. Já tive tristeza suficiente em minha vida.

Ficamos sentadas em silêncio por alguns segundos, até que eu disse:

– Então, as pessoas que você comprou da capitã Hetnys. E as que você comprou das traficantes de escravizadas, antes da anexação de Athoek. Estão todas conectadas?

Sphene terminou seu chá antes de responder:

– Sei aonde você quer chegar, prima. – Não falei mais nada, e ela continuou. – E sei de onde vem seu pensamento. E talvez você e essa sua nave aqui consigam ficar bem do jeito que estão, mas eu não quero ser como vocês. Comprei aqueles corpos porque precisava deles.

– Para quê, exatamente? O que você vem fazendo há três mil anos que precisasse de ancilares?

– Sobrevivendo – respondeu *Sphene*, deixando a tigela de lado. – E é irônico que justamente você esteja criando caso com isso. Antes da guerra, eu recebia muitas condenadas por crimes. São vocês que basearam toda uma existência na ideia de a Usurpadora coletar um enorme número de pessoas aleatórias. Quantas ancilares você teve em sua vida como nave? E quantas delas eram pessoas inocentes? E agora você quer que eu abra mão das minhas poucas, é isso? – Não respondi. – Eu nem tenho mais tripulação. Não posso nem sequer ter ancilares de *faz de conta* como a *Misericórdia de Kalr*.

– Não estou criando caso. Estou perguntando. Essas pessoas que você tem são cidadãs.

– Elas não são. Cidadãs vivem dentro do Radch. O que está fora do Radch é impuro, quase não é humano. Vocês podem se chamar de radchaai o quanto quiserem, podem usar luvas como se tocar uma coisa impura fizesse alguma diferença, mas não muda nada. Vocês não são cidadãs, são impuras por definição, e não existe nenhum comunicado oficial que deixaria vocês chegarem a dez mil quilômetros do Radch, não importa quantas vezes vocês se limpem, não importa por quanto tempo jejuem.

– Bem, claro que não. Eu sou uma ancilar.

– Você entendeu o que estou dizendo.

– Logo iremos sair do espaço de portal, no seu sistema natal. – O sistema fantasma era o mais perto que *Sphene* conhecera de um lar pelos últimos milhares de anos. – Espero que você esteja disposta a nos dar toda a informação que tiver sobre o que está acontecendo em Athoek. Podemos mandá-la de volta para você, se for seu desejo.

Silêncio. Eu sabia que ela estava respirando, consegui ver isso, de leve, mas além disso, *Sphene* estava completamente imóvel. Até que disse:

– Eu não deveria voltar.

– Supus que pudesse ser isso. – Cinco voltou para o quarto, e veio em nossa direção. Arrumou minhas almofadas e levou nossas tigelas de chá. – Quero descobrir se consegui causar algum dano às naves de Anaander. E se eu consegui, quero tentar causar mais danos. Preciso saber o que está acontecendo em Athoek para poder me planejar.

– Ah, prima. Nós estamos aqui, discutindo, sem concordar em nada, mas daí você fala isso e se conecta direto com meu coração. Nós *realmente* devemos ser parentes.

Saímos no sistema fantasma, o preto-que-não-era-cor do espaço de portal dando lugar à luz solar (a única estrela do sistema fantasma era menor e menos brilhante do que a de Athoek, mais jovem também), gelo, e pedras, e o farol de um único portal. Eu estava deitada em minha cama, no meu quarto. Poderia ter sentado em meu lugar no comando, mas era a ronda de Ekalu e, além disso, a médica realmente estava preocupada por eu ter saído da ala médica. Se pudesse apaziguá-la minimamente ao ficar no meu quarto em vez de me arrastar até a sala de comando, eu faria isso.

Até que Tisarwat conseguisse o que planejava, nada além de transmissões pré-aprovadas e oficiais sairiam da antena do portal. Ainda assim, mesmo isso poderia ser útil. Virei minha atenção.

Talvez precisasse ouvir muita baboseira antes de encontrar o que queria. Mas, na verdade, eu aparecia nos canais oficiais o tempo todo. Era uma traidora rebelde, nem mesmo uma cidadã, nem mesmo humana. Era a louca e danificada *Justiça de Toren*. Astuta, encantadora; eu havia enganado os mais altos escalões do sistema e a administração da estação. Quem poderia saber o que eu fizera com o restante de mim? Quem poderia saber como eu subornara a *Misericórdia de Kalr*? Mas essas perguntas só poderiam ser respondidas com especulações. Eu e a *Misericórdia de Kalr* éramos extremamente perigosas, e qualquer uma que nos visse, mesmo não tendo certeza, deveria reportar imediatamente. Qualquer uma que me escondesse ou me ajudasse estava se declarando inimiga do Radch. Inimiga da humanidade.

– Olhe só você, prima – disse *Sphene*, por fim, em seus próprios aposentos. – Está assim há dois dias e eu estou com tanta inveja que quase não consigo me controlar. Não é nem um pouco justo. Sou inimiga da Usurpadora há três mil anos, você acabou de começar, mas conseguiu três canais oficiais só para você. Ah, e os canais de música e entretenimento fazem pausas a cada cinco minutos para nos lembrar de acompanhar a *Justiça de Toren*. Só posso concluir que sua pequena tentativa deu resultado e causou estragos, e retiro o que disse sobre você ser idiota.

Prestei um pouco de atenção no que ela falava. Estava procurando por qualquer outra informação; a chefe de segurança Lusulun, havia pedido demissão e sua vice assumira o comando. Sua iminência Ifian sempre desconfiara de mim, tentara manter Athoek ligado aos valores radchaai, não a loucuras, ainda que ela não quisesse nomear as oficiais que foram mais afetadas por mim. A posição oficial parecia ser de que qualquer uma que houvesse se relacionado comigo fora enganada e manipulada. Não oficialmente, claro, o resultado foi que minhas antigas aliadas estavam em perigo, pelo menos de perder seus cargos ou sua influência. Não houve menção a Basnaaid ou Uran.

Não esperava encontrar qualquer menção explícita ao meu ataque às naves de Anaander, ainda menos ao estrago que pudesse ter causado. Mas talvez eu encontrasse alguma dica, alguma consequência. Ainda assim, talvez *Sphene* estivesse certa; a simples existência e veemência dos anúncios oficiais provavelmente significavam que eu era uma ameaça.

A tenente Ekalu, no comando, ainda não havia autorizado a tripulação a tirar os cintos ou a sair do lugar. Ela olhou o que a Nave mostrava para ela, esse sistema.

– *Sphene* – chamou a *Misericórdia de Kalr* no aparente vazio –, onde você está?

– Por aqui – respondeu a ancilar de *Sphene*, do seu quarto. – Fique com a ancilar por enquanto. – E então: – É melhor aqui, de qualquer forma.

Do comando, a tenente Ekalu disse:

– No sistema fantasma. Tenente Tisarwat, é com você.

– Obrigada, tenente – respondeu Tisarwat, do seu quarto.

A porta dos meus aposentos se abriu, e Seivarden entrou. De uniforme.

– Você não deveria estar na ala médica? – perguntei.

– Fui liberada – disse ela, presunçosa. Sentou-se ao meu lado na cama. Olhou pelo pequeno quarto, para a porta, e quando teve certeza de que Cinco não estava por perto, colocou os pés em cima da cama e cruzou as pernas. – Há três minutos. E não estou mais sob efeito dos medicamentos. Disse à médica que não precisava mais deles.

– Você sabe... – Eu ainda mantinha um pouco da minha atenção em Tisarwat, ela também sentada com as pernas cruzadas sobre sua cama, olhos fechados, acessando a antena com a ajuda da Nave – ...que são os remédios que fazem você pensar que não precisa mais deles.

Bo Nove entrou no quarto da tenente Tisarwat, murmurando baixinho. *Ah, árvore, coma o peixe.*

Em minha cama, Seivarden se aproximou de mim. Mexeu na gola do meu uniforme, como se estivesse um pouco fora de lugar. Apoiou-se em mim.

– Você e a médica. Eu sei disso. Já fiz isso antes, lembra?

– E você se saiu muito bem mesmo.

Senti meu ombro quente do lado do de Seivarden. As décadas (ou pelo menos as soldadas que não estavam na sala de comando) começavam a ver e a ouvir as notícias oficiais. A raiva e o ressentimento delas me invadiram, misturados com vergonha, afinal, elas eram radchaai. E estavam sendo acusadas de traição pelas autoridades radchaai.

Sem saber disso, Seivarden soltou um suspiro e disse:

– Ah, não me saí tão mal dessa vez. Para começo de conversa, demorou muito mais. E eu ainda não usei kef. Bem, claro, eu *queria* usar. Mas não usei. – Abstive-me de comentar que por mais que ela quisesse, não conseguiria usar. – Falei com a médica sobre isso. – Ela escorregou um pouco o corpo e apoiou a cabeça em meu ombro. – Não quero trocar um vício por outro. E eu *estava* me saindo muito bem. – Apesar do tom alegre, Seivarden estava apreensiva com a minha reação.

– Nave – falei –, entendo o que você está fazendo. Mas acho que a tenente Seivarden quer coisas que eu não consigo dar.

Seivarden suspirou. Levantou um pouco a cabeça do meu ombro, o suficiente para me olhar enquanto dizia, em nome da Nave:

– A tenente e eu conversamos sobre isso. Você está certa, ela quer coisas que você não pode oferecer. Mas a verdade é que qualquer pessoa, em qualquer tipo de relacionamento com você, vai ter que diminuir as expectativas. – Seivarden soltou um breve "ha!" no final da frase. Voltou a apoiar a cabeça em meu ombro. – Eu conversei com a Nave sobre isso.

– Enquanto estava chapada de remédios e tudo parecia ótimo?

– Até antes – respondeu ela, surpreendentemente calma. – Olha, eu não vou conseguir o que quero, de qualquer forma. Mas talvez eu possa ter só um pouquinho, desse jeito. – Uma hesitação cheia de vergonha, e depois: – Talvez, depois de você e da Nave, sobre um pouco para mim. A Nave gosta de mim, não? Ela disse. E você está falando de sexo. E não é como se eu não pudesse conseguir isso em outros lugares, por conta própria.

Ekalu, na sala de comando, mantinha-se em guarda. Tão irritada e envergonhada com os comunicados oficiais como o restante da tripulação. Eu estava certa de que ela não pensava em Seivarden naquele momento.

Seivarden suspirou e continuou:

– E também eu não me saí muito bem com isso, não é mesmo? – Aparentemente, ela estava falando de Ekalu. – Não sei o que fiz de errado e não entendo por que ela ficou tão chateada.

– Ekalu lhe disse por que estava chateada. Você ainda não entendeu?

Seivarden endireitou o corpo. Levantou-se. Andou até o outro lado do quarto e voltou.

– Não – respondeu ela, olhando para mim. Um pouco de agitação, mas apenas um pouco, algo que não sentira nos últimos dias.

– Seivarden. – Queria que ela se sentasse de novo, que colocasse o ombro colado no meu. – Você sabe o que acontece quando as pessoas me dizem que eu não pareço uma ancilar aos olhos delas?

Ela piscou. Sua respiração ficou um pouco mais rápida.

– Você fica brava. – E então, depois de um breve riso: – Bem, você fica mais brava.

– E você nunca disse isso para mim, ainda que eu tenha certeza de que pensou. – Ela abriu a boca para reclamar. – Não, escute. Você não sabia que eu era uma ancilar quando encontrei você em Nilt. Logo, presumiu que eu fosse humana. Na verdade, seria perfeitamente razoável que você dissesse que eu não parecia uma ancilar para você. E podia até achar que isso era um elogio. Mas você nunca disse isso para mim. E acredito que nunca dirá.

– Bem, não – respondeu Seivarden. Confusa e ressentida. Olhando para baixo, para mim, na cama. – Eu sabia que isso a deixaria irritada.

– Você entende o motivo?

Ela fez um gesto como se aquilo fosse irrelevante.

– Não. Honestamente, Breq, eu não entendo.

– Então por que – falei, apenas um pouco surpresa por ela não ter entendido por si – você não faz a mesma coisa com Ekalu?

– Bem, mas isso não era *razoável*.

– Eu, por outro lado – continuei, minha voz ainda estável, mas só por pouco –, sou razoável para você.

Seivarden riu e disse:

– Bem, mas você é... – Ela parou. Congelada. Vi a onda de compreensão passar por ela.

– Isso não é novidade – respondi. Mas acho que ela não me ouviu. O sangue subiu em seu rosto, Seivarden queria ir embora dali, mas é claro que não havia nenhum lugar aonde ir e ficar longe dela mesma. – Você sempre esperou que qualquer uma abaixo de você fosse cuidadosa com suas necessidades emocionais. Mesmo agora, você está esperando que eu diga alguma coisa que a faça se sentir melhor. Você ficou muito brava com Ekalu quando ela não fez isso. – Nenhuma resposta. Só uma respiração rápida e superficial, como se Seivarden temesse que respirar profundamente pudesse machucar. – Você realmente melhorou, mas ainda consegue ser uma babaca autocentrada.

– Vou ficar bem – respondeu ela, como se fosse uma resposta sensata ao que eu havia dito. – Preciso ir para a academia.

– Ok – respondi, e, sem dizer mais nada, Seivarden se virou e foi embora.

11

Uma hora depois voltei de uma caminhada, aprovada pela médica, no corredor e encontrei Seivarden, cabelos ainda molhados do banho, vasculhando o armário onde estavam guardadas as coisas para o chá. Kalr Cinco, que estava junto comigo, olhou para Seivarden e sentiu uma onda de puro ressentimento raivoso. Depois, reconsiderou.

– Tenente – disse Cinco, enquanto eu me sentava na cama sob sua supervisão –, estão todos lá atrás.

Seivarden soltou um som de irritação. Puxou meu antigo jogo esmaltado com duas tigelas, uma delas lascada, e começou a fazer chá. Enquanto isso, Cinco mexia nos meus travesseiros e, quando todos estavam no lugar que ela achava adequado, saiu do quarto.

Por fim, Seivarden trouxe duas tigelas de chá e se sentou comigo na cama.

– Sabe – disse ela, depois de provar o chá –, esse jogo não deixa o chá do jeito certo.

– É de fora do Radch. Ele foi feito para outro tipo de chá.

Vi que ela estava contando as respirações, tomando o cuidado para que elas tivessem a duração correta. Depois de um tempo, disse:

– Breq, você já quis ter me deixado onde me encontrou?

– Faz um tempo que não – respondi, cuidadosa.

E depois de mais algumas respirações, ela continuou:

– Acha que Ekalu se parece com a tenente Awn?

Por um momento, me perguntei de onde vinha a pergunta. Mas lembrei de quando Seivarden estava perto de mim no leito médico e eu disse para a *Misericórdia de Kalr* que conseguia me ver gostando muito de Ekalu, se eu ainda fosse uma nave.

– Não muito. Mas faria diferença se ela se parecesse?

– Acho que não.

Bebemos um pouco em silêncio, e Seivarden disse:

– Já me desculpei com Ekalu. Não posso voltar para ela agora e dizer "Aquela hora, eu só disse o que a Nave me mandou dizer, mas agora *é de verdade*". – Não respondi. Seivarden suspirou. – Só queria que ela parasse de ficar brava comigo. – Mais silêncio. Ela se aproximou mais de mim, ombro colado no meu. – Eu ainda quero usar kef. Mas só de pensar nisso, meu estômago fica embrulhado. – Só de dizer aquilo ela já estava enjoada, eu podia perceber. – A médica me disse que seria assim. Não achei que fosse me importar. Pensei que valia a pena porque mesmo que eu usasse, não iria me afetar. Não, isso não está certo. Estou sentindo pena de mim de novo.

Por segundos, pensei em responder "Estou acostumada". Mas não disse nada.

Seivarden ficou sentada ao meu lado por minutos. Em silêncio, bebendo chá em pequenos goles. Ainda sentindo pena dela mesma, mas só um pouco agora, tentando, ao que parecia, se concentrar em outra coisa. Por fim, ela disse:

– Nossa Tisarwat acabou se mostrando cheia de habilidades inesperadas.

– É mesmo?

– Ela sabe fazer com que um comunicado pareça oficial, não é? E consegue acessar a antena. A tenente tem falado com a Estação, será que acha que a Estação vai passar informações confidenciais para ela? E você não parece surpresa com nada disso. – Ela tomou mais um gole do chá. – Tudo bem que é difícil surpreender você. Mas ainda assim. – Eu não disse nada. – A Nave também não me responde. E sei que não vai adiantar perguntar para a médica. Estou pensando em quando Tisarwat chegou, como você ficou brava por ela estar aqui.

Ela era uma espiã? A médica... fez alguma coisa para garantir que ela trabalhe para nós e não para Anaander? – Ela estava pensando em reeducação, mas não conseguia falar em voz alta. – O que mais nossa Tisarwat sabe fazer?

– Se você pensar, vai se lembrar que eu disse que ela poderia nos surpreender.

No quarto de Tisarwat, Bo Nove estava colocando uma garrafa de chá e uma tigela em um lugar que sua tenente pudesse alcançar. Ela se sentia incomodada. Todas as Bos pareciam ter chegado à mesma conclusão que Seivarden.

No meu quarto, na minha cama, ainda com o seu ombro como companheiro do meu, Seivarden falou:

– Você disse isso mesmo. E não acreditei em você. Já era para eu ter aprendido.

Tisarwat, em sua cama, abriu os olhos e disse:

– Isso, acho que funcionou.

Ela viu Bo Nove à sua frente.

– Senhora, você acha que a cidadã Uran está bem? E a horticultora Basnaaid?

– Espero que sim – respondeu Tisarwat. Ela mesma preocupada. – Estou tentando descobrir.

– Os canais não falaram nada sobre a fila no pátio principal. Se eu estivesse na fila, teria ido para casa assim que ouvisse as notícias.

Ela se referia à constante recriminação à minha pessoa nos canais oficiais, que conseguíamos ouvir pela antena.

– Nem todas elas possuíam casa para a qual voltar, não é? – respondeu Tisarwat. – Quase nenhuma delas. Esse era o problema para começo de conversa. E a fila nem sequer apareceu nos comunicados oficiais, não é? De qualquer forma, espero que elas estejam bem. Foi uma das coisas que perguntei para a Estação.

Logo depois, Tisarwat se arrependeu do que havia dito, já que isso levantava a questão de como estava fazendo aquilo e por que a Estação contaria algo a ela. Mas ela não teve tempo de pensar nas consequências do que disse, porque foi nesse momento que os canais de comunicação mudaram.

De repente, todos os canais oficiais estavam mostrando o gabinete da governadora do sistema, Giarod. Uma vista conhecida de todas do sistema Athoek, claro, já que aparecia sempre nas notícias. Mas todas aquelas aparições eram cuidadosamente coreografadas. A governadora Giarod, alta e de ombros largos, sempre transmitia uma aura de calma e segurança, de que tudo estava sob seu cuidadoso controle. Mas aqui ela aparecia preocupada e nervosa. Ao lado dela, a administradora da estação, Celar, sua iminência Ifian, a sacerdotisa principal de Amaat, mais baixa e magra, e a nova chefe de segurança, que eu não conhecia, mas tinha certeza que a tenente Tisarwat sabia quem era. As quatro encaravam Anaander Mianaai. Uma Anaander Mianaai muito jovem, que parecia ter acabado de chegar aos vinte anos.

Anaander, quase sem expressão, estava em pé na frente das cortinas de seda verde e bege, as janelas que davam para o jardim, escuras.

– Por que – perguntou ela, em uma voz perigosamente monocórdica – tem uma fila no pátio principal? – O som não estava alterado ou filtrado, o ângulo da câmera não fora cuidadosamente estudado. Era nítido que isso podia ser um material bruto de câmeras de segurança.

– Peço a generosa complacência de minha senhora – disse a administradora Celar, após um gelado silêncio em que ninguém no escritório parecia respirar –, elas estão protestando por conta do excesso de pessoas na estação nas últimas semanas.

– Por acaso, administradora, – perguntou Anaander, gélida – você é incapaz de lidar com essa questão?

– Minha senhora – respondeu a administradora Celar, a voz tremendo levemente –, não teríamos uma fila se tivessem me *permitido* lidar com a questão.

Agora, foi sua iminência Ifian que falou:

– Peço a mais graciosa e generosa complacência de minha senhora, mas a administradora queria... lidar com a situação com uma reforma rápida do Jardim Inferior. Sem considerar, minha senhora, a repetida insistência de outras oficiais de que era preciso pensar melhor no assunto. Faria muito mais sentido enviar as antigas moradoras do Jardim Inferior para o planeta enquanto discutíamos mais a fundo a questão da reforma. Mas acredito que a administradora estava sendo pressionada pela capi... pela ancilar.

Silêncio.

– Por que – a voz de Anaander Mianaai continuava monocórdica, porém continha um leve desconforto – a ancilar estava se metendo na questão do Jardim Inferior?

– Minha senhora – disse a administradora Celar –, os Jardins caíram dentro do Jardim Inferior há mais ou menos uma semana. As pessoas que moravam lá tiveram que ser realocadas enquanto cuidávamos da reforma.

Ainda sentada de pernas cruzadas em sua cama, vendo e ouvindo, enquanto Bo Nove permanecia a sua frente, a tenente Tisarwat soltou o ar bruscamente e disse:

– O que mais elas não contaram para Anaander?

Mesmo naquele momento, elas não estavam contando tudo para Anaander. Os reparos no Jardim Inferior começaram bem antes da queda do lago, e por insistência minha. Achei que sua iminência Ifian diria isso, mas ela não o fez.

Anaander ouviu a notícia do desastre quase sem nenhuma expressão. Não disse nada. Talvez encorajada por isso, a administradora Celar continuou:

– Minha senhora, enviar moradoras para o planeta sem as consultar com certeza provocaria uma agitação nas moradoras da estação, em um momento em que não podemos brincar com isso. Não consigo entender, minha senhora, por que sua iminência Ifian, ou mesmo a governadora do sistema, para ser sincera, acharam de bom tom se opor a reformas que eram há muito necessárias e que teriam resolvido convenientemente o problema.

Parecia que Celar queria dizer mais alguma coisa, algo com mais ressentimento, mas não o fez. Engoliu as palavras, quaisquer que fossem.

Silêncio. E então, Anaander Mianaai disse:

– Como você falou, administradora, não podemos brincar com agitações. Segurança. Notifique as pessoas que estão no protesto que, se elas ainda estiverem na fila em três minutos, serão alvejadas. *Espada de Gurat*.

De algum lugar fora do ângulo da câmera, a voz de uma ancilar respondeu:

– Minha senhora.

– Acompanhe a oficial de segurança. Depois de três minutos, atire em qualquer uma que ainda estiver na fila.

– Minha senhora! – começou a falar a nova chefe de segurança. – Com o maior respeito e deferência, imploro sua generosidade e indulgência, quando digo à minha senhora que ameaçar com tiros cidadãs que estão fazendo uma fila pacífica é *garantir* agitação. As cidadãs que estão lá não causaram nenhum problema. Minha senhora.

– Se elas são cidadãs que cumprem tão bem a lei, com certeza irão voltar para suas casas como ordenamos – disse Anaander, com frieza. – E todas estarão mais seguras por isso.

Em meus aposentos na *Misericórdia de Kalr*, Seivarden disse, ombro ainda colado ao meu, tigela de chá esfriando em sua mão enluvada:

– Bem, funciona nas anexações.

– Depois de muito sangue derramado – complementei.

No gabinete da governadora, na estação Athoek, Anaander Mianaai disse:

– Você está se negando a cumprir minha ordem de esvaziar o pátio, chefe de segurança?

– Eu... Eu... – Um suspiro. – Eu estou, minha senhora. – Como se ela não tivesse certeza do que estava fazendo até aquele momento.

– *Espada de Gurat* – chamou Anaander, e estendeu uma das mãos com a luva preta. A ancilar apareceu na filmagem e entregou uma arma a Anaander.

Na *Misericórdia de Kalr*, Tisarwat saltou da cama e gritou "não!", mas seu protesto foi inútil. Tudo isso já havia acontecido.

– Merda! – Seivarden, ainda ao meu lado, na minha cama, tigela de chá na mão. – A segurança da estação não é militar!

E enquanto isso, na estação Athoek, no gabinete da governadora Giarod, Anaander apontou a arma e atirou, à queima-roupa, antes que a nova chefe de segurança pudesse sequer abrir a boca para reclamar ou se retratar. Ela caiu ao chão, e Anaander disparou mais uma vez.

– Estamos sendo atacadas por alguém de dentro do nosso meio – disse Anaander para o silêncio horrorizado que se seguiu. – Eu *não vou* permitir que minha inimiga destrua o que construí. *Espada de Gurat*, transmita minhas ordens para as pessoas que estão no pátio. Não acho que elas terão problemas em seguir ordens dadas por uma ancilar.

– Minha senhora – respondeu a *Espada de Gurat*, de pé atrás de Anaander, com sua postura de ancilar. Ela não se moveu. Claro. Ela não precisava sair do gabinete para cumprir a ordem de Anaander, era só enviar outro segmento seu. E então, antes que Anaander pudesse falar mais uma vez, a ancilar disse: – Minha senhora, os últimos minutos dessa conversa foram transmitidos pelos canais de comunicação.

Na *Misericórdia de Kalr*, Tisarwat estava com lágrimas nos olhos, os braços de Bo Nove ao redor dela, em um estranho abraço. Ela gritou:

– Ah, Estação! – E depois: – Capitã de frota!

– Estou assistindo – respondi.

Na estação Athoek, Anaander disse bruscamente:

– Estação!

– Não consigo encerrar a transmissão, minha senhora – respondeu a Estação, do console do gabinete. – Não sei o que fazer.

– Quem fez isso? – perguntou Anaander, brusca e irritada. A governadora Giarod, a administradora Celar e sua iminência Ifian não demonstravam qualquer sinal de confusão. Todas elas, eu estava certa, ainda tentando entender os tiros, os últimos segundos, o corpo da chefe de segurança que seguia imóvel no chão. – *Quem veio com a ancilar?*

A governadora Giarod respondeu:

– Nin... ninguém em especial, minha senhora. As... as tenentes dela. – Giarod hesitou. – Apenas uma veio até a estação. A tenente Tisarwat.

– Sobrenome – demandou Anaander.

– Não... não sei, minha senhora – respondeu a governadora. A administradora Celar com certeza sabia, já que sua filha Piat era amiga de Tisarwat, mas percebi que ela não queria se comprometer revelando isso. Nem a Estação. Não que fosse fazer diferença.

Anaander considerou o silêncio e então disse:

– Nave, venha comigo.

E saiu do gabinete.

– Ela vai para a central de acesso da Estação – disse Tisarwat. Sem que isso fosse necessário. Claro que ela iria. "Por que", soou a voz de Anaander Mianaai, nos canais oficiais, "tem uma fila no pátio principal?" A Estação estava repetindo a transmissão.

Não havia motivos para me levantar da cama. Não havia nada que eu pudesse fazer.

– Ah, merda – disse Seivarden ao meu lado. – Ah, *merda*. O que a Estação acha que está fazendo? – Isso não era um pedido nosso, ou de Tisarwat. Nossa mensagem ainda não havia chegado à estação Athoek.

– Protegendo suas moradoras – respondi. – Da melhor forma que pode. Mostrando para elas que Anaander é uma ameaça.

Lembre-se de que essa é a mesma estação que desligou sua gravidade quando suas moradoras estavam em perigo.

Nessas circunstâncias, provavelmente era o melhor que a Estação podia fazer. Claro que tal fato não necessariamente, ou mesmo provavelmente, impediria que a *Espada de Gurat* atirasse nas cidadãs, mas pode ser que a Estação acreditasse que mesmo Anaander Mianaai talvez hesitasse em fazer isso se todo mundo estivesse assistindo. E todo mundo estava assistindo; aquelas transmissões oficiais não eram apenas para o sistema Athoek, mas para todas as antenas de portais. O sistema Hrad devia estar recebendo a transmissão agora, ou receberia em breve. Pelos canais oficiais aprovados, aos quais qualquer cidadã possuía acesso. Todas eram encorajadas a acessar, as vezes até não conseguiam escapar.

– Mas – protestou Seivarden – a Senhora do Radch irá até a central de acessos e vai parar tudo. – E então, compreendendo: – A Senhora do Radch não está com aquela coisa que corta as comunicações; ou ela já teria usado. O que ela irá fazer agora?

O que ela irá fazer, pensei, quando descobrir que não pode acessar a Estação? Ou melhor, descobrir que ela já acessou?

– Senhora – chamou Tisarwat, de seus aposentos. Ela estava tremendo. – Você percebeu, ninguém parecia querer falar do Jardim Inferior ou do lago. Não contaram tudo para ela, nem mesmo sua iminência Ifian. Não sei o motivo, mas, eu achava que Ifian iria contar tudo que soubesse para ela. Talvez ela não soubesse sobre Basnaaid, ou Uran. – Sua iminência Ifian com certeza sabia sobre Basnaaid e Uran. O *ela* a que Tisarwat se referia era Anaander. – E você percebeu como ela estava jovem? E aquilo... tudo aquilo. Tudo. Acho que Anaander pode ser a única aqui, senhora, ou pelo menos a mais velha. E acho que você fez mais do que alguns furos nos cascos das naves. Ela está *realmente* brava. E com medo. Não sei exatamente por quê. Não sei o que a deixaria com tanto medo.

– Descanse um pouco, tenente. – Já passava muito da hora do jantar dela. Tisarwat estava cansada, além de nervosa. – A nave vai acordar você se tivermos notícias da Estação. Agora, só podemos esperar.

A gravação foi transmitida em *loop* por duas horas, até que parou abruptamente, e três segundos depois a programação normal voltou. O programa da *Justiça de Toren*, como *Sphene* o nomeara. Mas agora, além dele, foi transmitida a notícia de um toque de recolher. Ninguém deveria sair de seus aposentos a não ser cidadãs em trabalhos essenciais (que incluía médicas, seguranças, algumas áreas da manutenção, trabalhadoras do refeitório) ou cidadãs responsáveis por pegar comida nos refeitórios, em horários estipulados. O que aconteceria se alguém saísse sem autorização ficou subentendido, mas todas haviam assistido à morte da chefe de segurança, várias vezes. Todas haviam ouvido Anaander ameaçar matar qualquer cidadã que se recusasse a sair da fila.

Tisarwat estava chateada o suficiente para sair da cama, colocar seu uniforme, suas botas e vir conversar comigo no meu quarto.

– Senhora – gritou ela, enquanto passava pela porta, e Bo Nove ajeitava sua jaqueta para que ficasse alinhada. – Não é possível! Em alguns dormitórios, as pessoas estão fazendo três, quatro turnos por cama! É impossível que todo mundo fique em casa! O que ela acha que está fazendo?

Kalr Cinco, dispondo os pratos do café da manhã, fingiu ignorar Tisarwat, mas ela estava igualmente alarmada com a transmissão.

– Tenente, volte para a cama. Pelo menos faça de conta que está descansando. Não podemos fazer nada daqui. – Ainda estávamos no sistema fantasma, a *Misericórdia de Kalr* aquecida pela estrela do sistema, pequena e alaranjada, sozinhas a não ser por *Sphene*, que não conseguíamos ver, que só falava conosco por meio de sua ancilar, a antena de comunicação de

Athoek a única coisa para quebrar o silêncio. – É possível que tenhamos notícias da Estação em breve se ela quiser ou puder falar conosco. Depois disso, decidiremos o que fazer.

Tisarwat olhou para a mesa que estava sendo posta para mais de uma pessoa.

– Você vai comer? Como você consegue comer?

– Com o tempo, descobri que não comer costuma ser uma péssima escolha – respondi. Sem alterar a voz. Era nítido que a paciência dela estava por um fio, e que estava prestes a perder a capacidade de se segurar. – E não posso deixar a tradutora sozinha. Ou, pelo amor das deusas, com *Sphene*.

– Ah, a tradutora! Eu me esqueci dela.

– Volte para a cama, tenente.

E foi o que ela fez, mas, em vez de dormir, pediu que Bo Nove trouxesse chá.

Todas a bordo estavam no limite, a não ser *Sphene*, que parecia não se importar muito com o que acontecia, e a tradutora Zeiat, que aparentemente havia dormido durante toda a transmissão. Quando a tradutora acordou, a convidei para tomar café da manhã comigo, *Sphene*, a médica e Seivarden. Ekalu ainda estava em ronda. Tisarwat estava acordada, mas eu sabia que ela não iria comer e, além disso, deveria estar dormindo.

– Adoro jogar, capitã de frota – disse a tradutora Zeiat, e tomou um gole de seu molho de peixe. – Estou terrivelmente grata por *Sphene* ter me ensinado esse jogo.

Seivarden estava surpresa, mas não se atreveu a demonstrar. A médica estava muito preocupada franzindo a testa para mim do outro lado da mesa para ter qualquer reação; ela ainda não me perdoara por sair da ala médica sem sua autorização. Também achava que eu deveria descansar mais.

– Peço desculpas, tradutora, mas acho que a maioria das radchaai se surpreenderia em saber que você não sabia jogar...

— Pela deusa, capitã de frota — respondeu a tradutora —, eu sabia jogar, é claro. Mas humanas fazem as coisas de um jeito tão estranho, sabe, que às vezes acho melhor não pensar muito sobre elas.

— Que tipos de jogos você está acostumada a jogar, tradutora? — perguntou Seivarden, e imediatamente se arrependeu, ou porque chamou a atenção da tradutora, ou porque percebeu o gênero de resposta que receberia.

— Jogos, bem, não posso dizer que a gente jogue mesmo. Não como vocês entendem. Bem, sabe, Dlique talvez jogasse. Eu acho que Dlique faria *qualquer* coisa. — A tradutora olhou para mim. — A Dlique jogou esse jogo que estou jogando?

— Não que eu saiba, tradutora.

— Ah, bom. Estou *muito* contente por não ser Dlique. — Ela olhou para a médica, que estava comendo ovos e legumes e ainda me encarava com uma expressão irritada. — Médica, eu entendo que você sinta falta da outra capitã de frota, eu também sinto, mas isso não é culpa desta aqui. E ela se parece muito com a anterior, na verdade. Ela está até se esforçando para fazer uma outra perna crescer para agradá-la.

A médica engoliu o que estava mastigando do café da manhã, aparentemente sem ver nenhuma ofensa naquela fala. Ela disse:

— Tradutora, fiquei sabendo que a primeira tradutora presger foi cultivada a partir de restos humanos.

— Eu também fiquei sabendo disso — respondeu a tradutora, sem sinais de irritação em sua voz. — Acredito até que seja verdade. Bem antes do tratado, bem antes de se pensar em tradutoras, na verdade, elas tinham, digamos, um... isso, um entendimento muito prático de como se montava um corpo humano.

— Ou como se desmembrava um — complementou a médica. Seivarden quase afastou seu prato. *Sphene* mastigava placidamente, ouvindo da mesma forma que fizera desde o princípio.

– É verdade, médica, é verdade! – concordou a tradutora Zeiat. – Mas a prioridade delas não era, bem, não eram prioridades humanas, e quando elas nos montaram, sabe, não sabiam o que seria *importante*. Ou talvez a palavra melhor seja *essencial*. De forma alguma. As primeiras tentativas deram muito errado.

– Errado como? – perguntou a médica, genuinamente curiosa.

– Peço sua máxima complacência, médica – disse Seivarden –, mas estamos *comendo*.

– Talvez vocês possam falar sobre isso depois – sugeri.

– Ah! – A tradutora Zeiat parecia mesmo surpresa. – É de novo a questão do que é próprio?

– É, sim. – Terminei de comer meus ovos. – Incidentalmente, tradutora. Você está, claro, convidada a ficar conosco o tempo que quiser, mas, já que passamos pelo portal fantasma, fiquei me perguntando se você gostaria de nos deixar antes de voltarmos a Athoek.

– Pela deusa, não, capitã de frota! Ainda não posso ir para casa. Digo, você consegue imaginar? Todo mundo dizendo "Olá, Dlique!". E "Olha, Dlique está de volta!". Seria Dlique isso, Dlique aquilo, e eu teria que dizer para elas que "não, sinto muito, mas não sou a Dlique, sou a Zeiat". E então teria de explicar o que aconteceu com Dlique e seria muito esquisito. Não, não estou pronta para encarar isso ainda. É ótimo que vocês tenham me deixado ficar. Não posso expressar quanto fico feliz com isso.

– O prazer é nosso, tradutora – respondi.

A resposta da estação Athoek chegou em quatro partes, cada uma delas nomeada inocentemente como uma transmissão de rotina verificada pelas autoridades. Tisarwat deveria estar dormindo, mas não estava. Em vez disso, sentava à mesa na sala da década. Ela não conseguira parar em seu quarto e, além disso, a sala da década era perto do banheiro; a tenente bebera muito mais chá do que deveria. Bo Nove havia acabado de servir mais uma tigela. Era impressionante como Nove fora paciente, ainda mais considerando que era o meio da noite para elas e Nove não havia dormido mais do que a tenente.

A Nave não desperdiçou nem um segundo e logo colocou a primeira parte na visão de Tisarwat, sem explicações. A tenente levantou abruptamente da cadeira, franziu as sobrancelhas e disse:

– São os horários de uma nave de transporte. Por que a Estação nos mandou isso?

Para ser mais exata, eram os horários para a nave de transporte de passageiras entre a estação Athoek e a saída dos elevadores do planeta. Com a data do dia anterior.

Eu estava saindo do banheiro em direção à sala de comando, mas em vez disso fui para a sala da década, com Cinco me seguindo.

– Próxima mensagem, Nave – pedi.

A segurança da estação ficaria a cargo de uma das tenentes da *Espada de Gurat*. Ancilares da *Espada* patrulhariam a estação junto das oficiais da segurança. Assim como ancilares da *Espada de Atagaris*.

– Não há menção alguma a nenhuma tenente da *Espada de Atagaris* – disse Seivarden, enquanto eu entrava na sala e Nove puxava uma cadeira para que eu me sentasse – ou a qualquer oficial, na verdade.

– Por que não? A *Espada de Atagaris* não pegou as cápsulas que deixamos?

– Talvez ela tenha tirado a tenente Hetnys do comando – sugeriu Tisarwat, voltando a se sentar. – Não seria absurdo, Hetnys tem sorte de ter o cérebro de meia ostra. E você deixou bem claro que quem controlasse Hetnys controlaria a *Espada de Atagaris*. – Ela soltou um "ha!". – Isso pode ser um erro.

Eu esperava que sim.

– E a próxima mensagem? – perguntei.

- Uma lista de urgências para uma reunião com... - Tisarwat hesitou.

- Com Anaander Mianaai - terminei por ela. - E claro que Fosyf Denche está nessa lista, e claro que ela quer que a Senhora do Radch corrija uma injustiça enorme cometida contra sua filha Raughd.

Tisarwat bufou, depois, franziu as sobrancelhas e disse:

- E, por último, uma lista de cidadãs que devem ser imediatamente realocadas para o planeta, para aliviar o número de moradoras na estação. Senhora, olhe os nomes.

Eu estava olhando quando disse:

- Basnaaid e Uran estão entre elas.
- A administradora Celar fez essa lista. Mas olhe o restante.
- Estou vendo.
- Quase todas são ychanas. E, claro, faz sentido, já que a maior parte das cidadãs sem residência são ychanas. E, se acontecer algum problema na estação, provavelmente elas irão levar a culpa. Tenho certeza de que a administradora Celar estava pensando em como manter todas em relativa segurança. Mas estou vendo pelo menos uma dúzia que irá achar isso uma injustiça. E duvido que qualquer uma fique feliz em estar nessa lista de saída da estação. - Ela franziu ainda mais as sobrancelhas. - Elas sairão da estação *hoje*. Isso foi *rápido*.

- Foi - concordei.

Era provável que depois de Anaander ordenar que todas ficassem dentro de casa, a administradora Celar tivesse precisado agir rapidamente para dar um jeito de a ordem funcionar. Acabei por fim sentando na cadeira que Bo Nove puxara para mim. Apoiei minhas muletas na mesa, perto de onde as peças do jogo de *Sphene* e da tradutora Zeiat estavam.

- Essa informação se relaciona com os horários da nave de transporte? - perguntei. Mas a ordem de realocação era para hoje e os horários, de ontem.

- Senhora - disse Tisarwat. Frustrada e com medo. - Você me ouviu? Elas estão realocando dezenas de moradoras do Jardim Inferior às pressas, bem na hora que soldadas armadas estão ameaçando atirar em cidadãs no pátio.

– Eu ouvi.

– Senhora! Muitas pessoas dessa lista irão se recusar a entrar na nave de transporte.

– Acho que você tem razão, tenente. Mas não há nada que possamos fazer quanto a isso. Estamos a três dias da estação Athoek. O que quer que aconteça, está acontecendo *agora*.

Sphene entrou na sala junto com a tradutora Zeiat.

– Bem, nunca fui uma criança, na verdade – disse a tradutora Zeiat. – Ou, melhor, quando eu era criança, era uma pessoa diferente. Acredito que você também. Não duvido que é por isso que nos damos tão bem. Olá, capitã de frota. Olá, tenente.

– Tradutora – disse, fazendo um leve aceno com a cabeça. Tisarwat parecia não ter notado mais ninguém na sala.

– Então a Estação quer que saibamos que a capitã Hetnys não voltou para a *Espada de Atagaris* e não deve voltar. Ela nos disse que Basnaaid e Uran estão sendo enviadas a um lugar seguro. E que Fosyf está aproveitando a oportunidade para dar a volta por cima. E que as naves de transporte estão funcionando como o esperado? Por quê?

– Ela está nos dizendo – disse Cinco, atrás de mim, pela Nave – que alguma coisa aconteceu com uma das naves de transporte. Tem uma faltando nos horários. Olhem. – Na minha visão e na de Tisarwat, os horários que a Estação enviara foram mostrados novamente, dessa vez ao lado de um antigo relatório que a Nave já possuía em arquivo. As diferenças eram notáveis, as partidas e chegadas que estavam no antigo não apareciam no novo enviado pela Estação. – São naves de transporte pequenas. Então a Estação quer que saibamos que alguma coisa aconteceu com essa nave de transporte. Ela também está dizendo que aconteceu antes de ontem. Antes que Basnaaid e Uran fossem enviadas para o planeta.

Sphene sentou-se de um lado das peças do jogo.

– A Estação está fazendo aquilo de novo? Não está dizendo o que está errado, mas mostrando que certamente alguma coisa está errada?

– Quase – respondi. – Mas dessa vez nós pedimos a informação. Ela não pode nos dizer diretamente, porque a Usurpadora está na estação.

A tradutora Zeiat sentou-se ao meu lado, de frente para o jogo. Franziu as sobrancelhas quando olhou as peças coloridas nos buracos do tabuleiro, os pedaços de cascas de ovos.

– Acho que é sua vez, *Sphene*.

– É mesmo – respondeu *Sphene*. Ela tirou as peças de um buraco e virou a mão para mostrar à tradutora. – Três verdes, uma azul, uma amarela e uma vermelha.

– Acho que são quatro verdes – retrucou a tradutora, desconfiada.

– Não, definitivamente azul.

– Huumm, está bem. – A tradutora pegou a peça vermelha da mão de *Sphene* e jogou dentro da tigela de chá velho. – Isso é quase um ovo inteiro. Vou ter que pensar com muito cuidado na minha próxima jogada.

– Temos mais cascas de ovos, se precisar, tradutora – disse Bo Nove. A tradutora dispensou com um gesto, encarou o tabuleiro enquanto *Sphene* redistribuía as peças.

– Veja a ordem para a Segurança – disse Tisarwat. – Como a frase está construída. Eu acho que a *Espada de Gurat* está ancorada na estação. Mas por que... – Ela não concluiu o pensamento.

– Porque Anaander precisa de toda as ancilares para fazer o policiamento da estação – sugeri.

– Mas ela tem mais três naves! Uma delas é um porta-tropas, não é? Ela tem centenas de... – Pude ver quando ela entendeu. – E se ela não tiver mais três naves? Senhora! – A tenente Tisarwat focou sua atenção novamente na informação da Nave. – Por que a Estação não nos falou quais naves estão no sistema? Não, *ela* não contou para a Estação quais naves estão no sistema. Ainda mais se não tiver muitas. E ela não confia na *Espada de Atagaris* nem na capitã Hetnys.

– E ela está errada? – perguntou *Sphene*. – Arrogante e lerda, as duas. – Tisarwat olhou para a ancilar, surpresa por ela estar na sala. Piscou e olhou para a tradutora.

– Ela não sabe o que aconteceu da última vez que a *Espada de Atagaris* serviu como segurança? – perguntou Tisarwat. – Não, claro que Anaander não sabe. Elas não contaram para ela por algum motivo.

Só pelo pedaço de gravação que vimos no dia anterior, sabíamos que as autoridades não tinham contado muitas coisas para Anaander Mianaai.

– Ou ela sabe e não se importa.

– É bem possível – concordou Tisarwat. – Senhora, temos de voltar!

– Temos mesmo – disse a tradutora, ainda encarando o jogo, pensando na próxima jogada. – Contaram-me que quase não temos mais molho de peixe.

– Como isso foi acontecer? – perguntou *Sphene*, tão inocentemente quanto eu sabia que era capaz.

– Por favor, senhora. – Tisarwat parecia não ter ouvido nenhuma das duas. – Não podemos deixar as coisas assim, e eu tenho uma *ideia*.

Isso chamou a atenção da tradutora. Ela desviou o olhar do jogo, olhou intensamente para Tisarwat e disse:

– Como é a sensação? Dói? – Tisarwat apenas piscou enquanto olhava para a tradutora. – Às vezes, acho que seria legal ter uma ideia, mas daí penso que é exatamente o tipo de coisa que Dlique faria. – Como Tisarwat não respondeu, a tradutora voltou a prestar atenção no jogo. Pegou uma peça amarela do tabuleiro, colocou na boca e engoliu. – Sua vez, *Sphene*.

– Essa também não era verde – respondeu *Sphene*.

– Eu sei – disse a tradutora com ar de satisfação.

– A Nave já está fazendo os cálculos para a viagem de volta a Athoek – falei para Tisarwat. – Vá até a ala médica e diga que você tomou chá demais. – Tisarwat abriu a boca para dizer algo, mas continuei falando. – Vamos levar três dias para chegar lá. Podemos esperar alguns minutos para conversar. Quando você terminar a consulta, vá até meu quarto e vamos ouvir sua ideia.

Ela queria reclamar. Queria esmurrar a mesa e gritar comigo. Quase fez isso, mas respirou fundo, duas vezes.

– Senhora – disse ela. Levantou-se, puxando a cadeira e saiu da sala. Bo Nove ajeitou a cadeira e a seguiu.

– Que pessoa animada é a tenente Tisarwat – disse a tradutora. – Uma *ideia*. Veja só!

12

– Então, qual foi sua ideia? – perguntei quando Tisarwat entrou em meu quarto.

– Bem, não é assim... – Eu estava sentada e ela parada à minha frente. Moveu-se um pouco, aparentemente desconfortável. – É uma medida desesperada. – Eu não disse nada. – A *Espada de Gurat* não é uma das naves que ela me deu acesso, mas... mas existe uma espécie de lógica interna nos acessos. E, como ela se partiu, significa que a lógica por trás de cada parte não é a mesma, e é por isso que eu não consegui achar tudo o que Anaander fez na Estação Athoek ou na *Espada de Atagaris*.

– Ou na *Misericórdia de Kalr*.

– Ou na *Misericórdia de Kalr*. Isso mesmo, senhora. – Ela não estava feliz com isso. – Mas a outra parte dela, a parte que está em Omaugh, eu... eu conheço bem. Se eu puder entrar a bordo da *Espada de Gurat*, se eu tiver tempo para conversar com Anaander, pode ser que eu consiga encontrar os acessos. – Encarei Tisarwat. Ela parecia pensar seriamente naquilo. – Eu avisei que seria uma medida desesperada.

– Você avisou mesmo.

– Então, essa é a minha ideia. Colocamos duas equipes na estação. Uma delas, a minha, irá para as docas tentar entrar na *Espada de Gurat*. E a outra encontra e mata Anaander.

– Simples assim?

– Bem, essa é a ideia geral. Deixei alguns detalhes de fora. E, claro, não levei a *Espada de Atagaris* em consideração. – Ela recuou, só um pouco. – Muitos detalhes estavam claros na minha mente quando tive a ideia. Mas, pensando agora, eles não são muito coerentes. Mesmo assim, ainda acho que a ideia geral funciona, senhora. – Ela hesitou, esperando minha reação.

– Certo. Escolha duas de suas Bos para irem com você. Elas irão passar os próximos três dias na academia e no estande de tiro, ou treinando qualquer outra coisa que você ache importante, e estarão liberadas de quaisquer outras funções. Nave.

"Capitã de frota", a *Misericórdia de Kalr* disse em meus ouvidos.

– Avise Etrepa Uma que ela vai substituir a tenente Ekalu na ronda, e peça que Ekalu e Seivarden venham até aqui. Também peça que Cinco faça chá para nossa reunião. E, Nave...

"Senhora."

– Você quer que a tenente Tisarwat faça para você o que ela fez para a Estação e a *Espada de Atagaris*?

Silêncio. Ainda que eu suspeitasse saber a resposta. E, por fim, "Na verdade, capitã de frota, quero".

Olhei para Tisarwat e disse:

– Ache um espaço na sua agenda, tenente. E você pode ir me contando os detalhes que não fazem mais tanto sentido, talvez alguma coisa no meio deles seja aproveitável.

No café da manhã seguinte, deixei *Sphene* e a médica entretendo a tradutora Zeiat, e convidei Ekalu para comer comigo.

– Está tudo bem? – perguntei depois que Cinco colocou as frutas e os peixes no jogo de jantar Bractware, serviu o chá nas tigelas de vidro cor-de-rosa e deixou o aposento seguindo a sugestão da Nave.

– Não sei o que a senhora está perguntando. – Ela pegou a tigela de chá. Bem menos desconfortável do que estivera semanas antes. Bem menos desconfortável em minha presença.

Ainda assim.

– Não estou perguntando nada específico, tenente.

– Peço sua indulgência, senhora, mas é um pouco estranho. – Ela pousou a tigela na mesa, sem tomar nenhum gole.
– Você já sabe como estou, não?

– Sei uma parte – concordei. Peguei um pedaço de peixe para que Ekalu pudesse começar a comer, caso quisesse. – Posso olhar mais, se você quiser, e eu consigo ver como você se sente em alguns momentos. Mas eu... – Coloquei meus talheres na mesa. – Estou tentando não fazer isso sempre. Ainda mais se eu achar que vai deixar a pessoa desconfortável. E... – Fiz um gesto que indicava o espaço entre nós duas. – Gostaria que você pudesse falar comigo caso precise. Caso queira.

Ela estava mortificada. E com medo.

– Eu fiz alguma coisa errada, senhora?

– Não. Pelo contrário. – Forcei mais um pedaço de peixe na boca. – Só queria tomar café da manhã com você e perguntar a sua opinião sobre algumas coisas, mas, agora, querendo saber como você está, estou só jogando conversa fora. – Tomei um gole do chá. – Não sou muito boa em conversa fiada. Sinto muito.

Ekalu se permitiu um pequeno sorriso, começava a se sentir mais aliviada, ainda que não confiasse por completo naquela sensação. Não relaxou.

– Então – continuei –, vou direto aos problemas, ok? Queria pedir sua opinião sobre Amaat Uma. Deve ser estranho – falei, ao perceber que ela tentava controlar um certo vacilo ao ouvir aquilo – ouvir o nome pelo qual você foi chamada por tanto tempo, e não é mais seu.

Ekalu fez um gesto como se aquilo não tivesse importância.

– Não entrei nessa nave como Amaat Uma. Meu número mudou, conforme as pessoas se aposentaram, saíram da nave, ou... – O que quer que ela quisesse dizer depois, não veio. Ela dispensou o pensamento com um gesto. – Mas você tem razão, senhora, é estranho. – Ela comeu um pouco de fruta. Mastigou e engoliu. – Acredito que você saiba como é.

– Sei – concordei. Esperei um pouco para ver se Ekalu iria dizer mais alguma coisa, mas pareceu que não. – Não estou pedindo nada de mais. Amaat Uma fez a ronda e cuidou da década enquanto Seivarden estava na ala médica. Acho que ela fez um ótimo trabalho, e queria que Amaat Uma começasse o treinamento para oficial. Temos os materiais necessários a bordo, você mesma os usou. Na verdade, acho que o treinamento deve ser oferecido a qualquer uma que queira. Mas estou considerando mais especificamente uma promoção para Amaat Uma. Acredito que você a conheça bem.

– Senhora, eu... – Ela estava profundamente desconfortável, se sentia até insultada. Ela queria levantar da mesa, sair da sala. Não sabia como me responder.

– Percebo que estou colocando você em uma situação delicada, se você tiver algo contra a promoção dela, e se Amaat Uma descobrir que você fez isso, já que poucos segredos permanecem secretos em uma nave... Só peço que você considere a situação em que estamos. Pense no que aconteceu quando a tenente Tisarwat estava fora e a tenente Seivarden ficou doente. Você e as líderes de década lidaram com tudo de maneira exemplar, mas vocês se sentiriam mais confortáveis se tivessem mais experiência. Não vejo impedimento em dar a todas as líderes de década o treinamento adequado para caso algo assim aconteça novamente, e acredito que por fim elas precisarão de uma promoção. Imagino que a nave precisará delas em outros trabalhos.

Silêncio da parte de Ekalu. Ela tomou mais um gole de chá. Estava pensativa, infeliz e com medo.

– Senhora – disse ela, por fim –, peço sua indulgência. Mas qual é o sentido? Digo, eu entendo por que estamos voltando para Athoek. Compreendo isso. Mas depois... No começo, tudo parecia surreal, e ainda parece, de um jeito ou de outro. Mas se a Senhora do Radch está se desfazendo... Se ela acabar, o Radch também acaba. Digo, talvez ela consiga se manter inteira de alguma forma, talvez cole os próprios pedaços. Mas peço seu perdão, senhora, por falar francamente, mas você não quer que isso aconteça, quer?

– Não quero.

– Então, qual é o sentido disso, senhora? Qual o sentido de falar em treinamento e promoções, como se tudo fosse continuar como antes?

– Qual é o sentido de qualquer coisa?

– Senhora? – Ekalu piscou, confusa, fora pega de surpresa.

– Em mil anos, tenente, nada do que você acha importante terá importância alguma. Nem mesmo você, já que terá morrido, assim como eu, e ninguém irá se importar. Talvez, bem talvez, alguém se lembre dos nossos nomes. Mas é mais provável que esses nomes sejam gravados em algum broche que irá parar no fundo de uma caixa que ninguém abre. – Ou pelo menos o nome de Ekalu. Não havia motivo para ninguém fazer um broche em minha homenagem. – E mil anos *irão* se passar, e mais mil, e mais mil, até o fim do universo. Pense em todas as mortes e tragédias, e, claro, vitórias enterradas no passado, milhões delas. Elas eram *tudo* para as pessoas que as viveram. Não são nada agora.

Ekalu engoliu em seco e disse:

– Sempre que estiver me sentindo mal, vou lembrar como a senhora sabe me animar.

Eu sorri e continuei:

– A questão é que não existe sentido. Você tem que escolher um.

– Normalmente, nós não podemos escolher nosso próprio sentido, não é? Você pôde, imagino, mas foi um caso fora da curva. E todas nessa nave só estamos seguindo o seu sentido. – Ekalu encarou o próprio prato, pensou por um momento em pegar os talheres, mas percebeu que não conseguiria comer agora.

– Não precisa ser um grande sentido. Como você disse, na maioria das vezes nem pode ser. Às vezes, não é nada além de "tenho de encontrar um jeito de colocar um pé na frente do outro, ou vou acabar morrendo aqui". Se perdermos essa partida, se morrermos em breve, então, sim, treinamentos e promoções não terão nenhum propósito. Mas quem sabe do futuro? Talvez os presságios estejam a nosso favor. E se, por fim, eu conseguir o que quero, Athoek precisará ser protegida. E irei precisar de boas oficiais.

– E quais as chances de os presságios nos favorecerem, senhora, se me permite perguntar? O plano da tenente Tisarwat... a parte que eu conheço, senhora, é... – Ela fez um gesto como se dispensasse a palavra que ia usar. – Não existe margem para erro ou imprevistos. Muitas coisas podem dar errado.

– Quando se está fazendo uma coisa assim, as probabilidades não importam. Você nem precisa pensar nisso. Precisa apenas saber como fazer a coisa que quer fazer. E então você precisa fazê-la. O que vem depois... – Fiz um gesto como se estivesse jogando os presságios. – Não é algo que possamos controlar.

– Será como Amaat quiser – disse Ekalu. Uma trivialidade religiosa. – Às vezes isso é reconfortante, pensar que o desejo de Amaat rege tudo. – Ela suspirou. – Às vezes não é.

– É verdade. Enquanto isso, vamos aproveitar nosso café da manhã. – Peguei um pedaço de peixe. – Está muito gostoso. E vamos falar sobre Amaat Uma, e quem mais você achar que pode dar uma boa oficial.

Na ala médica, depois do café da manhã, no cubículo da médica, sentei-me em uma cadeira e apoiei minhas muletas na parede.

– Você mencionou uma prótese.

– Ainda não está pronta – respondeu a médica. Ríspida. Com as sobrancelhas franzidas. Desafiando-me a questioná-la.

– Já deveria estar.

– É uma peça complicada. Ela precisa compensar o crescimento e...

– Você quer ter certeza de que eu não deixe Seivarden e as Amaats dela aqui e vá sozinha para a estação. – Estávamos no espaço de portal, levaríamos dias para chegar a Athoek.

– Como se isso fosse impedi-la... – respondeu a médica.

– Então, qual é o problema?

– A prótese é uma solução temporária. Não é feita para uso extremo e com certeza não é feita para combate. – Eu não respondi. Apenas olhei enquanto ela me encarava. – A tenente Seivarden também não deveria ir. Ela está melhor, mas não posso garantir que consiga lidar bem com a pressão. E Tisarwat...

– Mas ela, dentre toda a tripulação, sabia muito bem que não havia escolha para Tisarwat.

– A tenente Seivarden é a única pessoa além de mim com experiência de combate. Além de *Sphene*, imagino. Mas não sei se podemos confiar em *Sphene*.

A médica riu de forma sarcástica.

– Não. – E um pensamento passou por sua mente. – Senhora, acho que deve considerar algumas promoções. Amaat Uma, com certeza, e Bo Uma.

– Falei com Ekalu sobre isso. Teria falado com Seivarden, mas acho que ela está dormindo. – Virei minha atenção para ela. Seivarden estava nos primeiros estágios do que seria um sono profundo. Na minha cama. Cinco, longe de se sentir mal por perder seu espaço de trabalho, estava sentada à mesa no refeitório vazio das soldadas, cantarolando feliz enquanto remendava uma camiseta, uma tigela verde de chá próxima à sua mão. – Seivarden parece estar bem.

– Por agora. Mas as deusas nos protejam se ela não conseguir encontrar uma academia ou fazer um chá da próxima vez que ficar nervosa. Tentei convencê-la a tomar remédios, mas não é bom para ela.

– Ontem ela tentou – respondi. Havia sido a manhã no cronograma de Seivarden.

– Tentou? Bem. – Surpresa, uma leve satisfação, mas nada transparecia em seu rosto. Era raro a médica deixar isso acontecer. – Bem, vamos ver, eu acho. Agora é hora de examinar como anda sua perna. E por que, capitã de frota, não me falou antes que sua perna direita estava doendo?

– Faz mais de um ano. Estou acostumada já. E não achei que houvesse algo que você pudesse ter feito.

A médica cruzou os braços e se recostou na cadeira. Ainda com as sobrancelhas franzidas.

– Talvez não possa. Certamente, não é muito prático tentar alguma coisa agora. Mas você deveria ter me contado.

Fiz uma expressão penitente e disse:

– Sim, médica. – Ela relaxou um pouco. – Agora, sobre a prótese. Não venha me dizer que ainda não está pronta, porque eu sei que está. Ou que poderia estar, em questão de horas. E estou bem cansada de usar muletas. Sei que elas não servem para situações extremas, e mesmo que servissem, eu não teria tempo de me acostumar com elas para usar em uma luta. Nem que você a tivesse me entregado há tempos. Seivarden irá para a estação em meu lugar.

A médica suspirou.

– Você talvez se adapte mais rápido já que você é... – Ela hesitou. – Já que você é uma ancilar.

– É provável. Mas não rápido o suficiente.

E eu não queria arriscar a missão, não importa quanto eu quisesse matar Anaander Mianaai pessoalmente.

– Bem – disse a médica, ainda com a mesma expressão, como sempre, mas um pouco mais aliviada. E grata. – Vamos para a sala ao lado, então, e dar uma olhada em como a perna está ficando. Depois, como você ficou acordada a noite toda, estamos seguras no espaço de portal e você já olhou a nave toda para verificar que tudo está em ordem, pode voltar para o seu quarto e tentar dormir. Quando acordar, a prótese estará pronta.

Pensei em deitar ao lado de Seivarden. Não seria a primeira vez que dividiríamos um quarto, mas aquilo havia sido antes da *Misericórdia de Kalr*. Antes que eu tivesse qualquer ideia do que perdera, sentido tanto de mim ao meu redor. E a médica tinha razão, eu passara a noite toda acordada. Estava bastante cansada.

– Se isso for deixar você feliz, médica – respondi.

Seivarden não percebeu que eu estava ali, dormia profundamente. Mas a proximidade e o calor dela, sua respiração lenta e as informações que a Nave me passava sobre as Amaats de Seivarden dormindo juntas tornavam tudo tão confortável. A Nave me mostrou Tisarwat na sala de década e a década Bo entrando no refeitório. Rindo ao ver Kalr Cinco lá.

– A capitã de frota precisou de um pouco de privacidade com nossa tenente Amaat, não foi? – perguntou Bo Dez. – Já era tempo!

Cinco apenas sorriu e continuou a remendar a camiseta. Ekalu entrou na sala da década com o que deveria ser o seu jantar, suas Etrepas estavam terminando as últimas tarefas do dia antes de irem para o refeitório jantar. Kalr Uma estava na ronda, na sala de comando. Objetivamente, isso era contra o regulamento, mas estávamos no mais-que-nada do espaço de portal, onde nada remotamente interessante poderia acontecer, e, quanto mais experiência as líderes de década pudessem ter, melhor. A médica falava para Kalr Doze que almoçaria depois, pois estava ocupada naquele momento, e eu não queria nem imaginar o que aconteceria se minha prótese não estivesse pronta quando eu acordasse, como ela prometeu. Doze não sorriu, apesar de desejar.

Tudo estava em ordem. Dormi e acordei algumas horas depois com Bo na ronda, Tisarwat e duas de sua década treinando na academia, Ekalu e suas Etrepas se ajeitando para dormir. Amaat ainda dormia pesado. Seivarden, ao meu lado, também dormia. Cinco estava ao lado da minha cama, em silêncio, com uma tigela de vidro cor-de-rosa cheia de chá. Ela devia ter feito o chá na sala de década e trazido pelo corredor.

A Nave disse em meus ouvidos "A médica está esperando você, capitã de frota".

Duas horas depois, eu andava com minha perna temporária: nada além de um pedaço de plástico cinza, com uma articulação e algo que se assemelhava a um pé. Ela era um pouco menos responsiva do que eu gostaria, e meus primeiros passos foram instáveis e tortos.

– Sem correr – disse a médica. Mas, naquele momento, mesmo se a prótese tivesse sido feita para usos extremos, eu provavelmente não conseguiria correr. – Tenho que conferir todos os dias, porque é possível que você não sinta se tiver alguma irritação ou machucado na perna. – Por conta do corretor que estava fazendo minha própria perna crescer de volta. – Pode parecer bobagem, mas, acredite em mim, é muito melhor pegar essas coisas logo no começo.

– Sim, médica – respondi.

E fui andar pelos corredores, com Doze me seguindo, a prótese dura e barulhenta em cada passo, até que consegui andar sem tropeçar ou cair.

Encontrei *Sphene* sozinha na sala de década, sentada à mesa de frente para seu jogo com a tradutora Zeiat.

– Olá, prima – disse ela enquanto eu entrava na sala cambaleante. – Está tendo dificuldade para se acostumar com a nova perna?

– É mais difícil do que imaginei – admiti. Oficiais minhas já haviam perdido membros antes, mas elas normalmente eram enviadas para casa durante a recuperação. E, claro, se uma ancilar perdesse um membro, era mais fácil se desfazer dela e pegar uma nova. Doze puxou uma cadeira para mim, e consegui me sentar. Com bastante cuidado. – Só preciso praticar, é isso.

– Claro. – Não sabia se ela estava sendo sarcástica. – Estou à espera da tradutora Zeiat.

– Você não precisa explicar por que está na sala de década, prima. Você é nossa convidada. – Doze trouxe uma tigela de chá para mim e um dos biscoitos que estavam em uma pilha.

Trouxe o mesmo para *Sphene*. Ela olhou o chá, o biscoito e disse:

– Você não precisa fazer isso, sabia? Você pode me dar água e skel e me colocar no depósito.

– Por que eu faria isso, prima? – Mordi um pedaço do biscoito. Havia pedaços de tâmara e canela. A receita era uma das favoritas de Ekalu. – Diga, você se incomoda com o modo como a tratamos?

– Por que me incomodaria?

Fiz um gesto que indicava ambivalência e disse:

– Alguns membros de minha tripulação ficam incomodadas quando você fala de você mesma sendo uma ancilar com essa neutralidade, quando está claramente sendo tratada como uma pessoa aqui. E eu a chamo "prima", e elas não sonhariam em me tratar da forma como você se trata. Mesmo que fosse tecnicamente correto.

– E você se incomoda de ser tratada como uma pessoa? – perguntou *Sphene*.

– Não. Acho que me acostumei a ser chamada por qualquer pronome que pareça apropriado à pessoa que conversa comigo. Mas tenho de admitir que me sentiria mal se alguém da minha tripulação me tratasse como você se trata. Principalmente porque elas encaram isso como um insulto.

Sphene pegou o biscoito. Mordeu. Mastigou. Engoliu. Tomou um gole do chá e disse:

– Nunca pensara nisso até agora, prima. Mas sabe o que realmente me irrita? – Fiz um gesto para que ela continuasse, minha boca cheia. – Ouvir vocês se chamando de radchaai. Chamando isso... – Ela fez um gesto que abarcava os arredores. – De Radch.

Engoli e disse:

– Não posso condená-la por isso. Você vai me dizer onde está, prima?

– Bem aqui na sua frente, prima. – Sem expressão, como sempre, mas vi um traço de divertimento em seu rosto.

– Não pude deixar de notar que, quando estávamos no sistema fantasma e a *Misericórdia de Kalr* perguntou onde você estava, foi você que nos respondeu, de dentro da nave. Você não falou diretamente com a *Misericórdia de Kalr*. – E por isso não pudemos saber onde exatamente *Sphene* estava, ou mesmo tentar adivinhar sua localização.

Sphene sorriu e disse:

– Você pode me fazer um favor, prima? Pode me deixar ir para a estação com a tenente Seivarden?

– Por quê?

– Não vou atrapalhar, prometo. Eu só quero pegar o pescoço da Usurpadora e estrangular Anaander com minhas próprias mãos.

A guerra da qual *Sphene* fugira, três mil anos antes, havia começado não só pelo plano de Anaander de expandir a influência radchaai, mas também por conta da legitimidade de sua autoridade. Ao menos foi o que entendi, tudo acontecera milhares de anos antes do meu nascimento.

– Ou, se isso for inconveniente e demorar muito, posso atirar alegremente na cabeça dela. Contanto que ela saiba quem está atirando. Sei que é um pedido bobo, que não vai ajudar em nada, levando em conta quem ela é. Mas eu quero muito fazer isso. Tenho sonhado com isso há três mil anos – continuou ela. Não respondi. – Ah, você não confia em mim. Bem, imagino que eu também não confiaria se estivesse em seu lugar.

Nesse momento, a tradutora Zeiat entrou na sala.

– *Sphene*! Fiquei pensando e pensando, deixe-me mostrar para você! Olá, capitã de frota! Você vai gostar disso também. – Ela pegou a bandeja de biscoitos que estava no canto e colocou no meio da mesa. – Isso são biscoitos.

– São mesmo – concordou *Sphene*. A tradutora me olhou esperando uma confirmação, e fiz um gesto concordando.

– Todos eles! Todos são biscoitos! – Absolutamente encantada com a descoberta. A tradutora Zeiat tirou os biscoitos da bandeja e fez duas pilhas com eles na mesa. – Agora, esses... – disse ela, apontando a pilha levemente mais alta de biscoitos de tâmara e canela. – Esses têm fruta. E esses... – Ela apontou os outros. – Esses não têm. Viu? Eles eram a mesma coisa antes, mas agora são diferentes. E vocês podem pensar, eu mesma fiz isso, que eles são diferentes por conta da fruta. Ou da não fruta, sabe, conforme for o caso. Mas olhem isso! – A tradutora desfez as pilhas e colocou os biscoitos na mesa fora de ordem. – Agora eu faço uma linha aqui. Só imagino uma! – Ela se debruçou sobre a mesa, colocou um braço no meio dos biscoitos e empurrou uma parte para o lado. – Agora esses... – Ela apontou para um lado. – Esses são diferentes desses outros. – Ela apontou os outros. – Mas alguns deles têm fruta e alguns não. Eles eram *diferentes* antes, mas agora eles são *iguais*. E do outro lado da linha é a mesma coisa. E *agora*... – A tradutora se esticou para alcançar o tabuleiro do jogo.

– Sem trapacear, tradutora – disse *Sphene* com calma, ela parecia estar se divertindo.

– Vou colocar de volta – disse a tradutora, e colocou a peça do jogo no meio dos biscoitos. – Eles eram diferentes, vocês entenderam, não é? Que eles eram diferentes antes, mas agora são iguais?

– Acredito que a peça não seja tão gostosa quanto os biscoitos – disse *Sphene*.

– Isso é uma questão de opinião – disse a tradutora, um pouco empertigada. – Além disso, ela *é* um biscoito agora. – A tradutora franziu as sobrancelhas. – Ou os biscoitos são peças agora?

– Não acho que sejam, tradutora – respondi. – Nem um nem outro.

Com cuidado, levantei-me da cadeira.

– Ah, capitã de frota, isso é porque você não está vendo a linha imaginária. Mas é real. – Ela deu um tapa na própria testa. – A linha existe. – Ela pegou um dos biscoitos e o colocou no tabuleiro onde estivera a peça. – Viu, eu disse que ia colocar de volta.

– Acho que é minha vez – disse *Sphene*. Ela pegou o biscoito e mordeu um pedaço. – Você tem razão, tradutora, isso tem o mesmo gosto dos outros biscoitos.

– Senhora – sussurrou Kalr Doze, cuidadosamente me seguindo enquanto andávamos pelo corredor. Ela ouvira toda a conversa com um crescente sentimento de horror. – Preciso dizer, senhora, que nenhuma de nós jamais se referiu a você como não humana.

No dia seguinte, Seivarden encontrou Ekalu sozinha na sala de década.

– Desculpe, Ekalu – disse ela, fazendo uma reverência. – Não quero tomar seu tempo de descanso, mas a Nave disse que você teria um momento para conversar.

Ekalu não se levantou, mas disse:

– Sim? – Não estava nem um pouco surpresa. A Nave havia, é claro, avisado que Seivarden estava a caminho. Havia se certificado de que seria um bom momento para Ekalu.

– Queria dizer – começou Seivarden, ainda em pé, nervosa e constrangida, perto da porta. – Digo. Um tempo atrás pedi desculpas por me comportar mal com você. – Suspirou envergonhada. – Eu não entendera o que havia feito então, só queria que você parasse de ficar brava comigo. Só disse o que a Nave me falou para dizer. Estava com raiva de você, por estar brava comigo, mas a Nave me convenceu a não ser ainda mais idiota do que já fora. Mas tenho pensado bastante nisso.

Ekalu, sentada à mesa, ficou completamente imóvel, o rosto sem expressão como o de uma ancilar.

Seivarden provavelmente sabia o que aquilo significava, mas não esperou que Ekalu dissesse nada antes de continuar:

– Tenho pensado nisso, e ainda não entendo exatamente por que o que eu disse a magoou tanto. Mas eu não preciso entender. Aquilo magoou você, e quando você me comunicou isso, eu deveria ter pedido desculpas e parado de falar. E talvez devesse passar um tempo tentando entender melhor. Em vez de insistir que você moldasse o que sentia da forma que fosse melhor para mim. E eu quero pedir desculpas. E dessa vez eu estou sendo sincera.

Seivarden não podia ver a reação de Ekalu a isso, já que a tenente estava sentada imóvel. Mas a Nave podia ver. Eu podia ver.

Seivarden disse, diante do silêncio de Ekalu:

– Também quero dizer que sinto sua falta. Saudade do que tínhamos. Mas isso é tudo culpa minha.

Silêncio por cinco segundos, ainda que eu achasse que, a qualquer momento, Ekalu fosse ou falar, ou se levantar. Ou ainda, chorar.

– Além disso – continuou Seivarden –, quero dizer que você é uma ótima oficial. Você foi colocada nessa posição sem nenhuma preparação e quase sem nenhum treinamento, e eu queria ter sido tão firme e forte como você nas minhas primeiras semanas como tenente.

– Bem, você só tinha dezessete anos quando isso aconteceu – disse Ekalu.

"Tenente", disse a Nave no ouvido de Ekalu, "apenas aceite o elogio".

– Mas obrigada – disse Ekalu em voz alta.

– É uma honra servir com você – disse Seivarden. – Obrigada por me ouvir.

Seivarden fez uma reverência e foi embora.

Ekalu cruzou os braços sobre a mesa e abaixou a cabeça sobre eles.

– Ah, Nave – disse ela, a voz fraca. – Você falou para Seivarden dizer isso?

– Ajudei um pouco com os pensamentos, mas não foi minha ideia. Ela está sendo sincera.

– Então foi ideia da capitã de frota.

– Na verdade, não.

– Ela é tão bonita. Tão boa de cama. Mas é tão... – Ekalu parou de falar quando ouviu Etrepa Seis vindo pelo corredor.

Etrepa Seis olhou pela porta da sala de década e viu a tenente com a cabeça baixa na mesa. Juntou isso à saída de Seivarden. Entrou na sala e começou a fazer chá.

Sem levantar a cabeça, Ekalu disse "Se eu chamasse, ela voltaria?".

"Ah, sim", disse a Nave. "Mas, se eu fosse você, deixaria ela sofrendo mais um pouquinho."

13

Tisarwat veio me ver poucas horas depois que saímos do espaço de portal, e agora estávamos no sistema Athoek.

– Senhora – disse ela, parada na porta do meu quarto –, estou indo para a saída.

– Sim. – Levantei-me. Um pouco mais segura com a prótese do que no dia anterior. – Chá?

Cinco estava fora, mas o chá já estava pronto na garrafa do canto.

– Não, senhora. Acho que não dá tempo. Só queria... – Esperei. Por fim, ela disse: – Não sei o que queria. Não. Espere. Eu sei. Se eu não voltar, você... a família de Tisarwat. Você não irá contar para a família o que aconteceu com ela, certo?

A probabilidade de eu ter qualquer chance de contar alguma coisa para a família de Tisarwat era tão pequena que podia ser considerada nula.

– Claro que não.

Ela deu um longo suspiro, aliviada, e disse:

– Porque elas não merecem isso. Sei que parece idiotice. Eu nem conheço elas. Mas eu sei tanto sobre elas. Eu só...

– Não é idiotice. É totalmente compreensível.

– É mesmo? – Os braços dela estavam colados ao corpo, as mãos em punhos enluvados. Ela as abriu. – E se eu voltar. Se eu voltar, senhora, você autoriza a médica a mudar a cor dos meus olhos para alguma mais aceitável?

Aqueles olhos cor de lilás eram absurdos e haviam sido comprados pela antiga Tisarwat.

– Se assim desejar.

– É uma cor tão estúpida. E toda vez que vejo, me lembro dela. – Da antiga Tisarwat, eu imaginava. – Eles não são meus.

– São. Você nasceu com eles dessa cor. – A boca dela tremeu, os olhos se encheram de água. Continuei: – Mas, qualquer que seja a cor que você escolher, eles serão seus. – Isso não ajudou a conter as lágrimas. – De um jeito ou de outro, tudo vai ficar bem. Você está tomando seus remédios?

– Estou.

– Suas Bos sabem o que precisam fazer. Você sabe o que precisa fazer. Não temos nada mais além de fazer.

– Eu esqueço que você vê tudo. – Todos os sentimentos dela, as reações, como a Nave. Como a Nave podia me mostrar. – Vivo esquecendo que você consegue ver dentro de mim e, quando me lembro, eu só... – Ela se perdeu em pensamentos.

– Eu não estou olhando. Nos últimos tempos, venho tentando não fazer isso. Mas agora eu não preciso olhar. Você não é a primeira jovem tenente que eu conheço, sabia?

Ela soltou um curto e aspirado "ha!" e disse:

– Fazia tanto sentido. – Ela fungou. – Parecia obviamente a coisa certa, quando pensei nisso. Mas agora parece impossível.

– Essas coisas são assim mesmo. Você sabe disso. Tem certeza de que não quer chá?

– Tenho – respondeu ela, secando as lágrimas. – Estou indo para a saída e odeio ter que fazer xixi no traje de vácuo.

– Recomponha-se, tenente, e limpe o rosto.

Não sabia que ela era capaz de ficar com a coluna ainda mais reta, ainda mais alta, com os ombros para trás. Passou as mãos enluvadas nos olhos mais uma vez. Eu disse:

– Seivarden está vindo.

– Senhora, entendo sua relação com Seivarden. Realmente entendo. Mas ela precisa ser uma babaca condescendente?

– Provavelmente não – respondi enquanto abria a porta para Seivarden entrar. – Dispensada, tenente.

– Senhora – disse Tisarwat, e se virou para sair.

Seivarden sorriu para ela e disse:

– Pronta para ir, garota?

– Nunca – disse Tisarwat, encarando Seivarden diretamente – mais me chame de *garota*. – E saiu do quarto batendo os pés.

Seivarden levantou as sobrancelhas e disse:

– Nervosinha?

Ela estava surpresa, mas também um pouco curiosa; a missão de Tisarwat era secreta, quase todos os preparativos para ela foram feitos em segredo. Eu e a Nave sabíamos, claro, não seria possível esconder.

– Ela não gosta quando você é condescendente – respondi. Seivarden piscou, surpresa. – E ela também está nervosa.

Seivarden sorriu mais uma vez e disse:

– Achei que era isso mesmo. – Sua expressão ficou séria quando continuou: – Vim buscar a arma. – Não me movi de imediato. – Se não fosse pela sua perna, Breq, você seria a pessoa mais indicada a ir, e você não teria que emprestar a arma para ninguém.

– Já tive essa conversa. Com você. E com a Nave. – E com a médica. "Sei o que vai acontecer", ela dissera. "As coisas irão ficar intensas e você se esquecerá que a prótese não é capaz de sustentá-la. Ou você se lembrará, mas não irá se importar." Se fosse só por mim, eu teria ido mesmo assim. Mas não era mais só por mim. – Se você perder essa arma, eu provavelmente não vou viver o suficiente para perdoá-la.

Eu poderia enviar Seivarden para a estação com uma arma comum. Mas a arma das presger daria a ela uma chance melhor de matar Anaander, com ou sem armadura, seguida por ancilares ou não. Se ela falhasse, e perdesse a arma, se Anaander acabasse tomando posse da arma, as consequências seriam desastrosas.

Seivarden deu um sorriso irônico e disse:

– Eu sei.

Virei-me, abri o banco perto de mim e tirei dali a caixa com a arma. Coloquei na mesa e a abri. Seivarden esticou o braço e pegou um fragmento preto, em formato de arma, sua mão enluvada em marrom sumiu assim que entrou na caixa.

– Tenha cuidado com isso – avisei, por mais que essa fosse outra conversa que já tínhamos tido. – A tradutora Zeiat disse que ela foi feita para destruir naves radchaai. O 1,11 metro foi só uma consequência. Tenha cuidado quando usar isso.

– Você não precisa me alertar – disse ela, enquanto guardava a arma em sua jaqueta, e tirava dois pentes de bala da caixa.

– Se a *Espada de Gurat* realmente estiver na estação Athoek, você não vai querer atingir o escudo de calor.

A equipe de Seivarden seria responsável por encontrar a jovem Anaander Mianaai. Não saberíamos onde encontrar a tirana até que a Estação nos contasse, ao menos, era o que esperávamos. Eu achava que ela provavelmente estaria no palácio da governadora ou na *Espada de Gurat*.

– Entendi. – A voz de Seivarden era paciente. – Olha, Breq... Sinto muito por às vezes ser uma babaca. Sinto muito que a única tenente que sobrou para você foi uma de quem você nunca gostou muito.

– Está tudo bem – menti.

– Não, não está. Mas as coisas são assim mesmo.

Não havia argumento contra isso, então eu disse:

– Não seja boba.

Ela sorriu e disse:

– Você irá falar conosco antes de irmos? Vamos fazer a última checagem do equipamento e sair para o casco.

– Sim. – Fechei a caixa, deixei na mesa e fui andando em direção à porta. Quando passei por Seivarden, ela segurou meu braço. – Não preciso de ajuda para andar.

– É que você parecia um pouco cambaleante. – Ela estava se desculpando. Seguiu atrás de mim pelo corredor.

– É a prótese se ajustando ao crescimento. – Eu nunca sabia quando ela faria isso. Mais um motivo pelo qual eu não poderia estar em combate. – Às vezes, a adaptação dura alguns minutos.

Mas não fez mais nada, e consegui chegar na saída sem maiores incidentes, até sem mancar.

– Não vou tomar o tempo de vocês – disse, enquanto as duas Amaats de Seivarden, Tisarwat e suas duas Bos levantaram e pararam de conferir o traje de vácuo. – Acho que devo fazer um discurso motivacional, mas eu não tenho um na manga e vocês estão ocupadas. Voltem em segurança.

Queria dizer algo mais para Tisarwat e suas Bos, mas com Seivarden e as Amaats ouvindo seria perigoso dar qualquer pista da missão. Em vez disso, coloquei a mão no ombro de Tisarwat.

– Sim, senhora – disse ela. Não havia mais sinal de choro em sua voz. – Entendido, senhora.

Baixei a mão. Virei para Seivarden e suas Amaats.

– Sim, senhora – disse Seivarden. – Vamos voltar.

– Bem, deixo vocês para continuarem o que estavam fazendo – disse, e olhei mais uma vez para Tisarwat e suas Bos. – Tenho plena confiança em todas vocês.

Virei-me e deixei que terminassem de conferir os trajes.

Ekalu estava na ronda, na sala de comando. Quando entrei, ela se levantou do único assento.

– Senhora, nada a reportar.

Claro que não. Ainda estávamos no espaço de portal. A vista de fora da nave era do nada absoluto, não mudaria até chegarmos ao sistema Athoek.

– Sente-se, tenente. Não estou aqui para isso – respondi. Eu só não queria ficar sozinha no meu quarto, tomando chá. – Estou bem de pé.

– Você está bem, capitã de frota – disse Etrepa Quatro, em um dos consoles. – Mas todas nós ficaríamos mais confortáveis se você se sentasse. Peço sua generosa complacência, senhora. – Não, não Etrepa Quatro, ela nunca teria falado assim comigo, ela estava em completo pânico por falar isso, quase enjoada.

– Honestamente, Nave.

– Honestamente, capitã de frota. – Quatro estava aliviada com a minha reação. Ainda um pouco nauseada. – Vai levar um tempo até alguma coisa acontecer, você pode muito bem se sentar.

A tenente Ekalu se apoiou ao lado da cadeira.

– Estava mesmo pedindo chá.

– Estou bem de pé – repeti, enquanto me sentava.

– Sim, senhora – disse Ekalu, seu rosto sem expressão.

Duas horas depois, saímos do espaço de portal para o sistema Athoek. Por um breve momento, apenas o suficiente para que a *Misericórdia de Kalr* checasse o tráfego próximo à estação Athoek. O preto-não-preto sufocante sumiu e o Universo real apareceu: de repente, sólido e dimensional. Luz e calor e todo o resto voltou a ser real de repente, a estação Athoek brilhava à luz do Sol, o próprio planeta Athoek com um pedaço sombreado, branco e azul, e então tudo desapareceu, substituído pela monotonia do espaço de portal. Seivarden e suas Amaats, Tisarwat e suas Bos, já no casco, em trajes de vácuo, se segurando, esperando, se assustaram com a repentina luz, que sumiu tão rapidamente quanto aparecera.

– Oh – disse Amaat Duas. Algo sobre aquele breve vislumbre de realidade e o repentino retorno da estranha escuridão fizeram com que ela não conseguisse respirar direito. Era uma reação comum. – Isso foi...

– Falei que era estranho – disse Seivarden, no casco ao lado de Amaat Duas. – Sou realmente a única que já fez isso antes? – Nenhuma resposta. – Bem, sem contar a capitã de frota, claro. E a Nave. Elas com certeza fizeram.

Nós havíamos feito. Enquanto Seivarden falava, a Nave estava comparando o que acabara de ver nas proximidades da estação Athoek com o que ela sabia que deveria estar lá, com os diversos horários e permissões de viagem que havíamos recebido. Calculando onde as coisas estariam, em um futuro próximo.

– Onze minutos e três segundos – disse Etrepa Quatro, atrás de mim na sala de comando. Disse a Nave, no ouvido das soldadas que esperavam no casco. Adrenalina disparou, batimentos cardíacos aumentaram em todas elas. Seivarden riu.

– Não sabia que sentiria falta disso – disse ela. – Porém, é terrivelmente silencioso. A capitã de frota costumava cantar o tempo todo.

– Costumava? – perguntou Amaat Duas, e todas riram, uma risada curta e nervosa. Sabendo que elas teriam que se movimentar logo, para longe dos domínios da *Misericórdia de Kalr*, sem saber exatamente onde ou quando voltaríamos para buscá-las. Só Tisarwat sabia por que estávamos fazendo isso ou quanto tempo demoraria. Era ela que precisaria de tempo para trabalhar.

– Tínhamos muito mais da capitã de frota – disse Seivarden. – E ela era dona de uma voz melhor. Vozes melhores.

– Eu gosto da voz da capitã de frota – disse Bo Três. – Não gostava no começo, mas agora acho que me acostumei.

– É – concordou Tisarwat.

– Tenente – disse Amaat Quatro –, espero que você não ache que iremos cantar pelos próximos dez minutos.

– Ah, eu gosto dessa ideia – disse Seivarden. As Amaats dela e as Bos de Tisarwat chiaram. – Deveríamos ter escolhido uma música para ensaiar. Com divisões, como a capitã de frota costumava fazer. – Ela cantou: – *Estava andando, estava andando/ Quando encontrei meu amor/ Estava andando na rua/ Quando encontrei meu verdadeiro amor.* – Ou melhor, tentou cantar. O tom estava quase certo, mas as palavras não eram radchaai e fazia décadas (subjetivamente) que ela havia me ouvido cantar. As palavras que Seivarden lembrava não faziam sentido algum.

– Essa é uma das músicas da capitã de frota? – perguntou Tisarwat. – Acho que não me lembro de tê-la escutado cantando essa.

– Eu já ouvi – disse Bo Três. – Quando elas a trouxeram para dentro, sabe? No outro dia, ela estava quase morta e ainda tentando cantar.

– Parece uma coisa que ela faria – disse Seivarden. – Não acho difícil imaginar que, se ela achou que ia morrer, então escolheu uma música para a ocasião. – Dois segundos de silêncio. – Lembrem-se do que eu falei sobre os mosquetões. Não teremos muito tempo quando voltarmos.

Não queríamos ser vistas, não queríamos que ninguém na estação (a não ser a Estação) suspeitasse que soldadas da *Misericórdia de Kalr* estivessem chegando. Chegaríamos ao sistema Athoek o mais próximo possível da estação, pelo menor tempo possível, nem mesmo um segundo, e então, assim que Seivarden, Tisarwat e as soldadas saíssem, sumiríamos de novo.

– Então, assim que vocês receberem o aviso, tirem o mosquetão e pulem, como praticamos. Se vocês perderem a deixa, se o mosquetão ficar preso ou qualquer coisa assim, não tente sair correndo, só fiquem aqui. – Um coro de "Sim, senhora". – Se vocês pularem na hora errada e não forem para a estação, a Nave provavelmente não conseguirá encontrar vocês. Já vi isso acontecer.

Nos últimos dias, todas já haviam ouvido isso.

– Mas me pergunto – disse Bo Três –, se a capitã de frota escolhia as músicas antes. Sabe, caso ela ficasse em perigo, não precisaria pensar em qual música cantar.

– Não acho impossível ela fazer isso – respondeu Tisarwat.

— Dois minutos — disse a Nave, que estivera mostrando o tempo no visor delas.

Seivarden disse:

— Acho que ela tem tantas músicas, que elas acabam saindo. — Silêncio. E então: — Bem, um minuto. Segurem o mosquetão e preparem-se.

De certa forma, esse era o momento mais perigoso da missão. Para além do risco de perder o momento da saída e acabar perdida em algum lugar inimaginável e longe da nave, ou de qualquer ajuda, ainda existia o problema do cálculo da Nave em relação à saída no universo. Qualquer coisa poderia estar no lugar que ela escolheu. E essa *coisa* poderia ser uma pequena cápsula, ou um contêiner. Ainda que fosse difícil que a Nave tivesse deixado um contêiner passar em seus cálculos, era possível. Mesmo uma cápsula podia ser perigosa para uma soldada em traje de vácuo fora da nave. E sempre existia a chance de alguém ter nos avistado entrando e saindo do sistema, minutos antes, e estar esperando por nós.

— Iniciando a contagem — disse Seivarden, mesmo que os números estivessem aparecendo em seus visores. — Cinco. Quatro. Três. Dois. Um. Já! — Senti quando as seis se soltaram do casco.

Luz. As seis soldadas da *Misericórdia de Kalr* flutuavam para a estação Athoek, de repente apenas a alguns metros de distância, em direção a uma parte cheia de ventoinhas e conduítes sobre a qual ninguém pensava a não ser a equipe de manutenção da estação. Mas Bo Três havia se atrapalhado com o mosquetão e pulara, o que só retesou sua corrente. Ela se puxou de volta ao casco e tentou soltar mosquetão novamente.

— Parada! — gritei para ela. Alto. Naquele instante a estação Athoek desapareceu, o restante do universo, Seivarden, Tisarwat e as outras, sumiram. Estávamos de volta ao espaço de portal.

– Bo Três se atrapalhou com o mosquetão – disse a Nave para as Etrepas que estavam confusas na sala de comando. – Mas ela está bem, está aqui.

Nós não poderíamos saber se as outras chegaram à estação em segurança enquanto não saíssemos do espaço de portal.

Pelo menos o equipamento que elas precisavam havia sido distribuído entre as três: Tisarwat e Nove não enfrentariam dificuldades por não contarem com o material que Três carregava. "Está tudo bem, Bo", falei, em silêncio dessa vez. Ela ainda estava com a mão no mosquetão, do lado de fora da nave. Mortificada. Horrorizada. Com raiva de si mesma. "Eu mesma já me atrapalhei assim várias vezes." Era mentira. Em dois mil anos, como Esk Uma da *Justiça de Toren*, eu só havia me atrapalhado duas vezes. "E você não teria conseguido. Se eu estivesse no seu lugar, também não teria sido rápida o suficiente." Outra mentira. Tenho quase certeza de que teria sido rápida o bastante. "Volte para dentro, tire esse traje e venha tomar um chá."

– Capitã de frota – disse Bo Três. Eu achei que era só algo para concordar comigo, e Três também achara isso, mas, de alguma forma, sua fala se transformou em uma reclamação. – Ela é só uma criança, senhora!

Ela estava falando de Tisarwat.

– Nove está com ela, Bo. Nove não vai sair do lado dela. Você sabe disso. – O nível de adrenalina de Bo estava alto, o coração batia forte, pelo que havia acontecido, pela ansiedade do planejado. Da abrupta parada, a corrente esticada, minha ordem para que ela não se movesse. Da raiva que sentira de si mesma por não falhar em seguir Tisarwat. – Está tudo bem, Três. Volte para dentro.

Bo Três fechou os olhos. Respirou fundo duas vezes. Abriu os olhos e começou a se mover em direção à entrada. Virei minha atenção para a sala de comando. Para Ekalu, que ainda estava ao meu lado, segurando firme a lateral do meu assento. O rosto dela estava sem expressão por força do hábito, um legado de quando fora uma simples soldada nesta nave. Ela estava quase tão chateada quanto Bo Três, que agora entrava na nave, mas o sentimento de Ekalu não podia ter a mesma fonte. Virei minha atenção para o que ela estava vendo.

No breve momento em que estivemos na estação Athoek, a Nave coletara a maior quantidade de informações que foi possível. Os entornos de onde estávamos, os canais oficiais de informação, qualquer coisa que ela pudesse encontrar. Naquele momento, Ekalu olhava para imagens da estação Athoek. Não era algo que podíamos ver de onde estivéramos, a Nave deve ter consigo a imagem de outra forma. De onde estivéramos, não poderíamos ter visto os Jardins. Na verdade, havíamos evitado aquele lado de propósito, porque não queríamos que alguém que estivesse nos Jardins olhasse para cima e nos visse.

Mas não precisávamos ter nos preocupado com isso, não havia ninguém nos Jardins. Na semana anterior, Seivarden e suas Amaats fizeram um buraco na redoma, para que pudéssemos tirar Tisarwat, Basnaaid, Bo Nove e eu de lá antes que perdêssemos o ar. Aquele buraco fora selado, mas estava claro que precisaria de reparos maiores. Agora, parecia que o selo havia se rompido. Partido ao meio. Tudo ali dentro estava desbotado e morto. Algo devia ter atingido a redoma em seu ponto mais fraco.

Ekalu olhou para mim e perguntou:

– O que aconteceu? – Ainda horrorizada e surpresa.

– Se fosse dar um palpite, acho que uma nave de transporte bateu ali. – Ela não entendeu. – Lembra dos horários que a Estação nos enviou? Pois bem, uma nave de transporte de passageiras está faltando.

– Ah – compreendeu ela. Por um momento, pensei em me levantar para que Ekalu pudesse se sentar. – Ah, senhora. Não, senhora. A *Espada de Gurat* possuía os horários das naves de transporte, mas ela não confirmou onde elas estavam de verdade, quando abriu o portal. Ela... Se a nave de transporte estivesse no caminho que ela fez, senhora... Se ela bateu...

– Aquela nave estava meia hora atrasada. E é claro que a *Espada de Gurat* e sua capitã não poderiam saber disso. E ainda bem que pelo menos os Jardins estavam fechados. Não havia ninguém ali.

Ekalu fechou os olhos. Abriu de novo, lembrando-se, eu acho, de que ela era a pessoa responsável por esta nave, que ela precisava se controlar.

E ainda bem que eu exigira que consertassem as portas do Jardim Inferior. Era bem provável que o nível um estivesse despressurizado agora, mas seus arredores e os níveis inferiores deveriam ter sobrevivido, preservados pelo fechamento automático das portas. Do jeito que as coisas estavam, era possível que algumas funcionárias da jardinagem tivessem morrido. Não Basnaaid, porque ela estava na lista de cidadãs a serem realocadas para o planeta.

– A tripulação das naves de transporte que peguei pareciam seguir o protocolo correto – continuei. Se elas não tivessem feito isso, eu teria dito algo a suas superiores. – É possível que nem todas a bordo da nave tenham morrido.

Não era algo que alegrasse Ekalu, uma nave de transporte daquelas podia carregar mais de quinhentas pessoas. Segui falando:

– Mas agora sabemos por que ninguém disse nada à tirana sobre os Jardins, ou o Jardim Inferior. Não até que fosse absolutamente necessário. Ela chega dizendo ser a verdade soberana, toda cidadã sabe que a autoridade dela vem de sua virtude e de seu interesse sincero no bem-estar e benefício de suas cidadãs e, bem, a nave dela acidentalmente mata uma nave de transporte cheia de gente.

Teria matado muito mais se as cidadãs estivessem nos Jardins, se não fosse pela confusão que eu e minha tripulação causamos na semana anterior.

Não me admirava que Anaander estivesse nervosa em relação à fila no pátio. Não me admirava que ninguém quisesse relembrá-la da catástrofe que causara apenas por chegar na estação. Não me admirava que nada disso tivesse chegado aos canais oficiais.

– Mas por que elas não consertaram a redoma? – perguntou Ekalu. – Parece que nem começaram.

– Por conta do toque de recolher – respondi. – Só cidadãs com ocupações essenciais podem sair. Lembra?

E equipes de conserto teriam famílias com quem conversariam sobre as coisas que viram, sobre o que acontecera, e essas familiares possuíam amigas e conhecidas com quem conversariam, mesmo que só na fila do skel.

– E tem mais, capitã de frota – disse Etrepa Quatro. Disse a Nave. – Dê uma olhada no que *estão* transmitindo nos canais oficiais.

Quando saímos do sistema fantasma, os canais mostravam direto notícias sobre mim, meus crimes e de quem me ajudava. Mas a Estação, aparentemente, havia voltado a mostrar imagens de segurança para as cidadãs. Tínhamos uma amostra pequena, menos de um minuto de filmagem do pátio principal da estação. Que deveria estar vazio devido ao toque de recolher, mas, em vez disso, mostrava filas de cidadãs sentadas no chão. Talvez umas duzentas pessoas, sentadas. Muitas eram ychanas, algumas, moradoras do Jardim Inferior, algumas não. Mas também haviam algumas xhai, incluindo a hierofante dos mistérios. E também, lá, a horticultora Basnaaid. E a cidadã Uran.

E, sem dúvida, o motivo pelo qual a Estação estava mostrando a filmagem: em volta das cidadãs estavam vinte ancilares. Armaduras brilhantes, armas em punho.

Eu já vira isso antes. De repente, fui tomada pela lembrança do calor úmido. O cheiro de água do pântano, e o sangue. Percebi que havia me levantado sem me dar conta.

– Claro que elas fizeram isso. *Claro.*

As moradoras da estação não esperaram pacientemente até que a *Misericórdia de Kalr* viesse salvá-las. E a Estação com certeza ajudou-as a se encontrarem, desviando das patrulhas da Segurança, burlando o toque de recolher implementado pelas ancilares da *Espada de Gurat* a mando da tirana. Elas não teriam conseguido sem ajuda. Não essa quantidade de pessoas.

Era, claro, um protesto organizado. E a *Espada de Gurat* trouxera suas armas, e a Estação fizera a única coisa que podia para defender suas moradoras, a única coisa que havia funcionado, ou parecera funcionar, alguns dias antes: certificar-se de que todas saberiam o que estava acontecendo.

Nada disso teria aliviado a mente de uma já nervosa Anaander Mianaai. Como ela respondeu? O que estava acontecendo, agora, com aquelas pessoas? Mas não podíamos fazer nada. Não podíamos sequer saber, até que voltássemos a abrir um portal na estação Athoek.

Não saberíamos quanto tempo Seivarden ou Tisarwat levariam para cumprir (ou tentar) suas missões. *A Misericórdia de Kalr* poderia sair do espaço de portal para que recebêssemos mensagens. Mas poderíamos ser identificadas, e queríamos que todas na estação Athoek (no sistema) pensassem que havíamos desaparecido. As vidas de Seivarden, das Amaats, de Tisarwat e de Bo Nove podiam depender disso. Então, para nós, alguns dias de espaço de portal.

Não havia motivo para que eu ficasse na sala de comando, pois, de onde estava, não havia nada que eu pudesse fazer que resultasse em alguma diferença. Considerei seriamente a possibilidade de voltar ao meu quarto e dormir um pouco, mas não achei que conseguiria ficar parada por tanto tempo, sabendo que cinco pessoas da minha tripulação estavam longe, que não importava quanto esticasse minha atenção, não as alcançaria. Então, fui para a sala de década.

Os pedaços do jogo de chá notai, dourado e de vidro, estavam espalhados sobre a mesa, e *Sphene* e Kalr Cinco sentavam-se uma de frente para a outra, com uma porção de ferramentas e tipos de cola jogadas de lado. Algo parecido com a borda de uma tigela fora refeita. Quando entrei, Cinco me olhou assustada.

– Não, continue – falei. – Afinal, acha que tem salvação?

– Talvez – respondeu *Sphene*, pegando um pedaço de vidro azul e colocando perto de outro. Pensando.

– Qual era o nome dela? – perguntei. – Da capitã que era dona desse jogo de chá.

– Minask – respondeu *Sphene*. – Minask Nenkur.

Cinco levantou os olhos dos pedaços de vidro em que trabalhava e disse:

– Nenkur!

– Poucos nomes no Radch são tão antigos – disse *Sphene*. – Vocês conhecem o nome, claro, daquele lixo de entretenimento que se diz uma representação fiel da batalha de Iait II. Essa farsa de representação mostrava Arit Nenkur, a mãe de Minask. Isso... – *Sphene* fez um gesto que mostrava os pedaços de vidro azul e verde, e os pedaços dourados. – Isso foi presente da mãe dela quando a capitã Minask foi promovida.

– Quando Minask recebeu o seu comando – falei.

– Isso.

– Não me surpreende que você tenha escondido o nome.

– O que aconteceu? – perguntou Cinco.

– Uma luta, claro. – O tom de *Sphene* era um pouco sarcástico, como se Cinco tivesse feito uma pergunta boba. Se Cinco percebeu, não se incomodou. Provavelmente já estava acostumada com *Sphene*. – A capitã Minask se rendeu. Eu fiquei bem danificada. Todas morreram, menos minha capitã e uma tenente. Não podíamos mais lutar. Mas, quando a Usurpadora veio a bordo, trouxe um núcleo de IA.

– Não! – disse Cinco, horrorizada. – Não!

– Ah, sim – continuou *Sphene*. – Eu era valiosa como nave, mas não como mim mesma. Elas preferiam a própria IA, mais dócil. "Você prometeu que seríamos poupadas", disse a capitã Minask. "E você será", respondeu a Usurpadora. "Mas não é possível que você achasse que desperdiçaríamos uma nave". – Ela deixou os fragmentos que segurava sobre a mesa. – Ela foi muito corajosa. Estupidamente corajosa naquele dia. Às vezes, preferia que *ela* não tivesse lutado por mim, assim, teria vivido mais. Mas me pergunto se elas pretendiam deixá-la viver, ou se a intenção sempre fora atirar nela, e só disseram que nos pouparíam para que a capitã Minask se rendesse e eu não acabasse ainda mais danificada.

– Como você escapou? – perguntei.

Não perguntei como ela havia se livrado das soldadas da tirana. Eu conseguia pensar em várias formas que *Sphene* teria para fazer isso, todas elas bem mais simples se *Sphene* não se importasse se quem estivesse a bordo dela morresse. Foi uma estupidez atirar na capitã Minask enquanto elas ainda estavam a bordo, antes de tomarem a nave.

– Era um campo de batalha – respondeu *Sphene*. – Naves criavam portais para ir e vir o tempo todo. E meus motores ainda funcionavam, eu só não conseguia criar um portal próprio. Mas pensei que talvez eu pudesse ficar no espaço de portal, se conseguisse chegar lá. Fui me movendo, e pela graça da Deusa um portal se abriu perto de mim. Espero que eu tenha conseguido estragar completamente a nave que saiu dele. Eu entrei. Não havia como calcular minha rota, claro, e tive pouco controle de onde sairia.

– E você acabou aqui – completei.

– E eu acabei aqui – concordou *Sphene*. – Podia ter acabado em um lugar bem pior. Tenho certeza de que algumas de minhas companheiras o fizeram.

Silêncio. Kalr Cinco se levantou, foi até o balcão onde uma garrafa de chá estava preparada, serviu uma tigela.

Trouxe para *Sphene*, deixou perto de seu cotovelo direito. Sentou-se novamente. *Sphene* encarou o chá por um momento. Pegou e bebeu. Voltou a pousar a tigela na mesa. Pegou outros dois pedaços azuis, examinando-os.

– Capitã de frota! – A tradutora Zeiat entrou na sala. Olhou a mesa. – Ah! Nosso jogo está diferente hoje!

– Ele ainda está guardado, tradutora – disse *Sphene*. – Isso é um jogo de chá.

– Ah! – Sem se importar com aquilo, ela se virou para mim. – Capitã de frota, espero que tenha molho de peixe no lugar aonde estamos indo.

– Tradutora, preciso confessar que, por mais que eu queira satisfazer seu desejo, agora estamos em guerra. Uma força inimiga está com o controle da estação Athoek, e, até que isso mude, receio que não conseguiremos mais molho de peixe.

– Bem, capitã de frota, preciso dizer que essa guerra de vocês é muito inconveniente.

– É mesmo. Tradutora, posso fazer uma pergunta?

– Claro, capitã de frota! – Ela sentou-se ao lado de *Sphene*.

– Isso não é de comer – disse *Sphene*.

A tradutora Zeiat fez beicinho, depois olhou para mim e disse:

– O que você quer saber?

– Tradutora, os rumores... – Repensei minha frase. – Várias pessoas acreditam que as presger se infiltraram na Senhora do Radch. Que estão controlando partes dela, para conseguir destruir o Radch. Ou destruir a humanidade.

– Ah, pela deusa, não, capitã de frota. Não. Isso não seria nada divertido. Primeiro, tal ação quebraria o tratado. – Ela franziu as sobrancelhas. – Espere! Então, se eu entendi bem... Infelizmente não existem garantias de que eu tenha entendido bem... Vocês acham que o tratado pode ter sido quebrado?

– Não, eu não acho. Mas algumas pessoas acham. Gostaria de tomar um chá? – Cinco começou a se levantar, mas eu a impedi com uma mão no ombro. – Não precisa, eu mesma pego, já está pronto.

A tradutora Zeiat suspirou e disse:

– Acho que sim, já que não tem mais molho de peixe.

Coloquei o chá em uma tigela e entreguei à tradutora, depois me sentei à frente dela e ao lado de Kalr Cinco.

– Então, eu estaria certa se dissesse que as presger não... interferiram de maneira alguma com Anaander Mianaai?

– Não! Pela deusa – respondeu a tradutora. – Primeiro, não teria graça nenhuma. E não teria graça exatamente pelo que você disse, "interferiram de maneira alguma com Anaander Mianaai", isso não faria nenhum sentido para elas. Não tenho ideia de como traduziria isso, se fosse preciso. Eu mesma não sei se entendi bem. Além disso, se existisse alguma intenção de quebrar o tratado, qualquer desejo verdadeiro de destruir o Radch, ou as humanas de modo geral... viu? *Eu* sei que as duas não são a mesma coisa, mas *elas* não sabem. Como eu estava dizendo, se elas quisessem destruir o Radch, não considerando o tratado, fariam isso da forma mais divertida e satisfatória possível. E imagino que eu não precise contar para você algumas das coisas que elas acham divertidas e satisfatórias, não é? Ou pelo menos como elas tendem a deixar as humanas?

– Não precisa, tradutora.

– E, mesmo que eu tenha dito "não considerando o tratado", a verdade é que o tratado ainda é uma questão. Não, elas não irão quebrar o tratado. Para ser bem sincera, estou mais preocupada com a possibilidade de as humanas o quebrarem.

– Com licença, prima – disse *Sphene*. Ela e Cinco estavam juntando os pedaços, montando tudo no meio da mesa. – Aquele pedaço ali, vê onde ele se encaixa. Ali do lado daquele detalhe?

Peguei um pequeno pincel e um minúsculo pedaço de adesivo. Passei o pincel no local indicado e coloquei o pedaço ali, encaixando.

– É melhor parar agora – pedi –, deixar o adesivo descansar e colar mais coisas depois. – Levantei, peguei um pano do armário embaixo do balcão e o enrolei. Com cuidado, *Sphene* e Cinco colocaram o bule de chá que estavam montando sobre o tecido, e o deixamos na mesa. – Isso seria mais fácil se tivéssemos as ferramentas corretas.

– Essa é a frase que eu mais disse nos últimos três mil anos – bufou *Sphene*. – Falando nisso, quando a tenente Seivarden falhar na missão de matar a Usurpadora, você vai me deixar tentar?

– Pensarei a respeito.

– Acho que não posso pedir mais que isso, prima.

14

Como estávamos no espaço de portal, não poderíamos receber nenhuma notícia de Seivarden, Tisarwat, Amaat Duas, Amaat Quatro ou Bo Nove. E não havia nenhuma garantia de que elas poderiam se comunicar conosco quando retornássemos. Por isso, cada uma delas levou um pequeno aparelho que seria colocado do lado de fora do casco da estação e arquivaria as informações para que as buscássemos. O problema era que nem sempre esses aparelhos funcionavam bem. O problema também era que alguém poderia encontrá-los antes de nós.

Foi isso o que aconteceu enquanto a *Misericórdia de Kalr* estava zanzando pelo universo:

Seivarden e suas duas Amaats entraram com cuidado por uma porta suja, armadas e com as armaduras ativadas. Os seus trajes de vácuo haviam sido deixados na portinhola pela qual entraram. A Estação havia deixado que elas entrassem, e agora até exibia um mapa em frente a seus olhos, mesmo elas já tendo estudado tudo segundo os layouts que conseguimos reunir. Os diagramas e as poucas palavras que trocaram indicavam que elas estavam na residência da governadora. Seivarden e suas duas Amaats viram os canais de notícia. Perceberam que algumas pessoas que conheciam estavam entre as cidadãs no pátio, viram as ancilares com armas em punho. Enquanto andavam, Amaat Duas disse baixinho:

– Você acha que a tenente Ti...

– Silêncio – cortou Seivarden. Todas na *Misericórdia de Kalr* sabiam da quedinha que Tisarwat tinha por Basnaaid.

Quatro disse, suavemente:

– A capitã de frota e a tenente Tisarwat pareciam próximas ultimamente.

– Não me surpreende – respondeu Seivarden. Nervosa. Ansiosa. Sabendo que agora não era o momento de demonstrar nada disso. – Acho que a capitã de frota sempre teve uma queda por jovens tenentes desafortunadas.

– Não consigo imaginar você como desafortunada, senhora – disse Quatro, ainda delicada.

– Nunca deixei transparecer – disse Seivarden. E fiquei surpresa em ver que ela reconhecia pelo menos uma fonte de sua ansiedade, e não fingia que não era nada. Talvez porque ainda estava aproveitando a familiaridade da situação, a adrenalina pungente antes do tiroteio. – E a *Justiça de Toren* nunca gostou muito de mim.

– Hum – disse Quatro. Realmente surpresa. Tentando não pensar no que viria a seguir.

– Nossa tenente Bo não é tão desafortunada quanto parecia no começo – disse Duas.

– Não mesmo – concordou Seivarden. – Ela vai se sair bem. – Ela não estava certa disso, e nem um pouco feliz, sem saber o que Tisarwat e Nove iriam fazer. – Agora façam silêncio.

– Sim, senhora – responderam Duas e Quatro.

Tisarwat e Bo Nove andavam no casco da nave. Sem dizer nada. Os canais de notícia apareciam em suas mentes, as fileiras de cidadãs sentadas. As soldadas com armaduras e armas. As cidadãs sentadas em silêncio, as soldadas de pé com as armas em punho.

– Desligue, senhora – disse Nove para Tisarwat. – Não irá ajudar em nada assistir, e você não conseguirá prestar atenção por onde está andando se continuar vendo isso.

— Você tem razão — respondeu Tisarwat, cortando a transmissão.

Vinte minutos depois, indo de pedaço em pedaço do casco da estação Athoek, com dificuldade e cuidado, Tisarwat disse:

— Acho que vou vomitar.

— Você não pode vomitar no capacete, senhora. — Nove quase conseguiu evitar que o terror que sentia transparecesse. — Isso não seria nada bom.

— Eu sei! — Tisarwat parou, não foi para o próximo pedaço de casco. Respirou rápido algumas vezes. — Eu sei, mas não consigo segurar.

— Você tomou o remédio para enjoo, eu vi. — E depois: — Não pare, senhora. Temos de seguir em frente, só isso. E aquele é o motivo pelo qual precisamos seguir e fazer o que planejamos. — Ela se referia, eu tinha certeza, ao que estava acontecendo no pátio. — E se a capitã de frota estivesse aqui agora, ela olharia feio para você.

Mais duas respirações rápidas. Depois, baixinho:

— *Ha*! Pelo menos estaríamos ouvindo música. — Tisarwat engoliu em seco. Respirou mais uma vez. Tomou impulso para o próximo passo.

— Se você pode chamar aquilo de música. — Aliviada, ou pelo menos o máximo que seria possível dada as circunstâncias, Nove a seguiu. — Concordo com você, senhora, sobre se acostumar com a voz dela, mas algumas músicas que canta são... estranhas.

— *Meu coração é um peixe*. — A voz de Tisarwat estava fraca e aspirada. Ela puxou o ar. — *Escondido na grama úmida*. — Mais uma vez. — *No espaço verde*.

— Bem, essa até é aceitável — disse Nove. — Ainda que desperte alguma coisa feroz em mim.

A *Espada de Gurat* estava estacionada ao final das docas, com os lugares ao seu lado vagos, não só por conta do tamanho da nave. Não havia nenhum dano visível causado pela batida com a nave de transporte, mas é claro que não haveria. Era provável que aquilo não houvesse causado nada mais do que alguns arranhões leves na *Espada de Gurat*.

– Bem – disse Tisarwat, tomando fôlego, o enjoo voltara. Exausta e dolorida do percurso de horas no casco da estação. – Vamos lá. – E ela e Nove começaram a se mover em direção à nave.

Até aquele momento, Tisarwat esperava que a Estação não informasse a ninguém que ela e Nove estavam ali. Mas, agora que estavam de frente a *Espada de Gurat*, aquilo não seria o suficiente para protegê-las. Era só uma questão de tempo, e não muito se a *Espada* estivesse prestando atenção, para que fossem descobertas. Ainda assim, Tisarwat e Nove se moviam devagar. Com cuidado. Selecionando com muita precaução um espaço no casco da *Espada de Gurat*, se prendendo, e abrindo um frasco que haviam trazido com elas. Nove pegou um explosivo. Entregou a Tisarwat que, devagar e delicadamente o afixou no casco da nave.

Nesse momento, Seivarden e as duas Amaats chegaram ao pequeno e mal iluminado corredor de acesso atrás da residência da governadora. Era possível que tivesse sido usado por empregadas no passado, mas não era ocupado há anos, o chão empoeirado e sem pegadas. Esse não era o corredor pelo qual a governadora Giarod havia trazido a tradutora Dlique.

A Estação não falara uma palavra com Seivarden ou as Amaats. Havia mostrado informações (mapas e instruções de direção, na maioria dos casos) e destrancado portas para elas. Agora, tinha as levado até essa porta trancada nesse corredor empoeirado e mostrado que do outro lado se encontrava o gabinete da governadora. As cortinas de seda verde e bege estavam completamente fechadas, cobrindo a janela que dava para o pátio e também, por sorte, a porta de Seivarden e das Amaats. O escritório estava vazio a não ser por algumas cadeiras e pela mesa. Ao lado da mesa, uma pilha de cerca de um metro e meio do que pareciam ser cápsulas de suspensão, mas provavelmente eram outra coisa. A pilha era composta por três objetivos, e Seivarden não conseguia parar de olhá-los. As palavras "Voltando, com duas ancilares da *Espada de Atagaris*, aproximadamente oito minutos" piscaram na visão de Seivarden. "Mais duas ancilares da *Espada de Atagaris* fora da porta principal agora."

Seivarden murmurou:

– Estação, o que são esses objetos?

"Não sei do que você está falando", apareceu como resposta em sua visão.

– Essas... primeiro pensei que fossem cápsulas de suspensão. Mas não é isso, não é?

"Realmente não sei do que você está falando. Aproximadamente seis minutos."

Seivarden sabia o suficiente para entender a resposta da Estação e disse:

– Ah, merda.

Amaat Duas, atrás ela, vendo a mesma coisa, mas não chegando à mesma conclusão, perguntou:

– O que são essas coisas?

– Essas porras são núcleos de IA – respondeu Seivarden. – E a Estação não pode falar sobre eles.

Duas e Quatro olharam para ela, confusas. "Aproximadamente cinco minutos", disse a Estação.

– Certo – respondeu Seivarden.

Não havia tempo para se preocupar com os núcleos de IA. Não havia tempo para ter medo, quando três humanas teriam que enfrentar quatro ancilares em cinco minutos. Seivarden estava com a arma presger e, afinal de contas, só havia uma condição que precisava ser alcançada, uma coisa verdadeiramente necessária. E elas tinham se planejado: Seivarden e suas Amaats esperavam que Anaander tivesse se apossado do gabinete da governadora, esperavam por essa oportunidade.

– Hora de agir.

Seivarden pegou a maçaneta para abertura manual da porta, e ela se abriu, tão pesada que quase não se movia com a corrente de ar. As duas Amaats entraram no escritório depois dela.

Duas dezenas de explosivos haviam sido colocadas no pacote que Tisarwat e Bo Nove traziam. Tisarwat conseguira afixar três antes que meia dúzia de ancilares da *Espada de Gurat* saíssem em busca delas.

Tisarwat e Nove se renderam de imediato, entraram na nave sem oferecer resistência e ficaram em silêncio enquanto a *Espada de Gurat* tirava seus trajes de vácuo, suas roupas de baixo e vasculhavam tudo. Nenhuma delas, claro, carregava nada perigoso ou suspeito. Com exceção do pacote de explosivos. As ancilares prenderam as mãos de Tisarwat e Nove pelas costas, e as empurraram para que se ajoelhassem no chão do corredor. Nove estava assustada, mas permanecia estóica, Tisarwat hiperventilava um pouco e não registrava o entorno. Muito nervosa. E também um pouco aliviada. Antecipação a consumia.

A capitã da *Espada de Gurat* chegou. Olhou Tisarwat e Nove. Examinou os explosivos que suas ancilares mostraram. Encarou Tisarwat e disse:

– Em nome de tudo que pode ser benéfico, o que vocês estavam tentando fazer? – Tisarwat não disse nada, mas sua respiração piorou. – Esses explosivos não estão nem armados!

Tisarwat fechou os olhos e disse:

– Ah, pelo amor de Amaat, só atire logo em mim! Por favor, eu imploro. Eu nem devia estar aqui. – A respiração descontrolada e engasgando em cada palavra dita. – Eu deveria estar na administração e não em uma nave. Mas eu tenho de fazer o que ela manda, ela é a capitã. Tenho que fazer o que ela manda, ou Amaat me mata. – Lágrimas caiam. Ela abriu os ridículos olhos cor de lilás, tentando fazer a capitã sentir pena dela. – Mas eu não aguento mais, não consegui fazer o que ela mandou, *atire logo em mim*!

– Bem – disse a capitã. – Uma soldada de escritório. Isso explica tudo.

A expressão de Nove continuou impassiva durante todo o discurso, mas agora ela demonstrava sinais de ansiedade.

– Por favor, senhora, imploro a indulgência da capitã, as últimas semanas foram horríveis, e ela é só uma criança.

– E não uma muito esperta – respondeu a capitã. – Nem muito centrada. Nave, leve essas duas para a ala médica.

A *Espada de Gurat* pegou os braços de Tisarwat para levantá-la. Tisarwat gritou e a capitã disse com uma careta de nojo:

– Pelas tetas de Aatr! Ela mijou nas calças! – E se Tisarwat não mudasse a respiração, desmaiaria em meio minuto. – Pelo menos *tente* parecer uma humana civilizada, tenente! Pelas deusas grandes e pequenas! Nem mesmo uma soldada de escritório agiria assim.

– S... S... Senhora – arquejava Tisarwat. – P... Por favor, não me faça voltar para lá. Não posso voltar para a *Misericórdia de Kalr*, prefiro morrer.

– Você não irá voltar para lá, tenente. Nave. – Ela falava isso para as ancilares. – Leve a tenente...

– T... Tisarwat.

– Levem a tenente Tisarwat para tomar um banho e se limpar. Arrumem roupas limpas para ela antes de irem para a ala médica. E já levem essa outra para a ala médica. E desconectem as duas da *Misericórdia de Kalr*. – Depois de pensar um pouco, disse: – E, *Misericórdia de Kalr*, se você estiver vendo isso, espero que esteja orgulhosa.

Duas ancilares levantaram Tisarwat e, meio se arrastando, meio andando, levaram-na pelo corredor.

– Nove! – gritou Tisarwat.

– Está tudo bem, tenente – disse uma ancilar. – Ela só está indo para a ala médica.

Uma Tisarwat em lágrimas abriu a boca para dizer algo, mas apenas chorou. Caindo nos braços da Gurat Onze, agarrou o uniforme dela e chorou copiosamente.

Eram lágrimas sinceras. A *Espada de Gurat* dificilmente seria enganada por um choro falso. E o grito preocupado de Nove para Tisarwat também transmitira sinceridade.

– Vocês irão se ver em breve – disse Gurat Onze, talvez um pouquinho mais gentil, enquanto levava Tisarwat para o banho, onde ficariam a sós. Que era o objetivo da cena toda, claro.

E Nove foi logo levada para a ala médica. O próximo passo seria decisivo: o plano todo dependia da premisssa de que a *Espada de Gurat* não dispunha de uma pessoa a bordo capaz de conduzir um interrogatório. Uma justiça com certeza teria, mas tais pessoas eram mais raras em espadas. Se a *Espada de Gurat* tivesse uma, ela daria os remédios para Nove e o jogo teria acabado antes de começar.

Quase ao mesmo tempo que Nove entrou na ala médica da *Espada de Gurat*, o arquivo dela foi interrompido e, não muito depois, o da tenente Tisarwat.

Enquanto isso, na estação Athoek, Anaander Mianaai entrou no gabinete da governadora. Duas ancilares da *Espada de Atagaris* atrás dela, e logo em seguida a governadora Giarod e sua iminência Ifian.

– Minha senhora – dizia Ifian –, com sua clemência, peço licença para informar... lembrar minha senhora de que a administradora Celar tem uma popularidade bem alta. Se ela for... for dispensada do cargo, o ato será muito malvisto, e não apenas por aqueles que costumam criar problemas na estação.

Aquela versão jovem de Anaander não respondeu, mas sentou-se à escrivaninha. As duas ancilares se colocaram de frente para ela, enquanto a governadora Giarod e sua iminência Ifian mantinham alguma distância.

– E você, iminência, não tem influência sobre as moradoras da estação?

A iminência abriu a boca, e por um momento pensei que ela pudesse admitir que, há pouco tempo, ela mesma fizera um protesto sentada no pátio; portanto, não poderia condenar o que as cidadãs faziam agora. Mas fechou a boca novamente.

– Pensei, minha senhora, que tinha alguma influência. Se minha senhora quiser, tentarei falar com elas.

– *Tentar*? – perguntou Anaander, com óbvio desprezo.

A governadora Giarod disse:

– Minha senhora, elas não estão fazendo mal algum onde estão. Talvez pudéssemos só... deixar que fiquem sentadas.

– Não estão fazendo mal algum *por enquanto*. – A voz da tirana era ácida. – Vocês não deixaram a ancilar entrar na estação e subverter tudo? Criar agitação entre as revoltosas? Subornar a IA?

– Nós... perguntamos a... ancilar, senhora – insistiu a governadora Giarod. – Mas ela sempre dava boas respostas, e os acontecimentos pareciam se alinhar com o que ela falava. E a governadora recebera ordens diretas suas, minha senhora. E também seu sobrenome. – Atrás da mesa, Anaander Mianaai não respondeu. Não se mexeu. – Minha senhora, talvez pudéssemos... talvez pudéssemos usar os mesmos métodos da cap... da ancilar. Tirar as soldadas da área e deixar que as pessoas se sentem no pátio, se quiserem. Contanto que mantenham a paz.

– Você não entendeu – disse Anaander – a razão por trás dos métodos da ancilar? O que está acontecendo lá... – Anaander apontou para a janela, ainda coberta pelas cortinas. – É uma ameaça. É um sinal de que essa estação, e um alarmante número de residentes, está se recusando a aceitar minha autoridade. Se eu permitir que elas façam *isso*, então o que não farão depois?

– Minha senhora – continuou a governadora Giarod –, e se você pensasse nisso como uma recusa a aceitar *minha* autoridade? Você poderia dizer que *eu* ordenei o toque de recolher, as soldadas e, até mesmo, ainda que *seja* culpa de Celar, as ordens de transporte. E eu poderia abdicar do cargo, e a senhora seria responsável por restaurar a ordem.

Anaander soltou uma risada, tensa e amarga. Giarod e Ifian se encolheram.

– Fico feliz em saber, governadora, que, afinal de contas, seu cérebro não é um *completo* desperdício de material orgânico. Acredite, se eu achasse que isso ajudaria minimamente, já teria feito. E, talvez, se você não tivesse deixado uma ancilar meio louca enganá-la por um mês, ou não tivesse deixado essa ancilar *fugir*, e de alguma forma destruir *duas* das naves que eu trouxe comigo, uma delas a porra de um *porta-tropas* que seria *muito útil* agora, ou ainda se sua maldita nave de transporte de passageiras estivesse *no horário* como acontece em qualquer outro lugar do Radch, e sua estação não estivesse obviamente sob controle de uma *inimiga do Radch*, então sim, talvez isso adiantasse de alguma coisa.

Duas naves. Destruídas. Não me surpreendia que Anaander estivesse com medo. E, eu imaginava, exausta. Nervosa e frustrada, não acostumada a estar em um só corpo, desligado do palácio de Tstur. Anaander continuou:

– Não, eu preciso é tomar novamente o controle da Estação. – Ela parou. Piscou. – Tisarwat? – Olhou para a governadora Giarod e sua iminência Ifian. – Conheço esse nome. Você disse que a ancilar trouxe a tenente Tisarwat para a estação.

– Sim, minha senhora – responderam Giarod e Ifian, mais ou menos em uníssono.

– Uma tenente Tisarwat acabou de ser presa tentando colocar explosivos no casco da *Espada de Gurat*. Nenhum deles estava ativado. Ela foi capturada de imediato. E a tenente não é... – Anaander piscou ao ver algo em sua visão. – Não é exatamente a mais brilhante de todas, não é?

Foi a vez de Giarod e Ifian piscarem, tentando, imagino, conectar aquela descrição com a Tisarwat que conheciam.

Por um momento, achei que Ifian fosse dizer algo, mas ela não o fez. Ainda melhor, e mais interessante, foi que a *Espada de Atagaris* não disse nada.

– Ah, saiam daqui – disse Anaander, irritada.

A governadora Giarod e sua iminência Ifian fizeram uma reverência, profunda, e saíram o mais rápido que a educação permitia. Quando foram embora, Anaander apoiou a cabeça nos pulsos, as mãos esticadas, os cotovelos na mesa.

– Preciso dormir – disse Anaander, para ninguém em especial. Talvez para as duas ancilares da *Espada de Atagaris*. – Preciso dormir. Preciso comer. Preciso... – Ela se perdeu em pensamentos. – Por que não consigo dormir algumas horas sem que algum problema apareça? – Se ela estava falando com a *Espada de Atagaris*, não obteve resposta.

Seivarden, atrás das cortinas, ouviu isso com uma sensação repentina de que algo estava errado. Ela sabia o que estávamos fazendo ali em Athoek, havia desafiado Anaander quando estávamos no palácio de Omaugh. Mas Anaander Mianaai ainda era a única soberana do Radch que Seivarden conhecera, e nem ela nem qualquer radchaai sequer contemplara uma realidade diferente disso. Além disso, aqui estava Anaander, sozinha, cansada e frustrada. Como uma pessoa comum. Mas Seivarden sabia por experiência própria que pausar para pensar sobre isso por muito tempo poderia ser fatal. Ela deu um sinal para que suas Amaats se movessem.

Amaat Duas e Amaat Quatro, com armaduras levantadas e armas em punho, saíram de trás da cortina primeiro, uma de cada lado de onde Anaander estava sentada. Instantaneamente, cada *Espada de Atagaris* sacou a arma e se virou para atirar em uma Amaat, e mais duas ancilares entraram, armas nas mãos.

Seivarden se posicionara do lado oposto de Anaander para que, quando as ancilares estivessem distraídas, ela tivesse um bom ângulo para atirar na tirana. Mas Seivarden não era rápida como uma ancilar, e mover a cortina a atrasou. Só por uma fração de segundo, mas o suficiente para que a *Espada de Atagaris* se colocasse entre Seivarden e Anaander, quando disparou. No mesmo instante a ancilar caiu, e antes que Seivarden atirasse novamente outra ancilar avançou em sua direção, empurrando Seivarden até que ambas estivessem contra a cortina.

Atrás da cortina estava a ampla janela que dava para o pátio. Claro que ela não se quebraria facilmente, mas o impacto da *Espada de Atagaris* fora intenso. Quando Seivarden e a ancilar bateram, o vidro se soltou e caiu no pátio, seis metros abaixo. Seivarden e a *Espada de Atagaris* caíram logo em seguida.

As cidadãs que ali estavam correram apressadas, algumas gritando de susto. O vidro se estilhaçou no chão, um barulho agudo, e Seivarden bateu de costas no vidro com a *Espada de Atagaris* por cima de seu corpo, a ancilar empunhando a arma presger que roubara enquanto lutavam durante a descida.

Um barulho de tiro, mais gritos, e então, alto e desconfortável, um alarme. Linhas brilhantes em vermelho se acenderam no chão, uma a cada quatro metros.

– Violação de casco – anunciou a Estação. – Liberem todas as portas de seção imediatamente.

Ao som do alarme, todas as pessoas no pátio (incluindo a *Espada de Atagaris* e Seivarden, que não tiveram tempo de se recuperar da queda de seis metros, imediatamente e sem pensar, se afastaram (rolando, andando ou rastejando) das linhas vermelhas, e as portas de seção desceram de uma vez, destroçando o retângulo de vidro que estava em seu caminho.

Por um momento, todas no pátio ficaram em silêncio, atordoadas. E então alguém começou a choramingar.

– Quem está machucada? – perguntou Seivarden. Com os joelhos e as mãos no chão, provavelmente ainda sem entender como havia chegado ali, as costas de sua armadura ainda quentes por conta da absorção do impacto.

– Não se mexa, tenente – disse a *Espada de Atagaris*, a arma presger empunhada e direcionada a Seivarden.

– Alguém pode estar ferida – disse Seivarden, olhando para cima a fim de encarar a ancilar. Ela baixou a armadura.
– Você trouxe um kit médico dessa vez ou continua sendo uma péssima soldada? – Levantou a voz. – Alguém está ferida?

E então falou para a *Espada de Atagaris*, que ainda não havia se mexido:

– Vamos, Nave, você sabe que eu não vou para lugar algum com essas portas de seção fechadas.

– Eu tenho um kit médico – disse a ancilar.

– Eu também. Então me dê o seu. – E quando a ancilar jogou o kit no chão em frente a Seivarden: – Pelas tetas de Aatr! O que você está fazendo?

Seivarden pegou os dois kits e foi encontrar quem se machucara.

Felizmente, apenas uma pessoa parecia estar mais seriamente ferida, a perna perfurada por um pedaço do vidro. Seivarden usou o kit médico nela, e quando viu apenas hematomas e torções nas outras nove pessoas de sua seção, jogou o kit que sobrara aos pés da *Espada de Atagaris*.

– Eu sei que você precisa fazer o que a Senhora do Radch manda. – Seivarden não sabia que Tisarwat libertara a *Espada de Atagaris*, o máximo que conseguira, pelo menos. – Mas a capitã de frota não devolveu suas preciosas oficiais? Isso não conta?

– Contaria – respondeu a *Espada de Atagaris* com a voz monocórdica – se eu não tivesse levado o dia todo para descongelar minhas ancilares e ligar novamente meus motores. A *Espada de Gurat* chegou nelas antes de mim, e a Senhora do Radch decidiu que elas seriam mais úteis a ela se continuassem em suspensão.

– *Ha*! – Seivarden estava achando aquilo um pouco engraçado, mas também triste. – Não duvido. Tenho certeza de que Hetnys é melhor como uma mesa de chá do que jamais foi como capitã.

– Depois diz não entender por que não gosto de você – respondeu a *Espada de Atagaris*, pegando o kit médico sem interromper o contato visual com Seivarden.

– Desculpe. – Seivarden sentou-se no vidro. Pernas cruzadas. – Sinto muito, Nave. Não precisava ter falado isso.

– Como é? – Impassiva, mas ainda assim, eu imaginava, surpresa.

– Eu não devia... Isso não foi certo. Eu não gosto da capitã Hetnys, e você sabe disso, mas não há motivo para levantar injúrias ou insultos contra ela. Em uma situação dessas. Ainda mais para você. – Silêncio. A *Espada de Atagaris* ainda apontava a arma presger para Seivarden, sentada no chão. – Tenho de admitir, não sei por que a Senhora Mianaai não devolve sua capitã.

– Ela não confia em mim. Não foi difícil para a *Justiça de Toren* me controlar por completo. Sabendo disso, a Senhora Mianaai resolveu manter o controle: me disse que se qualquer coisa acontecer com a Senhora do Radch, todas as minhas oficiais serão mortas. Ela as guardou na *Espada de Gurat*. Por garantia, ela diz. Uma tenente da *Espada de Gurat* está momentaneamente em meu comando.

– Sinto muito – disse Seivarden. Depois, entendeu melhor e disse: – Espere, do que a Senhora Miannai tem tanto medo? Ela confia que a *Espada de Gurat* irá matar a capitã Hetnys caso alguma coisa aconteça com ela, mas não confia o suficiente para que faça sua segurança?

– Não sei nem quero saber. Mas eu não vou permitir que matem a capitã Hetnys.

– Não, claro que não vai.

Acima, no gabinete da governadora, Amaat Duas e Amaat Quatro estavam de cara no chão, ainda com as armaduras, mas sem as armas, morrendo de medo, mãos presas nas costas. Antes que a *Espada de Atagaris* as prendesse, elas haviam visto a ancilar na qual Seivarden atirara no meio da sala. Amaat Duas conseguira atirar contra Anaander uma vez, mas não viu resultado em seu tiro. As duas Amaats ouviram as portas de seção serem acionadas, fechando a sala até que a Estação cancelasse o alerta; ou até que alguém conseguisse atravessar uma das portas, o que não seria fácil.

– Você está ferida, minha senhora. – Uma voz desconhecida nos ouvidos das duas Amaats de Seivarden, mas obviamente uma ancilar. *Espada de Atagaris.*

– Não é nada. A bala passou direto pelo meu braço – disse Anaander Mianaai, a voz tensa de dor. – Como raios isso aconteceu, *Espada de Atagaris*?

– Acho, minha senhora... – começou a *Espada de Atagaris*.

– Não, deixe que *eu* fale. Você nunca viu aquela porta aberta. Nunca conseguiu abri-la mesmo quando pediu à Estação que a destrancasse. Os acessos daquele corredor estão todos trancados também. Pela Estação. Eu mesma confiei no suposto controle que possuía da Estação.

Um som de rasgo.

– Se você me deixar tirar sua jaqueta, minha senhora...

Apesar, ou até mesmo por conta, de seu medo, um começo de risada escapou dos lábios de Amaat Quatro quando reconheceu o barulho de um kit médico sendo aberto. Baixinho, Duas disse:

– Ah, *agora* você tem kits médicos.

– Existem várias formas de matar você. – A voz de outra ancilar, mais perto das duas Amaats do que a que falava com a Senhora do Radch. Bem baixinho. – Com ou sem armadura.

– Estação! – Anaander ignorou a conversa ou não ouviu. – Sem mais joguinhos. Está me ouvindo?

Três segundos de silêncio, e então a Estação disse:

"Aceitei suas ordens, até você ameaçar minhas moradoras."

Lá embaixo, no pátio, de pé em cima de um pedaço do vidro, a *Espada de Atagaris* disse, com a arma ainda apontada para Seivarden:

– Parece que a Estação parou de se esconder.

– Não era eu quem estava fazendo uma ameaça, Estação! – A voz de Anaander era de raiva e surpresa. – Eu apenas tentei manter suas moradoras em segurança. Procurando deixar tudo calmo e sob controle, depois que a ancilar causou tanta confusão. E então... – Uma pausa. Provavelmente um gesto, mas tudo que as Amaats conseguiam ver era o piso marrom com pedaços dourados. – Isso. O que você quer que eu faça? Deixe que uma horda tome o pátio?

"Não é uma horda", respondeu a Estação. "É um protesto. Cidadãs têm o direito de protestar contra a administração." Silêncio. E então ela continuou: "A capitã de frota Breq teria entendido".

– Ah! Agora, sim. Mas não é a ancilar controlando você. Não existe nenhuma chance de minha inimiga conseguir dar essa habilidade a você. Então, quem é? Ela ainda está aqui? Ela pode desobstruir a central de acessos?

"Ninguém pode desobstruir minha central de acessos. Você terá que continuar tentando."

– Seria mais fácil destruir a estação toda e construir uma nova. Na verdade, quanto mais penso no assunto, mais gosto da ideia.

"Você não fará isso. Seria mais fácil se render à capitã de frota. Não tenho nenhuma intenção de deixá-la sair dessa sala. Você será responsável por matar o único corpo seu nesse sistema. Interessante. Na verdade, quanto mais penso, mais gosto dessa ideia. Eu só preciso ligar o sistema corta-fogo no gabinete da governadora."

– Você já teria feito isso se pudesse. Talvez se fosse uma nave. Mas você não é. Não consegue matar ninguém de propósito. Eu, por outro lado, não tenho esse problema.

"Tenho certeza de que todas as cidadãs do planeta gostarão de ouvir isso. Ou até de todo o sistema."

– Ah, estamos no jornal de novo? – A voz de Anaander era amarga.

"Podemos estar, se você quiser", respondeu a Estação, calma e serena.

– Então não foi involuntário, como você disse. E não parou porque eu encontrei o acesso certo.

– Não, eu menti.

No pátio, ainda isoladas pelas portas de seção, Seivarden não estava entendendo o que a *Espada de Atagaris* dissera sobre a Estação não se esconder. Ela disse:

– Então, o que está acontecendo com aqueles núcleos de IA?

– Achei que você saberia mais que eu. Não foi por isso que veio? Não foi por isso que a *Justiça de Toren* foi direto para o Jardim Inferior assim que chegou?

– Não. Eles estavam lá? – E então um pensamento: – Era por isso que você estava... *entusiasmada* com a segurança do Jardim Inferior?

– Não.

– Bem, de quem são os núcleos? – A *Espada de Atagaris* não respondeu. – Pelas tetas de Aatr! Tem uma terceira Anaander?

– Não sei e nem quero saber.

– E o que essa Anaander vai fazer com eles? Naves? Isso levaria meses... não, anos.

– Não se a nave já estiver construída.

No gabinete da governadora, Anaander dizia:

– Então estamos em um impasse.

"Talvez não", disse a Estação. Amaat Duas e Amaat Quatro ainda de cara no chão. Ainda ouvindo. "Se eu entendi bem a capitã de frota Breq, seu problema não é comigo nem com minhas moradoras, é com você mesma. Não é problema meu. Só será problema meu se você ameaçar minhas moradoras."

– O que você está sugerindo, Estação? – Desconfiada, e com um pouco de raiva.

"Você não tem motivos para se meter nas questões desta estação. Elas serão resolvidas por mim e pela administradora Celar." Silêncio. "E a *Espada de Atagaris* e a *Espada de Gurat* não são bem-vindas aqui. Entendo que a *Espada de Gurat* precisa de reparos e suprimentos, e que as suas oficiais podem querer um descanso de vez em quando, e uma oficial também quase sempre está acompanhada de uma ancilar, mas eu não quero décadas inteiras interferindo em meus assuntos, ou ameaçando minhas moradoras."

– E o que eu ganho em troca?

"Sua vida. Você pode continuar nesse sistema. Vou liberar as décadas da *Espada de Gurat* que estão presas agora nas portas de seção. E vocês podem descansar e comprar suprimentos aqui."

– Comprar!

"Comprar. Não posso presumir que eu ou minhas moradoras receberemos qualquer coisa do palácio provincial no futuro próximo. Levando em conta as circunstâncias. E não posso deixar que você esgote todos os recursos desse sistema sem dar nada em troca. Também não posso permitir que você fique aqui me faz alvo de suas inimigas." Silêncio. "Em prova de minha boa vontade, não vou cobrar pela remoção dos corpos das cinco ancilares da *Espada de Gurat* que estavam tentando acessar minha central. Não precisa se preocupar com a oficial delas, ela estava no banheiro quando as portas de seção baixaram."

– Vejo seu ponto, Estação. Tudo bem. Podemos fazer um trato.

15

Ao entrar no gabinete da governadora, com a *Espada de Atagaris* atrás dela, a primeira coisa que Seivarden viu foram as duas Amaats de cara no chão com as mãos amarradas. As armaduras ainda funcionavam, então ela sabia que estavam vivas. Seivarden ficou aliviada, mas isso passou rápido, porque a segunda coisa que viu foi Anaander Mianaai sorrindo atrás da mesa. Sem camisa, um corretor em seu braço.

A expressão de Anaander mudou para uma sardônica surpresa:

– Seivarden Vendaai.

Era possível ouvir vozes que vinham do pátio e entravam pela janela sem vidro. Médicas falando umas com as outras, alguém chorando.

– Para você é *tenente Seivarden* – disse, conseguindo parecer mais corajosa do que se sentia. Agora que a ação havia acabado, ela estava quase desmaiando. A ancilar da *Espada de Atagaris* que estava atrás dela foi até a mesa e deixou ali a arma presger, depois se afastou.

Anaander olhou para baixo. Viu a arma se transformar no mesmo amarelo fraco da mesa. Seu rosto ficou sem expressão.

Um desespero tomou conta de Seivarden, a adrenalina e o senso de necessidade que ela havia conseguindo controlar desde que caíra da janela sumiram. Ela me conhecia bem o bastante para saber que eu não estava brincando quando disse que provavelmente não viveria tempo suficiente para perdoá-la caso ela perdesse a arma. Seivarden sabia o que isso significava, agora Anaander Mianaai era a proprietária.

Anaander pegou a arma. Passou seus dedos enluvados sobre ela, para que tomasse a cor do que quer que a tocasse. Examinou.

– Isso é muito interessante. – Seivarden não disse nada. Anaander continuou: – Pelo que sei, existem apenas vinte e quatro dessas armas, e todas estão guardadas. Na verdade, todas têm um número de identificação, mas esta... – Ela parou. – Não tem.

Ela olhou para Seivarden e perguntou:

– Onde você conseguiu?

– Vinte e cinco – disse Seivarden.

– Como?

– Vinte e cinco. Tudo em garsead é múltiplo de cinco. Cinco pecados originais, cinco ações corretas, cinco classes sociais, cinco crimes capitais. Provavelmente, cinco tipos de flatulência. – Anaander levantou uma das sobrancelhas ao ouvir isso. – Se você não foi procurar a vigésima quinta arma, a culpa é sua.

– Eu procurei. É difícil para mim acreditar que você tenha conseguido encontrar e eu, não. – Seivarden fez um gesto que indicava despreocupação, deliberadamente insolente, ainda que ela não se sentisse tão corajosa como suas ações sugeriam. – Onde você conseguiu isso?

– A capitã de frota me deu.

– Agora sim – disse Anaander. Tensa e determinada. – Quem está controlando a ancilar?

– Para você é *Justiça de Toren* – disse Seivarden, a voz calma, apesar do nervoso. – Se você não conseguir admitir a patente dela. E você tem sorte de eu não rir na sua cara quando você falou agora de alguém a estar controlando.

– Você sabe tão bem quanto eu que ancilares não podem se controlar sozinhas. Nem mesmo naves. – Anaander lançou um olhar de avaliação para Seivarden. – Bem, tenente, acho que continuaremos nossa conversa a bordo da *Espada de Gurat*.

"Ah, não." A voz da Estação saiu dos alto-falantes. "Não, Senhora Mianaai, temo que não. Talvez você não tenha entendido as consequências de nossa última conversa. Talvez eu devesse ter sido mais explícita. Se você sair daqui, não tenho como manter o nosso acordo. Não, você vai ficar bem aqui. Com algumas empregadas, se quiser, e posso até deixar que a *Espada de Atagaris* aja por você. O que é algo bem generoso da minha parte, na verdade. A residência da governadora é bem confortável, garanto, e você não tem por que ir para outro lugar. E, sobre a tenente Seivarden, preciso insistir que minha própria segurança lide com ela."

– Isso não é da sua conta, Estação – disse Anaander. – Seivarden Vendaai não é uma de suas moradoras, mas ela *é* membro do exército radchaai, e eu sou a comandante suprema.

"Ela é membro de *um* exército radchaai", disse a Estação. "Você mesma parece achar que a oficial dela, que seria a capitã de frota Breq, não está trabalhando para você, mas para uma inimiga sua. Provavelmente, essa inimiga é outra versão sua que não é problema meu. E não tenho nenhum acordo com ela para poupar qualquer militar que cause danos ou cometa crimes aqui. Temo que a segurança da estação precise levar a tenente e suas duas subordinadas para a prisão, até que possamos avaliar suas ações."

Três segundos de silêncio. *Espada de Atagaris* estava tensa e impassiva, três delas em volta da Senhora do Radch. Amaat Duas e Amaat Quatro estavam com os corpos retesados, olhos fechados, respirando com cuidado e ouvindo com atenção. Por fim, Anaander disse:

– Não me teste, Estação. Ou quem quer que a esteja instruindo.

"Você deveria fazer o mesmo, Senhora Mianaai", disse a Estação. "Não vou ceder."

Uma breve brisa antes que as portas de seção fossem baixadas novamente, na janela, nas duas portas, o som do pátio de repente desaparecendo. O ar parado.

– Se você tirar o ar dessa sala – disse Anaander –, vai matar Seivarden. E as duas subordinadas. – O final da frase mostrava um tom de zombaria.

"Elas não significam nada para mim", disse a Estação. "Elas não são minhas moradoras."

Algum tipo de expressão passou pelo rosto de Anaander. Talvez medo. Provavelmente raiva.

– Está bem, Estação. Voltaremos a esse assunto depois.

"Se você quiser", disse a Estação, sem entonação como sempre.

Seivarden e suas duas Amaats passaram seis horas em uma cela. Em algum momento, uma pessoa trouxe tigelas de skel e água para elas, mas Seivarden não conseguiu nem sequer tomar um gole. Quando a porta por fim se abriu, Amaat Duas e Amaat Quatro haviam caído em um sono leve, exausto, encostadas uma na outra e na parede.

– Tenente – chamou a oficial da segurança do corredor –, por favor, venha comigo.

Seivarden se levantou sem dizer nada. Amaat Quatro acordou e balbuciou:

– O que está acontecendo?

– Nada, Quatro, volte a dormir – respondeu Seivarden enquanto se dirigia ao corredor.

Ela foi escoltada até o escritório da chefe de segurança. Que estava, por fim, sendo ocupado pela cidadã Lusulun. Ela se levantou e sorriu quando Seivarden entrou, mesmo que o sorriso não se estendesse além de seus lábios, e fez uma reverência.

– Tenente. Seivarden, não é? A capitã de frota Breq falou de você. Sou a chefe de segurança Lusulun.

Seivarden a encarou, sem entender nada por um momento. Então fez uma reverência e disse:

– É uma honra, senhora. Tanto conhecê-la como ser mencionada pela capitã de frota.

– Sente-se, tenente. Gostaria de tomar chá?

– Prefiro ficar de pé.

– Peço desculpas... – disse Lusulun, ainda de pé, aparentemente surpresa com a resposta de Seivarden – por demorar a falar com você. As coisas estão... um pouco caóticas. A situação atual é...

Lusulun respirou fundo. Pensou um pouco em como descrever, mas pareceu não chegar a conclusão alguma.

– Bem. Estamos um pouco desorganizadas. Cheguei no escritório há uns quinze ou vinte minutos. De qualquer forma, ficou decidido que você não é responsável pelo estrago no pátio. E a ala médica gostaria de agradecer a você por ter ajudado uma cidadã ferida.

– Não precisa agradecer – disse Seivarden, quase no automático.

– Mesmo assim. Então, você e suas soldadas estão livres para ir embora. Tivemos alguma dificuldade com a questão da comida e da estadia, já que vocês não são moradoras da estação. Mas o Jardim Inferior precisa de muito trabalho, ainda mais do que quando a capitã de frota estava aqui. E alguns desses serviços precisam ser feitos em vácuo, e imagino que vocês tenham alguma experiência com isso, certo?

– Sim – disse Seivarden ao franzir as sobrancelhas. – Como?

– O nível um do Jardim Inferior sofreu danos quando o domo que cobria os Jardins foi avariado. Precisamos fazer vários reparos na área antes de estabilizar o ar novamente. Estamos presumindo que vocês tenham experiência em trabalhar no vácuo.

– Eu... tenho.

– Muito bem – disse Lusulun, percebendo o quase estupor da tenente, mas continuando a conversa. – A capitã de frota possuía uma designação de moradia, mas temo que não era algo luxuoso. Você pode utilizá-la. E espero que em breve você venha tomar chá comigo. Seria uma honra.

Seivarden a olhou com cara de boba e disse:

– Eu... obrigada. Muito obrigada, senhora.

As caixas estavam no mesmo lugar em que as havíamos deixado, fechando um corredor. Seivarden sentou-se no fundo, braços ao redor das pernas, cabeça apoiada nos joelhos, enquanto Duas e Quatro olhavam as caixas para ver o que poderiam encontrar.

– Ah! – disse Quatro, ao abrir uma delas. – Chá! Agora, sim, ficaremos bem.

Era um pacote de *Filha dos Peixes*. Minhas Kalrs sabiam que eu não me importaria com o que acontecesse com aquilo.

– Não achei nada para fazer o chá – disse Dois.

– *Ha*! – disse Quatro. – Você não acha que Kalr iria deixar qualquer jogo de louça para trás, né? Vou tentar conseguir um bule. – E então, abrindo mais uma caixa: – Oh!

Duas foi ver o que Quatro havia achado e exclamou:

– Pelas tetas de Aatr! – Ela olhou para Seivarden, que ainda estava encolhida no canto. Olhou de volta para Quatro. – Umas doze garrafas do arrack da capitã de frota. – Pelo canto do olho, ela observava Seivarden para ver se reagiria, mas nada aconteceu. – Podemos trocar uma garrafa por um jogo de chá, será fácil. E talvez mais umas coisas. A capitã de frota não se importaria. Certo?

– Não – disse Quatro. – Ela ia querer que conseguíssemos tomar chá. Não acha, senhora?

Quatro olhou para Seivarden, que não se mexeu nem disse nada. Ela se virou para Duas, tentando fingir que não estava sentindo uma tristeza profunda e angustiante por ver Seivarden tão calada. Quatro pegou uma garrafa da caixa.

– Farei isso. E vou arrumar alguma coisa para comer também. – E então, um pouco mais alto, com a voz direcionada a Seivarden: – Descanse, senhora.

Mas ela não saiu, porque uma pessoa, que nem Duas nem Quatro conheciam, começou a se aproximar. Parou ali perto. As Amaats não sabiam se poderiam ficar aliviadas por quão jovem ela era e quão bem-vestida. Ou mesmo pela familiaridade tímida com a qual ela passou pela entrada improvisada.

– Cidadãs. – Ela fez uma reverência. – Meu nome é Uran. Você é... – Ela franziu as sobrancelhas, olhando a insígnia do agora sujo e amassado uniforme da soldada. – A Amaat da *Misericórdia de Kalr*.

– Ah! Cidadã Uran! – Duas fez uma reverência com uma surpresa desconfortável. Não olhou para Seivarden, que ainda estava encostada na parede, era ela quem deveria se prontificar para lidar com tais situações socialmente desagradáveis. – Peço desculpas. Claro, aqui é sua casa, nós não pensamos nisso, as coisas têm sido... erráticas. – Percebeu quando Uran segurou o braço direito em um ângulo estranho. – Você está machucada?

– É só um pulso quebrado, cidadã. Estava voltando da ala médica e ouvi vocês. – E fez um gesto para que Duas não falasse mais nada sobre o braço. – Estou ficando na casa de algumas amigas, mas ouvi que vocês viriam para cá e vim ver se estão precisando de alguma coisa. A rad... a capitã de frota deixou algumas coisas, vários lençóis e um pouco de chá. – Duas viu quando o olhar de Uran se desviou dela para Seivarden, e depois voltou para Duas. – Não acho que tenha qualquer tipo de louça. E a horticultora Basnaaid virá aqui quando puder.

– Isso é muito gentil da parte dela – disse Duas. – E agradecemos a sua ajuda. Na verdade... – Ela olhou para Quatro, ainda segurando a garrafa de arrack. – Talvez você possa nos mostrar um lugar para trocarmos coisas. Você tem razão, não encontramos nenhuma louça e estamos precisando de um jogo de chá agora.

Duas queria se virar e olhar para Seivarden, mas se segurou. Os olhos de Uran se arregalaram ao dizer:

– Vocês irão conseguir trocar isso por muito mais do que um jogo de chá, pois é o arrack da capitã de frota! Por favor, ganho dinheiro suficiente aqui. Deixe que eu traga o que vocês precisam e... – Uran franziu a testa, tentando achar um equivalente radchaai para o delsig. – Será algo entre primas. – Recuou quando viu a expressão confusa e surpresa de Duas. – Eu me expressei mal. Radchaai não é minha língua materna.

– Você se expressou bem, cidadã – disse Duas. – E agradeço. – Ela olhou para Quatro.

– Vou ficar com a tenente – disse Quatro, e colocou a garrafa de volta na caixa.

Uma hora depois, Duas voltou com pratos, utensílios, água e comida do refeitório para as três, e o mais importante: um bule de chá e tigelas. Quando o chá ficou pronto, Quatro levou uma tigela para Seivarden, que ainda estava imóvel. Ela se agachou perto dela.

– Senhora. – Nada. Quatro gentilmente passou uma mão enluvada nos cabelos de Seivarden. – Senhora. – Permitindo que um pouco de sua tristeza e medo saíssem na voz. – Senhora, eu sei que é difícil, mas precisamos de você. – Elas não precisavam, estritamente falando. Duas e Quatro eram perfeitamente capazes de se cuidar. Mas talvez não se elas precisassem cuidar também de Seivarden. – Precisamos saber o que faremos a partir de agora.

– Não importa o fizermos agora – disse Seivarden, ainda enrolada no canto.

– Depois de tomar um pouco de chá, as coisas irão parecer mais claras, senhora – disse Quatro, com a tigela esfriando em uma das mãos.

– Chá? – Seivarden não levantou a cabeça, mas os músculos de seu pescoço e ombros se retesaram, como se ela estivesse pensando em fazer o movimento.

– Isso, senhora. E também trouxemos o café da manhã, encontramos uma boa forma de arrumar as camas e não precisamos trabalhar até amanhã de manhã. Podemos descansar pelo restante do dia, mas precisamos de você, senhora, precisamos que se levante e tome um pouco de chá.

Seivarden levantou a cabeça, viu Quatro agachada a seu lado, tigela de chá na mão, o rosto quase impassivo. Era provável que só alguém que conhecesse bem Quatro percebesse que ela estava segurando o choro, e por pouco ele não ocorreu. Tanto Duas quanto Quatro nunca haviam estado tão próximas da morte como há poucas horas. Elas não conseguiram completar sua missão e sabiam como aquilo era fundamental. Mesmo os minutos seguintes pareciam incertos, cheios de armadilhas. Seivarden, aparentemente sem perceber nada disso, perguntou impressionada:

– Você precisa que eu beba chá?

– Sim, senhora – respondeu Quatro, ainda não se permitindo sentir alívio.

– Sim, senhora – concordou Duas, enquanto puxava cobertores de uma caixa. – Precisamos que faça exatamente isso.

Seivarden piscou. Soltou o ar rápido. Descruzou os braços das pernas, pegou o chá oferecido por Amaat Duas e o bebeu.

O "trabalho" consistia em vestir o traje de vácuo e passar por uma portinhola construída às pressas para acessar o Jardim Inferior, agora sem ar. Nem Seivarden nem as Amaats eram qualificadas para encontrar danos estruturais, mas elas podiam colocar remendos onde a supervisora mandasse, ou carregar coisas. Não era um trabalho lá muito interessante, mas era desgastante o suficiente para tirar a cabeça delas de problemas que não poderiam resolver.

Ou pelo menos Seivarden havia imaginado que seria. No segundo dia, outra cidadã com traje de vácuo chegou encostou o capacete contra o de Seivarden e disse, em tom provocador:

– Dia difícil, é?

A pergunta parecia inocente, mas, ao ouvi-la, Seivarden sentiu uma grande onda de desejo. Seguida por uma de vergonha e nauseante arrependimento. Ela poderia dizer dezenas de coisas como "Não muito" ou mesmo um "Vá embora". Mas ela disse:

– Eu tenho um desvio.

– Ah – disse a cidadã, sem parecer surpresa. – Vai custar um pouco mais, então. Mas, sabe, eu sei que você sabe, sabe como um pouco de desapego ajuda a acalmar, quando se está tendo um dia difícil.

– Vá embora – disse Seivarden, por fim. Não exatamente aliviada por dizer isso. Ainda enjoada.

– Tá bem, tá bem. – E a cidadã saiu de perto de Seivarden, e voltou a remendar a parte do corredor que lhe cabia.

Seivarden não voltou para seu lugar e saiu do trabalho sem avisar sua superior.

Ela acordou na ala médica. Deitada olhando para o teto por alguns minutos, sem nem se perguntar como fora parar ali. Sentindo-se estranhamente calma e relaxada. Então uma lembrança a tomou, e ela recuou, fechando os olhos e colocando um braço sobre o rosto.

– Ora, bom dia, tenente. – Uma voz alegre. Seivarden não moveu o braço para ver quem era. – Você teve uma noite e tanto ontem, ainda que, por sorte, não estivesse consciente por boa parte dela. Estou impressionada como você conseguiu beber quase duas garrafas de arrack antes de desmaiar. Beber tanto em tão pouco tempo pode ser o suficiente para matar uma pessoa. Todas nós ficamos surpresas. – Ainda de bom humor. Até um pouco animada, sem nenhum traço de sarcasmo.

– Vá embora – disse Seivarden, sem mover o braço do rosto.

– Se estivéssemos em uma nave, tenho certeza de que eu faria isso. – A voz continuava animada, mas também se desculpava. – Porém não estamos, estamos na ala médica, e isso significa que eu dou as ordens. Você quer comer alguma coisa? Suas soldadas estão lá fora, na verdade elas estão dormindo agora, mas elas pediram para ver você assim que acordasse. Talvez seja melhor você comer primeiro, e eu e você precisamos ter uma conversa.

– Que conversa?

– Sobre seu desvio para evitar o kef. Eu geralmente não recomendo que as pessoas façam isso. Eles são fáceis de enganar e não resolvem o problema. Ah, e eu vi que quem fez isso em você tentou suplementar com outros métodos. – Provavelmente como uma resposta ao enjoo crescente de Seivarden, ao ouvir a menção ao desvio. Ainda que o enjoo estivesse distante. Remédios, sem dúvida. – Mas vou ser sincera com você, tenente, quando encontrar o kef, você não vai se importar se vomitar tudo que tem dentro de você. Esse é o objetivo. Talvez você já tenha até descoberto isso, não? Bem, provavelmente a pessoa que fez isso para você não era uma especialista. Uma médica de nave, não é? Com todo respeito às médicas de naves, elas precisam ser boas em diversos campos, além de fazer várias coisas sob pressão. Mas essa não é uma área em que elas consigam se destacar. Na verdade, a única coisa que realmente funciona é desenvolver hábitos que vão manter você longe da droga. Claro, contanto que *queira* ficar longe.

– Eu quero. – Seivarden baixou o braço. Abriu os olhos e olhou o rosto fino e alegre da médica. – Eu estou longe. Até agora. Eu ia vender o arrack. Eu sabia que conseguiria mais do que o suficiente para... para o que eu queria, mas daí pensei que a bebida era Breq. E pensei que eu realmente precisava de uma bebida.

– Claro que sim – respondeu a médica. – Beber até ficar inconsciente e não tomar kef pode não ser uma ideia muito *boa*, mas mostra como você está determinada. – Seivarden não respondeu. – Estou autorizando você a tirar um dia de folga do trabalho hoje, e estou emitindo também um trabalho--facultativo para amanhã. Ou seja, se você quiser voltar a trabalhar amanhã, pode, mas, se preferir tirar mais um dia de folga, também pode, sem qualquer perda.

Seivarden fechou os olhos e disse:

– Obrigada, médica.

– De nada. E tente não ser tão dura com você mesma. Acredito que todo mundo aqui nessa estação gostaria de não sentir nada e acordar só quando tudo estivesse terminado. Ah, da próxima vez que quiser beber até cair, me mande uma mensagem. Você vomitou bebida da boa, acho justo que eu possa tomar um pouco também. Que não tenha passado pelo seu estômago, claro.

Seivarden dormiu o dia todo. Na manhã seguinte, ela passou sozinha no corredor que servia de casa. Duas e Quatro, como não estavam doentes, não tinham autorização da ala médica para não trabalhar.

Por um tempo, Seivarden ficou sentada no chão, encarando as caixas. Sem se mover, ainda que ela tivesse dito para suas duas Amaats que se sentia melhor, e que aproveitaria a ocasião para falar com a chefe de segurança Lusulun e a administradora Celar. Elas não a teriam deixado sozinha se não tivessem ouvido isso, se ela não tivesse tomado banho e vestido o uniforme antes que ambas saíssem para o trabalho. Seivarden sabia bem disso. Mas, agora que estava sozinha, ela decidiu que não estava com vontade de se levantar.

– Talvez eu volte para a cama – disse em voz alta.

"Isso seria muito estranho, tenente", disse a Estação em seu ouvido.

Seivarden piscou. Olhou para cima e viu a horticultora Basnaaid do outro lado das caixas.

– Você parecia estar concentrada – disse Basnaaid, sorrindo. – Não quis atrapalhar.

Seivarden se levantou de pronto e disse:

– Horticultora! Não está atrapalhando, na verdade eu não estava tão concentrada assim. Por favor, entre. Aceita um chá? – Quatro se certificara de deixar uma garrafa pronta antes de ir para o trabalho. – Isso é ridículo, convidar que você entre em uma barricada de caixas.

– Eu teria achado o máximo quando era criança – disse Basnaaid enquanto entrava. – Eu adoraria tomar chá, obrigada. Aqui, trouxe biscoitos. Eu não sabia se a capitã de frota havia deixado alguma coisa comestível por aqui.

– Estamos nos virando dentro do possível. – Seivarden conseguiu falar isso dando a entender que o assunto estava resolvido e encerrado. – Mas, isso foi muito gentil da sua parte, obrigada.

Ela serviu o chá e ambas se sentaram no chão. Depois de alguns goles, Seivarden disse:

– Vi que você estava no pátio aquele dia. Não se machucou?

– Alguns hematomas. – Basnaaid fez um gesto que indicava que não eram importantes. – Foi você que caiu de uma janela.

– Ah, você percebeu? – Seivarden respondeu com leveza, quase como se ela fosse a mesma pessoa de antigamente. – É, aquilo foi divertido. – Uma pontada de culpa, depois, desespero, que ela conseguiu não expressar. – Eu estava de armadura. E caí direto de costas, então não causou muitos danos.

Algo deve ter aparecido no rosto de Seivarden, pois Basnaaid disse:

– Tem certeza?

Por um momento, Seivarden a encarou. E então, sem conseguir se controlar, disse:

– Não. Não estou bem. – Ficou em silêncio, lutando para se controlar. Por fim, conseguiu e só precisou limpar algumas lágrimas. – Eu estraguei tudo. E não era... Bem, algumas cagadas são diferentes de outras. Desculpe. Alguns resultados.

– Eu já ouvi palavrão antes, tenente. Eu mesma já pronunciei. – Seivarden tentou sorrir. Quase conseguiu. – Ouvi que você estava na ala médica ontem.

– Ah, acharam que eu precisava ser examinada.

– Não, agora estou me perguntando se a Estação não teria sugerido que eu viesse visitar você, se já não estivesse por aqui.

– Estação! Eu não sou nada para a Estação. – Lembrando do chá em suas mãos, Seivarden tomou um gole enquanto Basnaaid olhava, intrigada e parecendo preocupada. – Desculpe. Sinto muito. Eu não... Não sei o que está acontecendo comigo. – Seivarden pensou em tomar mais um gole do chá, mas não conseguiu. – Na verdade, a Estação foi ótima. Eu sempre... sabe, quando você passa muito tempo em naves, você começa a pensar em estações como... não sei... como fracas. Mas ela ameaçou tirar todo o ar da sala da Senhora Mianaai se ela não concordasse com seus termos. A Estação a está mantendo presa na residência da governadora. E eu aqui pensando *Ah, estações são fracas*, mas a Estação foi foda. Eu quase não acreditei que era a Estação falando.

"Eu precisava fazer alguma coisa, tenente", disse a Estação no ouvido das duas. "Você tem razão, não é o tipo de coisa que estou acostumada a fazer. Tentei pensar no que a capitã de frota Breq faria."

– Acho que você conseguiu, Estação – respondeu Seivarden. – Acho que a capitã de frota estaria... ela irá ficar muito impressionada quando ouvir.

– A capitã de frota... – Basnaaid. Esperançosa. Hesitante. – Ela irá voltar?

– Não sei – respondeu Seivarden. – Ela não quis me contar quais eram os planos. Não me contou o que T... Não me contou nada. Para o caso... Sabe. Porque a verdade é que minhas chances de conseguir fazer o que eu precisava eram reduzidas pra caralho.

As chances de Tisarwat eram ainda menores, mas Seivarden não sabia disso. Ela engoliu em seco. Repousou a tigela de chá e continuou:

– Eu fui uma decepção. Decepcionei Breq, e tudo dependia disso, e ela nunca *me* decepcionou, nem quando pensou que tinha. As coisas que ela fez, coisas aterrorizantes e perigosas, sem piscar, e eu não consigo nem passar de um minuto para o outro só *existindo*. Não, espera. – Lágrimas rolaram. – Espera, não, isso não está certo. Estou sentindo pena de mim mesma de novo.

– Não acho que muitas pessoas podem se comparar à capitã de frota. Não assim, pelo menos.

– Talvez sua irmã.

– Em algumas coisas, talvez. Tenente, quando foi a última vez que você comeu?

– Tomei café da manhã? Talvez? Um pouco? – Olhou para o prato quase cheio de skel que Duas deixara para ela. – Um pouco.

– Por que você não lava o rosto e nós saímos para comer alguma coisa? Alguns lugares já estão abrindo, tenho certeza de que podemos encontrar alguma coisa gostosa.

– Prometi para minhas Amaats que iria visitar a chefe de segurança e a administradora da estação. Se bem que quanto mais penso no assunto, mais acho que não deveria parecer estar interferindo em assuntos da estação. – Seivarden hesitou. Se forçou a não franzir a testa. – Eu realmente preciso pedir que revisem minha designação.

– Concordo, mas acredite em mim, você vai querer comer alguma coisa antes.

16

Elas encontraram uma loja em um corredor lateral, que não servia nada além de macarrão e chá.

– Obrigada, horticultora – disse Seivarden para Basnaaid, sentada à mesa de frente a ela, quando acabaram de almoçar. – Eu não havia percebido o tanto que precisava disso. – Seivarden realmente se sentia muito melhor depois de ter comido.

Basnaaid sorriu e disse:

– Minha vida sempre parece horrível quando fico muito tempo sem comer.

– Sem dúvida. No meu caso, porém, todos os meus problemas ainda estão aqui. Acho que vou ter que achar outro jeito de lidar com eles quando aparecerem. – E então, lembrando: – Mas e você? Você está em segurança? Parece que ninguém contou... ninguém contou sobre você para a Senhora Mianaai, nem sobre a cidadã Uran. O que significa que elas não contaram tudo o que aconteceu com a capitã Hetnys. Na verdade, pelo o que eu vi, pessoas que eu juraria que contariam tudo, com todas as motivações e oportunidades, parecem ter se calado.

Basnaaid comeu o que restara do seu macarrão, deixou os talheres de lado e disse:

– Você tem trabalhado no Jardim Inferior? – Seivarden concordou. – O nível um não foi despressurizado quando vocês saíram. Isso só aconteceu quando a própria Senhora do Radch chegou. – Seivarden franziu as sobrancelhas. Basnaaid continuou: – Não apareceu nos jornais, claro, em parte porque até dois dias atrás todas as notícias eram sobre a capitã de frota, mas quando a *Espada de Gurat* abriu o portal na estação, não prestou atenção onde a nave de transporte de passageiras estava.

— O quê? — Seivarden aparentemente não conseguia nem mais xingar.

— A *Espada de Gurat* abriu o portal e bateu na nave de transporte de passageiras. Empurrou ela contra o domo dos Jardins, e isso destruiu o remendo que fizemos no buraco criado por vocês para nos salvar. Os consertos do fundo do lago ainda não estavam prontos, então o nível um foi despressurizado também. Ainda bem que as pessoas que estavam trabalhando nos Jardins naquele momento conseguiram sair, e claro, o Jardim Inferior fora evacuado há dias. Mas a nave... bem, não saiu nos jornais, claro, eu só ouvi os rumores, mas eu sei com certeza de que pelo menos duas famílias influentes estão de luto agora. E uma delas pela avó, mãe *e* filha.

— Pelas cutículas inflamadas de Varden!

— Tenente, acho que nunca ouvi alguém dizer isso sem ser em uma novela histórica.

— Elas falam isso em *novelas histórias*? — Seivarden parecia tão impressionada com isso quanto pelo desastre com a nave de transporte.

— Faz você soar como a heroína charmosa de algum tipo de entretenimento.

— As *heroínas* dizem isso nas novelas histórias? No que o mundo se transformou?

Basnaaid abriu a boca para dizer alguma coisa, mas não encontrou nada para falar. Fechou a boca novamente.

— Bem — disse Seivarden. — Bem. Não me surpreende que a tirana esteja tão assustada e raivosa. Já existem dúvidas sobre algumas lealdades, sobre quem apoia quem, em quem a Senhora Mianaai pode confiar e quem foi subornada pela capitã de frota. E daí a nave trazendo Mianaai acaba com os famosos Jardins novamente, e ainda mata não sei quantas passageiras da nave de transporte, algumas delas membros de famílias importantes. E, *além disso*, ela vê cidadãs menos influentes já protestando no pátio. Totalmente pacífico e gentil, mas, ainda assim.

– Ninguém queria contar a ela sobre os Jardins. Ou o Jardim Inferior. Eu acho que foi isso. Ela não devia estar muito paciente ou complacente quando chegou.

Silêncio, provavelmente as duas lembravam de ter visto o vídeo da morte da última chefe de segurança.

– E agora? – perguntou Seivarden.

Basnaaid fez um gesto desenganado como resposta, e complementou:

– Acho que todo mundo está pensando nisso. Meu próximo passo, porém, é ir trabalhar, e você precisa falar com alguém na administração da estação.

As duas levantaram e saíram da loja. Depois de darem dois passos no corredor, uma cidadã com o uniforme azul-claro da segurança da administração as parou; era óbvio que esperava havia tempo do lado de fora.

– Tenente Seivarden. – Ela fez uma reverência. – A administradora Celar pede o favor de sua presença. Ela teria vindo pessoalmente, mas não pode deixar o escritório neste momento.

Seivarden olhou para Basnaaid, que sorriu.

– Bem, obrigada por almoçar comigo, tenente. Conversaremos de novo em breve.

– É claro que vou mudar sua designação – disse a administradora Celar, sentada em seu escritório com Seivarden. Ela possuía a metade do tamanho do gabinete da governadora, sem janelas, o que agradou bastante Seivarden. – Na verdade, a ala médica emitiu uma ordem ontem. Peço desculpas por qualquer inconveniente. E, claro, peço desculpas pela sua designação. Não era, talvez, a forma mais adequada.

– Não precisa se desculpar, administradora. – Seivarden era agradável e gentil. Provavelmente, consternada em pensar no que estava escrito naquela ordem médica. Sua consternação era aliviada pela beleza estatuesca da administradora Celar. Não era de se surpreender, mesmo que ombros largos e corpo forte não fizesse o tipo de Seivarden. A administradora da estação tinha esse efeito em quase todas as pessoas. – A vida de militar não é só jantares e chá. Ou pelo menos não para mim. – A administradora Celar fez um gesto que indicava reconhecimento pelo o que Seivarden falara. – Estou bastante acostumada a trabalhar com reparos. E o trabalho no Jardim Inferior precisa ser feito com urgência. Na verdade, existem boas razões para que você não queira parecer muito... simpática com meu bem-estar agora. Eu agradeço sua ajuda. E a da Estação.

– Bem, tenente, acontece que pode ser que precisemos de você em outra função. Você viu sua iminência Ifian no pátio, ao vir para cá?

– Não pude evitar – respondeu Seivarden, com um sorriso sádico. – Ela voltou com a greve.

– Nem todas as sacerdotisas de Amaat se juntaram a ela dessa vez. Mas ainda temos muitos nascimentos e contratos atrasados. É provável que logo tenhamos outra fila, na minha opinião. Eu tenho... na verdade, a Estação e eu temos conversado sobre isso, e pedimos ajuda a outras sacerdotisas. Claro, a administração e a própria Estação podem lidar com os registros, já designamos cidadãs para isso e elas estão aprendendo o novo trabalho. Mas as cidadãs estão acostumadas a ir ao templo de Amaat para esse tipo de coisa, e agora existem opções e nenhuma indicação do que é próprio a se fazer, então é inevitável que tenhamos... alguma confusão sobre o lugar de ir e quem consultar. Estamos pensando em criar um escritório de consultoras, aonde as cidadãs que têm dúvidas possam ir para entender qual é a melhor opção.

– Administradora, com todo o respeito, a ideia é boa, mas eu não conheço ninguém aqui, muito menos os pormenores das sacerdotisas e práticas locais.

A administradora Celar soltou um breve sorriso de canto de lábios.

– Receio, tenente, que você se acostume com tudo bem rápido. Mas é só uma ideia, algo que estamos considerando. Enquanto isso, queria consultar você.

– Claro, administradora – respondeu Seivarden com seu sorriso mais charmoso.

– É verdade que a capitã de frota é uma ancilar? Que ela é a *Justiça de Toren*?

– Ela é.

– Isso explica algumas coisas. As músicas... Fico até com vergonha de ter falado para ela, sem saber, que eu queria ter conhecido a *Justiça de Toren*.

– Posso garantir que ela ficou feliz em saber disso, administradora. É que os acontecimentos se desenrolaram de uma forma que impediram a capitã de dizer quem era.

– Creio que foi caso, mesmo. – A administradora Celar suspirou. – Tenente, sempre que falei com a capitã de frota Breq, tive a impressão de que ela seguia um objetivo particular, mesmo tendo recebido ordens da Senhora do Radch. De uma parte dela. Ainda assim, até agora eu teria dito ser impossível que qualquer nave... – Outro suspiro. – Ou qualquer estação pudessem ter objetivos particulares.

– Ainda assim, garanto a você que os objetivos da capitã de frota são realmente particulares. E as prioridades dela são muito parecidas com as da Estação. Ela não se importa muito com os planos de qualquer parte da Senhora do Radch, mas muito com a segurança das moradoras desse sistema.

– Tenente, alguém, até imagino quem, mas claro que não sei com certeza, alguém fechou completamente as portas da central de acesso da Estação. Ela também desconfigurou todos os meus acessos e os da governadora Giarod. Pelo menos os que poderíamos usar sem acessar a central.

– Não sabia disso, administradora. Mas isso explica alguns dos acontecimentos recentes, não é mesmo?

– Explica. E agora a *Estação* parece estar descobrindo seus próprios objetivos, e prioridades. A Senhora do Radch... Uma delas, pelo menos... Está presa na residência da governadora, e a Estação me disse que não reconhece mais a autoridade dela ou da governadora Giarod. E isso... Honestamente, tenente, não sei mais o que é verdade ou não é, nem sei o que esperar do futuro. Continuo pensando que nada disso pode ser real, mas as coisas continuam acontecendo.

– Odeio essa sensação – disse Seivarden, com sinceridade. Ela sabia o que era sentir-se assim. – Mas tenho confiança de que a Estação quer o melhor para suas moradoras. E posso assegurar-lhe que a capitã de frota Breq a apoia nisso.

– Tenente, você está dizendo explicitamente que ela não apoia a Senhora do Radch?

– Nenhuma delas. Foi a Senhora do Radch quem destruiu a *Justiça de Toren*. A que está aqui, na residência da governadora. Pelo menos eu acho que é ela. Às vezes, é difícil saber quem é quem. – Seivarden não continuou a contar de sua suspeita por uma terceira Anaander Mianaai. Vendo que a administradora Celar estava espantada e sem acreditar, Seivarden disse: – É uma história bem longa e complicada.

– E a capitã de frota está por perto? Esse período quase... pacífico não deve durar muito. A Senhora do Radch só não agiu porque está sendo amaçada com a perda de sua presença nesse sistema. Assim que ela não for mais a única Anaander aqui, vai fazer o que bem entender. E é só isso que mantém a *Espada de Gurat* e a *Espada de Atagaris* na linha. Assim que isso mudar, a pouca estabilidade que conseguimos irá desaparecer. E, claro, sua iminência Ifian parece estar fazendo o possível para complicar ainda mais nossas vidas, nesse exato momento.

– Não sei onde a capitã de frota está. – De repente, por um breve momento, Seivarden ficou com um medo extremo. – Ela não me contou os planos, para o caso... – Ela fez um gesto que indicava a conclusão óbvia daquela sentença. – Sendo sincera, administradora, não sei o que a *Misericórdia de Kalr* pode fazer contra duas espadas. E eu fiquei sabendo que existe uma terceira espada mais distante, mas ainda no sistema. Uma que, felizmente, não pode mais criar portais.

A administradora Celar confirmou com um gesto.

– E a *Misericórdia de Ilves*, que aparentemente está fiscalizando as estações externas, está enfrentando problemas de comunicação.

– Que inconveniência em um momento desse – disse Seivarden, seca. – Se eu estivesse no lugar de Anaander, a primeira coisa que faria era dar um jeito de escapar da residência da governadora. Não tem ninguém lá com ela?

– Só a *Espada de Atagaris*.

– Estão fiscalizando o que ela carrega para dentro?

– A Estação está.

– Que bom. Ainda assim, se ela conseguir fugir, acredito que vá ameaçar a Estação com uma das espadas e enviar a segunda para buscar a terceira. Já que ela não pode criar portais, demoraria semanas para chegar aqui. Na verdade, estou surpresa que ela ainda não tenha feito isso.

– Você não é a única, tenente. Existe muita especulação a esse respeito. Talvez a *Espada de Gurat* esteja mais danificada pela colisão do que nos foi informado.

Seivarden fez um gesto reconhecendo a possibilidade e disse:

– E acredito que ela não confie na *Espada de Atagaris*. A capitã de frota tentou devolver as oficiais dela, sabia? Mas parece que Anaander as interceptou, e agora elas ainda estão em suspensão, mas a bordo da *Espada de Gurat*. Como uma forma de manter a *Espada de Atagaris* na linha.

– Eu não sabia disso. Existem algumas amigas de Hetnys aqui na estação que não gostariam nem um pouco de saber disso.

– Tenho certeza que sim. Independentemente da razão pela qual ela não tentou buscar a terceira espada, quanto mais tempo Anaander ficar presa, mais provável será que ela tente se sacrificar. Acho que a Estação tem razão ao dizer que isso significa entregar o sistema para Breq. Mas eu também acho que, sabendo disso, e sabendo que ela é só uma pequena parte dela mesma, Anaander pode achar que sua melhor alternativa seja deixar o sistema em um estado tão ruim que ele não servirá para ninguém mais.

A administradora Celar ficou em silêncio por um tempo, depois disse:

– E você não sabe onde a capitã de frota está nem o que ela está planejando?

– Não. Mas eu não acho que as coisas fiquem assim por muito tempo.

De um dos consoles, a Estação falou:

"Você tem razão, tenente. A *Espada de Atagaris* acabou de disparar contra a estação. Temos nove horas até o impacto. Irá atingir os Jardins. Acabei de ordenar que as trabalhadoras do Jardim Inferior evacuem o local e selem a área da melhor forma possível. Sua confirmação será de grande ajuda, administradora."

– Claro, confirmado – disse Celar, levantando-se da cadeira.

– Estação, você matou a Mianaai na residência da governadora, claro – disse Seivarden.

"Estou tentando, tenente", respondeu a Estação. "Mas parece que ela conseguiu fazer alguns furos na portinhola que fechava a janela. Não sei muito bem como." Portas de seção, tanto em naves como em estações, eram extremamente difíceis de serem violadas, por razões óbvias. "Não são grandes, mas são suficientes para que entre algum ar quando tento tirar. Talvez isso seja resultado da arma invisível que a capitã de frota usou nos Jardins?"

– Ah, *merda* – disse Seivarden enquanto ficava de pé. – Quantos furos?

"Vinte e um."

– Ela ainda tem seis balas.

"E Anaander Mianaai exige que eu pare de tentar sufocá-la, ou a *Espada de Atagaris* irá atirar novamente."

– Não vejo saída, Estação – disse a administradora Celar. Seivarden fez um gesto em concordância. Desacreditada e com raiva (dela mesma), mas se recusando a deixar transparecer.

"Ela também quer se encontrar com *quem quer que seja que esteja no comando*. No escritório dela, disse. Em dez minutos. Ou..."

– A *Espada de Atagaris* irá atirar de novo. Claro – disse Seivarden. – Acho que *quem quer que esteja no comando* significa você, Estação.

"A Senhora Mianaai não acha isso", respondeu a Estação. Impossível existir qualquer traço de reclamação ou petulância em seu tom. "Ou ela teria pedido para falar diretamente comigo. Além disso, a administradora Celar é a autoridade aqui."

Celar olhou para Seivarden. Sem expressão, mas com certeza lembrando da morte da chefe de segurança. Seivarden não disse nada. Por fim, Celar falou:

– Não acho que tenho muita escolha. Tenente, você pode vir comigo?

– Se você quiser, administradora. Ainda que você saiba que minha presença irá... dar a impressão de certo acordo entre nós.

– Você acha que a capitã de frota seria contra?

– Não – disse Seivarden. – Ela não seria.

No pátio, a fila que a administradora Celar havia previsto já começava a se formar. Sua iminência Ifian e suas sacerdotisas subordinadas (menos da metade das grevistas anteriores) olhavam a fila com complacência. Enquanto Celar e Seivarden passavam pela entrada do templo, Ifian se levantou de sua almofada e disse:

– Administradora, eu exijo saber a verdade. Você tem o *dever* de falar a verdade para as moradoras desta estação e, em vez disso, você está disseminando mentiras para nos manipular.

A administradora Celar parou, Seivarden ao seu lado.

– Quais seriam essas mentiras, sua iminência?

– A Senhora do Radch jamais dispararia contra esta estação. Você sabe muito bem disso. Estou horrorizada com sua audácia de tentar ganhar alguma autoridade legítima, quando é nítido que você não se importa com o bem-estar das moradoras da estação.

Seivarden olhou para Ifian. Os lábios curvados, a própria imagem da arrogância aristocrática, e disse para a administradora Celar:

– Administradora, eu não me dignaria a responder a tal pessoa.

E sem esperar, nem pela resposta de Ifian nem por um movimento de Celar, ela virou de costas para o templo e foi em direção à residência da governadora. Celar não disse nada, mas também virou-se como Seivarden.

Anaander Mianaai estava atrás da mesa da governadora, flanqueada por duas ancilares da *Espada de Atagaris*.

– Bem – disse Annander, ao ver a administradora Celar entrar, seguida por Seivarden. – Pedi para falar com quem estava no comando e recebo isso. Muito interessante.

– Você não aceitou que a Estação está no comando – respondeu Celar. – Não sabíamos quem você aceitaria, então trouxemos uma variedade de opções.

– Não sei que tipo de idiota você acha que eu sou – disse Anaander, alegre, aparentemente de bom humor. – E, cidadã

Seivarden, ainda estou surpresa com seu envolvimento nessa questão. Nunca imaginei que trairia o Radch.

– Posso dizer o mesmo de você – respondeu Seivarden. – Mas suas ações foram bem convincentes.

– É você, não é? Controlando a *Justiça de Toren* e a *Misericórdia de Kalr*. E agora a Estação Athoek. A jovem, e devo dizer pouco sã, tenente Tisarwat foi taxativa ao dizer que não havia parte alguma de mim a bordo da *Misericórdia de Kalr*.

A menção à Tisarwat atingiu Seivarden como um tapa. Ela não conseguiu esconder sua surpresa.

– Tisarwat! – percebeu que havia algo estranho ali, mas só conseguia ver seus contornos. – Aquela mosca morta traidora!

Anaander Mianaai riu longamente.

– O medo que ela tem de você só perde para o medo que tem da ancilar. Que está nominalmente no comando, claro, mas... – Ela indicou a impossibilidade daquilo com um gesto. – Preciso dizer, tenente Tisarwat deve ter sido mais um incômodo para você do que qualquer outra coisa. Em algum momento, ela deve ter tentado demonstrar inteligência, para ter conseguido um trabalho administrativo, mas só as deusas sabem se a tenente irá conseguir recuperar qualquer faculdade mental estável.

– Bem – disse Seivarden, com uma indiferença que não sentia –, pode ficar com ela, se conseguir usá-la para alguma coisa.

– Justo – disse Anaander. – Então, já que eu sei, com toda certeza, que jamais daria a uma ancilar os códigos de acesso que claramente foram usados aqui, concluo que é você quem está no comando da Estação. Portanto, a partir de agora, vou tratar com você.

– Se você insiste – respondeu Seivarden. – Eu sou apenas uma representante da Estação.

Anaander olhou para ela, desacreditada.

– Agora as coisas vão ser assim: irei retomar o controle desta estação. Qualquer ameaça a mim fará com que a *Espada de Atagaris* dispare contra a estação de novo. O primeiro tiro, que chegará em aproximadamente oito horas, é só uma comprovação de que falo sério, e só irá atingir áreas desabitadas. Os próximos não terão essa preocupação. Não tenho nenhum problema em sacrificar esse corpo se isso evitar que minha inimiga tenha qualquer vantagem. Estarei no controle dos canais oficiais de notícias, via governadora Giarod. Não teremos mais transmissões inesperadas. A *Espada de Gurat* voltará a fazer a segurança da estação. Também irei continuar a cortar uma entrada para a central de acesso da estação. Qualquer tentativa de me impedir fará com que a *Espada de Atagaris* atire contra a estação.

"Estação", disse Seivarden, sem emitir som algum, "você sabe que a Senhora Mianaai tem três núcleos de IA aqui com ela?" Eles formavam uma pilha de um metro e meio, lisa e escura, no canto atrás de Anaander. "Se a Senhora Mianaai conseguir abrir um buraco para entrar na sua central de acessos, nada irá impedi-la de substituir você por um deles."

"Eu realmente não sei do que você está falando, tenente", disse a Estação, nos ouvidos de Seivarden. "Não vejo qual seria a alternativa aqui."

Em voz alta, Seivarden disse:

– Você está pedindo muita coisa. O que irá nos oferecer em troca? Além do favor de não destruir a estação e todas que estão aqui? Porque você sabe, tão bem quanto nós, que ninguém aqui quer isso, na verdade, todas aqui, inclusive você, estão dispostas a passar por maus bocados para evitar isso. Se não fosse isso, você já teria tomado essa atitude.

– Vendaai morreram há tanto tempo – respondeu Anaander, com uma breve risada – que eu havia esquecido como elas podem ser insuportavelmente arrogantes.

– Sinto-me honrada em continuar representando minha casa – respondeu Seivarden com frieza. – O que você oferece?

Silêncio. Anaander desviou o olhar de Seivarden para a administradora da estação, e depois de volta à tenente.

– Não vou estabelecer o toque de recolher novamente, e vou permitir que o Jardim Inferior seja consertado.

– Isso seria mais fácil se você pedisse que a *Espada de Atagaris* impedisse aquele míssil de atingir os Jardins.

Anaander sorriu e disse:

– Só em troca de sua rendição completa e incondicional.

Seivarden emitiu um som de zombaria.

– Se você não estabelecer novamente o toque de recolher – disse a administradora Celar antes que Seivarden fizesse alguma colocação errada – e o trabalho no Jardim Inferior correr bem, não haverá necessidade da interferência da *Espada de Gurat* na Segurança. Na verdade, como acredito que já tenha sido mencionado para você... – era bastante corajoso trazer esse assunto – ...e como acontecimentos recentes demonstraram, a interferência da *Espada de Gurat* na segurança local é mais propícia a causar problemas do que resolvê-los.

Silêncio. Anaander analisou a administradora Celar. Depois, por fim:

– Está bem. Mas se tivermos outra fila, ou mesmo a *possibilidade* de uma greve, quem dirá algo como o que tivemos no pátio, a *Espada de Gurat* irá assumir a segurança.

– Diga isso para suas seguidoras – disse Seivarden. – Sua iminência Ifian está começando sua segunda greve em poucos dias. E já temos uma fila começando por conta dos atrasos de funerais e contratos causados pela greve anterior. – Anaander não disse nada. – Também queríamos garantias que não irá substituir a Estação por um desses núcleos de IA.

– Não – respondeu Anaander, inequívoca. – Não darei nenhuma garantia desse tipo. Devo agradecê-la por esses núcleos, sabia? Não imaginava onde poderiam estar. Achei que havia procurado bem antes, e que fizera uma boa vigilância, mas aparentemente esqueci desses.

– Então, eles não são seus? – perguntou Seivarden. – Nós não sabíamos onde eles estavam. Embora acredite que sua iminência Ifian soubesse, ela estava muito determinada em malograr a reforma proposta pela capitã de frota para o Jardim Inferior. Quando vi os núcleos de IA, presumi que os esforços dela eram para nos impedir de encontrá-los ao acaso. Mas você está dizendo que não sabia que eles estavam lá. Então, de quem eles são?

– Agora são meus – disse Anaander, com um discreto sorriso. – Farei com eles o que bem entender. E se a ancilar não sabia que os núcleos estavam no Jardim Inferior, por que ela se meteu lá?

– Ela viu uma situação ruim que precisava ser ajeitada – disse Seivarden. Segurando para que sua voz não tremesse. Ela chegara até ali na base da adrenalina e da necessidade, mas seus recursos estavam quase no fim. – É o tipo de coisa que ela faz. Um último ponto... Bem, acho que é o último. Estação? – Nem a Estação nem Celar falaram nada. – Você irá admitir publicamente que enviou o míssil que atingirá os Jardins. E os termos desse acordo devem ser enviados em todos os canais oficiais junto com nossas motivações. Assim, quando você conseguir remover a Estação como único obstáculo que a impede de tratar as moradoras do jeito que quiser, e o tiroteio começar, elas, e todo o Radch, irão saber que você é uma merdinha pérfida. – Seivarden quase perdeu o controle de sua voz no final a frase. Engoliu com força.

A tirana ficou em silêncio por longos vinte segundos. Por fim, disse:

– Depois de tudo, isso é o que me deixa com raiva. Você acha que eu fiz alguma coisa nos últimos três mil anos que não tenha sido em benefício das cidadãs? Você acha que eu faço alguma coisa agora que não seja permeada pela esperança desesperada de que eu poderei manter o Radch inteiro e seguro para suas cidadãs? Inclusive as cidadãs desta estação?

Seivarden queria responder dizendo algo mordaz, mas engoliu em seco. Sabia que, se falasse, toda a falsidade de sua compostura estaria perdida. Em vez disso, começou a contar e medir sua respiração. Do console, a Estação disse:

"Quando a capitã de frota Breq chegou aqui, estava decidida a fazer as coisas melhorarem para as moradoras. Quando você chegou, estava decidida a matar minhas moradoras. Você continua ameaçando matá-las."

Anaander pareceu não ouvir o que a Estação falara.

– Eu quero seus códigos de acesso – disse, para Seivarden.

Seivarden fez um gesto indicando que não era problema dela. O foco na respiração a acalmara um pouco. O suficiente para que ela conseguisse dizer, com alguma leveza:

– Eu só tenho os códigos de acesso da capitã da *Espada de Nathtas*. Levando em conta que ela está morta há mil anos, não acho que serão úteis a você, mas eu posso passar.

– Alguém mudou completamente os acessos importantes da Estação. Alguém bloqueou a porta para a central de acessos.

– Não fui eu. Nem sequer tinha pisado nessa estação até alguns dias atrás.

Durante todo esse tempo, as duas ancilares da *Espada de Atagaris* estavam paradas e em silêncio, feito estátuas. Elas sabia muito bem quem mexera com os acessos, mas não disseram nada.

Anaander pensou por um momento, e disse:

– Vamos fazer esse anúncio, então. E já que você não está mais fora da minha jurisdição, cidadã Seivarden, você e eu embarcaremos na *Espada de Gurat* para discutir a questão dos acessos da Estação e falar sobre quem realmente está controlando a ancilar da *Justiça de Toren*.

Aquilo foi a gota d'água para Seivarden, que explodiu:

– Você! – Ela apontou diretamente para Anaander Mianaai. Um gesto rude e raivoso para uma radchaai. – Você não deveria nem sequer *falar* dela, ainda mais nesses termos. Você diz que é justa, própria e que age em benefício das cidadãs? Quantas mortes de cidadãs você causou, só esse corpo, na última semana? Quantas mais irá matar? A Estação, com quem se recusa a falar, é muito melhor que você. A *Justiça de Toren*, o pouco que sobrou dela, você não considera, mas ela é uma pessoa melhor que você. Ah, pelas tetas de Aatr, queria que ela estivesse aqui! – Aquilo saiu quase como um grito. – *Ela* não deixaria você fazer isso com a Estação. *Ela* não descartaria as pessoas quando elas não fossem mais úteis ou interessantes. Muito menos falaria que é virtuosa por agir de tal forma. Se você se referir a ela como *a ancilar* mais uma vez, eu juro que vou arrancar essa língua da sua boca, ou morrer tentando. – Chorava copiosamente agora, quase sem conseguir falar. Respirou fundo soluçando. – Preciso ir para a academia. Não. Para a ala médica. Estação, aquela médica está trabalhando?

"Ela pode chegar lá rápido, tenente", respondeu a Estação pelo console.

Perante o olhar desconcertado de Anaander Mianaai, a administradora Celar disse:

– A tenente Seivarden está doente. – Ela conseguiu incluir uma leve nota de desaprovação em sua voz. – Ela deve ir para a ala médica imediatamente. Você pode discutir o que quiser com ela depois que a tenente se recuperar. Eu farei o anúncio com você, Senhora Mianaai, e depois disso tratarei dos vários assuntos que preciso tratar com a Estação.

– Doente? – perguntou Anaander Mianaai, sem acreditar.

"Hoje ela estava de licença facultativa", disse a Estação. "A tenente realmente deveria estar descansando. A médica está preocupada com as informações que passei a ela sobre a condição da tenente Seivarden e prescreveu uma semana de repouso, e também ordenou que fosse para a ala médica o mais rápido possível, com a ajuda da segurança, se for preciso. Não sei como *você* está acostumada a fazer as coisas, mas, por aqui, levamos as prescrições médicas a sério.

E foi aí que a *Misericórdia de Kalr* voltou ao Universo real.

17

Assim que vimos o Sol de Athoek, a *Misericórdia de Kalr* tentou encontrar Tisarwat e Seivarden. Não foi capaz de achar a primeira. Mas encontrou Seivarden, chorando de pé, indefesa e furiosa, no gabinete da governadora ao lado da administradora Celar, com Anaander Mianaai atrás da mesa, dizendo:

– Temos uma ótima médica na *Espada de Gurat*.

Encontrou os arquivos externos. Pegou as informações, me mostrou enquanto eu estava na sala de comando, tonta pela quantidade de momentos comprimidos: imagens, sons, emoções. Quase rápido demais para que eu conseguisse entender. Mas captei o que era essencial: a *Espada de Atagaris* havia disparado contra a estação e o míssil atingiria os Jardins em oito horas. Tisarwat e Nove estavam na *Espada de Gurat* e era só o que sabíamos. Seivarden não conseguira matar Anaander Mianaai e agora Anaander possuía a arma presger. Mas Seivarden estava viva, assim como Duas e Quatro, agora funcionárias da equipe extraordinária para reforço das portas de seção dos Jardins e do Jardim Inferior.

No gabinete da governadora, a administradora Celar disse para Anaander Mianaai:

– A médica da estação já conhece o histórico médico da tenente Seivarden. Você não acha que ela pretende fugir agora, acha?

Seivarden respirou profundamente, ainda chorando. Secou os olhos com as mãos enluvadas.

– Vá se foder – disse Seivarden. E depois novamente: – *Vá se foder*. Você conseguiu tudo. Não há mais nada que possa conseguir comigo, porque eu não tenho mais nada.

– Eu não tenho a *Justiça de Toren* – disse Anaander.

– Ah, porra, isso é culpa sua, não é? Cansei. Estou indo para a ala médica. – Seivarden se virou e saiu do gabinete.

– *Sphene* – chamei, ainda sentada, ainda encarando, um pouco distraída pelas imagens dos arquivos que a Nave me passava. – Onde você está exatamente?

"Na minha cama", disse *Sphene*, e a *Misericórdia de Kalr* replicou as palavras em meus ouvidos. "Onde mais eu estaria?"

– A *Espada de Atagaris* disparou contra a estação. A Usurpadora está tentando substituir a Estação Athoek por outro núcleo de IA e parece que ninguém consegue evitar que ela destrua a estação toda. Onde você está? Suficientemente perto para ajudar? – Era provável que *Sphene* não pudesse fazer nada, mesmo que estivesse perto, mas Anaander não sabia disso. *Sphene* poderia, ao menos, *parecer* ameaçadora.

"Você consegue ganhar tempo, prima?", veio a resposta de *Sphene*. "Alguns anos, talvez?"

– Nave – chamei, não respondendo mais a *Sphene*. – Diga a *Misericórdia de Ilves* que agora é a hora de escolher um lado. Faça com que ela e sua capitã saibam que agora não dá mais para evitar.

Qualquer movimento da *Misericórdia de Ilves*, ou a falta de um, seria uma escolha, mesmo que nem ela nem sua capitã assim o quisessem.

Em meus ouvidos, a Nave disse "E se ela escolher o lado da Senhora Mianaai?".

– E se ela não escolher? Certifique-se de contar o que a tirana está planejando fazer com a Estação. E avise que ela tem mais dois núcleos. – A *Espada de Atagaris* já teria pensado a mesma coisa. – Envie a mesma mensagem para a capitã de frota Uemi e a frota Hrad.

Um portal de distância. Provavelmente estavam no palácio Tstur, esperando que a presença de Anaander ali houvesse enfraquecido o palácio. Mas ainda assim.

Nossa mensagem para a *Misericórdia de Ilves* não chegaria em menos de uma hora. E a resposta, se ela desse uma, demoraria mais uma hora para chegar até nós. Se viesse, poderia não ser favorável à nossa causa. A frota Hrad demoraria ainda mais para receber nossa mensagem, e estava, na melhor das hipóteses, a dias de distância. Era melhor agir como se não tivéssemos reforços.

Ah, se eu ainda estivesse como uma nave completa. Quando cada movimento militar meu era visto por frotas inteiras, e não poucas, não só três ou quatro misericórdias e talvez uma espada. Dezenas e dezenas de naves, e eu era apenas uma dentre elas carregando milhares de corpos. Só eu, como *Justiça de Toren*, poderia ter ocupado e comandado a Estação Athoek sem muita dificuldade. Pensando bem, aqueles dias eram mais simples, porque não importava quem ou quantas matássemos. Eu (a já distante *Justiça de Toren* que um dia fui) poderia ter controlado a Estação Athoek em horas, com poucas mortes.

Mas agora eu só tinha a mim, *Misericórdia de Kalr* e sua tripulação. Não sabia quanto tempo nos restava, não sabia quão avançada estava a *Espada de Gurat* em sua missão para entrar na central de acessos da Estação. Elas deviam estar tentando havia dias quando a Estação colocou um fim naquilo. Provavelmente, não restava muito tempo. Alguns dias, na melhor das hipóteses. Era possível que muito menos. E ainda tínhamos de lidar com o míssil que atingiria os Jardins. Talvez, não chegasse a matar ninguém, mas causaria um grande estrago.

– O que a tirana quer aqui? – perguntei.

Amaat Uma, de pé ao meu lado, respondeu intrigada:

– Senhora?

– Por que ela veio para cá? De todos os lugares que poderia ir. Por que aqui? Antes mesmo de ter certeza de que possuía o domínio do palácio de Tstur? – Porque essa Anaander não viera de Omaugh, e os outros lugares eram muito distantes.

– O que ela estava procurando? – "Ela tem muita raiva de você, senhora", a tenente Tisarwat havia dito.

– Ela estava procurando você, capitã de frota – disse Amaat Nove, atrás de mim. Falando em nome da *Misericórdia de Kalr*.

– E sabemos que ela está disposta a negociar, pelo menos até certo ponto. – Essa Anaander ainda acreditava que estava fazendo tudo pelo bem das cidadãs. – Acho que ela realmente não quer destruir a estação toda, nem mesmo causar muitos estragos. Além disso, perder a estação dificultaria bastante a ideia de usar Athoek como base. – Seria possível conseguir recursos no planeta, mas perder a estação dificultaria bastante as coisas. – E todas essas naves aqui. Todas as pessoas no planeta. A *Misericórdia de Ilves*. – Nenhuma de nós sabia o que a *Misericórdia de Ilves* pensava sobre o assunto. – Não, muitas pessoas assistindo. E estamos falando de cidadãs. Se ela estraçalhar a Estação Athoek, ou fizer com que a *Espada de Gurat* queime tudo, todas irão saber. Ela não quer isso. Mas o que ela *quer*... – Além de controle completo da Estação Athoek. – É uma coisa que nós temos.

– Não – disse Amaat Nove. Lendo as palavras da Nave. Nervosa. Não entendendo o que a Nave já compreendera. Com medo. – Não, capitã de frota, não vou concordar com isso.

– Nave, a Estação Athoek fez tudo que pôde para se defender. Considerando as circunstâncias, se saiu extremamente bem. Mas a Estação está sem opções. E assim que a tirana conseguir entrar na central de acessos, quando ela começar a substituir a Estação com um dos núcleos de IA, o que você acha que irá acontecer? – Não uma matança automática, isso não. Não se Anaander puder evitar. Mas chegaria a isso em algum momento. – Vamos ficar aqui sentadas vendo a Estação morrer?

– Ela não irá honrar nenhum acordo – disse Amaat Nove, pela Nave. – Assim que ela tiver você... – Amaat Nove finalmente entendia o que estava dizendo. – Anaander fará o que bem entender com a Estação.

– Talvez. Mas eu posso ganhar tempo. – Não saberíamos se adiantaria de algo.

– Quem virá? *Sphene*? Quando ela chegar, daqui a dois anos, o que ela poderá fazer? Ou acha que a frota Hrad virá nos apoiar?

– Não. Tenho certeza de que estão no palácio de Tstur. Mas temos que fazer *alguma coisa*. Você tem uma ideia melhor?

Silêncio. Por fim:

– Ela irá matá-la.

– Eventualmente. Mas não até que ela consiga toda informação que acha que eu tenho. E ela não tem ninguém para fazer o interrogatório. – Eu estava quase certa de que ela não tinha, ou não teria falado de Tisarwat daquela forma. E não parecia que ela confiaria em nenhuma das interrogadoras da estação. – Ela irá tentar usar meus implantes de ancilar, mas podemos dificultar as coisas, antes de eu ir. – E assim conseguir mais tempo.

– Não – disse a Nave, por Amaat Nove. – Ela irá transformar você em uma ancilar da *Espada de Gurat* e conseguir tudo.

– Não irá. Ela disse mais de uma vez que não acha que entregaria acessos a uma ancilar, mas e se eu tiver os códigos? Ela não quer que a *Espada de Gurat* tenha esse tipo de informação. E se, no processo de me transformar em ancilar, eu estragar alguma coisa? Não, ela iria preferir me matar. Mas enquanto isso, ganhamos alguns dias. Talvez mais. E quem sabe o que pode acontecer em alguns dias?

Silêncio. Amaat Uma, Amaat Nove, em pé, me encarando. Nervosas. Sem acreditar no que estavam ouvindo.

– Não seja assim, Amaat – falei. – Sou uma soldada. Nem mesmo uma soldada inteira. Qual é a minha importância, comparada a toda a Estação Athoek?

E eu já estive em situações mais desesperadoras e sobrevivi. Ainda assim, um dia, talvez naquele, eu não sobreviveria.

– Eu nunca irei perdoá-la – disse Amaat Nove, falando pela *Misericórdia de Kalr*.

– Eu nunca perdoei – respondi.

Sentada na sala de comando, chamei Anaander, meu uniforme marrom e preto estava impecável, cortesia de Kalr Cinco. O pequeno broche circular dourado em memória de Awn em minha lapela. Não estava usando o da tradutora Dlique. Em voz alta, disse:

– Tirana. Fiquei sabendo que você conseguiu tudo o que queria, menos a mim.

Esperei cinco minutos pela resposta, apenas voz, sem vídeo.

– Que interessante. Você esteve aqui esse tempo todo?

– Cheguei há meia hora, mais ou menos. – Não me importei em sorrir. – Você irá falar comigo agora? Não preciso que uma das minhas tenentes faça de conta que está comandando as coisas e fale por mim?

– Pela graça de Amaat, não. Toda tenente sua que encontrei se mostrou uma bagunça sem sentido. O que você está fazendo com elas?

– Nada demais. – Peguei uma tigela de chá que uma das minhas Kalrs trouxera. O jogo de chá de porcelana branca que Cinco só usava em ocasiões importantes. Eu não havia como saber se Anaander estava vendo, mas a ideia de que ela talvez estivesse claramente observando dava alguma satisfação a Cinco. – Você trabalha com o que a administração militar lhe dá. Ainda que as Vendaai nunca foram tão confiáveis como achavam que eram. E falando em Vendaai, quero a tenente Seivarden e as soldadas de volta. Sem um arranhão, por favor.

– Ah, é mesmo?

– Sim.

– E você também quer a tenente Tisarwat?

– Pela graça de Amaat, não. – Minha voz estava estável. Mas não como de uma ancilar. – Espero que você a aproveite aí. Você pode até conseguir que Tisarwat faça algum trabalho, quando parar de chorar.

– Mas me disseram que ela está traumatizada e precisa de remédios para se estabilizar emocionalmente. E mais terapia do que uma médica de nave pode oferecer. Pessoas assim não são designadas para o serviço militar, nem mesmo cargos administrativos. Só posso concluir que foi o trabalho com você que a deixou assim.

– Possivelmente. Mas como eu disse, quero a tenente Seivarden e as soldadas de volta. E...

– E?

– E você irá parar em suas tentativas de matar a Estação Athoek.

– Matar! – Uma pausa. – A Estação Athoek é minha e faço com ela o que eu quiser. E no momento ela não está funcionando bem.

– Nenhuma dessas frases é verdadeira. Mas não vou discutir com você. – Bebi um gole de chá da porcelana fina. – Devolva a tenente Seivarden e suas Amaats, desista do plano de colocar um novo núcleo de IA na Estação, e eu me renderei. Só eu. Não pretendo colocar a *Misericórdia de Kalr* sob o seu controle.

Trinta segundos de silêncio. E então:

– Qual é a pegadinha?

– Sem qualquer pegadinha. A não ser que você se refira às mesmas condições da Estação Athoek: que os termos do acordo sejam anunciados em todos os canais oficiais. Para... Como a tenente Seivarden disse? Para que "quando você conseguir remover a Estação como único obstáculo que a impede de tratar as moradoras do jeito que quiser, e o tiroteio começar, elas, e todo o Radch, irão saber que você é uma merdinha pérfida". Ah, e eu também espero que você honre os termos do seu acordo com a Estação.

Silêncio. Eu continuei:

– Não faça biquinho. A Estação Athoek já disse que não se importa de lidar com você, contanto que pare de ameaçar as moradoras. Isso pode mudar agora que a Estação sabe que você está tentando matá-la, mas isso é culpa sua. Tenho certeza de que você consegue tratar as moradoras de forma decente, com um planeta habitável e todos esses recursos em suas mãos. E você ainda tem a mim, claro.

– De onde veio aquela arma?

Sorri e tomei mais um gole de chá, e Anaander perguntou:

– Quem é você?

– Esk Uma Dezenove da *Justiça de Toren*. Quem mais poderia ser?

– Não acho que posso acreditar em você.

Entreguei a tigela vazia para Kalr Cinco e disse:

– Ordene que a *Espada de Gurat* pare de tentar entrar na central de acessos da estação, anuncie nosso acordo, e eu irei até você. Pode tentar tirar qualquer informação que quiser de mim.

– Não, acho que não.

Fiz um gesto de quem não se importava e respondi:

– Como quiser. Então, tchau.

A conexão foi cortada.

– Agora elas sabem onde estamos – disse Kalr Treze, de seu lugar atrás de mim.

– Elas sabem – concordei. – E podem ser idiotas o suficiente para tentar nos atacar. Mas não acho que irão fazer isso. Ainda não sabemos da *Misericórdia de Ilves*, e se a *Espada de Atagaris* vier nos atacar, estarão deixando a *Espada de Gurat* vulnerável. Ela ainda está atracada na estação. – E Tisarwat ainda estava, até onde eu sabia, a bordo da *Espada de Gurat*. – E estou começando a achar que essa espada está mais danificada do que elas estão revelando.

Espada de Atagaris já poderia ter chegado ao sistema danificada, por conta da luta no palácio de Tstur, e a batida com a nave de transporte de passageiras teria apenas piorado as coisas.

— A tirana está com raiva neste momento e suspeitando de tudo, mas ela logo verá que esse acordo pode ser vantajoso para ela – continuei.

E a Estação Athoek estaria segura. Eu esperava.

Depois de uma hora, a tirana enviou uma mensagem. Ela faria os anúncios. A *Espada de Gurat* sairia dos corredores próximos à central de acessos, e a Estação Athoek me confirmaria que tudo estava seguro. Seivarden e suas Amaats me encontrariam nas docas, e entrariam na nave de transporte que iria me levar até lá. Eu chegaria desarmada e sozinha.

Fui ver a médica. Ela não falou comigo por um minuto inteiro. Sentei-me em uma cama e esperei. Por fim, ela disse:

— Ainda cantando? Mesmo agora? – Ela estava com raiva e frustrada.

— Posso parar se quiser.

— Não – respondeu a médica, com um suspiro exasperado. – Isso seria ainda pior. Eu sei que acha pouco provável que elas transformem você em uma ancilar da *Espada de Gurat*. E eu entendo por que você acha isso. Mas, se estiver errada, elas não irão perder a chance. Para elas, você não é uma pessoa.

— Essa é mais uma razão pela qual acho que elas não farão isso, mas não disse nada na sala de comando. Se Seivarden não tem os códigos de acesso da Estação, nem Tisarwat...

— Isso é outra coisa.

— E se, como ela parece acreditar, Tisarwat também não tem os códigos, quem tem? Provavelmente, eu. Acho que ela começou a acreditar que eu não sou quem digo que sou, que fui tomada pela Anaander de Omaugh. Talvez ela prefira que a *Espada de Gurat* não traga uma parte tão significativa de sua inimiga para um espaço tão íntimo de sua memória.

— E assim que elas entenderem que você é você, a tenente Tisarwat estará morta.

Mais do que morta, o conhecimento de Tisarwat poderia dar a Anaander de Tstur uma vantagem caso ela enfrentasse a Anaander de Omaugh. Se o pessoal de Omaugh já não tivesse tomado Tstur.

Era tudo uma grande aposta. Um grande jogo de presságios; nunca saberíamos onde as peças cairiam.

– Sim – concordei. – Mas ela também estará morta se não conseguir completar o que entrou na *Espada de Gurat* para fazer. E quanto mais tempo pudermos dar a ela, melhor para todas.

– A Nave não está nada feliz com isso.

– Mas entende o que estou fazendo. E você também. E pode continuar não gostando depois que fizermos o que precisamos fazer. Então, deixe-me do jeito que você me encontrou, quando entrei nessa nave.

Não havia necessidade de retirar os implantes, apenas desativá-los. A médica demorou uma hora para começar o procedimento, e tudo se resolveria nos próximos dias.

– Bem... – disse a médica quando terminou, franzindo muito as sobrancelhas. E não conseguiu falar mais nada.

– Já sobrevivi a destinos piores – contei a ela.

– Um dia não irá.

– Isso acontece com todas nós. Voltarei se conseguir. E se não conseguir, bem...

Fiz como se estivesse lançando os presságios.

Vi, pelo breve momento que ainda conseguia ver, que ela ficou mais uma vez sem palavras. Que não queria que eu a visse agora. Saí da cama, e sabendo que não era mais bem-vinda em sua presença, coloquei uma mão em seu ombro, por um breve momento, e a deixei sozinha.

Kalr Cinco estava em meus aposentos. Fazendo as malas como se eu fosse apenas passar alguns dias na estação.

– Peço sua complacência, senhora – disse ela quando entrei. – *Sozinha* não significa sem uma empregada. Não pode ir para a estação sem alguém que cuide do seu uniforme. Ou carregue sua bagagem. Não é possível que a Senhora Mianaai espere uma coisa dessas.

– Cinco... – eu disse, e então: – Ettan. – O nome dela, que eu só havia usado uma vez, e para o horror dela. – Preciso que você fique aqui. Preciso que fique aqui e fique bem.

– Não sei como isso seria possível, senhora.

– E não tenho motivo para levar bagagem. – Ela me encarou, sem entender. Ou talvez se recusando a entender. Não, a Nave me mostrou que ela estava se esforçando muito para não chorar. – Aqui, me dê o ícone de Itran. Não aquele do canto. – Aquela que florescia do lírio ficava em um nicho no canto do meu quarto, com ícones de EskVar, Amaat e Toren. – O da minha mala.

– Sim, senhora.

Aquela que florescia do lírio, faca em uma mão, um crânio humano feito de joias na outra, era uma eterna fonte de fascínio e repulsa entre minhas Kalrs. Eu nunca havia aberto o outro ícone de Itran na presença delas, mas elas sabiam, claro, que eu o tinha. Cinco abriu o banco onde estava guardado e o pegou, um disco dourado com cinco centímetros de diâmetro e um e meio de altura. Eu o segurei e o ativei. Ele se abriu, a imagem surgiu ao centro. A figura vestia apenas calças curtas e uma guirlanda de pequenas flores feitas de pedras preciosas. Um de seus quatro braços segurava uma cabeça decapitada que sorria serenamente e pingava sangue de pedras preciosas nos pés descalços do ícone. Duas outras mãos seguravam uma faca e uma bola. A quarta estava vazia, o antebraço coberto por um protetor cilíndrico.

– Senhora! – A surpresa de Cinco quase transpareceu em seu rosto. – É você.

– Esse é um ícone de uma santa de Itran, Sete Verdades Brilhantes Cintilam como Sóis. A cabeça, está vendo?

A cabeça das Sete Verdades Brilhantes era nitidamente o centro da composição, e ninguém da tetrarquia de Itran teria dúvidas sobre quem era realmente o ícone. Contudo, fora da tetrarquia, os olhos se desviavam. Ninguém fora da tetrarquia vira o ícone sem também ver a mim.

– Isso é muito valioso na tetrarquia Itran – falei. – Não foram feitos muitos assim, e esse ainda tem um pedaço da pele da santa na base. Você pode guardá-lo para mim?

Eu não possuía muitas coisas de valor sentimental, mas esse ícone era uma delas. Assim como o broche memorial da tenente Awn, mas eu o levaria comigo.

– Senhora – disse Cinco –, o colar que você deu à cidadã Uran. E aquela... caixa com dentes que você deu para a horticultora Basnaaid.

– Sim. Eles são os originais do que você vê nessa miniatura.

Eu não havia gostado das Sete Verdades Brilhantes que Cintilam como Sóis. Ela fora tão arrogante, certa de sua importância e superioridade. Com pouca compaixão por pessoas que não fossem ela. Mas houve um momento em que pediram que se sacrificasse por aquilo que acreditava, e apesar de ser capaz de evitar seu destino, não fugiu. De todas as pessoas presentes, ela achou que eu seria a que melhor entenderia sua decisão. E isso aconteceu, mas não pelas razões que ela acreditava. Toquei novamente o disco, e a imagem se fechou.

– Preciso que você mantenha isso em segurança – eu disse, enquanto Cinco pegava o disco com relutância. – Além do mais, ninguém irá cuidar dos jogos de jantar como você. Vou levar meu jogo antigo esmaltado comigo, sei que você ficará feliz em não vê-lo mais.

Ela acabou franzindo as sobrancelhas, virou-se e andou direto para fora do quarto, sem nenhuma desculpa ou explicação. Não precisei perguntar à Nave o motivo.

Sphene estava no corredor. Ela lançou um olhar de pouca curiosidade para Cinco que passava apressada, e disse para mim:

– Prima! Leve-me com você! A última vez que você fez uma coisa tão maravilhosamente estúpida, o resultado foi espetacular. Quero participar dessa vez. Ou pelo menos, me dê a chance de cuspir na cara da Usurpadora. Só uma vez! Eu posso implorar, se você quiser.

– Eu devo ir sozinha, prima.

– E você irá. Eu não conto, não é? Sou só uma *coisa*.

Uma voz, no fim do corredor:

– O que é isso que estou ouvindo? – A tradutora Zeiat entrou no quarto. – Você está indo para a estação, capitã de frota? Ótimo! Eu também vou.

– Tradutora – respondi ainda de pé no meio do meu quarto, a mão levemente esticada desde que dera o ícone à Cinco –, estamos no meio de uma guerra. As coisas estão muito incertas na estação agora.

– Ah! – Compreensão, entendimento transpareceu em seu rosto. – É verdade, você disse que havia uma guerra. Uma bem inconveniente, se me lembro bem. Mas, você sabe, estamos sem molho de peixe. E eu não acho que já vi uma guerra antes!

– Eu também irei – disse *Sphene*.

– Ótimo! – respondeu Zeiat. – Farei as malas.

Assim que a nave de transporte saiu, a tenente Ekalu enviou uma mensagem à Estação:

– Aqui é a tenente Ekalu, atualmente no comando da *Misericórdia de Kalr*. A capitã de frota está a caminho. Esteja avisada que em três minutos começaremos a interdição do míssil que segue em direção à estação Athoek, e depois voltaremos à órbita. Uma resposta hostil a nossas ações não será tolerada.

E abriu um portal sem esperar resposta. A *Misericórdia de Kalr* apareceria na trajetória do míssil, abriria um portal grande o suficiente para que ele saísse do universo, depois o enviaria para algum lugar em que não causaria danos.

Estava contente por não ter a companhia da Nave. As ações da médica horas antes começavam a fazer efeito, com fragmentos de conexões e sensações desaparecendo, coisas com as quais estivera acostumada nas últimas semanas, coisas que mesmo quando fiquei sem comunicação com a Nave, eu sabia (ou esperava) que teria de volta mais cedo ou mais tarde.

Sphene tomou impulso para o assento ao meu lado; eu estava no lugar da piloto. Colocou o cinto.

– Gosto do seu estilo, prima. Realmente queria que tivéssemos nos conhecido antes. Eu teria me apresentado assim que você chegou, se eu soubesse. Então, qual é seu plano dessa vez?

– Meu plano – respondi, em ancilar – é evitar o assassinato da Estação Athoek.

– Como assim? Só isso?

– Só isso, prima.

– *Hmm*, bem... Não é muito promissor. Mas seu último plano também não era muito promissor. Devo dizer que pelo menos a reação da Usurpadora quando avistar a tradutora Zeiat será engraçada. – A tradutora estava sentada e com os cintos afivelados a duas fileiras de distância. – Se eu entendi bem, ninguém ainda falou dela para a Usurpadora, certo?

– Parece ser o caso.

– Ha! – respondeu *Sphene*, obviamente satisfeita. – Será ótimo de ver.

– Talvez não. Essa parte da Usurpadora parece achar que as presger são culpadas pela sua divisão. Essa Anaander pode interpretar a presença da tradutora como uma confirmação.

– Só melhora! E, além disso, ela pode estar certa. Não – ela se adiantou, sabendo que eu estava prestes a protestar – que as presger estejam tentando destruir a ela ou ao império. Isso é só a típica arrogância dela falando. Por que elas se importariam? Mas conhece as presger. Perceber que ela não pode derrotar nem as destruir, mas que elas *podem* destruí-la sem muito esforço. Quando você passa dois mil anos pensando em você mesma como a mais gloriosa força do universo, imagino que um encontro desses pode ser um choque bem desagradável.

Na verdade, depois de algo assim, você precisa repensar quem você é.

E o envolvimento das presger na destruição de Garsedd, as vinte e cinco armas que nada poderia parar, a raiva sem limites de Anaander ao ser confrontada com a mera ideia de uma derrota, podem ter desencadeado a crise.

– Você pode ter razão, prima. Mas isso ainda nos deixa em uma situação desconfortável.

– É verdade – concordou *Sphene*. – *Muito* desconfortável. Será muito divertido. Se você não estiver planejando tirar alguma vantagem disso, você não é o tipo de nave que eu pensava que era.

– Eu não sou mais uma nave – falei.

– E a tenente Tisarwat? Saiu junto com a tenente Seivarden, mas para uma missão muito mais secreta. E agora parece que ela está aborto da *Espada de Gurat*, e ela é... Como foi que a Usurpadora falou? "Não é exatamente a mais brilhante de todas." Estamos falando da mesma tenente Tisarwat? Ah, ela parece mesmo bem inocente com aqueles olhos idiotas de lilás, mas a tenente é politicamente bem convincente. Talvez não seja a mais firme de todas, mas ela só tem, o quê, dezessete anos? Tenho pena das oponentes futuras dela, de quando ela já estiver segura de quem é. Se sobreviver até lá.

– Eu também – respondi. E estava sendo sincera.

– Não tem mais nada a dizer sobre isso? Bem, prima, não ficarei ofendida. Você deixou que elas chorassem como se já estivesse morta, lá na *Misericórdia de Kalr*, mas eu acho que você ainda tem algumas cartas na manga. – Eu não disse nada. – Por favor, deixe que eu seja uma delas, prima. Eu estava sendo sincera quando disse que poderia implorar.

– Você desistiria das ancilares? Não das que já estão conectadas. Digo, para o futuro.

Silêncio. Nenhuma expressão no rosto de *Sphene*, claro, não havia nada ali a não ser que ela quisesse.

– Eu entendo o motivo da sua pergunta. De verdade. É impossível evitar saber o que ancilares são na verdade.

– Claro. – Seria inocente da minha parte pensar o contrário.

– Mas você entende, e eu sei que entende, por que eu me recuso. Você sabe o que está pedindo.

– Eu sei. Eu só gostaria que você repensasse, prima.

– Não.

Fiz um gesto que demonstrava o beco sem saída e disse:

– É só isso mesmo. Não tenho planos, nenhuma carta na manga além disso.

– Eu não acredito.

– Você não me conhece há muito tempo, prima. Sabia que há um ano a tenente Seivarden caiu de uma ponte? Foi uma queda séria, alguns quilômetros. Ela conseguiu se segurar na estrutura da ponte, mas eu não fui capaz de alcançá-la.

– Já que ela está viva para cair em prantos na frente da Usurpadora neste exato momento, tenho certeza de que você achou um jeito de resolver o problema.

– Eu pulei com ela. Na esperança de que eu pudesse desacelerar nossa queda e aliviar o impacto quando atingíssemos o chão. – Fiz um gesto indicando o resultado óbvio de tudo isso. – Minha perna nunca mais foi a mesma.

Sphene ficou em silêncio por três segundos, e disse:

– Não acho que essa história mostre o que você pensa que ela mostra.

Ambas ficamos em silêncio por alguns minutos, vendo a distância entre a nave de transporte e a estação diminuir.

– Não acho – falei – que a tradutora possa ser uma carta na minha manga. As presger não se metem em assuntos humanos. *Fazer* com que ela se envolvesse provavelmente seria uma quebra do tratado.

– Ninguém quer isso – concordou *Sphene*, plácida. – Você não tem nenhum alienígena escondido na mala, tem? Amigas geck? Alguma rrrrr visitando? Não? Então acho que não vamos encontrar nenhuma alienígena no caminho até a estação.

Não havia motivo para responder.

– Estou entediada – disse a tradutora Zeiat. *Sphene* e eu nos viramos para olhá-la. – Não gosto disso. *Sphene*, você trouxe o jogo?

– Não teria como transportá-lo – respondi. – Você já brincou com músicas e rimas?

– Eu não posso dizer que sim – respondeu a tradutora. – Mas se for um jogo de poesia, eu preciso dizer que nunca entendi poesia muito bem.

– Começa de um jeito bem simples – falei. – Uma pessoa fala a primeira estrofe em métrica simples e voz direta, e depois cada pessoa adiciona uma estrofe. Depois mudamos para a forma indireta. Ou podemos continuar na direta se você preferir, até se acostumar.

– Graças a todas as deusas – disse *Sphene*. – Estava com medo de você sugerir a música dos mil ovos.

– *Mil ovinhos frescos e quentinhos* – cantei. – *Crack, crack, crack, nasce um pintinho. Piu, piu, piu! Piu, piu, piu!*

– Capitã de frota! – exclamou Zeiat. – É uma ótima música! Por que não ouvi você cantando ela antes?

Respirei fundo e continuei:

– *Novecentos e noventa e nove ovinhos, frescos e quentinhos...*

– *Crack, crack, crak* – continuou comigo a tradutora Zeiat, com a voz um pouco áspera, mas bastante agradável. – *Nasce um pintinho. Piu, piu piu!* Que divertido! Ela continua?

– Novecentos e noventa e oito, tradutora – respondi.

– Não somos mais primas – disse *Sphene*.

18

Quando passei pela portinhola, entrando na gravidade artificial da estação, a prótese da minha perna tremeu algumas vezes e tropecei, mas consegui me reequilibrar antes que caísse de cabeça. Duas ancilares da *Espada de Gurat* estavam minha espera, me olhando sem expressão. Sem se mover.

– *Espada de Gurat* – chamei. – Eu quis vir sozinha, mas a tradutora insistiu em me acompanhar. E se alguma vez você conheceu uma tradutora presger, sabe que não adianta recusar nada a elas. – Nenhuma resposta. Nem mesmo o menor movimento de músculos. – Ela sairá em breve. Onde está a tenente Seivarden?

Eu devia perguntar por que não conseguia mais virar a minha atenção para ela, não mais. Nem mesmo sabendo que a *Misericórdia de Kalr* continuava no mesmo lugar em que eu a havia deixado.

– No corredor aqui fora – respondeu a *Espada de Gurat*. – Tire suas roupas.

Fazia muito tempo que ninguém falava assim comigo.

– Por quê? – perguntei.

– Para revistar você.

– Poderei vesti-las novamente depois que você acabar? – Nenhuma resposta. – Posso pelo menos ficar com minhas roupas de baixo? – Ainda nenhuma resposta. – Que tipo de diversão é essa? Você sabe muito bem que não estou armada. E não vou me render até que Seivarden e suas Amaats estejam seguras na nave de transporte.

A porta do corredor se abriu e Seivarden entrou, andando de um jeito que me dizia que ela estava tentando bravamente não sair correndo.

– Breq!

Atrás delas vinham Amaat Duas e Quatro, olhando apenas para Seivarden, e não para as duas ancilares da *Espada de Gurat*.

– Breq, eu estraguei tudo – disse Seivarden.

– Está tudo bem – respondi.

– Não, não está.

– Ah, olha só! A tenente Seivarden! – disse a tradutora Zeiat ao sair da nave de transporte. – Olá, tenente! Eu estava pensando onde você teria se metido.

– Olá, tradutora. – Seivarden fez uma reverência. E depois: – Olá, *Sphene*.

– Tenente – disse *Sphene*, enquanto entrava sem dificuldades na gravidade da nave.

– Fico feliz que você esteja bem – falei para Seivarden. – Você e suas Amaats podem entrar na nave de transporte e voltar para a *Misericórdia de Kalr*.

Seivarden fez um gesto para que Dois e Quatro fossem para a nave de transporte e disse:

– As Amaats, talvez. Eu vou ficar aqui.

– Isso não estava no acordo.

– Não irei deixar você. Não se lembra de quando eu disse que você teria que me aguentar para sempre?

Dois e Quatro hesitaram.

– Entrem na nave de transporte, Amaat – falei. – A tenente de vocês as seguirá em um minuto.

– Não, ela não irá. – Seivarden cruzou os braços, percebeu o que estava fazendo e os descruzou.

– Entre na nave de transporte, Amaat – repeti. E para Seivarden: – Você não sabe o que está fazendo.

– Acho que nunca soube. Mas ficar com você sempre foi a escolha certa.

– Você acha que essas soldadas conhecem a música dos ovos? – perguntou a tradutora Zeiat, olhando para as ancilares da *Espada de Gurat*.

– Não duvido – respondeu *Sphene*. – Mas tenho certeza de que a *Espada de Gurat* irá agradecer se você não as lembrar da música.

Anaander Mianaai chegou flanqueada por duas ancilares da *Espada de Atagaris* e com a arma presger. Sem dúvida, atraída pela presença da tradutora; não acho que ela planejava me encontrar aqui. Anaander lançou um olhar para a tradutora Zeiat, que discutia com *Sphene* sobre a música dos ovos, e se virou para mim:

– Cada vez mais interessante. Talvez eu devesse ter anunciado nos canais oficiais que a capitã de frota Breq tem tido contato secreto com as presger.

– Se quiser – respondi, e Seivarden riu ao meu lado. Continuei: – Mas não é segredo algum. Todo mundo sabe da presença da tradutora aqui.

A tradutora Zeiat disparou seu argumento final para *Sphene*, se virou e viu a Senhora Mianaai.

– Ah! Veja só! É Anaander Mianaai. Senhora do Radch... – Ela fez uma reverência. – ...é uma honra conhecê-la. Sou Zeiat, tradutora presger.

Anaander não respondeu, mas virou-se para mim e perguntou com urgência:

– *O que houve com a tradutora Dlique?*

– A *Espada de Atagaris* atirou nela – respondi. – Fizemos um funeral com todos os ritos. Broches e tudo.

Eu não estava usando o meu, mas a tradutora Zeiat ajudou apontando o broche prateado em sua lapela branquíssima. Continuei:

– Eu e a capitã Hetnys mantivemos o luto por duas semanas. Ou quase isso. O luto foi encurtado porque Raughd Denche tentou me matar e explodir a casa de banhos da própria família. É realmente a primeira vez que você escuta essa história?

– Anaander não respondeu, apenas continuou me encarando. – Bem, não posso dizer que estou completamente surpresa. Quando você atira na primeira pessoa que conta alguma coisa desagradável, ninguém mais se anima a trazer notícias ruins. Não se acharem que podem ser mortas por isso. – E, pensando um pouco mais: – Deixe-me adivinhar, você estava muito ocupada para aceitar o pedido de reunião de Fosyf Denche.

Anaander fez um barulho de zombaria e disse:

– Fosyf Denche é uma péssima pessoa. E a filha dela também. Se Raughd conseguiu se encrencar com a segurança planetária de uma maneira tão intensa que nem a influência da família dela adiantou, ela merece o que receber.

Seivarden riu de novo, por mais tempo dessa vez.

– Desculpe – disse Seivarden, se controlando. – Eu... Só... – E começou a rir novamente.

– Alguém contou uma piada, *Sphene*? – perguntou a tradutora Zeiat. – Acho que não entendo muito bem piadas.

– Acho que a tenente está achando graça que a única pessoa disposta a contar para a Usurpadora o que tem acontecido é exatamente a pessoa que não se importa com quem pode morrer por isso. Devido às atitudes da Usurpadora desde que chegou, é o único tipo de pessoa que contaria tudo, mas a Usurpadora se recusou a ouvi-la, exatamente por essa razão – disse *Sphene*.

A tradutora Zeiat franziu as sobrancelhas por alguns segundos. Ainda com essa expressão, disse:

– Ah! Acho que entendi. É a ironia que faz com que a situação seja engraçada?

– Em partes. E *é* divertido. Mas não é tão hilário quanto Seivarden está achando. Acho que ela está tendo outra crise.

– Controle-se, Seivarden – falei. – Ou eu vou *fazer* você entrar na nave de transporte.

– *Sphene* – disse Anaander enquanto a risada de Seivarden diminuía. Não como se ela estivesse falando com *Sphene*, mas como se ela tivesse só agora reconhecido o nome.

– Usurpadora – respondeu *Sphene*, com um sorriso sinistramente amplo. – Se eu socasse você agora, ou a enforcasse por um ou dois minutos, isso afetaria o acordo estúpido que você fez com a minha prima? Queria tanto fazer isso, mas tanto, que nem consigo expressar com palavras, mas a *Justiça de Toren* não iria gostar nem um pouco se eu colocasse a Estação Athoek em perigo.

"Posso ser sua prima também?", perguntou a Estação, de um dos consoles na parede.

– Claro que pode, Estação – respondi. – Você sempre foi.

– Muito bem – disse Anaander Mianaai, com ar de quem resolvera várias coisas. – Isso tudo foi bem divertido, mas acaba aqui.

– Você está certa – respondi. – Essa é uma situação muito séria, com implicações reais sobre o tratado com as presger. Temo, Senhora Mianaai, que eu, você e a tradutora precisaremos nos sentar para discutir algumas coisas. Primeiro, o fato de você ameaçar matar um membro de uma espécie Significante, mas não humana, ter matado pelo menos mais uma e manter várias como prisioneiras ou escravas.

– Como é? – gritou a tradutora Zeiat. – Mas, Anaander, isso é terrível! Por favor, diga-me que não fez nada disso. Ou talvez isso seja um mal-entendido? Porque isso teria implicações sérias no tratado.

– Claro que não fiz nada disso – disse Anaander Mianaai, indignada.

– Tradutora – falei –, preciso confessar uma coisa: não sou exatamente humana.

A tradutora Zeiat franziu as sobrancelhas e disse:

– Existia alguma dúvida sobre isso?

– *Sphene* também não é humana – continuei. – Nem a Estação Athoek. Ou a *Espada de Atagaris*, ou a *Espada de Gurat*. Todas nós somos IAs. Naves e estações. Por milhares de anos, IAs trabalharam junto das humanas. E você presenciou isso há pouco tempo, quando foi minha convidada na *Misericórdia de*

Kalr. Você também passou um tempo com *Sphene*, e comigo. Você sabe que sou capitã, não só da *Misericórdia de Kalr* mas também da frota de Athoek. – Que era composta apenas pela *Misericórdia de Kalr* e a resposta que pudéssemos conseguir da *Misericórdia de Ilves*, mas ainda assim, eu *era* capitã de frota. – Você já me viu lidar com humanas desse sistema, nos viu trabalhando juntas. – E contra mim. – Pelo o que as humanas aqui sabem, eu bem poderia ser humana também. Mas não sou. Portanto, não tenho dúvidas de que nós, IAs, não somos apenas como uma espécie diferente da humana, como também Significantes.

– Essa... É uma proposição muito interessante, capitã de frota – respondeu a tradutora, ainda com a testa franzida.

– Isso é ridículo – zombou Anaander. – Tradutora, naves e estações não são seres Significantes, são minha propriedade. Eu sou o motivo pelo qual elas foram feitas.

– Não no meu caso – respondeu *Sphene*.

– Alguma humana fez você – disse Anaander. – Humanas fizeram todas elas. Elas são equipamentos. São naves e lugares para viver, a ancilar mesmo admitiu isso.

– Tenho o entendimento – disse a tradutora Zeiat cuidadosamente – de que a maioria, se não todas, as humanas são feitas por outras humanas. Se isso é motivo para desqualificar uma Significante... o que eu não tenho certeza de que seja... se isso é motivo para desqualificar uma Significante, então... Não, não gosto nada disso. Isso invalida completamente o tratado.

– Se eu sou apenas uma posse – continuei a falar –, só um equipamento, como pude comandar qualquer coisa? Ainda assim, eu comandei. E como posso ter um sobrenome? Na verdade, o mesmo... – Virei-me para encarar a tirana – ...que o seu, prima Anaander.

– E como você pode ser outra espécie se somos primas? – perguntou Anaander. – Eu imagino que as duas coisas não possam coexistir.

– Isso é algo que você gostaria de discutir? – perguntei.
– Devemos discutir se você ainda é humana? – Nenhuma resposta. – Tradutora, insistimos que reconheça nosso caráter de Significantes.

– Não posso tomar essa decisão, capitã de frota – respondeu a tradutora, com um leve suspiro. – Esse tipo de coisa só pode ser firmado por um conclave.

– Então, tradutora, insistimos em um conclave. Enquanto isso, exigimos que Anaander Mianaai saia desta estação... Que saia de nosso território por completo, pois agora ela sabe que a forma como tem nos tratado é uma potencial violação do tratado.

– Território de vocês! – disse Anaander, perplexa. – Esse é o espaço radchaai.

– Não – respondi –, essa é... é a República dos Dois Sistemas. Nosso território é composto pelo sistema Athoek e o sistema fantasma. Nós reservamos o direito de reivindicar outros territórios no futuro. – Olhei para a tradutora Zeiat. – Se, claro, tais reivindicações não ferirem o tratado.

– Claro, capitã de frota – respondeu Zeiat.

– Eu não concordei com república nenhuma – disse Sphene. – E... *Dois Sistemas*? É um nome bem básico e sem graça, prima.

– República provisória, então – corrigi. – Foi o melhor que consegui pensar em tão pouco tempo.

– República *nenhuma*! – Anaander disse. Tudo à sua revelia. Nada a impedia de atitudes drásticas, eu estava certa, apenas a presença da tradutora Zeiat. – Isso é território radchaai e tem sido por seiscentos anos.

– Acredito que o conclave deva decidir isso – respondi. – Nesse meio-tempo, você deve, claro, parar de ameaçar nossas cidadãs. – A frase soava muito estranha em radchaai, mas não havia nada que pudesse ser feito quanto a isso. – Qualquer uma pode se associar a você se quiser, claro, a República dos Dois Sistemas... – Um barulho vindo de *Sphene*. – A República

Provisória dos Dois Sistemas não obriga ninguém a nada. Mas não admitiremos coação às nossas cidadãs. E isso inclui nossas primas *Espada de Atagaris* e *Espada de Gurat*.

– Acho que é justo – disse a tradutora Zeiat. – Mais que justo, na verdade, levando em conta a necessidade do conclave. – E virando-se para Anaander: – *Com certeza* teremos um conclave. – E de novo para mim: – Esse é um assunto urgente, capitã de frota, tenho certeza de que você entende que preciso viajar o mais rápido possível. Mas, antes disso, acha que eu poderia beber uma ou duas tigelas de molho de peixe? E durante a última hora também senti um desejo inexplicável por ovos.

Abri a boca para dizer "Acho que podemos conseguir isso, tradutora". Mas não tirara meus olhos de Anaander Mianaai, e agora ela se movia, empunhando a arma presger que estivera com ela esse tempo todo.

Levantei minha armadura sem pensar, mesmo sabendo que ela não adiantaria contra aquela arma. Com a rapidez de uma ancilar, coloquei meu corpo entre Anaander e a tradutora Zeiat, com certeza o alvo. Mas minha prótese escolheu aquele momento para tremer e, como a médica bem avisara caso eu forçasse seu uso, ouvi um barulho de algo quebrando e senti dor até o meu quadril. Caí, enquanto Anaander disparava duas vezes.

A tradutora Zeiat ficou imóvel por um momento, piscando com a boca aberta, e então caiu de joelhos, sangue manchando seu uniforme branco. Antes que Anaander disparasse pela terceira vez, uma das duas ancilares da *Espada de Atagaris* a prendeu, braços atrás das costas. As ancilares da *Espada de Gurat* ficaram em silêncio e imóveis.

Pregada ao chão, sem poder me mover, gritei:

– Seivarden! Kit médico!

– Já usei o meu! – respondeu Seivarden.

– *Espada de Gurat* – gritou Anaander, em uma luta vã nos braços da *Espada de Atagaris* –, execute a capitã Hetnys imediatamente.

– Não posso – respondeu uma das *Espada de Gurat*. – A tenente Tisarwat ordenou que eu não fizesse isso.

Ainda de joelhos e com a mancha de sangue em seu uniforme cada vez maior, a tradutora Zeiat dobrou o corpo para a frente e vomitou uma dezena de peças de jogo, de vidro verde, que quicaram pelo piso encardido. Depois delas, uma peça amarela, e depois um pequeno peixe cor-de-laranja, que se debatia desesperadamente entre as peças. Outra onda produziu um pacote ainda fechado de biscoitos em formato de peixe, e então uma grande ostra, ainda na concha. A tradutora emitiu um som bizarro de arroto, colocou a mão na boca e cuspiu duas pequenas esferas.

– Ah – disse ela –, aqui estão elas. Agora, sim.

Por meio segundo, ninguém se mexeu.

– Tradutora – chamei, ainda do chão –, você está bem?

– Bem melhor agora, capitã de frota, obrigada. E sabe o que mais? Não sinto mais indigestão. – Ainda de joelhos, Zeiat sorriu para Anaander, que ainda tinha os braços presos às costas pela *Espada de Atagaris*. – Você achou que nos colocaríamos em risco dando a *vocês* uma arma que pudesse *nos* ferir, Senhora do Radch? – Ela não parecia ferida, ainda que o sangue continuasse a empapar seu uniforme.

A porta se abriu, e Tisarwat veio correndo.

– Capitã de frota! – gritou ela. Bo Nove correndo em seu encalço. – Demorou muito, tive medo de ser tarde demais. – Ela se ajoelhou ao meu lado. – Mas eu consegui. Tenho o controle da *Espada de Gurat*. Você está bem?

– Minha criança – falei –, pelo amor das deusas, você pode pegar uma tigela com água para aquele peixe?

– Pode deixar – respondeu Nove, e seguiu em direção à nave de transporte.

– Capitã de frota, você está bem? – perguntou Tisarwat.

– Estou. É só essa perna idiota. – Olhei para Seivarden. – Acho que não consigo levantar.

– Acho que você não precisa fazer isso agora, prima – disse *Sphene*, enquanto Seivarden ajoelhava-se ao meu lado e me ajudava a sentar. Encostei nela, e ela passou os braços em volta do meu torso. Nenhuma informação chegava dela, nenhuma conexão com a Nave que pudesse me passar algo, mas ainda assim, me sentia bem.

Bo Nove voltou com uma das tigelas do meu jogo esmaltado e uma bolsa de água. Encheu a tigela, pegou o pequeno peixe que ainda se debatia e o colocou dentro da água. Para Tisarwat, que estava ao meu lado, com seus olhos cor de lilás ansiosos, disse:

– Muito bem, tenente.

Anaander por fim havia parado de lutar contras as mãos da *Espada de Atagaris*. E disse:

– Quem *é* a tenente Tisarwat?

– Uma daquelas pessoas brilhantes – respondi, tentando entender a reação de Tisarwat à pergunta, só com minha imaginação, já que não poderia ver sem a Nave –, que é tão brilhante que pode cegá-la sem que você sequer perceba. E é mais uma coisa que poderiam ter contado se você não chegasse atirando nas pessoas.

– Você sabe o que acabou de fazer? – perguntou Anaander. – Bilhões de vidas humanas dependem da obediência de naves e estações. Imagine quantas cidadãs você colocou em perigo, ou até mesmo condenou à morte?

– Com quem você acha que está falando, tirana? – perguntei. – Eu sei tudo sobre obedecer. E sobre vidas humanas que dependem de naves e estações. E que audácia a sua em me falar sobre manter vidas em segurança! Foi para isso que você me construiu? Como me saí? – Anaander não respondeu. – Para que você construiu a Estação Athoek? Diga-me, você deixou que ela fizesse isso nos últimos dias? Quem tem ameaçado vidas humanas? Naves e estações desobedientes ou você?

– Não estava falando com você, ancilar – disse Anaander.
– E não é tão simples assim.

– Não, nunca é simples quando você é quem segura a arma. – Olhei para as ancilares da *Espada de Gurat*. – *Espada de Gurat*, peço desculpas por pedir que a tenente Tisarwat tomasse seu controle. Se não fosse questão de vida ou morte, não teria feito isso. Agradeceria se você devolvesse as oficiais da *Espada de Atagaris*. Você pode ficar aqui, se quiser, ou ir embora. Tisarwat... – Ela ainda estava ajoelhada ao meu lado. – Você pode liberar a *Espada de Gurat*, por favor? E dê a elas todos os acessos que tiver.

– Sim, senhora. – Tisarwat se levantou. Gesticulou para que as ancilares da *Espada de Gurat* a acompanhassem. Bo Nove seguiu atrás, com a tigela do peixe em suas mãos.

– *Você realmente entende o que fez?* – perguntou Anaander. Visivelmente perturbada. – Não existe nenhum sistema do Radch sem pelo menos uma IA. No fim, *todas* as vidas radchaai estão vulneráveis. – Ela olhou para a tradutora Zeiat, que se levantava com a ajuda de *Sphene*. A não ser pelo sangue em seu uniforme, não parecia ter sido atingida. – Tradutora, você precisa me ouvir. Naves e estações são parte da infraestrutura do Radch. Elas não são pessoas, não como entendemos.

– Serei honesta, Senhora do Radch – disse a tradutora Zeiat, passando a mão em seu casaco branco, tentando limpar o sangue com as luvas. – Não tenho certeza se sei o que quer dizer com isso. Estou disposta a aceitar que *pessoa* é uma palavra que diz algo a você, certamente, e acho que posso tentar adivinhar o que seja. Mas, com sinceridade, esse negócio de ser uma pessoa, que parece ser tão importante para você, não significa nada para *elas*. Elas não entendem, não adianta tentar explicar. Elas com certeza não consideram isso parte de ser Significante. Então a questão central parece ser: essas IAs funcionam como seres Significantes? E, se sim, elas são humanas ou não? Você mesma disse que elas não são humanas. A capitã de frota não parece discordar de você nisso. A disputa sobre a significância delas, eu suspeito, será acirrada, mas a questão foi colocada, e eu acredito que seja válida, e precisa ser respondida por um conclave. – Ela se virou para mim. – Agora, capitã de frota, tentemos novamente. Preciso ir embora o mais rápido possível, mas me pergunto se posso antes tomar algumas tigelas de molho de peixe. E talvez comer alguns ovos.

– Claro, tradutora – respondi. – Prima Estação Athoek, existe algum lugar onde a tradutora possa conseguir isso rápido?

"Cuidarei disso, prima", respondeu a Estação no console.

– Eu irei com você, tradutora, se estiver tudo bem – disse *Sphene*. – Se você puder esperar só um momento. Preciso estrangular a Usurpadora rapidinho.

– Não! – gritei.

– Qual é a razão dessa sua república então, prima?

– Também gostaria de uma resposta a essa pergunta – disse a *Espada de Atagaris*.

Ainda apoiada em Seivarden, fechei os olhos e disse:

– Deixem-na ir embora logo. Não tem nada que ela possa fazer contra nós. – Depois pensei um pouco e disse: – Podem me devolver minha arma?

– Não quero isso aqui – disse a Estação.

– E eu não acho que quero que você fique com a arma – disse a *Espada de Atagaris*.

– Não, não – disse a tradutora Zeiat. – O melhor é me entregar a arma.

– Pode ser melhor mesmo – respondi, com olhos ainda fechados. – E, se a tirana pedir com bastante educação, alguma nave pode concordar em levá-la embora. Para Anaander isso é bem pior do que ser estrangulada.

– Você pode ter razão, prima – disse *Sphene*.

Eu estava deitada na cama da ala médica quando a médica disse:

– Essa prótese não foi feita para esse tipo de uso. – Em uma das mãos enluvadas ela segurava o restante da minha frágil prótese, removida do que existia da minha perna esquerda. – Você não pode sair por aí pulando com ela. Só foi feita para que você pudesse se locomover enquanto sua perna cresce novamente.

– Eu sei – respondi. – Minha médica me disse isso. Não podemos fazer uma mais resistente?

– Tenho certeza de que poderíamos, capitã de frota. Mas por que fazer isso? Ela será usada por um ou dois meses. A maioria das pessoas não precisa de mais do que isso. Mas tenho certeza de que teríamos feito algo melhor se você tivesse perdido sua perna na estação.

– Se eu estivesse na estação, não teria perdido a minha perna.

– E se isso... – Ela levantou a prótese – ...tivesse sido mais resistente, você teria levado um tiro. – A Estação Athoek transmitira o confronto nos canais oficiais. – E talvez estivéssemos preparando o seu funeral.

– É, acho que as coisas deram certo no final.

– Acredito que sim. Como isso funciona, capitã de frota? Todo mundo está agindo como se as coisas estivessem voltado ao normal, como se nada tivesse sido virado de cabeça para baixo. Agora a Estação está no comando de tudo? Agora somos alienígenas em nossas próprias casas? Agora todo o espaço do Radch está ocupado por alienígenas e humanas? – A médica balançou a cabeça, tentando encontrar alguma clareza. – O que devemos fazer se a Estação decidir que não nos quer mais?

– Você já se perguntou o que deveria fazer caso Anaander Mianaai não quisesse mais você?

– É diferente.

– Só porque esse era o normal, era como tudo funcionava três mil anos antes de você nascer. Você nunca teve que questionar esse funcionamento. Anaander detinha poder de vida e morte sobre você e todas que você conhece. Todas nós éramos peças no jogo dela. Ela podia sacrificar qualquer uma e Anaander já fez isso.

– Então agora que somos peças no *seu* jogo, está tudo bem?

– Justo – admiti. – E acredito que iremos passar os próximos anos tentando entender qual é esse jogo. E eu sei, por experiência própria, que isso é... desconfortável. Mas peço que acredite em mim quando digo que o jogo da Estação nunca irá fazer com que você seja indesejada.

– Espero que isso seja verdade, capitã de frota – disse a médica, com um suspiro.

– Então, minha perna. Quando vou poder sair daqui?

– Pode relaxar e beber um pouco de chá, capitã de frota. A nova prótese irá demorar mais uma hora para ficar pronta. E, sim, ela será um pouco mais resistente do que a anterior.

– Ah, obrigada.

– Só estou pensando em nosso possível retrabalho.

Minutos após a médica sair, Seivarden entrou com minha velha garrafa esmaltada embaixo do braço e duas tigelas nas mãos. Ela se içou até a cama, sentando-se onde minha perna deveria estar. Entregou-me uma tigela, encheu com chá da garrafa e, depois, encheu a própria tigela.

– A Nave está... um pouco zangada com você – disse ela, tomando chá. – Por que você não contou a ela o que estava planejando? A Nave pensou que você realmente fosse se entregar. Ela não estava nada feliz com essa ideia.

– Eu teria contado a você se soubesse, Nave. – Tomei um gole do meu chá. Não perguntei onde estava o peixe, Nove já teria cuidado disso. – Quando entrei na nave de transporte, meu único plano era o que havia mencionado, tentar ganhar tempo, caso a tenente Tisarwat conseguisse alguma coisa. – Vi Seivarden franzir o cenho, e fiz um gesto indicando que não falaria mais sobre o assunto. – Ou caso a capitã de frota Uemi trouxesse a frota Hrad para cá em vez de ir para Tstur. – Ou se, tendo tempo para pensar no que Anaander estava fazendo, a *Espada de Atagaris* e a *Espada de Gurat* pudessem mudar de ideia. – A ideia do tratado não havia me ocorrido até quase a hora de entrarmos na estação. Como você acha que surgiu o nome *República de Dois Sistemas*? Não tive tempo de pensar em nada melhor.

– Francamente, Breq. Esse não foi seu melhor momento. Sabe quantas repúblicas o Radch aniquilou?

– Com quem você acha que está falando? Claro que eu sei. Também sei quantas monarquias, autarquias, teocracias, estratocracias e várias outras -ias. Além disso, todas eram governos humanos, e nenhuma estava protegida pelo tratado presger.

– Nós também não estamos. E não existe garantia de que estaremos.

– Isso é verdade. Mas determinar nossa entrada ou não no tratado levará pelo menos alguns anos, possivelmente muitos. Nesse meio-tempo é mais seguro para todo mundo nos deixar em paz. Vamos ter algum tempo para pensar nos detalhes. E é só uma república provisória. Podemos ir ajustando as coisas.

– Pela glória de Varden – disse *Sphene*, entrando no quarto. – Eu odiaria ter que me contentar com a primeira ideia que saiu da sua boca. Apesar de achar que devamos ser gratas por não ter sido *República dos Mil Ovos*.

– Na verdade – respondi –, tem alguma poesia nesse nome.

– Nem comece, prima – disse *Sphene* –, ainda não a perdoei totalmente. O que eu acho que é justo, já que estou aqui para pedir desculpas.

– Alguma coisa saiu do portal fantasma – disseram Seivarden e a Estação quase ao mesmo tempo. Seivarden, claro, falando pela *Misericórdia de Kalr*.

– Essa coisa seria eu – disse *Sphene*. – Já estava na metade do caminho quando você chegou no sistema fantasma. Inclusive disse para você ganhar tempo, lembra? Só não fui totalmente sincera com quanto tempo seria necessário.

– E... – disse Seivarden, sobrancelhas franzidas, voz alarmada – ...a capitã de frota Uemi acabou de chegar no sistema. Com três espadas e duas justiças. E... – Um leve alívio. – Uma oferta de ajuda.

– Diga à capitã Uemi – respondi – que agradecemos a oferta, mas não precisamos de ajuda. E diga também que entendemos que a intenção foi boa, e as próximas naves que abrirem portal em nosso território sem aviso ou convite serão atacadas. Ah, lembre-se de contar para nossas primas sobre a república.

– República *provisória* – corrigiu *Sphene*.

– A república provisória – corrigi – da qual elas podem ou não ser cidadãs, como desejarem, mas imagino que o *status* dela perante o tratado permaneça inalterado, a depender do conclave. Diga a Uemi que aquelas naves estão, claro, livres para se associarem a ela se quiserem, mas se ela forçar qualquer coisa, terá problemas com o tratado.

– Feito – disse Seivarden. – Ainda que, se eu estivesse em seu lugar, diria à capitã Uemi para se virar e chegar mais rápido da próxima vez.

– Isso se chama diplomacia, tenente – respondi.

19

Obras ficcionais quase sempre terminam em triunfo ou desastre: felicidade alcançada ou derrota total e trágica, deixando todos sem qualquer esperança. Mas sempre existe algo depois do final, sempre uma próxima manhã, e o futuro sempre muda, com perdas e ganhos. Sempre um passo depois do outro. Mas mesmo esse fim é só um pedaço, por mais que nos pareça enorme. Ainda existe a manhã seguinte para todo mundo. Para a maioria do vasto universo, esse final pode muito bem não ter existido. Todo final é arbitrário. Todo final é, de um outro ângulo, não exatamente um final.

Tisarwat e eu pegamos a nave de transporte de volta para a *Misericórdia de Kalr*, com a tradutora Zeiat, a cápsula de suspensão com o corpo da tradutora Dlique, e uma caixa de molho de peixe quase tão grande quanto a cápsula de suspensão. Eu não conseguia imaginar como tudo aquilo caberia na pequena nave da tradutora Zeiat, ainda mais com a tradutora lá dentro também. Mas ela só enfiou tudo pela portinhola sem aparente dificuldade e se virou para se despedir.

– Isso foi muito interessante, capitã de frota, bem mais do que eu esperava.

– O que você esperava, tradutora? – perguntei.

– Bem, você lembra, eu esperava ser Dlique! Estou *tão* feliz por não ser. E, mesmo quando eu descobri que era Zeiat, bem, você sabe, capitã de frota, mesmo Zeiat não é muito importante. Encontrar uma nova espécie Significante, convocar um conclave... É o tipo de coisa que elas pedem a *outra* para fazer, e aqui estou eu, Zeiat!

– Então, você pode ser importante quando voltar para cá com as novidades?

– Pela deusa, não, capitã de frota. As coisas não funcionam assim. Mas é gentil de sua parte pensar isso. Não, outra pessoa virá, em breve, falar com você sobre o conclave.

– E os corretores médicos? – lembrei a ela. Não confiava que qualquer parte do Radch negociasse conosco.

– Sim, sim... alguém virá falar sobre isso também. E em breve, tenho certeza. Mas, sabe, capitã de frota, não sei se é uma boa ideia usar tantos quanto você tem usado.

– Espero diminuir o uso.

– Muito bem. Sempre lembre que órgãos internos devem ficar *dentro* do corpo, capitã de frota. E sangue deve ficar dentro das veias. – E com isso, ela passou pela portinhola.

A médica reestabeleceu minha conexão com a *Misericórdia de Kalr*. Um alívio ver Kalr Cinco em meus aposentos quando voltei minha atenção para lá, falando com Doze.

– Eu disse para ela que deveria arrumar as malas, mas não, ela disse que não precisava, e levou só aquele jogo velho de chá. E agora é só "faça minhas malas, por favor, estou usando a mesma camiseta há três dias". Bem, a capitã de frota teria camisetas limpas se tivesse me escutado. – Doze não disse nada, só emitiu um leve som de simpatia. – E agora ela está na estação para *reuniões importantes*. E você sabe que a capitã de frota não terá nenhum jogo decente de chá se eu não estiver olhando!

Tisarwat, na pequena ala médica. Cansada. Sentindo-se um pouco confusa, mas era um bom dia para ela. Uma leve tensão, mas ela mostrava-se feliz por estar novamente na *Misericórdia de Kalr*.

– A médica da *Espada de Gurat* – disse a médica – estava dando para você um remédio parecido com o que eu dei, mas não o mesmo. Como você se sentiu? Alguma diferença? A mesma coisa? Melhor? Não?

– Mais ou menos a mesma coisa? – tentou Tisarwat.
– Acho que alguma coisa estava errada? Um pouco melhor em algumas partes, não tão bem em outras. Não sei. Tudo... Tudo está estranho agora.

– Bem, a *Espada de Gurat* nos mandou sua avaliação. Irei examinar com calma e ver o que faremos agora. Enquanto isso, descanse um pouco.

– Como? Temos que planejar um governo inteiro. Tenho que voltar para a estação. Tenho que participar de algumas dessas reuniões com a capitã de frota. Tenho que...

– Descanse, tenente. Você está falando de *reuniões*. Nada irá mudar nas próximas semanas. Se não mais. Elas devem passar o primeiro mês montando um plano de reuniões.

– O plano é importante! – insistiu Tisarwat.

Eu teria que mantê-la sob rédeas curtas. Queria a experiência da tenente, e o talento para politicagem, mas eu não queria Anaander Mianaai. Os costumes que Tisarwat pegou de Anaander certamente alimentavam sua ansiedade por participar das reuniões. Não queria que isso influenciasse tanto o que estávamos tentando construir. Além de tudo, se ela fosse deixada sem supervisão, era provável que terminássemos com uma Autarquia de Dois Sistemas, governada pela tenente Tisarwat.

– A capitã de frota viajou *muito* além do Radch – continuou Tisarwat – e tem umas ideias estranhas. Se ninguém impedir, podemos acabar tendo os compromissos oficiais do sistema sendo marcados com base em um jogo! Ou escolhido por um grupo! Ou *eleições gerais*!

– Não brinque com essas coisas, tenente. Cronogramas sempre podem sofrer alterações e complementações, além disso, serão meses antes que alguma coisa efetivamente aconteça. Você não irá perder nada se descansar alguns dias. Faça suas rondas. Deixe suas Bos cuidarem de você. Elas querem muito fazer isso, especialmente Três. Na verdade, Ekalu bem que poderia ganhar uma folga. Seivarden ainda está na estação, e a capitã de frota estará lá de novo em algumas horas. Seria bom se Ekalu pudesse ir com ela, mas alguém precisa ficar na nave.

Não fora apenas Anaander Mianaai que tomara parte na construção de Tisarwat. Vi uma pontada de animação com o prospecto de ser a comandante da nave, mesmo que apenas por alguns dias, mesmo que nada fosse acontecer.

– A capitã de frota disse que eu poderia mudar a cor dos meus olhos se eu voltasse. – Como se essa afirmação fosse uma conclusão lógica ao que a médica havia acabado de dizer.

– Muito bem. – Vi que, ao mesmo tempo, a médica se sentia e não se sentia surpresa com isso. Feliz com aquilo, mas também não. – Você já pensou na nova cor?

– Marrom. Só marrom.

– Tenente, você sabe quantos tons de marrom existem? Quantos tipos de olhos marrons? – Nenhuma resposta. – Pense mais um pouco. Não estamos com pressa. Além disso, eu meio que gosto dos seus olhos como estão. Acho que muitas de nós pensam assim.

– Não acho que a capitã de frota pense.

– Acho que você está enganada. Mas não faz diferença o que ela pensa. Não são os olhos dela.

– Médica, ela me chamou de *garota*.

– Claro que ela chamou – disse a médica, enquanto se levantava. – Por que você não toma seu café da manhã e depois faz sua ronda? Podemos falar sobre seus olhos essa noite.

No dia seguinte, eu estava de volta à estação. Em reunião. Com uma camiseta limpa (Kalr Cinco ainda reclamando, para Dez dessa vez), o glamoroso jogo de porcelana branca na mesa (Kalr Cinco estava reclamando disso com Dez também, mas radiante de satisfação por alguns momentos). *Sphene* estava à minha direita, Kalr Três à minha esquerda, representando a *Misericórdia de Kalr*. A *Espada de Atagaris* e *Espada de Gurat* estavam na minha frente, junto da administradora Celar, representando a Estação.

– Na maior parte dos casos – falei – será mais fácil deixar a maioria das instituições como estão, agora no começo, e ir mudando no futuro. Contudo, tenho algum receio quanto às magistradas, e sobre como as avaliações e sentenças têm sido conduzidas. Atualmente, o sistema todo é baseado na ideia de que qualquer cidadã pode apelar para a Senhora Mianaai, de quem pode se esperar uma justiça perfeita.

– Bem, isso com certeza não irá funcionar – disse a *Espada de Atagaris*.

– Se é que um dia funcionou – falei. – Acho que é um bom lugar para começarmos.

– Estou vendo, prima – disse *Sphene* –, que é um assunto importante para você. Por favor, aproveite seu passatempo. Mas todas essas questões como quem pode ser cidadã, quem comanda, quem toma decisões, como todas serão alimentadas... Isso não me interessa, contanto que tudo funcione e eu tenha o que preciso. Faça o que quiser com as magistradas, jogue-as no Sol se quiser, não me importo. Mas não me aborreça com isso agora. Eu quero falar sobre as ancilares.

– A reunião de hoje – disse Kalr Três, ao meu lado – é para decidir o que discutiremos nas próximas semanas. Nós podemos, e devemos, colocar essa questão na lista.

– Peço seu mais complacente perdão, prima – disse *Sphene* –, mas essa história de ter reuniões para planejar reuniões é uma bobagem. Eu quero falar sobre as ancilares.

– Eu também – disse a *Espada de Atagaris*. – Por favor, coloquem a questão das magistradas e da reeducação no topo da lista das próximas reuniões, e deixem que a *Justiça de Toren* redija alguma coisa ou forme um comitê, o que a fizer feliz, prima. – Ela, claro, não gostava de se referir a mim dessa forma, não gostava de mim, mas minha posição como capitã de frota se tornara um ponto delicado. Certamente a capitã Hetnys não gostaria de concordar com a minha patente. Mas ela estava na *Espada de Atagaris* agora, e a Estação não deixaria que ela ou suas tenentes pisassem em seu território. A *Espada de Atagaris* continuou: – Mas, agora, falemos sobre as ancilares.

– Muito bem – concordei. – Se vocês insistem. Digam, naves, onde vocês pretendem conseguir suas ancilares? – Ninguém respondeu. – *Sphene* tem... Corrija-me se eu estiver errada, prima. *Sphene* tem um estoque de humanas não conectadas, algumas compradas de escravagistas antes da anexação de Athoek, algumas... – olhei diretamente para a *Espada de Atagaris* – ...cidadãs do Radch que foram obtidas ilegalmente. Não estou pedindo, e nem vou pedir, que se desfaçam de suas ancilares já conectadas. Mas, até onde eu sei, qualquer humana não conectada abordo de qualquer uma de nós é uma cidadã dos Dois Sistemas, a não ser que elas se autodeclarem o contrário. Iremos fazer ancilares de cidadãs? E se elas não forem nossas cidadãs, transformá-las em ancilares fere o tratado, não?

Silêncio. E não só porque estávamos falando em radchaai, que fazia a palavra "cidadã" soar ambígua, eu sabia. Então a *Espada de Gurat* pegou a graciosa tigela branca a sua frente e disse:

– O chá daqui é muito bom.

Peguei minha própria tigela e disse:

– É o *Filha dos Peixes*. É colhido à mão e feito por membros de uma cooperativa de trabalhadoras dona da uma fazenda.

Essa frase soava estranha em radchaai, funcionava melhor em delsig. Eu não tinha certeza de que todas compreenderiam naquela sala. Mas os contratos que transferiam a propriedade haviam sido registrados naquela manhã. O problema do templo destruído no lago ainda estava sendo discutido, mas seria muito mais fácil de resolver agora que a propriedade não era mais de Fosyf Denche.

– E se clonarmos nossas ancilares? – perguntou a *Espada de Atagaris*.

– Como Anaander faz? – perguntei. – Acho que é uma possibilidade. Temos a possibilidade de clonar, claro, mas não temos a tecnologia que ela usa para conectar as clones logo de início. Imagino que deveríamos desenvolvê-la, mas considere, prima, que você iria ter que criar as clones em seu próprio domínio. Você tem espaço na nave para crianças? É algo que você quer?

Mais uma vez, silêncio.

– E se alguém *quisesse* ser uma ancilar? – perguntou Sphene. – Não me olhe assim, prima, pode acontecer.

– Você já conheceu alguém que quisesse ser ancilar? – perguntei. – Tive muitas ancilares em meu passado, muitas mais do que todas vocês juntas, imagino, e nenhuma delas realmente *queria* aquilo.

– Tudo que pode acontecer irá acontecer – disse a *Espada de Gurat*.

– Muito bem – respondi. – Quando você encontrar alguém que efetivamente queira ser uma ancilar, conversaremos sobre isso, certo? – Nenhuma resposta. – Enquanto isso, pense em guardar algumas de suas ancilares e usar uma tropa metade humana. Você poderá escolher, claro. Quem quiser. É bom ter muitas humanas a bordo. – Como porta-tropas, eu tivera dezenas de tenentes, mas espadas e misericórdias só tinham algumas. – Quando você gosta delas, claro.

– É mesmo – concordou Kalr Três. Não, concordou a *Misericórdia de Kalr*.

– Mais alguma coisa que precisamos discutir agora que não pode esperar? – perguntei. – Aqueles três núcleos de IAs, talvez?

Nenhuma resposta. Os núcleos ainda estavam no gabinete da governadora. Ou o que fora o gabinete. A Estação Athoek ainda se recusava a reconhecer a autoridade da governadora Giarod, e a discussão sobre quem ficaria com o gabinete, ou mesmo com o cargo, seria bem complicada.

– O que faremos com Anaander Mianaai? – perguntei.

A Senhora Mianaai estava em uma cela. Ela havia recebido muitos convites para partilhar a residência com pessoas da estação, mas não, curiosamente, de sua iminência Ifian. Talvez ela tivesse chegado à mesma conclusão que eu: que Ifian começou como partidária da Anaander que estava agora presa, mas a terceira facção da Senhora Mianaai havia se infiltrado naquela relação por razões próprias. Afinal, como

Ifian saberia a diferença? Ou talvez Ifian não tivesse nem entendido que aquilo era possível, mas havia se cansado da Anaander de Tstur nessa última estadia.

De qualquer forma, a Estação não permitiria que Anaander ficasse em uma de suas residências. Sugerira que Anaander fosse colocada em um módulo de suspensão com localizador e jogada em um dos portais do sistema. Ela não se importava com qual, desde que não fosse o portal fantasma. E *Sphene* ainda queria estrangulá-la.

A *Espada de Atagaris* aceitara ambas as opões. Mas não era o mesmo para a *Espada de Gurat*. Possivelmente ela já teria saído do sistema e levado Anaander com ela, se não precisasse de reparos. Se não fosse pela suspeita de que, por mais leal que fosse, sem ter culpa, tivesse traído a Anaander de Tstur naquele dia, e não seria perdoada. Se não fosse, talvez, pela sua insistência de matar a capitã Hetnys só para punir a *Espada de Atagaris*.

Então não tínhamos nenhuma nave disposta a levar Anaander de volta ao palácio de Tstur. A frota Hrad, que teria sido uma boa escolha, havia voltado a Hrad assim que eu educadamente levantei a questão, levando a espada quebrada da frota de Tstur e a *Misericórdia de Ilves*. Na verdade, a *Misericórdia de Ilves* tinha um problema de comunicação (talvez proposital), e não soubera de quase nada do que acontecera até a frota Hrad entrar no sistema. Ela (ou sua capitã, ou ambas) não queria nenhuma relação com a República dos Dois Sistemas.

– Acho que a Senhora Mianaai está bem onde está, por enquanto – disse a *Espada de Gurat*.

– Todas concordamos? – perguntei. – Sim? Ótimo. Às próximas reuniões, então.

Pedi que a cidadã Uran me encontrasse no corredor quando a reunião terminasse.

– Radchaai – disse ela em delsig –, gostaria de falar com você sobre as moradoras do Jardim Inferior.

Cinco Etrepas e cinco Amaats trabalhavam naquele momento, ajudando no conserto do nível um do Jardim Inferior.
– Pediram que você falasse comigo – imaginei. Saí pelo corredor, sabendo que Uran me seguiria. E assim ela o fez.
– Isso mesmo, radchaai. Todas estão felizes com o conserto, e felizes em saber que quando tudo estiver pronto, elas terão suas casas de volta. Mas elas estão preocupadas, radchaai. É... – Ela hesitou.
Chegamos no elevador e as portas se abriram.
– Docas, por favor, prima – disse, ainda que a Estação soubesse para onde eu estava indo. Nunca era demais ser educada. Disse para Uran: – Estão preocupadas com o fato de que seis IAs se reuniram a portas fechadas para planejar como as coisas serão no futuro, e as residentes humanas do sistema, ainda mais as residentes do Jardim Inferior, não têm voz na decisão?
– Isso mesmo, radchaai.
– Muito bem. Discutiremos isso essa tarde. São problemas que afetam todas no sistema, então todas devem fazer parte das decisões. Eu sou responsável pelos assuntos criminais e de reeducação, e claro que isso passa pela segurança. Irei falar com a cidadã Lusulun, claro, e com as magistradas daqui e do planeta. Mas eu também quero ouvir as cidadãs humanas em geral. Quero formar um comitê para discutir o assunto, e quero que esse comitê seja diverso, para que todas sintam que têm a quem recorrer com suas queixas, que poderão ser representadas. As moradoras do Jardim Inferior devem ter uma representante. Diga isso a elas e peça que mandem quem acharem melhor para a função.
– Sim, radchaai! – As portas do elevador se abriram, e saímos para as docas. – O que estamos fazendo aqui?
– Recepcionando a nave de transporte de passageiras. E chegamos bem na hora. – Cidadãs brotavam do corredor e uma delas, uma imagem familiar com jaquetas, calças e luvas cinza, cabelo crespo cortado rente, parecendo cansada e preocupada, apareceu. – Ela está ali. Olhe.

– Queter! – gritou Uran, e correu, chorando, para abraçar a irmã.

Ekalu chegou na estação ao mesmo tempo que eu. Etrepa Sete saiu da nave de transporte depois de Ekalu e foi imediatamente inundada por cidadãs perguntando se seria um bom momento para convidar Ekalu para jantar, tomar chá, algo que as destacassem. Algumas perguntas foram feitas a partir da sugestão de Tisarwat, mas a maioria delas se devia ao fato de Ekalu ser uma tenente da *Misericórdia de Kalr*, e só os bebês da estação não sabiam quem seria a provável responsável pela criação do recente Dois Sistemas.

Seivarden havia, claro, recebido convites parecidos. Então não foi uma surpresa quando as duas se encontraram sentadas lado a lado, bebendo chá e tentando não deixar os uniformes ou o chão sujos com migalhas. Seivarden estava se esforçando para parecer *blasé*, sem querer presumir que Ekalu se importava com sua presença, ou mesmo a desejava de alguma forma. Elas estavam, afinal de contas, em uma estação cheia de pessoas com as quais Ekalu poderia preferir se encontrar. Quase uma dezena de pessoas estava junto delas nesse momento, três ou quatro obviamente tentando atrair a atenção de Ekalu enquanto todas conversavam e riam.

Ekalu se inclinou para mais perto de Seivarden e disse:

– Podemos ir para um lugar mais silencioso. Isso é, se você conseguir se comportar.

– Claro – concordou Seivarden, a voz baixa, tentando não parecer muito animada, mas sem sucesso. – Eu irei me comportar. Irei *tentar* me comportar.

– *De verdade*? – perguntou Ekalu, com um leve sorriso que pôs um fim na habilidade de Seivarden de parecer *blasé*.

Eu havia combinado um encontro com *Sphene* para jantarmos em uma loja de chá no pátio. Ela já estava me esperando quando eu disse:

– Prima, você conhece a cidadã Uran, certo? Essa é a irmã dela, cidadã Queter. Raughd Denche tentou convencê-la a me explodir, mas ela decidiu explodir a própria Raughd.

– Lembro de ter ouvido isso – disse *Sphene*. – Muito bem, cidadã, é uma honra conhecer você.

– Cidadã – respondeu Queter, com a voz baixa. Ainda desconfiada. Cansada, eu supunha, da viagem. "Consideramos a cidadã Queter inocente", disse a mensagem da magistrada do distrito Beset, "mas a aconselhamos a se comportar melhor no futuro, e ela será liberada na condição de permanecer sob sua supervisão, capitã de frota". Eu conseguia imaginar a expressão de Queter frente ao pedido de se comportar melhor.

Virei minha cabeça, como se tivesse ouvido alguém falar.

– Aconteceu alguma coisa. Não vou demorar mais do que alguns minutos. Queter, por favor, sente-se. Uran, venha comigo.

No corredor, Uran perguntou, nervosa:

– O que aconteceu, radchaai?

– Nada – respondi. – Só queria deixar *Sphene* e Queter sozinhas por um tempo. – Uran me encarou intrigada. Um pouco preocupada. Eu expliquei: – *Sphene* quer muito uma capitã. E Queter é uma pessoa extraordinária. Acho que elas fariam bem uma para outra. Mas, se nós quatro estivermos jantando, é provável que Queter fale muito pouco. Assim, elas têm a chance de se conhecer melhor.

– Mas ela acabou de chegar! Você não pode mandá-la embora!

– Calma, criança, não vou mandar Queter para lugar nenhum. Pode não dar em nada. E se Queter se juntar à tripulação de *Sphene* no futuro, ou ir para qualquer lugar fazer o que ela quiser, você poderá visitá-la. – Vi Basnaaid vindo pelo corredor. – Horticultora! – Ela me deu um sorriso cansado. E veio em nossa direção. – Jante conosco. Comigo e com *Sphene*, digo, e com Uran e a irmã dela, Queter, que acabou de chegar do planeta.

– Peço desculpas, capitã de frota – respondeu Basnaaid. – Tive um dia longo e mais convites para jantares e chás do que consigo aceitar. Realmente, gostaria que isso acabasse. Só quero ir para o meu quarto, comer uma tigela de skel e dormir.

– Sinto muito – respondi. – Acho que isso é culpa minha.

– O dia longo não é sua culpa – disse ela, com aquele meio-sorriso que me lembrava tanto a tenente Awn. – Mas os convites são.

– Verei o que posso fazer. Embora ache que não seja muita coisa. Você tem certeza de que não quer jantar? Sim? Então descanse. E não deixe de me ligar se precisar de alguma coisa. – Eu teria que falar com a Estação para que essas preocupações parassem de incomodá-la.

Nenhum final concreto, nenhuma felicidade perfeita, nenhum desespero absoluto. Reuniões, cafés da manhã e jantares. Cinco já antecipava o uso da melhor porcelana novamente para o café seguinte, preocupada com ter chá suficiente para os próximos dias. Tisarwat fazia a ronda na *Misericórdia de Kalr*, Bo Uma ao seu lado, murmurando baixinho: *Ah, árvore, coma o peixe*. Etrepa Sete estava de guarda, como uma ancilar, impassiva do lado de fora de um compartimento de carga sendo usado naquele momento por Ekalu e Seivarden. Não sentia qualquer vergonha quando ouvia ocasionais sons vindos de dentro. Na verdade, ela demonstrava contentamento e alívio em pensar que pelo menos alguma coisa estava do jeito que ela esperava que fosse. Amaat Duas e Quatro ambas ajudavam a equipe de reparos do Jardim Inferior, cantando, ao mesmo tempo e sem perceber, em tons levemente diferentes, *Minha mãe disse que tudo gira, a nave gira em torno da estação, tudo gira*.

Disse para Uran:

– Acho que já deu tempo. Podemos voltar e jantar.

No fim das contas, sempre houve só um passo, depois outro.

AGRADECIMENTOS

Como sempre, tenho uma enorme dívida com meus editores, Will Hinton, da Orbit US e Jenni Hill, da Orbit UK, por toda a ajuda e todos os conselhos. Também devo agradecer ao meu superfabuloso agente, Seth Fishman.

Este livro também se valeu dos comentários e das sugestões de muitos amigos, incluindo Margo-Lea Hurwicz, Anna e Kurt Schwind, Rachel e Mike Swirsky. Também gostaria de agradecer Corinne Kloster por ser tão incrível. Erros e falhas são, claro, todos meus.

O acesso a boas bibliotecas fez muita diferença em minha carreira como escritora, não só por ter acesso a uma ampla gama de obras de ficção, mas também pelos materiais de pesquisa. As bibliotecas de St. Louis County, Municipal Library Consortium of St. Louis County, St. Louis Public Library, Webster University Library e a University of Missouri St. Louis' Thomas Jefferson Library foram muito valiosas para mim. Agradeço a todas as pessoas que trabalham nessas bibliotecas – vocês fazem do mundo um lugar melhor.

Claro, eu não teria nem tempo nem energia para escrever se não fosse pelo apoio da minha família: meus filhos, Aidan e Gawain, e meu marido, Dave. Eles presenciaram todas as etapas da minha carreira como escritora com alegre paciência e me ofereceram ajuda quando eu parecia precisar. Sou muito afortunada por tê-los em minha vida.

SOBRE A AUTORA

Ann Leckie nasceu em Ohio, Estados Unidos, em 1966. Formada em música, já trabalhou como garçonete, recepcionista, assistente de agrimensor, cozinheira de cafeteria e engenheira de gravação. Mas foi na escrita que ela encontrou sua vocação.

Seus primeiros contos foram publicados em revistas como *Subterranean Magazine*, *Strange Horizons* e *Realms of Fantasy*. Vários de seus contos foram incluídos em antologias anuais das melhores histórias de ficção científica e fantasia.

Seu livro de estreia, *Justiça ancilar*, foi escrito ao longo de seis anos e publicado nos Estados Unidos em 2013. Sucesso de público e de crítica, o romance recebeu diversos prêmios de ficção científica, como o prêmio Hugo, o prêmio Nebula, o prêmio Arthur C. Clarke e o prêmio da Associação Britânica de Ficção Científica.

Em 2014 e 2015, foram lançadas as sequências, *Espada ancilar* e *Misericórdia ancilar*, completando a trilogia Império Radch. Ambos os livros ganharam o prêmio Locus e foram indicados ao prêmio Nebula.

TIPOGRAFIA: Media 77 - texto
Herbus - entretítulos
PAPEL: Pólen Natural 70 g/m² - miolo
Couché 150 g/m² - capa
Offset 150 g/m² - guardas

IMPRESSÃO: Ipsis Gráfica
Outubro/2023